A filha da tsarina

CAROLLY ERICKSON

A filha da tsarina

Tradução de
Paulo Cezar Castanheira

EDITORA RECORD
RIO DE JANEIRO • SÃO PAULO

2014

CIP-BRASIL. CATALOGAÇÃO NA FONTE
SINDICATO NACIONAL DOS EDITORES DE LIVROS, RJ

E62f
Erickson, Carolly, 1943-
A filha da tsarina / Carolly Erickson; tradução de Paulo Cezar Castanheira. — Rio de Janeiro: Record, 2014.

Tradução de: Tsarina's Daughter
ISBN 978-85-01-09765-1

1. Nicolau II, Imperador da Rússia, 1868-1918 — Família. 2. Rússia — História — Nicolau II, 1894-1917. 3. Rússia — História. 4. Ficção americana. I. Castanheira, Paulo Cezar. II. Título.

13-0485

CDD: 813
CDU: 821.111(73)-3

TÍTULO ORIGINAL:
Tsarina's Daughter

Copyright © 2008 by Carolly Erickson

Texto revisado segundo o novo Acordo Ortográfico da Língua Portuguesa.

Todos os direitos reservados. Proibida a reprodução, no todo ou em parte, através de quaisquer meios. Os direitos morais da autora foram assegurados.

Editoração eletrônica: Ilustrarte Design e Produção Editorial

Direitos exclusivos de publicação em língua portuguesa somente para o Brasil adquiridos pela
EDITORA RECORD LTDA.
Rua Argentina, 171 — Rio de Janeiro, RJ — 20921-380 — Tel.: 2585-2000, que se reserva a propriedade literária desta tradução.

Impresso no Brasil

ISBN 978-85-01-09765-1

Seja um leitor preferencial Record.
Cadastre-se e receba informações sobre nossos lançamentos e nossas promoções.

Atendimento e venda direta ao leitor:
mdireto@record.com.br ou (21) 2585-2002.

PRÓLOGO

15 de novembro de 1989

Meu nome é Daria Gradov e vivo em Yellow Rain, Saskatchewan. Sou viúva. Meu querido Miguel morreu, mas vivo próxima à minha família. Todos cuidam de mim, especialmente meu filho Nicholas e seus filhos.

Eles acreditam que se chamam Gradov, como o pai. Mas sua verdadeira ascendência, seu verdadeiro sobrenome é Romanov. Eles ainda não sabem, mas são herdeiros do trono dos tsares.

Agora que estou com 92 anos e o mundo comemora a queda do Muro de Berlim, é chegada a hora de contar a história da minha verdadeira família, um presente para meu filho e meus netos. Talvez como um ato de penitência, por ter dado as costas ao meu direito de nascença e escondido a verdade sobre as minhas origens durante tantos anos.

Só me tornei Daria Gradov em 1918, quando Miguel e eu embarcamos no trem que nos levaria a Murmansk. Eu usava documentos falsos. Ninguém suspeitava que, na verdade, eu era Tatiana Romanov, a segunda filha do tsar Nicolau e da tsarina Alexandra. Aquela menina estava morta, fuzilada com seus pais, suas irmãs e seu irmão no porão de uma casa rústica na Sibéria. Só Miguel e eu, além de alguns amigos de confiança, sabíamos que a menina morta no porão não era Tatiana.

Eu sou Tatiana.

E agora tenho de contar a minha história, e a de minha família, para que se corrijam velhos erros e o mundo saiba a verdade.

Um

Minha história começa no limite extremo de minha memória, numa tarde nevada de janeiro quando eu tinha 6 anos e parecia que todos os sinos das igrejas de São Petersburgo tocavam ao mesmo tempo.

Lembro-me de que meu pai me levantou para que visse acima da balaustrada da sacada. Senti no rosto o vento gelado e vi, através da neblina verde-amarelada, uma multidão como nunca tinha visto antes. Todos cantavam, gritavam e agitavam estandartes e bandeiras. Aquela massa parecia se estender até onde minha vista alcançava, por toda a Praça do Palácio, para além das esquinas das avenidas e sobre a ponte que cruzava o rio.

— Batiushka! Batiushka! — gritavam. — Paizinho! — O som de seus gritos parecia se dissolver no retinir ressoante dos sinos e no canto de "Deus salve o tsar".

Era o dia da minha santa padroeira, quando acontecia a Festa da Santa Mártir Tatiana de Roma que viveu na época dos césares. No início, pensei que gritavam e cantavam em homenagem à festa. Acenei e sorri, pensando que todos eram muito amáveis em demonstrar tanta alegria no meu dia.

Mas é claro que eles não comemoravam o dia da minha padroeira, como descobri mais tarde. O acontecimento era muito mais importante.

Meu pai me pôs novamente no chão, mas eu ainda via através das aberturas da balaustrada de pedra e ainda ouvia a enorme comoção. O povo começou a entoar "Sagrada Rússia" e "Salve o Exército e a Marinha russos". Deviam estar com as mãos doloridas pelo frio, mas ainda assim batiam palmas enquanto cantavam. Mamãe nos levou até o Salão Branco, através das portas de vidro, para nos aquecermos diante do fogo.

Ela sorria enquanto nos servia leite morno e um prato de bolinhos quentes com mel e glacê. Estávamos muito felizes naquele dia, pois ela havia nos contado um segredo maravilhoso: logo teríamos um irmãozinho.

Éramos quatro irmãs na família naquele inverno de 1904. Como já disse, eu tinha 6 anos, Olga acabara de completar 8, Marie, a gordinha, estava com 4 e a caçula, Anastasia, tinha 2 e meio. Todos comentavam que precisávamos de um irmão e mamãe nos assegurou de que logo teríamos um, apesar do que vovó Minnie dizia (nossa avó era cruel com mamãe e sempre afirmava que ela só teria meninas).

— É por causa da chegada do nosso irmãozinho que todos cantam, gritam e os sinos tocam? — perguntei.

— Não, Tania. É porque eles amam a Rússia e a nós, especialmente o seu querido papai.

— Ouvi Chemodurov dizer que era por causa da guerra — disse Olga, com sua voz mais madura, de quem sabe tudo. Chemodurov era o pajem de meu pai e a fonte de todas as informações de Olga naquela época.

— Silêncio! Deixemos esses assuntos para o seu pai — ordenou mamãe incisivamente.

O olhar que lançou a Olga a deixou emburrada, mas ela obedeceu e não disse mais nada.

— Como vai a sua aula de dança, Tania? — perguntou mamãe, mudando de assunto. — Conseguiu não pisar nos pés de Olga?

— O professor Leitfelter diz que sou uma boa dançarina — respondi com orgulho. — Consigo manter o ritmo com os pés.

Olga e eu frequentávamos aulas de dança duas vezes por semana no Instituto Vorontzov para Moças da Nobreza. Com mais quarenta meninas, todas vestidas em longos aventais brancos idênticos e saias de linho cor-de-rosa, andávamos, girávamos, desfilávamos e nos curvávamos ao som da música de um piano, enquanto nosso mestre se movimentava para lá e para cá, corrigindo nossa postura e batendo palmas, irritado, quando não conseguíamos manter o ritmo.

Eu adorava as aulas de dança. Tudo nelas me agradava. Desde o salão de pé-direito alto imaculadamente branco com suas grandes colunas de mármore e seus imensos candelabros, onde eram ministradas as aulas, passando pelos retratos em molduras douradas que nos encaravam do alto das paredes, até a graciosidade das melhores dançarinas e o sentimento de liberdade que os movimentos despertavam em mim.

Entre as outras meninas eu não era a grã-duquesa mimada pelas amas e serviçais. Era apenas mais uma entre quarenta garotas idênticas, sem receber tratamento diferente apenas por ser a filha do imperador (o professor Leitfelter era igualmente rígido com todas nós). Durante a aula, eu me deixava levar alegremente pela música.

No dia seguinte, imensas multidões se formaram novamente na Praça do Palácio e nas ruas além dela. Mais uma vez, os sinos das igrejas badalavam, o povo cantava e gritava, e meu pai nos levou até a sacada para recebermos aquelas homenagens.

— Nunca vi nada igual — confessou ele à mesa do chá naquela tarde. — Essas enormes manifestações de apoio, essas demonstrações de amor e afeto pela nação...

— E pela dinastia, não se esqueça — interrompeu-o minha mãe. — São para a Casa Romanov e para você, Nico.

Meu pai sorriu docemente, como sempre fazia quando o lembravam que ele, o imperador, era objeto de veneração.

— Meu povo é leal — disse ele. — Eles se queixam, fazem greve e marcham em protesto, chegam até a atirar bombas, mas quando a nação precisa, eles respondem. Disseram-me que existem multidões como esta em todas as cidades — continuou. — Os homens são rápidos em se apresentar como voluntários para o serviço militar. As contribuições estão chegando, dezenas de milhares de rublos. Tudo porque estamos em guerra com o Japão.

— Nós vamos vencer, não é, papai? — perguntei.

— É claro, Tania. Só os britânicos têm uma Marinha melhor que a nossa. Apesar de o primo Willy também ter ótimos navios.

— O primo de mamãe, Willy, era o kaiser Guilherme, soberano da Alemanha. Já tinha visto retratos dele no escritório dela, um homem troncudo de expressão raivosa. Mamãe não gostava dele.

Por muitos dias, as multidões vieram saudar e cantar, e nós saíamos à sacada para sorrir e acenar. Mas papai, que sempre tinha um ar tristonho, a não ser quando saía para fazer suas longas caminhadas, andar de bicicleta ou rachar lenha, começou a ficar muito triste e, pouco tempo depois, o barulho e os cantos cessaram, apesar de ainda haver muita gente na Praça do Palácio olhando para a sacada e conversando entre si.

Olga me contou que alguns dos nossos grandes navios russos tinham sido afundados pelos japoneses. Muitos homens morreram afogados, disse ela, e eu pensei que não era de admirar que papai estivesse tão cabisbaixo.

— Há uma guerra. Uma guerra terrível. E estamos perdendo. Foi Chemodurov quem me disse.

Lembro que fiquei confusa e infeliz por ver o rosto triste de meu pai (que às vezes era muito alegre), e também me lembro do dia em que nasceu o meu irmãozinho.

Naquela manhã, nós fomos mandadas para o quarto das crianças, no andar superior, para não atrapalharmos, e nos disseram que mamãe tinha ido deitar na cama do quarto da vovó Minnie.

— Todos os tsares da Rússia nasceram naquela cama — explicou nossa ama. — Seu pai, seu avô, que era forte como um touro, e seu santo bisavô, que morreu aos pedaços por causa da explosão provocada por aquele homem terrível.

Não se passou muito tempo e os canhões da Fortaleza de Pedro e Paulo começaram a ribombar e ficamos sabendo que nosso irmãozinho tinha vindo ao mundo. Deixaram-nos descer para ver mamãe e o bebê. Ela estava recostada sobre travesseiros macios e parecia muito cansada. Seu rosto tinha a mesma expressão de quando estava com dor de cabeça. Ainda assim, estava linda, a face suavizada pelo cansaço e os cabelos louros espalhados sobre o travesseiro de renda. Ela sorriu para nós e estendeu os braços.

Junto à cama, um berço dourado brilhava ao sol. Ao lado dele havia uma ama que o embalava com o pé. Lembro-me de ter olhado dentro do berço e de ver, sob um cobertor de cor púrpura com bordados em tons de ouro, o nosso novo irmão dormindo.

— Alexei — disse mamãe baixinho. — Ele vai se chamar Alexei. O oitavo Romanov a ocupar o trono de todas as Rússias. Isso sim é algo que merece uma comemoração.

Dois

A engenhoca horrível foi trazida para o quarto das crianças pelo nosso criado Sedynov pouco depois que Alexei nasceu. Um instrumento que devia me ensinar a sentar com as costas eretas.

Naqueles primeiros dias após o nascimento de meu irmão, mamãe esteve doente e ficou acamada no andar inferior, e vovó Minnie tomava conta de nós no quarto das crianças, no andar de cima. Ela não era gentil e amorosa como mamãe, batia em nossas mãos com uma vara quando não cumpríamos suas ordens e, certa vez, chegou a levantar seu rebenque quando Olga se recusou a obedecê-la.

— Vocês, meninas, são muito mimadas — reclamou ela no dia em que a engenhoca foi trazida para o nosso quarto. — Agora, vocês vão aprender a se comportar como moças finas, que só falam quando alguém lhes dirige a palavra, que não cruzam as pernas e não têm má postura. — Olhou irritada para mim. — Sim, Tatiana, estou falando de você. Precisa aprender a se sentar como uma moça elegante.

Ela mandou Sedynov levar o instrumento até onde Olga e eu estávamos. Era uma comprida barra de aço com tiras de couro no alto e embaixo. Obedecendo às instruções dela, ele prendeu a barra em minhas costas ao longo da coluna, afivelando uma das correias na cintura e a outra na testa. Eu não conseguia me mover. Estava tão apertado que, de início, era difícil até respirar.

— Não! Não! Me solte desta coisa horrorosa! — gritei, contorcendo-me e lutando para desprender o cinto, o rosto ficando rubro. Eu podia ouvir Olga rindo ao observar o espetáculo. — Sedynov! Tire isso agora! — implorei novamente.

O empregado, que gostava de nós e nos servia desde o nascimento, olhou sob as sobrancelhas cerradas para vovó Minnie, que reagiu lançando um olhar severo a nós dois. É claro que o pobre homem tinha de obedecê-la, afinal, ela era a imperatriz viúva.

— Eu vou ser elegante, prometo, mas tire esta coisa das minhas costas!

— Você vai usar isso durante quatro horas, todos os dias, até que a sua coluna fique ereta, como eu fiz quando era menina. Eu e minha irmã — disse ela com um olhar para Olga, que imediatamente endireitou as costas e levantou o queixo, na esperança de evitar a tortura que me era imposta. Vovó Minnie tinha sido a princesa Dagmar da Dinamarca antes de se casar com meu avô, o imperador Alexandre, e sua irmã era a princesa Alexandra, agora a rainha Alexandra da Inglaterra. Vovó sempre afirmava que a razão pela qual ela e sua irmã se casaram tão bem fora a postura perfeita, mas eu sabia, com absoluta certeza, que o motivo era a beleza delas, além do fato de serem princesas.

A barra de aço passou a ser a provação de minha existência pelos meses seguintes. Fui forçada a usá-la durante muitas horas todos os dias. Mesmo quando era retirada das minhas costas, eu ainda me sentia dolorida e não conseguia curvar a cabeça sem dor.

— Sinto muito por ter de fazer isso, senhora — murmurava Sedynov toda vez que prendia a barra de aço nas minhas costas. — Mas são ordens da sua gloriosa avó.

— Eu sei, Sedynov, eu compreendo. Você tem de obedecer.

— Obrigado. Vou orar pela senhora.

As camareiras também tinham pena de mim. A dissimulada Niuta lançava-me olhares simpáticos e a gentil Elizaveta guardava doces nos bolsos do meu avental quando pensava que ninguém estava olhando. Shoura, a camareira-chefe, às vezes soltava a barra cruel durante uma hora, quando sabia que a vovó Minnie não apareceria para ver o que se passava.

Estávamos acostumadas ao desconforto no quarto das crianças. Olga, Marie, Anastasia e eu dormíamos em duras camas de campanha, o tipo usado pelos soldados nos quartéis. Era uma tradição, vovó Minnie costumava dizer, e era preciso manter as tradições. Todas as filhas imperiais dos Romanov, mas não os filhos, haviam dormido em camas duras por muitas gerações, desde quando um imperador do passado distante decidiu que suas filhas não dormiriam no conforto de colchões de pena antes de se casarem.

— Não sei o motivo de termos de sofrer só porque um ancestral fez suas filhas sofrerem — observou Olga certa noite, ao se deitar em sua cama estreita ao lado da minha. — Afinal, pertencemos a nós mesmas, não ao passado.

Mas a força da tradição era poderosa, e as camas de campanha permaneceram em nosso quarto.

Na verdade, tudo o que acontecia no quarto das crianças, onde passávamos a maior parte das nossas horas acordadas e todas as de sono, era então muito menos importante do que o que acontecia no quarto de nosso irmão, no andar de baixo. Toda a atenção era dedicada a ele, o tão esperado herdeiro do trono.

E ele carregava um segredo, algo alarmante e potencialmente fatal que só a família e algumas pessoas dignas de confiança sabiam: Alexei sofria do mal do sangramento, que os russos chamam de "doença inglesa", e estava muito doente.

Quando nasceu ele começou a sangrar pelo umbigo, e tinha de usar uma faixa de gaze na barriga. A bandagem logo ficava vermelha de sangue e tinha de ser trocada a cada meia hora. Sempre que entrava para ver o bebê e a mamãe, eu percebia que as enfermeiras trocavam o curativo várias vezes, e pensava que logo ele não teria mais sangue. Mas não dizia nada a mamãe, pois ela estava tão pálida e preocupada que eu não queria aumentar seu temor.

O Dr. Korovin e o cirurgião Fedorov estavam sempre curvados sobre o berço, cuidando de Alexei e falando entre si. Várias vezes eu os ouvia dizendo a palavra "mortal" e achava que não tinham mais esperanças na sobrevivência de meu irmão. Na verdade, eles se referiam à condição de risco dele, que era muito grave, mas eu era nova demais para entender e acreditava no pior.

Dois de nossos primos também sofriam da doença do sangramento, Waldemar e Henrique, filhos de tia Irene. Tinham vindo nos visitar várias vezes em Tsarskoe Selo, e eram pálidos e magros, embora Waldemar fosse muito animado e gostasse de pular conosco na rede e correr rápido quando jogávamos bola. Alguns meses antes do nascimento de Alexei, mamãe nos contou que Henrique tinha morrido e nos pediu para rezarmos diante da imagem da Santa Mãe de Deus por Waldemar, que, segundo ela, também poderia morrer.

Ela nos disse que Henrique havia caído e batido a cabeça numa cadeira, o que provocara um sangramento que não pôde ser contido. Imaginei sua cabeça inchando como um balão, ficando cada vez maior e por fim explodindo, com o sangue voando em todas as direções. Foi horrível, tive pesadelos com a cena. Perguntei-me se a cabeça de Alexei também iria inchar e explodir. Sempre que entrava no quarto dele, procurava sinais de que ela estivesse crescendo. Mas tudo que via era o curativo em volta de sua barriga, e às vezes sua perna parecia enrijecer e uma das enfermeiras a massageava.

Os tios do meu pai vinham sempre ao quarto do menino, especialmente o tio Gega, azedo, magro e alto, e o imponente tio Bembo, de óculos e suíças, que carregava constantemente uma caderneta de capa prateada na qual fazia anotações. Tio Gega falava pouco, mas, quando falava, era aos gritos, irritando os nervos de mamãe, fazendo-a tremer. Ele era casado com tia Ella, a irmã mais velha e afetuosa de mamãe, sempre linda, embora Niuta dissesse que ela fazia suas próprias roupas, algo que uma senhora da nobreza não deveria fazer.

— Há algo errado com esse menino — berrava tio Gega, examinando o berço dourado de Alexei. — Vejam como a perna dele está dura! Como se estivesse quebrada. Não é possível consertá-la?

Irritado, ele encarava o cirurgião, Dr. Fedorov, que evitava seu olhar e se voltava para o colega.

— Pare de resmungar e me dê uma resposta!

— Os membros de Sua Excelência estão... estão...

— Estão o quê?

— Ainda estão se desenvolvendo — completou o Dr. Korovin com um ar de conhecimento profissional.

— Não gosto da aparência dele. — Foi a observação de despedida do tio Gega ao sair do quarto, sem nem mesmo um aceno para mamãe.

Alexei chorava muito. Eu ouvia seus gritos de nosso quarto no segundo andar, e imaginava que sua cabeça estivesse se enchendo de sangue e fazendo-o sofrer. Queria saber se a dor dele era tão grande como a minha quando, dia após dia, era obrigada a me submeter à barra de aço e ao alinhamento torturante da minha coluna.

Três

Estávamos no Salão Azul do Palácio de Inverno, diante da janela alta em arco de onde se via o congelado rio Neva e a Fortaleza de Pedro e Paulo na outra margem. Eu estava ao lado da vovó Minnie e sentia os olhos dela sobre mim, inspecionando minha postura, meu comportamento, minha expressão.

— Sorria, Tatiana — dizia ela frequentemente. — Meninas bem-educadas não franzem a testa. E as meninas que franzem a testa nunca encontram maridos.

Eu sabia que ela me examinava da cabeça às botas de feltro, botas de camponesa, porque o chão do palácio era gelado, e sem elas os dedos dos meus pés teriam ficado azuis.

Estávamos todos lá, enfileirados diante da janela alta, minhas três irmãs e eu, tia Olga e a vovó Minnie, o tio Vladimir e tia Miechen, o mestre de cerimônias do palácio e alguns dos criados que tinham vindo conosco de Tsarskoe Selo para assistir à cerimônia. Mamãe e Alexei não estavam conosco; ela estava com dor de cabeça e Alexei, ainda bebê, era novo demais para comparecer aos eventos no rio.

Tínhamos ido à missa e voltamos para assistir à bênção das águas realizada por meu pai, a cerimônia sagrada que santificava o Neva e invocava o auxílio divino para a cidade no ano seguinte.

Ele estava de pé sobre o gelo azul-esverdeado, uma figura solitária, vestido com seus casaco e gorro de pele, observando o corte de um buraco na superfície gelada do rio. Um pequeno destacamento da polícia marítima esperava atrás dele a uma distância respeitosa, e o bispo de São Petersburgo, em seus trajes brilhantes e em tons de dourado, caminhava devagar em direção à recente abertura no gelo, preparando-se para mergulhar a ponta do báculo na água escura.

A cena se desenrolava silenciosamente diante de nós. Estávamos muito longe para ouvir as orações que eram proferidas, ou para ver, até ser tarde demais, que alguns dos fuzileiros se voltavam e rumavam em direção à fortaleza e corriam pelo gelo, como se estivessem em pânico.

Então ouvimos o som de tiros distantes e vimos os homens começando a cair, atingidos por balas e disparos de canhão, até ficarem apenas meu pai e o bispo, sozinhos, de pé. Ouvi tio Vladimir gritar chamando os guardas, e tia Olga berrar quando o vidro da janela, diante de nós, se estilhaçou em um milhão de cacos de cristal. Alarmada, recuei no mesmo instante em que vovó Minnie levou a mão à testa e tombou no chão, a mão e o vestido manchados de sangue. Senti o ar frio correr à minha volta, uma confusão de vozes e de homens entrando no imenso salão.

Um guarda fardado agarrou meu braço.

— Venha, Vossa Alteza.

— E papai, como está? — Virei a cabeça para olhar a cena no rio, mas só vi manchas de corpos que se moviam rapidamente. Deixei-me levar pelo oficial que segurava meu braço através de um longo corredor em direção a uma das salas da guarda.

— Aqui, Vossa Alteza. Fique aqui. Ninguém virá perturbá-la. — Eu estava no interior de um armário mal-iluminado, com cheiro de mofo, cheio de prateleiras. Estava só. Ouvi o som de uma porta bater e ser trancada.

Papai estava bem? Onde estavam minhas irmãs? O que tinha acontecido no gelo? Tentei abrir a porta do armário, mas ela estava agarrada. Eu ia ficar ali, esquecida, até morrer de fome?

— Mamãe! — gritei, sabendo que ela não podia me ouvir. — Sedynov! Shoura! Niuta!

Mas ninguém veio e, logo, o único som que eu ouvia eram as batidas do meu coração, o sangue correndo em meus ouvidos, e um rato arranhando algo em algum canto distante na sala escura.

Quatro

Pouco tempo depois desses acontecimentos assustadores, lembro-me de estar sentada no salão lavanda de mamãe, a sala com fragrância de lilás, e de seu perfume favorito, o "Rosas Brancas". Ela estava estendida na espreguiçadeira branca, um xale cor-de-rosa cobria suas pernas, que doíam muito, tricotando uma balaclava de lã cinza para uma de suas obras de caridade.

Eu gostava da sala especial da mamãe, não apenas por poder estar com ela, mas por ser um lugar sempre tranquilo, com o tique-taque do pequeno relógio branco e dourado, um presente que ela ganhara de sua avó, a rainha Vitória, quando era pequena; e pelos retratos de santa Cecília e de Alice, a mãe de mamãe, posicionados na parede ao lado de uma imagem de Nossa Senhora da Anunciação. Ela também tinha um retrato meu, de minhas irmãs e de meu irmão, além de uma reprodução grande da rainha Vitória já bem velhinha, pequena e enrugada, vestindo uma touca de renda fora de moda sobre o cabelo grisalho. Quando eu era pequena, sempre tive a impressão de que a velha rainha sorria para mim naquele retrato.

Mamãe levantou as agulhas e me olhou calorosamente com seus olhos azul-escuros.

— E como está a minha Taniushka? Teve aula de dança hoje?

— Estou bem, mamãe. Mas a aula de dança foi cancelada. O professor Leitfelter disse que as ruas estão muito perigosas e que todos devem permanecer em casa.

Era verdade. Havia muita agitação na cidade naqueles dias, com os trabalhadores em greve, tumultos e soldados por toda parte. Todos diziam que era um milagre meu pai ter escapado com vida quando atiraram nele, parado no meio do rio. Desde aquele dia, ele só saíra de casa para ir ao nosso palácio de Tsarskoe Selo, fora da cidade, cercado pelos guardas e pela cavalaria.

— O Senhor permitiu que ele vivesse. — Ouvi vovó Minnie dizer quando visitou nosso quarto no andar superior. — A vida dele foi salva para que ele pudesse livrar a Rússia da maldade das massas sem Deus. — Ela usava um curativo sobre a testa cobrindo o ferimento que sofrera no dia em que atiraram contra papai; estava coberto por um véu, mas, ainda assim, eu podia vê-lo.

Olhei para mamãe, as agulhas se movimentando rápidas em suas mãos. Ela usava seus anéis habituais, um deles tinha uma única pérola grande, e o outro era pequeno e possuía o sinal da suástica, que ela me dissera ser um antigo símbolo indiano que significava "bem-estar".

Suas mãos estavam vermelhas e as faces iam ficando mais rosadas. Eu sabia que aquilo indicava que ela não estava à vontade. Estendeu a mão para mim, a mão com o anel da suástica.

— Taniushka, sabe o que quer dizer este símbolo?
— Sei, mamãe. A senhora já me disse. Significa "bem-estar".
— E sabe por que eu o uso?
— Não, mamãe.
— Porque ele me foi dado por um homem maravilhoso, um professor chamado Philippe, que veio da França. Quando me deu o anel, ele me disse para não esquecer, não importasse a situação, que sempre teria um sentimento de bem-estar, pois sou uma filha abençoada de Deus, e nada de realmente mau pode me atingir.

Olhei para ela, sem saber o que dizer.

— Agora, há algo que preciso lhe dizer, uma coisa muito triste e aflitiva. Mesmo assim, ainda tenho a sensação interna de bem-estar, e quero que você se sinta dessa forma também. No fundo, nada do que possa acontecer vai nos atingir. Você vai se lembrar disso?

— Vou, mamãe. Isso não é sobre o papai, é?

— Não, querida. Foi o seu tio Gega. — Ela engoliu em seco e continuou. — Jogaram uma bomba na carruagem dele. Ele se feriu gravemente. Na verdade, querida, a vida dele terminou. — Ela fez o sinal da cruz.

— Oh, pobre tia Ella!

— É justamente por causa dela que estou lhe contando isso. Ela está vindo de Moscou para nos visitar, vai chegar dentro de alguns dias. Aqui, conosco, estará protegida. Precisamos cuidar bem dela.

Eu não amava o tio Gega. Na verdade, não gostava dele, apesar de me divertir por ser um tanto ridículo, usando um espartilho sob a camisa para diminuir o tamanho da barriga. Quando a camisa era apertada, Olga e eu víamos claramente as barbatanas do espartilho e ríamos, mas só quando ele não estava por perto, é claro.

— Nós vamos ao funeral do tio Gega?

— Não, meu bem. Ele vai ser enterrado em Moscou, e seria arriscado para nós comparecermos, neste momento tão delicado. — Fez uma pausa. — Lembre-se, Tania, de que você leva na alma o seu bem-estar. Quando a tia Ella chegar, você não pode demonstrar a sua dor.

— Farei o possível — assenti.

Mas, quando tia Ella chegou, o rosto manchado de lágrimas, e sua aparência e o vestido sempre imaculados em desordem, não consegui conter meus sentimentos. Corri para ela e chorei em seus braços. Ela me abraçou e comentou como eu estava grande, abraçou minhas irmãs e o pequeno Alexei.

— Queridos — disse ela —, procurem não sofrer. O meu querido Serge está no Paraíso com os anjos. Ele sabia que os cruéis lançadores de bombas estavam em seu encalço. Tentou evitá-los. Na fortaleza do kremlin, ele dormia num palácio diferente a cada noite para não ser descoberto.

Perguntei-me se teríamos de dormir num palácio diferente a cada noite. Pois alguém me dissera que os lançadores de bomba iriam matar todos da família imperial. Tio Gega fora apenas o primeiro a morrer. Será que tia Ella acreditava que logo morreria também?

Minha irmã tinha o exemplar de um jornal, *A Palavra Russa*, que Chemodurov lhe emprestara, contando o que havia acontecido quando a bomba atingiu o corpo de tio Gega. Sua cabeça, os dois braços e uma das pernas foram destruídos, de maneira que, quando tia Ella fora procurar o que havia sobrado dele na neve ensanguentada, conseguiu encontrar apenas o peito, uma perna e uma de suas mãos caída sozinha. Eu não esperava que alguém falasse a respeito daquilo, mas, para minha surpresa, tia Ella nos contou como recolheu tudo o que havia sobrado de Serge e colocou dentro de uma grande cruz de madeira oca que ela pendurava na parede. Também pôs o que havia sobrado das roupas ensanguentadas dentro dela, mas guardou a medalha que ele usava como proteção e agora a trazia no pescoço numa corrente de ouro.

— Sinto que ele ainda está aqui comigo — disse ela uma tarde, quando nos reunimos para o chá, passando o dedo pela medalha enquanto falava. — Ele cuida de mim.

— Alguém devia ter cuidado dele — falei sem pensar, e vovó Minnie fez "psiu", olhando-me furiosa por cima de sua chávena.
— Quero dizer, os policiais, vovó. Tinham de ter cuidado da segurança dele.

— Mas como — perguntou mansamente Ella —, se não sabiam quem eram os lançadores de bombas? A polícia não tem condições de nos proteger contra um inimigo desconhecido. Pelo que sei, vocês mesmas escaparam por pouco. Apesar de todos os soldados aqui no palácio, tentaram atirar em vocês. Até mesmo alguns coristas eram terroristas disfarçados. Vocês tiveram sorte em escapar.

— Que coristas? — Olga quis saber.

— Oh, você não contou às meninas — disse Ella a mamãe.
— Bem, acho que assim foi melhor. Não havia necessidade de assustá-las.

— Então conte agora — pediu Olga, voltando-se para mamãe, que ficou rubra e nada disse.

— Há poucos dias, tivemos alguns convidados indesejáveis entre nós — começou meu pai com um leve sorriso. — Foram encontrados na capela, vestidos como coristas, prontos para participar do culto da noite. Um guarda atento, que mais tarde foi agraciado com uma medalha, notou volumes suspeitos sob os mantos que usavam. Foram presos, e a polícia descobriu que carregavam explosivos na cintura.

Ouvi Olga suspirar profundamente, e também me senti chocada e com medo.

— Eles vão nos explodir? — perguntei.

— Talvez fosse esse o plano deles — respondeu meu pai com firmeza —, mas estamos bem protegidos e o plano deles não teve sucesso.

Olhei para tia Ella, que possuía um olhar distante, como alguém perdido em pensamentos. Agora que era viúva, estava mudada, pensei. O corte do vestido era simples, o penteado lembrava mais o de uma mulher do campo que o de um membro da família real. Ainda era linda como sempre fora; tinha a pele muito clara e os olhos azuis, com uma falha evidente no olho esquerdo, um ponto marrom bem perceptível no meio do azul. Era muito bonita, mas estava abatida, e não pude deixar de me entristecer ao ver as marcas das lágrimas no meio das duas faces.

— Se os lançadores de bombas pretendem evitar que continuemos a ter nossa vida diária, eles vão ficar desapontados — avisou mamãe, retirando uma bola de lã cinza com as agulhas enfiadas do fundo da bolsa de tricô. — Pretendo continuar com minhas tarefas rotineiras e uma delas é terminar esta balaclava para que seja vendida no próximo leilão beneficente.

— Qual de seus projetos de caridade vai ser dessa vez? — perguntou vovó Minnie secamente. — As Viúvas das Guerras Alemãs, ou o Fundo Comemorativo da Rainha Vitória?

— Mamãe... — começou papai desanimado, mas desistiu.

Levantei-me e fui sentar ao lado de mamãe.

— Deixe-me enrolar a lã, mamãe. A senhora devia me ensinar a tricotar um dia. E eu gosto de seus trabalhos de caridade, eles ajudam muita gente. — Ao dizer isso, encarei vovó Minnie fixamente. Ouvi Olga começar a rir.

— E por que não fundamos uma nova instituição de caridade? O Fundo para a Boa Postura de Meninas Malcriadas?

Era uma ameaça. Vovó Minnie estava ameaçando me obrigar a usar a odiosa barra de aço durante mais horas todos os dias. As lágrimas começaram a correr.

— Tania, Tania, o que foi? — perguntou meu pai, seguido por minha mãe:

— Taniushka, o que te perturbou?

— Não posso dizer. Ela me fez prometer que não contaria.

— Quem te fez prometer? Do que se trata? — Não respondi. — Você tem de me contar, Tania. — Nunca consegui resistir ao meu pai, a preocupação em sua voz era evidente.

Funguei, olhei para vovó Minnie e ergui a mão lentamente, apontando-a com um dedo.

— É indelicado apontar, Tatiana — replicou vovó com a voz cortante. — Já disse isso uma centena de vezes, e sua governanta também.

Neste momento, meu pai se levantou e enfrentou vovó Minnie.

— O que está acontecendo? Tenha a delicadeza de me dizer.

Ela deu de ombros e se virou.

— Sua filha é impudente. E relaxada.

Ignorando esta resposta, meu pai continuou a interpelar a mãe.

— O que ela não pode me contar?

Nenhuma resposta veio de vovó Minnie. A tensão na sala aumentou. Finalmente, Ella levantou-se de onde estava, sentou-se ao meu lado e segurou minha mão.

— Vamos dar um passeio? — chamou ela baixinho, e saímos da sala para a estufa, onde fomos envolvidas pelo perfume fresco do arranjo de plantas em florescência.

Passeamos ali durante algum tempo, em silêncio. Finalmente, chegamos a um banco e Ella se sentou. Sentei-me ao seu lado.

— Quando eu era menina e estava infeliz por alguma coisa, minha mãe sempre me levava para um passeio. Era bom. Agora você está pronta para me dizer o que a faz infeliz?
— Se eu disser, vou ser castigada.
— Pela sua avó?
— É.
— Mas imagino que ela não tenha obrigado você a não contar para mim, só para os seus pais. Não é verdade? Afinal, ela não sabia que eu estaria aqui.
— É. Ela disse "se contar para seu pai ou sua mãe, eu vou obrigar você a usar isso o dobro do tempo".
— Usar o quê?
— O aparelho.
— Que aparelho?
— Não sei o nome dele. Sedynov o amarra no meu corpo quase todos os dias, e eu tenho de usá-lo durante quatro horas. Ou mais.
Uma expressão de consternação passou pelo lindo rosto de Ella.
— Onde está o aparelho agora?
— Num armário no nosso quarto.
— Mostre-o para mim.
— A senhora promete me proteger se a vovó me castigar?
— Claro. Nunca duvide. E tenho a impressão de que ela não vai ter mais oportunidade de punir você depois de hoje.
Levei tia Ella até o quarto e lhe mostrei onde Sedynov guardava a engenhoca horrorosa com a barra de aço e as correias de couro. Descrevi a tortura que sofria com aquela coisa presa às minhas costas.
Tia Ella só disse uma palavra:
— Desumano!
E deixou-me no quarto com Niuta e saiu.
Nunca mais se falou daquele aparelho terrível. Mais tarde, quando olhei dentro do armário, ele havia desaparecido e eu não fui castigada por ter contado à tia Ella. A partir daquele dia, notei que vovó Minnie raramente aparecia em nosso quarto. Eu estava livre.

Cinco

Depois da morte do tio Gega, meu pai passou a fumar muito, cofiava frequentemente a barba e saía para longos passeios solitários na pequena ilha no lago em Tsarskoe Selo, que chamávamos de ilha das Crianças. Naquele local, os bosques eram densos, lugares perfeitos para se esconder. Papai passava muitas horas ali, apesar de eu ter ouvido vovó Minnie comentar que ele fazia isso para deixar seus ministros esperando e evitar se encontrar com mensageiros, que constantemente lhe traziam más notícias sobre guerra, tumultos e lançadores de bombas.

Pobre papai! Mamãe sempre nos dizia para rezarmos por ele, porque a cruz que carregava era muito pesada. Sei que ele se preocupava com a segurança de Alexei. Ordenava às enfermeiras que o fizessem dormir cada noite em um quarto diferente, e um boneco ocupava seu lugar no berço, no quarto do primeiro andar, caso sofrêssemos um ataque.

Como seria possível que papai deixasse de se preocupar, se todos os dias chegavam em seu gabinete pesadas sacolas, cheias de telegramas de todas as partes do mundo? Aquilo era mais do que um homem seria capaz de ler, e principalmente responder.

— Já sei o que todas dizem — falava, à medida que chegavam mais e mais sacolas. — Não preciso lê-las. Estão cheias de críticas.

"Abdique da coroa", dizem. "Dê a Rússia para o povo." Mas se eu abdicar o povo russo será capaz de se governar? Acredito que não.

A cada dia mais sacolas chegavam e, a cada noite, Niuta me dizia que as via sendo carregadas numa carroça e lançadas no canal Fontanka.

Às vezes, papai esquecia todas as preocupações e ficava meio bobo, especialmente com tio Sandro. Ele e Sandro gostavam de brincar de perseguição pela sala, lutar como meninos ou empurrar um ao outro para fora do sofá, rindo e trocando socos. Mas o tio Sandro também sentiu medo nos dias difíceis que se seguiram à morte de tio Gega. Tia Xenia, sua esposa, também estava assustada. Eu os ouvia contar aos meus pais sobre o plano de velejar até a Grécia no iate que tinham e permanecer lá.

— Sair da Rússia! — gritava papai. — Nunca! Só um covarde partiria.

Mas, apesar das palavras ousadas, ele ainda se escondia na ilha das Crianças e, mesmo ainda sendo tão jovem, eu percebia o medo em seus olhos.

Tínhamos então um novo preceptor, monsieur Pierre Gilliard, que nos dava aulas de francês e história, e nos contava fatos maravilhosos sobre lugares onde estivera e coisas que havia visto. Era um homem sério e, quando era pequena, eu o considerava muito sábio. Seus ternos cinza chumbo e suas gravatas listradas usadas com um alfinete, seus olhos castanhos inteligentes e a espessa barba marrom acentuavam ainda mais seu ar de professor. Falava francês e alemão conosco, pois sabia muito pouco russo. Lia espetáculos teatrais para nós, representando todos os papéis, e também escrevia suas próprias peças.

No dia em que veio pela primeira vez a Tsarskoe Selo, mamãe o levou até o nosso quarto para nos conhecer e eu me ofereci para apresentá-lo ao nosso elefante. Ao ouvir minha sugestão, seus olhos brilharam. Segurei sua mão e fomos todos juntos, inclusive a pequena Anastasia, ao zoológico no parque perto da ilha das Crianças, onde o velho animal vivia em sua própria casa. Minhas irmãs mais novas foram acompanhadas por suas amas.

Ninguém se lembrava de quanto tempo o elefante já vivia conosco em Tsarskoe Selo, mas diziam que ele fora trazido da Índia como um presente para o avô de papai. Ele era peludo e estava sempre coberto de poeira; gostava de soprar terra para o alto com sua tromba e deixá-la cair sobre o lombo, e a água de seu tanque estava sempre suja e malcheirosa.

— Alguma das senhoritas sabe onde fica a Índia? — perguntou monsieur Gilliard depois de observar o animal durante alguns minutos.

— Eu sei! — disse Olga. — Fica abaixo da China e acima da Austrália.

— Excelente, Olga, excelente! — Ele gostava de usar essa expressão inglesa e a repetia com frequência, esfregando as mãos.

— E você é capaz de me dizer alguma coisa sobre a Índia, Tatiana?

— Sei que tem elefantes e tigres. Uma vez, papai matou um tigre numa caçada na Índia.

— Não matou não! Quem matou foi o tio Vladimir.

Monsieur Gilliard ignorou a interrupção de Olga.

— E sobre o clima, Tatiana? Você diria que é muito quente?

Dei de ombros. Eu não sabia.

— Tonta, é claro que lá é muito quente! É tudo um deserto. Ninguém vive lá durante o verão.

Monsieur Gilliard examinava a jaula do elefante. O animal empoeirado balançava a cabeça e batia o pé.

— Imagino que ele deva sentir muito frio aqui na Rússia. Está acostumado com muito sol. E imagino que se sinta bastante só — falou, baixando o tom de voz.

— Eu gosto dele — comentou Marie em voz alta, quase gritando. — Quero montar nele! — Correu até as barras da jaula, agarrou-as e começou a sacudi-las.

— Marie! — A ama afastou a menina da jaula e a repreendeu.

Monsieur Gilliard continuou a falar por meia hora, num tom muito natural e agradável até voltarmos para o chá. Gostamos dele e, ao ouvi-lo falar, nosso francês melhorou, embora falássemos com o sotaque dos suíços, e não o dos parisienses.

Foi monsieur Gilliard quem nos contou rapidamente, e de uma forma que Olga e eu pudemos compreender, a razão pela qual tínhamos de ficar em Tsarskoe Selo e por que todos estavam tão assustados. Falou da derrota de nossa frota e da maneira vergonhosa como alguns dos marinheiros se comportaram, rebelando-se contra seus comandantes, chegando mesmo a matar alguns deles. Num tom calmo e racional, explicou sobre esses acontecimentos terríveis, e nos fez vê-los como parte da história, e não como golpes repentinos e chocantes contra a nossa querida Rússia.

— Quase tudo pode ser entendido — disse ele reflexivamente —, desde que seja visto sob o prisma da história. Somos parte dela, todos os dias acrescentamos mais um fato a ela.

Pensei nisso no dia em que papai se preparava para sair de Tsarskoe Selo para participar de uma parada da cavalaria em Petersburgo. Vestia a calça verde e o casaco vermelho e dourado dos Hussardos Grozny e montava um magnífico ruão. Saímos todos para o terraço do palácio para vê-lo tomar seu lugar à frente do grupo de cavaleiros, inclusive mamãe, que caminhava com dificuldade por causa de uma forte dor na perna.

No momento em que os portões se abriam para a saída dos cavaleiros liderados por meu pai, um mensageiro chegou em um cavalo machucado, gritando ofegante.

Os cavaleiros pararam e, por alguns momentos, continuamos a observar sem saber o que se passava. Vimos então os grandes portões de ferro se fecharem e papai voltar a galope para os estábulos.

Mais tarde, soubemos que o mensageiro tinha trazido um aviso de um dos ministros. Os terroristas esperavam ao longo da rota da parada. Tinham três carroças carregadas de bombas e pretendiam matar papai.

— Um plano infernal! — disse vovó Minnie. — Um plano cruel e infernal!

Mais tarde, no jantar, soubemos que tinham atirado suas bombas, mas somente um homem, o velho porteiro do Hotel Mariinsky, havia morrido.

Papai o conhecia bem. Quando criança tinha sido levado ao hotel muitas vezes e se lembrava dele. Ao anoitecer, vi papai caminhando na ilha das Crianças e colhendo lírios-do-vale; pressenti que pensava no pobre velho e aquilo me entristeceu.

— Meninas! — chamou-nos mamãe na manhã seguinte, com um sorriso luminoso. — Tenho uma coisa para mostrar. — Ergueu um pequeno retrato pintado em cores vivas e com uma grossa moldura de ouro. — Um sábio *starets*, um homem santo de Pokrovsky, enviou esta imagem milagrosa de são Simão Verkhoturie para o papai. Foi o que salvou a vida dele ontem. E é o que irá protegê-lo de agora em diante.

Pendurou o retrato cuidadosamente na parede e fez um sinal, pedindo a um camareiro para acender uma vela sob ele. Nós todas rezamos pela segurança de nosso pai. As palavras de monsieur Gilliard me voltaram à mente enquanto eu estava ajoelhada. Éramos todos parte da história. A cada dia acrescentamos um pouco a ela. O que, perguntei-me, nos traria o dia seguinte, e o seguinte?

Seis

Foi pouco depois de voltarmos do cruzeiro de verão a bordo de nosso iate *Standart* que eu conheci Daria.

Durante pouco mais de um mês, cruzamos as calmas águas do mar Báltico, contornando diversas ilhas pequenas ao largo da costa finlandesa. O tempo estava bom e quente; e os ventos, suaves. Descemos à terra e caminhamos pela costa rochosa. Tínhamos as saias presas sob o cinto, as anáguas encharcadas e tentávamos pegar peixes com nossas redes enquanto papai atirava nos corvos e nos pássaros marinhos, olhando para o mar através dos binóculos.

Mamãe, que sempre ficava mais relaxada no iate, sentava-se na cadeira de convés com um xale sobre as pernas e tirava fotos de nós, ora sorrindo quando posávamos para ela, ora irritada quando fazíamos caretas ou dávamos as costas para a lente. Anastasia corria para cima e para baixo no convés, depressa demais para ser fotografada, enquanto Marie mostrava a língua para a câmera e tentava subir por cordas e mastro.

Eram dias felizes, apesar de mamãe e papai estarem sempre preocupados com Alexei, procurando sinais de que ele estivesse sangrando outra vez. Sua perna esquerda permanecia reta o tempo todo e o joelho, que não dobrava, estava sempre cheio de sangue por dentro. Também não conseguia andar normalmente e mancava, mas, quando começou a cair com muita frequência, um dos marinheiros, um homem grande e forte chamado Derevenko, passou a carregá-lo. Mamãe tirou muitos retratos de Derevenko no iate com Alexei nos braços.

Como já disse, foi pouco depois de nossa volta a Tsarskoe Selo que vi Daria pela primeira vez.

Niuta estava tirando os meus chinelos para serem limpos, quando uma moça da cozinha entrou e lhe entregou um bilhete. Ela o leu e guardou no bolso. Percebi imediatamente que a mensagem a deixara alarmada.

Entregou meus chinelos sujos para um camareiro que já nos esperava e colocou rapidamente um outro par em meus pés.

— Venha! — disse ela tomando-me a mão. — Vamos à cozinha.

De início eu gostei, pensando que ela ia me oferecer um confeito, um bolo recém-saído do forno, um pãozinho com aquela geleia que mamãe amava, ou talvez uma torta. Mas, em vez disso, atravessamos a padaria quente do palácio sem parar, até chegarmos a uma despensa com paredes cobertas de prateleiras cheias de vidros, potes e latas.

Em um dos cantos havia uma mocinha agachada como se estivesse com muito medo, o rosto enegrecido de fuligem, as roupas de trapos cobertas de cinzas. Ela estava agarrada a uma cesta, que continha um cãozinho com o pelo preto de fuligem, tal como sua dona.

— Daria!

Niuta correu até a moça, ajudou-a a se levantar e passou os braços em volta dela.

— Dariushka! O que aconteceu com você?

— Fogo — respondeu a moça, com uma voz que era pouco mais do que um sussurro. — Fogo por todo lado.

— Onde?

— A fábrica. Todas as fábricas. — Ela se engasgou e tossiu. — Muitas pessoas, todas correndo, perseguidas pela polícia... — Ela se calou, incapaz de continuar.

— Calma, calma, eu vou cuidar de você.

Niuta se voltou para mim.

— Tania, querida, você poderia ir até a padaria e trazer panos úmidos, pães e um copo de chá para minha irmãzinha, por favor?

— Sua irmã?

— Esta é minha irmã, Daria. Daria, esta é a grã-duquesa Tatiana.

— Muito prazer — cumprimentei polidamente. A menina me olhou suspeitosa, e me respondeu com um aceno quase imperceptível.

Claro que considerei a situação muito estranha, porque nunca antes alguém havia me pedido para executar tarefas tão servis, e possivelmente não era permitido aos empregados trazerem parentes para o palácio. Ainda assim, Niuta era uma pessoa que eu amava e em quem confiava, pois era a principal camareira da minha mãe. Estava sempre em nosso quarto e eu a conhecia desde que nasci, e sua irmã obviamente precisava de ajuda. Fui até a padaria e perguntei se podiam me dar alguns pãezinhos e um pouco de chá. Enquanto esperava pela comida, encontrei alguns panos cobrindo os pães frescos e molhei-os numa panela d'água. Depois, levei tudo pelos degraus de pedra até a despensa.

— Obrigada, Tania. Agora acho que você deve voltar para o seu quarto.

— Quero ficar. Quero ajudar.

— Você? A filha do tsar? Você quer me ajudar? — Quando tentou falar, a voz de Daria era áspera e acusatória. Niuta lhe entregou o copo de chá que eu tinha trazido e ela tomou um grande gole.

— Sim. Por que não?

Daria cuspiu.

— Sabe quem começou o incêndio que quase me matou? A polícia de seu pai.

— E por que fariam isso? — quis saber.

Daria começou a devorar os pãezinhos, dando um pouco ao cãozinho, que engolia os pedaços farinhentos como se não comesse há vários dias.

— Porque estamos em greve — respondeu ela com a boca quase cheia.

— Daria é empregada na fábrica da metalúrgica Phoenix — explicou Niuta. — Todos os operários lá estão em greve.

— Todos os operários de São Petersburgo estão em greve — corrigiu Daria com alguma veemência, depois de ter engolido os pãezinhos. — Queremos salários justos. Não queremos trabalhar 16 horas por dia, até cairmos dentro das máquinas ou morrermos de cansaço.

Ela bebeu mais chá e esfregou as pálpebras inchadas, depois continuou:

— Tudo começou na Arcada Shchukin. Um grande incêndio iniciado pela polícia. Meu amigo viu: eles puseram fogo em uns pedaços secos de madeira e depois jogaram trapos para queimar mais depressa.

O medo surgiu nos olhos da menina enquanto ela falava, revivendo o terror do que tinha visto e sentido.

— Era como o inferno, as chamas do inferno. O calor! O cheiro de toda aquela madeira queimando! Os gritos! Muitos gritos! "A fábrica está em chamas", ouvi um homem dizer. Era a fábrica de borracha próxima à nossa. Sentimos o cheiro dos pneus queimando. Foi então que eles destrancaram as portas e nos deixaram sair.

— Você está dizendo que estava trancada lá dentro?

Daria me olhou com desprezo.

— Somos trancados o tempo todo. O gado vive trancado para não fugir, não vive? — Fez uma pequena pausa, e prosseguiu: — Fui jogada contra uma parede. Tive sorte. Outras pessoas foram pisoteadas.

— Ninguém tentou ajudar vocês? Nem a polícia nem os soldados? Eles devem ter tentado ajudar, pelo menos as mulheres... — comecei, mas o olhar feroz de Daria me fez calar.

— Ela é muito nova para entender — disse Niuta à irmã. — Não devemos falar mais sobre isso.

— Não, não! Eu quero entender. Quero saber.

— E se ela contar a alguém? — perguntou Daria, repentinamente temerosa. — Você vai ser presa.

— Não acredito. A imperatriz sempre foi muito boa para mim.

— A não ser quando ela grita com você — interrompi, pois mamãe às vezes ficava muito agitada, com raiva, e gritava com os empregados. — Você se lembra daquela vez em que se esqueceu de trancar a gaveta das rendas?

— As grandes damas às vezes se esquecem de quem são — disse Niuta sorrindo maliciosamente.

O cachorrinho de Daria latiu e Niuta correu os olhos pela despensa, preocupada.

— Não o deixe latir! Não queremos que outras pessoas descubram você aqui. — Enquanto falava, Niuta entregou à irmã os panos úmidos que eu tinha trazido. — Lave o rosto e as mãos. Vou tentar tirar um pouco desta fuligem de suas roupas. Depois vou levar você para cima.

Passado algum tempo, enquanto eu olhava, Daria se transformou de uma operária encardida numa camponesa de rosto redondo. O lenço vermelho limpo e recolocado no cabelo louro, a pele pálida, mas ainda com vestígios do frescor do campo. A mudança na sua aparência foi notável, mas não percebi nenhuma diferença em seu olhar. Ainda estava carregado de hostilidade, medo e de uma profunda desconfiança.

Niuta começou a escovar a fuligem e a cinza das saias da irmã e de repente gritou:

— Por todos os santos! Você está grávida!

Daria ergueu a cabeça, orgulhosa.

— E se estiver? Se quiser, eu posso ter um filho!

Niuta fez o sinal da cruz.

— Mas, Daria, você é muito nova, e não tem marido!

— Eu ia ter um marido, mas os cossacos o cortaram em pedaços! — Pela primeira vez eu vi seus olhos se encherem de lágrimas, embora sua voz continuasse áspera e seu tom desafiador. — Foi no dia em que entramos em greve. Marchamos, milhares de nós, descendo a estrada Schlüsselburg diante das fábricas e usinas. Cantávamos. Demos as mãos. Nos sentíamos fortes naquela manhã! Então nós os ouvimos chegando. Centenas deles, cossacos montados em cavalos enormes, avançando contra nós com as espadas para o alto e gritando. Meu Sasha os enfrentou, mas eles lhe abriram a cabeça. Ele caiu e não se levantou mais.

Eu ouvia horrorizada, mas ao mesmo tempo intrigada. Tinha vergonha de estar tão interessada naqueles acontecimentos terríveis.

— Íamos nos mudar para Pokrovsky e casar. Agora sou viúva antes mesmo de ser esposa! Mas vou ter o filho de Sasha!

Niuta ajudou a irmã trêmula a subir os degraus e eu trouxe a cesta com o cachorrinho. Daria foi abrigada temporariamente no quartinho de Niuta no sótão, onde dormiam todos os serviçais particulares de mamãe. Ela começou a trabalhar na sala de passar, um vasto salão onde dezenas de empregados passavam os vestidos de mamãe e cuidavam de adornos e enfeites.

Mais tarde, depois que Niuta e eu voltamos para o quarto das meninas, ela me fez sentar e falou seriamente comigo:

— Tania, peço que você não conte nada a ninguém, nem mesmo a seu pai ou sua mãe, sobre o que viu e ouviu hoje.

Dei a minha palavra imediatamente, sentindo que tinha observado de relance um mundo que nunca soubera ter existido, e me sentindo privilegiada pela confiança de Niuta.

— Amo minha irmã caçula, mas às vezes ela é muito difícil. Viemos juntas de Pokrovsky e tivemos a ajuda de um pastor para conseguir trabalho. Estou muito feliz. Sua mãe é uma boa patroa, apesar dos ataques de raiva ocasionais. Mas Daria escolheu trabalhar na fábrica e, desde então, vive revoltada e infeliz. Quem dera ela tivesse se casado e voltado para casa.

— Tenho algum dinheiro guardado — disse. — Se o der para Daria, ela poderia voltar para casa?

Niuta sorriu.

— Você é uma boa menina, Tania. Mas acredito que voltar para casa iria custar muito mais do que você tem. E não tenho certeza de que ela queira ir. Por enquanto, pelo menos, ela vai estar bem. Mas quando o bebê nascer tudo vai mudar. Não sei o que ela vai fazer então.

Naquela noite, depois que Olga e eu tomamos banho em nossa banheira de prata, cheia de água quente e perfumada com óleo de amêndoas, quis contar a ela sobre Daria e especialmente sobre o que ela dissera a respeito da polícia começar um incêndio, atacando e matando os operários em greve. Seria possível? Os belos regimentos de cossacos de meu pai estariam assassinando pessoas? Ou estavam apenas mantendo a ordem? Claro que a ordem tinha de ser mantida.

Pensamentos perturbadores ocupavam a minha mente enquanto tentava dormir; virei e me agitei em minha cama desconfortável.

— Por todos os santos, Tania. Pare com esta agitação! — reclamou Olga. Ouvi-a bater no travesseiro. — Vou pedir a papai para ter o meu próprio quarto.

Sete

— Mamãe, posso ter meu próprio quarto?
Eu observava minha mãe se vestir e via seu reflexo no alto espelho triplo, enquanto Niuta e Elizaveta amarravam o espartilho de renda branco e cor-de-rosa em volta da cintura dela. O salão de vestir recendia a verbena misturada ao perfume das pétalas de rosa que flutuavam na água do banho recém-tomado. As mesas e as cadeiras no grande salão estavam cobertas de meias de seda, finas anáguas de rede, dúzias de pares de chinelos para os pés grandes de mamãe e quatro vestidos do costureiro da moda, Lamanov.

— Qual vestido Vossa Alteza prefere usar? — perguntou a bela ruiva Shoura, a segunda camareira, encarregada de ajudar mamãe a se vestir, enquanto erguia um vestido lavanda com um corpete de veludo azul e mangas longas. — Este cai muito bem em Vossa Alteza.

Mamãe pegou o vestido e o colocou diante do próprio corpo, balançando a saia de um lado para o outro.

— Mamãe... — tentei outra vez.

— Um momento, Tania.

Ela soltou o vestido lavanda, que caiu formando uma pilha no chão, e apontou para outro, amarelo-claro, que estava jogado sobre uma cesta revestida de cetim. Niuta levantou o delicado modelo e o trouxe para mamãe. Mais uma vez, ela colocou o vestido diante do corpo e examinou o efeito no espelho triplo.

— Nunca pude vestir amarelo — murmurou. — Só as morenas podem usar amarelo. Lamanov estava errado.

— Vossa Alteza é linda com vestidos de todas as cores — elogiou Elizaveta, a mais jovem das camareiras, que trabalhava principalmente com botões, colchetes e laços de fita.

— Bobagem — respondeu mamãe de maneira brusca. — Traga-me o malva.

Aquela era a cor favorita dela, e não me surpreendi quando decidiu usar o vestido malva, que tinha um laço branco infantil e uma casta gola alta. As três camareiras começaram a vesti-la com um espartilho e uma saia bem-acabados.

— Já sei o que vão dizer quando me virem com este vestido. Ah, eu sei. Já posso ouvi-las, a dominadora Minnie, a velha gorda Miechen, e Xenia... Ah, claro! Xenia tem seu lado malvado... e todas as outras. "Inglesa orgulhosa!" É como elas me chamam. "Inglesa afetada e cerimoniosa."

Tirou um cigarro de uma caixa de marfim, que estava numa mesa próxima, e Elizaveta acendeu para ela. O fedor do fumo substituiu o perfume de verbena e rosas.

— Mamãe, eu preciso mesmo do meu próprio quarto. Olga pediu ao papai um quarto só para ela. Por favor, eu posso ter um só para mim?

— Tania, você está vendo que estou tentando me preparar para o evento que estou oferecendo. É a primeira vez que dou minha própria recepção. Minnie nunca permitiu, e esta é muito importante. São muitos convidados, não apenas a família, mas também todas as pessoas importantes. Todos aqueles esnobes que vão ao balé todo domingo, ao teatro todo sábado e jantam no Urso e naquele antro de vício que chamam de restaurante cubano.

— Mas, mamãe, a senhora só vai precisar de um minuto para dizer sim ou não.

— Agora não. Tenho outras coisas em que pensar e que me preocupam demais neste momento!

Niuta trouxe um par de chinelos de cetim malva e estendeu para mamãe.

— Quantas vezes vou ter de repetir, Niuta? Não suporto sapatos de cetim! Eles me machucam muito! Traga os de camurça que são confortáveis.

Ela se sentou e calçou os sapatos gastos.

— Agora está melhor — disse ela. — Agora elas vão dizer: "Aí vai a inglesa afetada com seus sapatos gastos!"

Tive de rir daquilo, e até Shoura e Niuta sorriram. Elizaveta começou a pentear os cabelos de mamãe, que acendia seu segundo cigarro quando uma de suas damas entrou.

— Alteza, o Dr. Korovin está chamando a senhora no quarto do príncipe. O tsarevich está doente outra vez.

Com uma rapidez que me surpreendeu, mamãe saltou da cadeira, saiu correndo pelo corredor e desceu as escadarias que levavam ao quarto do meu irmão. Apressei-me atrás dela. Ela mancava com a perna dolorida, mas andava e corria, bem depressa apesar da dificuldade.

Podíamos ouvir os gritos de Alexei de longe, no corredor. Quando sentia dor, seus gritos cortavam o coração: eram altos, cheios de sentimento e continuavam durante horas, até que ele perdia a voz e só conseguia emitir soluços roucos. A julgar pelo som, a dor era recente. Mamãe entrou correndo no quarto e parou ao lado da pequena cama de Alexei. Murmurou alguma coisa para ele, tocando sua testa pálida com a mão. Parei ao lado dela, desejando que houvesse alguma coisa, qualquer coisa, que eu pudesse fazer.

— Diga-me o que aconteceu — pediu ao frustrado e assustado Dr. Korovin.

— Não aconteceu nada. Ele não caiu nem se machucou. Foi muito repentino. Ele simplesmente gritou, "minhas costas!" e começou a chorar, e depois a gritar.

Papai, parecendo muito perturbado, entrou e parou ao nosso lado, observando o sofrimento de Alexei, cuja dor era tão grande que sequer nos notou; nossa presença não lhe trouxe alívio.

— Pelo amor de Deus, não há nada que você possa fazer? — gritou papai para o Dr. Korovin no meio da confusão.

— Posso convocar meus colegas de São Petersburgo, como fiz na última vez, mas eles não teriam nada de novo para sugerir. Nada tem efeito, nem compressas quentes nem compressas frias, nem as de mostarda ou sanguessugas. Lamento ter de dizer isso a Vossa Alteza Imperial, mas a ciência médica nada pode fazer por seu filho.

Enquanto o médico falava, os gritos de Alexei aumentavam e se tornavam mais urgentes. O rosto de mamãe ficou muito vermelho.

— Saia! — gritou ela para o Dr. Korovin. — Se não pode fazer nada, saia imediatamente deste quarto!

Com um olhar de menosprezo para ela, o médico curvou a cabeça e saiu do quarto, seguido pelos dois assistentes, deixando apenas um enfermeiro.

Papai tapou os ouvidos com as mãos e se afastou do filho e de seus gritos.

Mamãe agarrou o braço dele e quase teve de gritar para que ele a ouvisse.

— O que você acha daquele curandeiro de Pokrovsky, que enviou a imagem de são Simão de Verkhoturie?

Ele se voltou para ela, confuso.

— Não sabemos nada a respeito dele.

— Dizem que é capaz de enfeitiçar o sangue.

— O que é isso? — perguntei, mas ninguém me ouviu.

Mamãe continuou a puxar o braço de papai até ele gritar exasperado:

— Está bem, mande chamá-lo! Mande chamar quem você quiser! Vou para o meu gabinete. — Com um arranco, soltou o braço das mãos dela e saiu rapidamente do quarto.

Mamãe fez um aceno para Sedynov, que esperava ali perto, deu-lhe o endereço do siberiano e disse para buscar o homem.

— Como a senhora sabe onde encontrar esse homem, mamãe?

— Ele deixou o cartão quando trouxe a imagem.

— Mas agora a senhora não tem mais o cartão.

— Eu memorizei o endereço. Pensei que talvez um dia viéssemos a precisar dele. Afinal, ele salvou a vida do papai.

Sedynov saiu e voltou quase imediatamente com uma expressão de espanto no rosto corado e traçado de rugas.

— Vossa Alteza, o homem já está aqui no palácio. Está vindo para cá agora.

Um murmúrio correu o aposento. Ouvi sussurros: "Como ele soube que tinha de vir?" "O que ele está fazendo aqui?" "Quem é esse homem?"

De repente, senti uma mudança no quarto. Uma onda de calma, de doçura. Não posso descrever de outra maneira. Todos sentiram. As camareiras pararam de conversar e de se agitar em volta do berço. Mamãe se acalmou e ficou imóvel. O enfermeiro, um homem muito religioso que nunca saía do lado de meu irmão, caiu de joelhos e baixou a cabeça. E Alexei, que antes gritava sem interrupção, começou a chorar e a soluçar baixinho, ficando quieto em seguida.

Então um homem extraordinário entrou no quarto. Vestia-se como camponês, com um longo casaco preto, gasto pelo excesso de uso. Os cabelos eram longos, malcuidados e grisalhos nas têmporas, e sua barba precisava ser penteada. Não usava nenhum adorno além de uma grande cruz de cobre num cordão de couro em torno do pescoço. Mas seu rosto era diferente de tudo que eu já havia visto. Parecia iluminado por dentro, radiante com um leve brilho, eu não conseguia desviar minha atenção dele. Seus olhos, de um cinza suave, brilhavam com vida e força quase palpáveis.

Trouxe consigo uma coisa para a qual ninguém naquele quarto tinha um nome. Algo que nos atraía e nos prendia num abraço cálido e bondoso.

— Sem sofrimento! — anunciou ele ao entrar, erguendo a mão numa bênção. — Todo sofrimento é passado! Só a alegria do dia!

Foi até o berço de Alexei e parou sobre ele, sorrindo e balançando a cabeça.

— Nunca mais, nunca mais — disse ele de mansinho, tocando a humilde cruz de cobre, que usava em torno do pescoço, olhando o rosto manchado de lágrimas de meu irmãozinho.

Alexei piscou várias vezes e estendeu sua mãozinha na direção do estranho, que a tomou e falou numa linguagem antiquada:

— Estás curado, pequeno peregrino! — Em seguida, ele começou a cantarolar para si mesmo. Depois de um momento embalado pelo som, Alexei fechou lentamente os olhos e adormeceu.

— Amanhã ele estará são novamente.

Mamãe interrompeu o silêncio no quarto e perguntou ao estranho:

— Como podemos agradecer ao senhor?

— Sendo bons para os outros. Amando uns aos outros.

— Como o senhor soube que tinha de vir hoje?

Ele balançou a cabeça.

— Procuro estar onde sou necessário, para onde sou conduzido.

— O senhor é o *starets*, o homem santo, não é? O homem que enviou a imagem de são Simão para o meu marido?

— Meu nome é Novy. Na minha aldeia eu sou chamado de o malfeitor de Deus. O mau. Rasputin. — Seu rosto se alterou. Ele pareceu confuso. — A tua perna dói — disse para mamãe, usando os antiquados tu e teu.

Ela confirmou com um aceno de cabeça.

— Senta-te — ordenou o estranho.

Mamãe sentou-se no sofá.

Ele parou diante dela e, outra vez, tive a curiosa sensação de uma mudança no quarto. Ele está reunindo seus poderes, pensei.

— Estás curada, peregrina! — exclamou ele para mamãe, que apertou a perna. Depois, cantarolando para si próprio, o estranho se virou e saiu do quarto, ignorando as mãos estendidas que tentavam tocá-lo ao passar.

No dia seguinte, como o estrangeiro chamado Novy havia previsto, a dor de Alexei desapareceu, embora ele não estivesse curado da doença do sangramento. Por sua vez, a perna de mamãe ainda doía e ela estava de mau humor. A recepção que oferecera na noite anterior e que preparara com tanto cuidado, convidando todos os integrantes do lado russo da família e grande parte da sociedade de São Petersburgo, foi um fracasso espetacular.

Ninguém compareceu. Quando soou a hora do início da recepção, mamãe esperou em seu lindo vestido malva no centro do grande salão decorado com flores enviadas da distante Riviera, além de mesas carregadas de petiscos e vinhos, ponche e bolos. Dúzias de pajens de luvas brancas, vestindo librés imaculadas, estavam a postos para servir as centenas de convidados esperados. A orquestra tocava. As altas portas adornadas do salão se abriram. Mas nem uma única pessoa entrou por elas.

Passaram-se dez minutos, depois vinte. Após meia hora, mamãe, com o rosto e as mãos vermelhos como beterraba, e a boca fechada numa linha dura, estendeu o braço para o pajem mais próximo, que a escoltou para fora do salão.

Foi tia Xenia quem contou a mamãe a razão de ninguém ter vindo à sua recepção. Vovó Minnie oferecera sua própria recepção exatamente no mesmo horário e insistiu no comparecimento de toda a corte. Como mamãe não era apreciada e vovó Minnie era temida, todos a obedeceram.

Fiquei muito triste por mamãe. No dia da recepção, observei do alto de meu posto, no balcão, sem ser notada. Imaginei a raiva que ela devia estar sentindo e, ainda assim, ao mesmo tempo, como devia estar feliz por Alexei e pelo encontro com o notável curandeiro siberiano. O que era uma recepção fracassada em comparação com a esperança de que meu irmão não sofresse mais, a esperança de que ele sobrevivesse?

Oito

Houve uma violenta tempestade na noite em que toda a família se reuniu para jantar no salão de banquetes de malaquita e assistir à *A noiva de Messina*, a nova peça do grão-duque Constantino, primo de meu pai. Todos o chamavam de KR, até mesmo Olga e eu. Como um símbolo de honra, KR estava sentado à sua direita, na cabeceira da longa mesa de banquete, inchado de vaidade e prazer durante o jantar inteiro. Erguia sua taça para propor brindes a toda hora, contando piadas, conversando aos gritos com papai, piscando e flertando com as mulheres e moças, especialmente com minha irmã Olga, que estava então sendo cogitada para se tornar noiva do príncipe herdeiro da Romênia, e se sentia muito adulta e especial, embora só tivesse 14 anos.

Os trovões ressoavam como enormes canhões e a chuva batia nas altas janelas, enquanto eram trazidas travessas e mais travessas de entradas maravilhosas: bisque de camarão e cassolettes pompadour, trutas do Loire guisadas ao molho sauternes, filé de cordeiro e perdizes, e sombrias assadas e guarnecidas com trufas. Cada prato vinha com seu próprio vinho, e quanto mais durava o jantar, mais ruidosa e expansiva se tornava a família.

Se bem me lembro, havia pelo menos vinte de nós em volta da mesa naquela noite: papai e KR; Olga, Marie e eu (mamãe não compareceu, pois detestava jantares com vovó Minnie e estava ressentida com ela por causa do fracasso da recepção); Anastasia e Alexei não participaram por serem muito novos; vovó, presidindo de uma cabeceira; tio Vladimir e tia Miechen; tia Xenia e tio Sandro; e o velho tio Bembo, parecendo mal-humorado, pois não gostava das peças de KR, julgava-as indignas de um Romanov.

Tia Olenka, que tinha um papel na peça de KR, estava presente ao lado do marido Petya. Dizia-se em voz baixa que ele não era digno dela e que comia afetadamente pescando pequenos pedaços com o garfo. Ela não pôde esperar a sobremesa, pois teve de sair para vestir a roupa da peça e se maquiar.

Irmã mais nova de papai, tia Olenka podia ser muito alegre quando queria, e era minha tia favorita, apesar de eu amar tia Ella por sua bondade e delicadeza. Ao contrário da outra irmã dele, Xenia, não era muito atraente. Tinha dentes tortos e orelhas grandes que se destacavam da cabeça, seu rosto lembrava o de um rato. Uma mulher grande, sem forma, com um sorriso malicioso e gosto por roupas elegantes e caras, especialmente peles. Ninguém na família tinha peles como tia Olenka, nem mesmo vovó Minnie. Mamãe dizia que era uma maldade gastar tanto dinheiro com isso quando tanta gente em São Petersburgo era pobre e passava frio durante todo o inverno, mas nunca considerou uma maldade gastar dinheiro em diamantes (que, afinal, custam muito mais que peles). Ela própria tinha um anel com um diamante cor-de-rosa tão grande que Niuta dizia que devia ter custado o resgate de um rei.

Em geral, Olenka falava e ria muito durante os jantares da família, mas naquela noite ela estava particularmente silenciosa, provavelmente porque poucos dias antes sofrera um grande choque e escapara por pouco da morte. Estava viajando com Petya no automóvel novo. Naquela época, os carros eram raros em São Petersburgo, só as pessoas muito ricas os possuíam. Meu pai não tinha confiança em coisas mecânicas e ainda usava uma carruagem. Eu o ouvi dizer à mamãe, mais de uma vez, que os automóveis eram apenas uma moda perigosa que logo passaria e todos voltariam a usar cavalos.

Entretanto, tia Olenka e Petya faziam questão de possuir as novidades mais recentes, e meu tio alardeava que seu carro alcançava uma velocidade nunca antes atingida por qualquer outro, de 30 verstas por hora. Mas ele não dirigia bem, era o que vovó Minnie sempre dizia, e as estradas eram muito ruins naquela época, lamacentas e cheias de grandes buracos. Talvez o acidente não fosse mesmo culpa de Petya. De qualquer maneira, o carro corria por uma estrada estreita na floresta e bateu numa árvore.

Naquela noite, todos à mesa do banquete já sabiam do acidente, mas ninguém comentava. Pelo contrário, todos se limitavam a olhar descaradamente Olenka e Petya enquanto falavam sobre outros assuntos. Nesse meio-tempo, os trovões explodiam e rugiam, a chuva continuava a bater nas janelas, e uma ou duas vezes vi vovó Minnie estremecer quando se ouviu um estalo mais alto seguido por uma rajada de chuva.

Imediatamente, tia Xenia falou para provocar Olga:

— Diga, Olga, quando é que esse príncipe herdeiro da Romênia vem nos visitar? — Olga corou. — Ouvi dizer que ele está ansioso para se casar, muito ansioso, e que está de olho numa grã-duquesa russa. — Esta observação despertou muitos risos na mesa.

— Bem — disse Olga, descansando o garfo no prato, ciente de que todos os olhos estavam fixados nela. — Acho que já é hora de ele se casar. Já tem 24 anos. Ou seriam 25?

— Nada está definido ainda— informou papai. — Ainda há muito tempo para avaliar o que será melhor não só para Olga, mas para todos os meus filhos.

— E esse seu príncipe é bonito, Olga?

— Ouvi dizer que é.

— Ah, então ele não vai escolhê-la. Ela tem a testa muito alta — provocou vovó Minnie. — E é muito metida a sabichona. — De fato, Olga era ótima aluna, muito inteligente. Monsieur Gilliard estava satisfeito com ela.

— Tenho muito orgulho da inteligência e do bom senso de Olga — elogiou papai, sorrindo para minha irmã. — Você sabe disso, mamãe.

— Mas Tatiana é mais bonita — interpôs KR. — Como a personagem da minha peça. Uma verdadeira rosa russa, uma dama vermelha. Ora, no segundo ato de *A noiva de Messina*...

— Ninguém quer ouvir! — interrompeu tio Bembo. — Já é ruim demais ter de assistir à maldita peça até o fim!

— Olga! — gritou tia Miechen, de repente. — Jogue seus sapatos!

Era uma brincadeira tradicional praticada por moças camponesas. Elas jogavam os sapatos sobre o ombro e depois olhavam para ver a letra formada por eles quando caíssem. Acreditava-se que a letra seria a inicial do nome do futuro marido.

Olga olhou para o papai, que deu de ombros, como se dissesse "faça como lhe aprouver, para mim é indiferente."

O que aconteceu em seguida foi tão rápido, tão inesperado, que surpreendeu a todos. Olga tirou os sapatos, deu as costas para a mesa, e os atirou por sobre o ombro esquerdo.

Um deles caiu no prato de vovó Minnie e o outro derrubou sua taça, espalhando vinho tinto sobre a frente do vestido de veludo azul-claro dela, fazendo-a gritar de irritação.

— Oh, menina má, menina má! Veja o que você fez! É culpa de sua mãe horrorosa, que cria você sem regras, sem moral, sem respeito por nada nem por ninguém...

— Mamãe! — gritou papai. — A senhora se esquece de quem é! Sugiro que se retire para trocar o vestido e tome suas gotas calmantes. Olga, peça desculpas à sua avó.

— Só se ela me pedir desculpas pelo que disse sobre a minha testa e sobre eu ser uma sabichona — replicou Olga com firmeza. Naquele momento, devo dizer, tive orgulho de minha irmã. E, como se respondendo à agitação no salão, um poderoso raio estourou sobre nossas cabeças e o trovão se estendeu durante alguns minutos.

Papai ficou parado, suspirando e balançando a cabeça, olhando ao longo da comprida mesa.

— Será que não vamos ter paz nem mesmo em família, visto que só encontramos desordem e violência no mundo? Será que não podemos nos reunir como uma família amorosa e apoiar uns aos outros? Ainda há pouco tempo o tio Serge estava entre nós, e agora ele se foi, morto numa explosão. Atiraram em mim e me ameaçaram com bombas. Todos sabemos o que é viver no medo e na incerteza. Vamos nos dar as mãos e trocar um beijo de paz, vamos esquecer nossas rixas mesquinhas.

Estendeu o braço, tomou a mão de KR com sua mão direita e a do tio Sandro com a esquerda. Um por um, fizemos o que ele pediu, até que todos ao redor da mesa estivessem de mãos dadas. Então, nos curvamos para beijar a face de quem estava à nossa esquerda e direita. Beijei tio Vladimir e Petya, e ouvi KR gritar: "Viva a Casa Romanov!"

Nunca vou esquecer aquele momento, o salão iluminado à luz de velas, os espelhos dourados e a prataria brilhante, os pratos decorados com fios de ouro, as toalhas brancas de linho e as jarras de flores, as colunas brilhantes de malaquita verde e o som dos trovões e da chuva violenta.

Papai ordenou que se iluminasse o palco na extremidade do salão e nos conduziu aos nossos lugares para assistir à peça de KR. Levantei-me para sair da mesa e, nesse momento, olhei o lugar de vovó Minnie e os sapatos de Olga. Tinham caído formando um V. Ela se casaria com alguém cujo nome começasse pela letra V? Se assim fosse, não haveria o noivado com o príncipe herdeiro da Romênia, cujo nome, eu sabia, era Carel.

Nove

Sobrou muita comida do banquete, e pedi a Sedynov para descer à cozinha e encher um grande cesto de sobras. Juntos, levamos o cesto até a sala de passar, onde eu esperava encontrar a irmã de Niuta, Daria. Apesar de já ser bem depois de meia-noite, o salão estava fortemente iluminado e várias dezenas de mulheres se curvavam sobre as tábuas de passar, empurrando os pesados ferros sobre tecidos e rendas. O trabalho das passadeiras nunca cessava, Niuta me dissera. Quando alguma delas parava para comer ou descansar, outras já esperavam para substituí-la. Os ferros estavam sempre quentes, e vestidos, anáguas e metros e metros de enfeites chegavam sem interrupção para serem passados, a qualquer hora do dia ou da noite.

Encontrei Daria imediatamente, pois ela usava na cabeça o mesmo lenço vermelho do dia em que chegou ao palácio, fugindo do incêndio. Espantou-se ao me ver, mas o olhar de surpresa logo se transformou em outro de desconfiança quando notou o vestido de seda verde e meus cabelos cuidadosamente penteados, presos para trás com uma fita de seda verde. Em volta do pescoço, eu usava as pérolas brilhantes que mamãe me dera em meu aniversário. Minha aparência era de alguém que chegava de um banquete ou de uma festa suntuosa, o que era verdade.

As outras passadeiras, ao me verem, fizeram uma mesura e se afastaram das tábuas em sinal de respeito. Mas Daria baixou o ferro sobre o apoio de metal, com força, e continuou onde estava, enfrentando-me.

— O que você está fazendo aqui? — perguntou.

— Olhe aqui, menina! — gritou Sedynov. — Veja com quem você está falando! Esta é a grã-duquesa Tatiana! — Ele se aproximou dela, como se fosse agredi-la ou agarrar o seu braço.

— Não, Sedynov. Daria e eu já nos conhecemos. Ela sabe muito bem quem sou eu.

— Então por que ela não respeita Vossa Alteza?

— Pela mesma razão pela qual ela preferiu trabalhar em uma fábrica em vez do palácio quando chegou a São Petersburgo. Ela condena o meu pai e o seu governo.

— E quem é ela para condenar? Uma menina, apenas uma menina. Ao que me parece, alguém cujo marido não pode manter. Se pudesse, ela não estaria aqui, e sim em casa, na cozinha ou no quarto das crianças. — Correu os olhos pela figura de Daria, parando na barriga volumosa. Sedynov raramente falava muito. Suas palavras incisivas me espantaram, mas não a sua feroz lealdade.

Daria se voltou para Sedynov.

— Não tenho marido. Tinha um noivo, mas os cossacos do tsar o mataram.

— Ele o mereceu, sem dúvida — retrucou Sedynov com um sorriso de desprezo. — Isso aí debaixo da sua saia não seria uma bomba, em vez de um bebê?

As outras passadeiras gritaram e correram para a porta. Antes que eu pudesse impedi-lo, Sedynov agarrou o braço de Daria e começou a apertar-lhe a barriga. Ela gritou de dor.

— Que ousadia! Pare! Você está machucando o meu bebê!

Ele deu de ombros e soltou-a.

— Não podemos mais confiar em ninguém. Há alguns dias 12 pedreiros foram presos aqui em Tsarskoe Selo. Dois deles tinham bombas no carrinho, em vez de tijolos.

— Daria — chamei —, trouxe um pouco de comida para você. Do banquete que a minha família deu esta noite. Pensei que você talvez quisesse levar um pouco para o lugar onde morava. Niuta me disse que você tem amigos lá que possivelmente precisam da comida.

Com evidente relutância, Sedynov trouxe o cesto e colocou-o diante de Daria, que mal olhou para ele.

— E quantos trabalhadores famintos você imagina que possam se alimentar com essa mísera cesta? Cinco? Dez? Se comerem um pouquinho cada um?

— E não seria bom se pelo menos alguns pudessem se alimentar? — Ergui a voz, pois a censura de Daria me provocou arrependimento e irritação ao mesmo tempo.

Ela não respondeu. Pegou o pesado ferro e retomou o trabalho. Sedynov avançou para pegar o cesto.

— Deixe isso aí, Sedynov. Talvez ela sinta fome mais tarde.

Quando nos aproximávamos da porta, ouvi a voz de Daria.

— Se você quer mesmo ajudar, leve dez cestos à entrada de leite da despensa, ao amanhecer. Encontre a leiteira chamada Avdokia. Ela os levará e providenciará a distribuição.

— Levarei, se puder — respondi, e saí pela porta que Sedynov abriu para mim.

Apenas as velas sob as imagens nas paredes iluminavam o quarto quando voltei. As camareiras tinham ido dormir, Niuta provavelmente estaria em seu sótão, e só uma empregada sonolenta esperava para ajudar a me despir.

— Acorde-me ao amanhecer — falei, quando ela vestiu a camisola sobre a minha cabeça e me ajudou a soltar as anáguas. Pedi ao cansado Sedynov para preparar os dez cestos e deixá-los perto da porta do leite.

— Não adianta, senhora — explicou ele. — Vossa Alteza não pode fazer muito, por mais que se esforce. Há muitas bocas famintas. E essa menina, a irmã de Niuta, está cheia de ódio.

— Boa noite, Sedynov — encerrei polidamente o assunto. — Por favor, faça o que eu pedi.

Ele saiu resmungando e eu me deitei para dormir o máximo que fosse possível.

Fui acordada antes do amanhecer e lavei rapidamente o rosto na pia de mármore. Vesti uma roupa de camponesa que meu pai me dera no verão anterior; numa das nossas raras expedições ao campo, ele comprou em um mercado saias bordadas coloridas, coletes e blusas floridas para todas nós. Para si próprio, comprou uma calça vermelha e uma camisa verde feitas de algum material grosseiro. Vestido dessa forma, se tornou um fazendeiro bondoso que chegava de sua plantação de girassóis. Trancei os cabelos e prendi um lenço na cabeça e, então, fazendo o possível para não acordar Olga, saí sorrateira do quarto para as cozinhas e as despensas adjacentes.

Não havia ninguém na despensa de leite, fria e escura, com as enormes jarras e batedeiras de manteiga junto às paredes. Fui até as enormes portas duplas de madeira e abri uma fresta, apenas o suficiente para ver o pátio abaixo.

Havia chovido à noite, e o chão negro estava barrento e cheio de pequenas corredeiras de água suja. Poças aqui e ali refletiam a luz rósea do céu, enquanto pássaros desciam para bicar pedaços de capim e tornavam a voar; carroças entravam e saíam, carregadas de cestos e sacos de produtos para o palácio.

Sedynov tinha seguido as minhas ordens e contei os dez cestos arrumados ao lado da porta da despensa do leite, esperando para serem levados.

Pouco depois, uma carroça caindo aos pedaços entrou no pátio, puxada por um velho cavalo pintado.

— Ei, Folya! Mais devagar! — A carroceira puxou as rédeas e resmungou. — Aí está bom. Fique quieto!

Lentamente, por causa de sua cintura volumosa, ela desceu da carroça e pisou na lama, afundando as botas. Ela era grande e alta como um homem, pensei, e tinha a voz grossa também. Ainda assim, seu rosto largo e feio era inegavelmente de mulher, com bochechas caídas e nariz grande, olhos fundos e pequenos, a boca quase delicada, e um traço faceiro na forma como seu cabelo espesso se enroscava em torno das orelhas, enfeitadas com pequenos brincos de ouro.

Pegou dois grandes galões de leite da carroça e veio batendo os pés até onde eu estava, espirrando água das poças, sem se preocupar com a sujeira deixada pelas manchas escuras em sua saia amarela. Quando chegou à porta, empurrou-a com força, quase me derrubando, e deixou os galões no chão. Mal me olhou antes de ver os cestos e estender os braços para pegá-los. Agarrou quantos pôde carregar e, depois de colocá-los na carroça, voltou com mais leite.

— Você é Avdokia? — perguntei com um leve tremor na voz, pois ela era mesmo temível, especialmente para mim, que ainda era uma criança.

— Avdokia Stepanova Novy — respondeu ela com sua voz profunda e áspera, enquanto tomava o resto dos cestos e retornava à carroça, pisando firme.

— Espere! Quero... quero ir com você. — Não tinha planejado dizer aquilo, na verdade não planejara dizer nada. Nunca vou saber por que disse. — Daria me falou para procurar você. Esperar você.

— Daria? Você é amiga de Daria?

— E de Niuta — expliquei, plenamente consciente de que Daria não me considerava uma amiga, e que Niuta era camareira de minha mãe.

Pela primeira vez, Avdokia me observou, notando minha roupa de camponesa, minhas tranças, o lenço na cabeça e meus sapatos de seda. Eu tinha um par de botas de feltro, mas nenhuma de couro, por isso calcei os sapatos com os quais tinha ido ao banquete na noite anterior.

Vi a suspeita surgir nos olhos negros da mulher e percebi que ela tentava tomar uma decisão com relação a mim. Por fim, disse:

— Entre. — E fez um sinal indicando que eu devia subir na carroça com ela. — Vou levar você a Vyborg, filhinha. Vou lhe mostrar coisas que você nunca viu antes.

Dez

A estrada se encontrava obstruída por carroças de carga quando nos aproximamos dos limites da cidade, e o ar estava pesado de pó e fumaça que me faziam tossir. Eu ia na parte traseira da carroça, atrás da forma maciça de Avdokia, que ocupava o lugar do carroceiro, e me sentia cada vez menor e perdida em meio ao tráfego lento à nossa volta.

Estávamos na Cidade das Chaminés, nome pelo qual Olga e eu chamávamos o subúrbio das fábricas, que observamos tantas vezes das janelas do Palácio de Inverno. Em muitas ocasiões já tinha visto a Cidade das Chaminés à distância, mas nunca tão de perto, nem viajado por suas ruas estreitas como fazia agora, com Avdokia gritando e insultando os outros carroceiros, chicoteando seu cavalo esgotado, no esforço vão de fazê-lo ir mais depressa.

Naquelas ruas não se viam boas carruagens como as que podiam ser encontradas na larga Nevsky Prospekt entre o palácio e o rio; não passávamos por boas lojas e hotéis, somente longas filas de prédios feios e malcuidados; e, em alguns lugares, havia uma taverna ou uma casa de prazeres em que as mulheres se expunham na vitrine suja.

Viam-se cachorros magros perambulando pelas ruas; bêbados deitados nas sarjetas por onde corria uma água malcheirosa; aqui e ali, coberto de moscas e obstruindo a estrada, um cavalo morto que ninguém se preocupara em tirar dali.

Perto do mercado Shchukin, passamos por uma área em que todos os edifícios foram destruídos pelo incêndio, e só sobraram vigas de madeira enegrecidas. Lembrei-me do que Daria tinha contado sobre o terror do fogo, como os trabalhadores trancados na fábrica entraram em pânico antes de serem libertados para sair correndo em direção ao calor, à fumaça e às chamas.

Pouco depois chegamos a um edifício enorme que parecia ter sido parcialmente incendiado e recuperado; pintada em letras pretas desiguais acima de duas portas pesadas havia a palavra "Fênix". Uma dúzia de guardas ou mais estava de pé diante das portas, armada com rifles. Contei 17 policiais e soldados em sentinela, vigiando uma multidão maltrapilha que tinha se reunido na rua, algumas seguravam cartazes em que se lia "Trabalhadores, unam-se" e "Irmandade". As pesadas cinzas desciam sobre nós vindas de duas chaminés acima do teto do edifício dando às pessoas na multidão, aos guardas, à polícia e aos soldados e cavalos um tom cinzento uniforme.

Avdokia brandiu o chicote e seguimos por ruas cada vez mais estreitas onde montanhas de lixo apodreciam e se empilhavam dejetos humanos e animais. Onde estavam os lixeiros da noite? Por que não tinham coletado toda essa matéria putrefata, como faziam nas ruas em torno do Palácio de Inverno e em Tsarskoe Selo?

O mau cheiro era insuportável. Tapei o nariz e tentei me convencer de que seria por pouco tempo. Logo estaríamos longe desse lugar horrível. Pela primeira vez, comecei a sentir medo. E se nunca mais eu conseguisse sair dali? E se ficasse presa, forçada a trabalhar numa fábrica como Daria e nunca fosse libertada? Eu ficaria velha e morreria neste lugar terrível? Alguém na minha família saberia onde me procurar?

De repente, Avdokia fez uma curva fechada, passou sob um arco e entrou num pátio. Fez o cavalo parar e desceu da carroça.

— Chegamos.

Ela pegou vários cestos que agora estavam cobertos de cinzas. Eu a segui ao longo de um lance íngreme de pedra, quase caindo, pois não havia corrimão para apoio. Também não havia luz para que pudéssemos enxergar e, à medida que descíamos, foi ficando cada vez mais difícil ver os degraus, embora ouvíssemos vozes, muitas vozes, algumas delas em discussões estridentes, que soavam cada vez mais alto. Finalmente chegamos ao último degrau e, sem bater, Avdokia abriu uma pesada porta de madeira.

Lá dentro via-se uma cena de miséria indescritível. Mais alguns degraus nos levaram a uma sala imunda onde algumas velas queimavam em castiçais presos às paredes engorduradas. Várias pessoas estavam de pé, algumas afundadas até os tornozelos em água fétida, travando um debate acalorado, enquanto na alcova, abaixo dos degraus, um homem e uma mulher tentavam dormir num catre estreito, com uma criancinha entre eles.

As ruas lá fora me pareceram nauseantemente imundas, mas o mau cheiro naquele cômodo escuro era muito pior. O odor azedo de sopa velha de repolho se misturava com o cheiro adocicado de álcool e o fedor de corpos sujos e de penicos ainda cheios. Num canto da sala, uma mulher lavava roupas na tina. Em outro, um homem fumava um longo cachimbo cheio de fumo barato, o tipo preferido de Sedynov.

Avdokia parou no vão da porta e mostrou vários dos cestos cheios.

— Comida! — gritou. — Eu trouxe comida!

Elevou-se um grito espantado de surpresa e descrença.

Um dos homens, troncudo e de rosto vermelho, subiu aos saltos os degraus e abraçou a leiteira.

— Avdochka, minha doce Avdochka, me dê um beijo! Mesmo feia como nunca, você é a minha garota! Venha aqui!

— Cuidado com suas bolas, Mihailik! Tenho uma faca!

Os dois riram, e o homem tomou um dos cestos e desceu os degraus enquanto outros o cercavam.

A comida foi colocada num banco baixo e todos os presentes se lançaram famintos sobre os cestos, esquecidos da conversa e discussão anteriores. Avdokia saiu para buscar o resto dos cestos, e suas idas e vindas atraíram atenção. Logo, outros residentes do edifício apareciam em enxames para participar do banquete.

Fiquei perto de Avdokia, que me ignorou, e olhei os rostos das pessoas que devoravam a comida deliciosa que tínhamos trazido. Comida da mesa do tsar, se ao menos eles soubessem.

Em sua maioria, eram rostos cinzentos, selvagens, olhos brilhantes de fome voraz, as faces chupadas. Dos homens, apenas Mihailik, que tinha falado a Avdokia, tinha o corpo robusto de homem maduro; os outros tinham a estatura e membros de rapazes, embora seus rostos indicassem que eram evidentemente mais velhos.

— Onde está a vodca, Avdokia? — gritou um dos homens. — Temos de brindar!

— Para você vai ser água, Drozya. Você só merece água!

— Eu mereço o melhor!

— Alguém vá buscar água!

— Ei, menina, corra lá em cima e traga água! — Senti que alguém enfiava uma jarra em minhas mãos. Não soube o que fazer. No palácio, eram os empregados que traziam toda a água, mas eu nem sabia de onde.

— Não fique aí parada, menina. Vá buscar água!

Abri a boca para falar, mas antes que pudesse dizer alguma coisa, o homem que me entregara a jarra estava gritando para Avdokia.

— Esta é uma das suas, Avdokia? Detesto ter de lhe dizer, mas ela é um pouco lerda. — Olhou-me de novo. — Não, não pode ser uma das suas. É limpa demais.

Depois dessa observação ouviram-se risadas, e percebi que muitas daquelas pessoas na sala me encaravam.

— Ela veio com a comida — respondeu Avdokia grosseiramente. — Do palácio.

O homem ao meu lado se curvou, fingindo raiva.

— Talvez fosse melhor a gente assar ela — rosnou.

— Não. Ela é magra demais.

Percebi que tinha de dizer alguma coisa, mas é claro que não queria que ninguém soubesse quem eu era. Além do mais, pensei que, se eu disser que sou a filha do tsar, eles vão rir de mim novamente e pensar que eu sou louca.

— Minha mãe trabalha na sala de passar roupa do palácio, com Daria. Lá, eles exigem que a gente se lave pelo menos uma vez por semana. — Percebi que a minha voz, fraca e aguda de nervoso, devia soar muito delicada para ser a voz de uma passadeira. — Detesto tomar banho — completei de forma insincera, pensando exatamente o contrário, que naquele momento daria tudo para entrar na banheira de prata, usada por mim e por Olga, e sentir o perfume de amêndoas de nosso sabonete.

— Não importa quem você é. Estou com sede!

Segurando uma jarra, Avdokia veio até onde eu estava e me levou para fora do apartamento por uma escada escura até o pátio onde deixara a carroça. Num dos cantos do pátio havia uma torneira, e acima dela uma placa dizia: "FERVA TODA A ÁGUA ANTES DE BEBER."

Avdokia me ensinou a abrir a torneira e encher a jarra, e em seguida encheu a dela.

— Por que é preciso ferver a água?

— Por todos os santos, como você é inocente. Claro que você deve saber que a água pode causar doenças!

Eu sabia que muita gente em São Petersburgo adoecia, milhares e milhares de pessoas, mamãe dizia, mas por beber água?

— As pessoas neste edifício têm sorte — contou-me Avdokia. — Podem subir até a torneira e pegar água sempre que quiserem. Os infelizes que moram ao lado, não. Têm de buscar água no rio.

Lembrei-me de todas as vezes que tinha visto lixo e animais mortos sendo lançados no rio, além de todos os telegramas que papai recebia. Havia um milhão de coisas horrorosas no rio. Como alguém podia beber aquela água?

Quando voltamos ao apartamento, Avdokia pôs a água numa chaleira para ferver num fogão enegrecido. Alguém tinha trazido vodca e as garrafas passavam de mão em mão.

— Ei, menina, tome um gole. Não vai lhe fazer mal!

Sentindo-me corajosa, deixei um pouco do líquido ardente correr pela minha língua e, imediatamente, comecei a tossir. Uma dúzia de mãos deu tapinhas em minhas costas.

— Calma, calma, menina do palácio, menina do banho. Tome mais um gole. Vai lhe fazer bem. E experimente um pouco desta comida! Aposto que nunca na vida você comeu nada tão gostoso.

Peguei um pedaço de cordeiro e comecei a comer, enquanto à minha volta todos brindavam à greve, aos trabalhadores em todos os lugares e a Avdokia, que bebeu tanto que adormeceu no caminho de volta a Tsarskoe Selo, deixando que o velho cavalo Folya descobrisse sozinho o caminho de volta para a minha casa.

Onze

Foi por essa época que comecei a ver vovó Minnie e nosso preceptor, monsieur Gilliard, conversando frequentemente. Andavam lado a lado pelos jardins em Tsarskoe Selo, e ela o convidava a tomar chá na casa de verão ou no templo chinês às margens do lago. Não pude deixar de notar que eles conversavam durante muito tempo e que minha avó sempre parecia muito séria.

Eu esperava que não estivessem falando a meu respeito. Sabia que vovó Minnie me considerava preguiçosa e relaxada, e acreditava que não estava me saindo tão bem quanto Olga, o que era verdade. Minha irmã era muito mais inteligente que eu, apesar de minha avó sempre criticá-la por ter a testa alta e por ser muito atrevida.

Comecei a me preocupar sempre que a via com monsieur Gilliard. Será que ela estava planejando algum castigo terrível para mim? Eles me dariam tarefas escolares extras ou me confinariam à sala de aula durante várias horas todo dia?

Acho que estava nervosa e me sentia culpada pela viagem secreta à Cidade das Chaminés com a leiteira Avdokia. Ninguém em minha família ficou sabendo das minhas horas longe de Tsarskoe Selo. Só Daria e Niuta sabiam aonde eu fora e o que fizera, e elas tinham todas as razões para não contar a ninguém. Eu tinha medo de que, de alguma forma, vovó Minnie descobrisse e tentasse me prender para eu não sair outra vez. Cheguei mesmo a ter um pesadelo em que ela me acorrentava à cama, e acordei clamando aos gritos para ser solta.

Nessa época meus pedidos insistentes para ter meu próprio quarto foram atendidos e eu já tinha o meu quartinho rosa e amarelo com minha desconfortável cama de campanha e um catre para Niuta, que dormia ao meu lado para o caso de eu precisar de alguma coisa durante a noite. Artipo, meu grande cão de caça, dormia em minha cama, gemendo por causa da pata inchada e dolorida. Eu fazia o melhor que podia para aliviar seu sofrimento, colocando compressas curativas e enrolando sua pata num pano de feltro macio, mas ele continuava com os gemidos e eu sabia que sentia dor.

Monsieur Gilliard estava nos ensinando sobre deuses e deusas gregos e romanos. Os jardins do palácio eram cheios de estátuas clássicas e ele me deu a tarefa de levar meu caderno de rascunho e desenhá-las para tentar identificar cada uma. Estava concentrada desenhando um Zeus de mármore com barba espessa, quando ouvi a voz aguda e autoritária da vovó Minnie e o barítono, com um leve sotaque, do monsieur Gilliard. Esgueirei-me atrás da estátua e me escondi entre duas fileiras de roseiras, na esperança de que eles não me vissem. Passaram muito perto de mim e sentaram-se lado a lado num banco de ferro batido. Contive a respiração com medo de que eles me descobrissem, mas logo fui atraída pelo que vovó estava dizendo e prestei atenção.

— O estado dela, Pierre! Está pior a cada dia. Tem uma expressão tão estranha nos olhos, você não notou? Como se desconfiasse de todo mundo. Fica o dia todo naquele quarto, não sai, sempre se queixando de dor de cabeça ou na perna, passa noite após noite com o filho, ou fazendo sabe-se lá o quê com aquele siberiano imundo, Novy, que se chama de o bandido de Deus, Rasputin. Eu lhe pergunto, Pierre: o que você pensa dele?

— Nunca vi ninguém como ele. Não sei o que pensar a seu respeito. É quase como se... ele pertencesse a outra raça de homens.

— Outra raça de ladrões, você quer dizer. Você sabe que a polícia o está vigiando? Eu pedi que o fizessem.

— Ele já fez alguma coisa suspeita?

— Esteve preso em Tobolsk, é o que dizem.

— A senhora tem certeza?

— Estou tentando confirmar. Quero descobrir a verdade para convencer Nico e conseguir quebrar a influência que ela tem sobre ele e que aquele siberiano imundo tem sobre ela.

Estavam falando de mamãe, é claro, e do siberiano, que chamavam de padre Grigori. Confesso que minha primeira reação foi agradecer ao Senhor por não estarem falando de mim! Ainda assim, ao ouvir minha avó, percebi que tudo que ela dizia era verdade. Mamãe estava mais retraída e desconfiada dos outros. Mas isso acontecia porque ninguém gostava dela, praticamente ninguém na família imperial a procurava ou gostava de ficar com ela. Na verdade, era sempre criticada e insultada.

— Você sabe, outro dia, quando chovia muito, ela começou a gritar porque ninguém conseguia encontrar sua capa impermeável. Isso durou meia hora. Berrava com as camareiras e atirava coisas. No fim, descobriram que ela tinha dado a capa para a irmã, Irene, quando ela esteve aqui em visita, mas se esquecera e acusava as camareiras de terem roubado a capa para vender! Imagine!

— Ela está esquecendo as coisas. Acho que deve ser por causa daquele remédio que está tomando para dormir. Ele a deixa tonta e com a mente confusa.

Ouvi vovó Minnie fungar.

— É aquele remédio que a faz ver a mãe morta?

— O quê?

— Niuta me contou. Alix alega que vê a mãe morta andando pelos corredores do palácio.

Seguiu-se uma pausa e então ouvi monsieur Gilliard:

— Eu não sabia — comentou ele de uma forma que me fez acreditar que achava tudo aquilo muito perturbador. Eu não me preocupei, pois desde que me entendia por gente escutava mamãe dizer que via sua mãe. Eu achava que era normal ver fantasmas. Os empregados estavam convencidos de que o imperador Paulo andava pelos corredores do palácio Alexander e eu os ouvia contar histórias de fantasmas aos sussurros. Eu mesma nunca tinha visto nenhum.

Quando vovó Minnie voltou a falar, sua voz estava diferente, mais cautelosa:

— Você já ouviu falar de um médico judeu em Viena que trata de mentes perturbadas? Muita gente o procura, alguns com boas ligações, até membros da nobreza. Ele não é um charlatão, como o siberiano, embora algumas de suas ideias pareçam exageradas.

— Se a senhora está falando do Dr. Freud, sim. Já ouvi falar sobre ele.

— Andei pesquisando. Creio que seria capaz de convencê-lo a tratar Alix, se ela cooperar.

— Mas a senhora... a senhora não acredita realmente que a tsarina esteja demente...

— Acredito que ela esteja desequilibrada. Outros também acreditam.

— O que diz o imperador?

— Ainda não discuti com ele, mas farei isso. E acho que consigo convencê-lo de que sua esposa está doente e precisa de cuidados.

Levantaram-se do banco e andaram em direção à ilha das Crianças, ainda conversando sobre o médico e sobre mamãe. Seria um truque? Estaria vovó Minnie planejando alguma coisa? Eu não confiava nela e me sentia responsável em relação à mamãe.

Não, pensei. Não vou deixar que isso aconteça. Eu sabia que gente louca era presa em quartos escuros, era maltratada, às vezes até torturada. Não deixaria isso acontecer com ela. Eu a defenderia.

Depois que vovó Minnie e monsieur Gilliard se foram, tentei continuar meu desenho do Zeus barbudo, mas meus pensamentos não permitiam. No lugar da estátua, eu via um médico vienense e de óculos, como o Dr. Fedorov, e com terno escuro e colete, como o outro médico de Alexei, o Dr. Raukhfus. Este carregava uma grande rede de borboletas e perseguia mamãe pelo gramado, mas ela, com a perna dolorida, não conseguia correr com a velocidade necessária para fugir dele.

Balancei a cabeça para me livrar daquelas imagens horríveis, mas minha preocupação pela segurança de mamãe me assombrava, e quando finalmente completei o meu pobre desenho de Zeus e o entreguei ao monsieur Gilliard no dia seguinte, ele me olhou surpreso.

— Você capturou a ferocidade do grande deus, Tania, mas onde está a sua benevolência? E a sabedoria? — Balançou a cabeça. — Há uma estátua de Dafne na ilha das Crianças. Por que não tenta desenhá-la? Você se lembra da história que lhe contei, de como Dafne foi perseguida por Apolo e orou a Zeus para livrá-la, e ele a transformou num loureiro? A estátua foi bem elaborada, o escultor criou uma mulher que se transforma em outra coisa completamente diferente. Ela é metade mulher, metade árvore. Vamos ver se você consegue capturar essa transformação em seu desenho.

Fiz o que monsieur Gilliard pediu, e levei novamente o meu caderno de desenhos para o jardim. Mas, quando comecei a desenhar a estátua de Dafne e tentei me concentrar na forma como seus braços se transformavam nos ramos, as pernas no tronco, sua face torturada e a boca aberta na casca do loureiro, só conseguia pensar em mamãe, a mulher linda e amorosa que se transformava numa louca aos gritos, com uma expressão estranha no olhar, desconfiada e aflita, temerosa demais para enfrentar o mundo e assombrada pelo fantasma da mãe morta.

Mamãe querida, pensei, como vou poder ajudá-la? O que posso fazer por você? Decidi, naquele momento e lugar, que faria tudo que pudesse para livrá-la de todo o mal.

Doze

As borbulhantes águas azuis do Solent brilhavam à luz do sol, enquanto dúzias de elegantes iates estavam ancorados nas ondas suaves. Nosso iate, o *Standart*, destacava-se pelo tamanho e pela imponência, e pelo grande número de lanchas que ia e vinha entre ele e o esplêndido píer que se estendia a partir do ainda mais esplêndido píer da Esquadra Real de Iates, com suas pequenas torres e o amplo pórtico coberto, diante da linda vista da água.

Tínhamos chegado a Cowes, na ilha de Wight, diante da costa sul da Inglaterra, convidados pelo tio da mamãe, o rei Eduardo VII, e pela irmã da vovó Minnie, a rainha Alexandra.

"Você tem de vir para as corridas, Nico", o rei tinha escrito para papai. "Precisa me ver derrotar aquele meu sobrinho arrogante, aquele Willy! Ele talvez tenha uma marinha maior que a minha, mas, por tudo que é mais sagrado, ele não tem um iate mais rápido!"

O *Standart* não era um iate de corrida e não iria participar da disputa. Por ser muito mais velho e pesado que os outros, ele tinha tendência a rolar, pelo menos foi o que os marinheiros me disseram, e era menos manobrável que os modelos mais leves, construídos para velocidade, não para conforto e elegância. Além do mais, papai não era um esportista como tio Eduardo; gostava de atirar, mas não de competir. Ele jamais correria com seu iate por mais rápido que fosse ou por mais leve que deslizasse sobre a água. Tio Eduardo, por sua vez, sempre competia por alguma coisa ou disputava corridas, como mamãe me contou, com um leve tom de desdém.

— Primo Bertie é um homem de gostos fáceis, e foi um grande desapontamento para mamãe, como ela mesma nos disse quando éramos crianças.

Parada junto ao guarda-corpo, olhando o grande número de modelos e embarcações menores, eu conseguia distinguir os iates que pertenciam ao tio Eduardo e ao primo de mamãe, Willy, o imperador Guilherme II da Alemanha, o tão falado e beligerante homenzinho cujo rosto reconheci das fotografias no quarto de mamãe, conhecido por seus acessos de raiva e por seu braço esquerdo atrofiado.

—Willy sempre tem de ganhar — disse papai, parado ao meu lado com seu doce sorriso. — Veja aquele iate! O produto mais recente e mais notável dos estaleiros de Kiel. Bertie nunca vai conseguir alcançá-lo.

Nossa ida a Cowes, além de uma visita de família, era, é claro, um evento de Estado, e os jornais se encheram de fotografias dos três soberanos. Tio Eduardo, Willy e papai pareciam amistosos e alegres, e não governantes prontos a lançar seus países à guerra.

Mas era isso o que os jornais publicavam abaixo das fotografias festivas: "Relações se deterioram", "Kaiser discorda de Grã-Bretanha, Rússia e França", "Visita à ilha de Wight, um prelúdio para a guerra", "Conclave marítimo é um fracasso."

Para nós não importava o que diziam as manchetes; estávamos ansiosas por diversão. Havia um baile todas as tardes, e um deles foi em nossa homenagem. Eu usava um vestido de seda listrada de azul e marfim, com mangas bufantes de renda e fita cor-de-rosa. Era o meu primeiro vestido com corpete justo, não o corpete sem forma das meninas. Fora feito para uma jovem mulher, com o acréscimo de enchimentos para os meus seios, que começavam então a surgir no meu peito liso. Eu estava ao mesmo tempo orgulhosa e embaraçada pelas mudanças no meu corpo. Esperava nervosa que qualquer dia o sangue começasse a correr entre minhas coxas, como mamãe já havia me explicado. Olga já começara a ter seus dias de sangue, e se sentia muito superior, chegando mesmo a trazer as roupas manchadas ao meu quarto para exibi-las, o que eu considerava extremamente arrogante.

— Não se preocupe, Tania, ainda vai demorar séculos até isso acontecer com você. Você sempre fica para trás. Para trás no crescimento, na escola, na compreensão do mundo real. Você ainda é criança. Seu lugar é no jardim de infância.

Porém quando o príncipe Adalberto me convidou para dançar no baile, eu não me senti mais como alguém no jardim de infância. O príncipe era filho do primo Willy e muito mais bonito que o pai, que mal me olhou e ficou transferindo o peso de um pé para o outro quando fomos apresentados. O kaiser tinha um rosto pequeno de gnomo e um enorme bigode escuro penteado para cima. Adalberto, por sua vez, tinha um bigode louro e macio que lhe adornava o lábio superior de uma maneira muito máscula.

Ele tomou minha mão e me conduziu ao salão de baile com um sorriso que conquistou imediatamente meu coração, como uma paixão de colegial. O leve toque de sua mão em minha cintura, seus dedos segurando os meus enquanto valsávamos, e suas palavras me provocaram uma leve confusão; tropecei nas respostas e me esqueci das aulas de dança sobre como seguir graciosamente o meu par. Ele pareceu achar charmosa a minha falta de jeito e disse que eu era linda.

Adalberto me levou a bordo do *Meteor*, o enorme iate de seu pai, mostrou o desenho elegante, as pranchas feitas com a leve madeira balsa no deque, e nos pisos, a estrutura leve de aço e seus mais de 3 mil metros de velas.

— O barco do meu pai é muito mais rápido que o *New Britannia* do rei — afirmou com uma ponta de orgulho. — O *Meteor* ganhou a taça do sultão de Johore no ano passado. Deixou todos os outros para trás.

— Você também disputa corridas? — perguntei a Adalberto, pensando em como ele era belo com seus olhos azul-claros e cabelos louros ondulados, lábios róseos e dentes brancos. Nunca tinha sido beijada, mas agora eu queria. Tive que fazer um esforço para lembrar que Adalberto era meu primo de segundo grau e muito mais velho que eu.

— Claro! Tenho meu próprio iate, o *Mercury*. Naturalmente, é muito menor que o *Meteor*. Não passa de uma embarcação de quarta classe. Mas suas velas são asas. Ele voa.

Na noite seguinte, Adalberto não esteve presente no grande baile em nossa homenagem na Esquadra Real de Iates. Primo Willy recusou o convite ao saber que tio Eduardo o havia acusado de querer ser o "dono de Cowes", e Adalberto também foi forçado a recusar o seu.

— Eu não apenas sou o grande nome das corridas de iate — teria dito tio Willy, de acordo com vovó Minnie —, como em breve serei o grande nome em todos os oceanos do mundo.

— Aquele convencido! — desdenhou mamãe ao ouvir isso, enquanto terminávamos a nossa toalete para o baile. — Quem ele pensa que é para falar assim?

— Pelo que sei, a Marinha dele é a maior do mundo — comentou papai, estendendo a mão para sua taça de champanhe. Estava reclinado numa poltrona macia no quarto de vestir de mamãe, fumando um cigarro e soprando anéis de fumaça.

— Talvez a maior, mas certamente não a melhor. Essa honra ainda é do tio Eduardo.

— Certamente não é nossa — acrescentou papai com um suspiro. — Não depois de todas as perdas que sofremos quando os japoneses nos atacaram. Tantos navios e homens bons perdidos!

— Deixe estar, a Marinha russa um dia voltará a ser grande!

Mamãe se esforçava para manter a voz clara e confiante, e eu sabia que ela vivia sob muita pressão. Seu rosto ficava vermelho e havia manchas nas faces que sempre surgiam quando ela estava tensa. Seu medo de ocasiões públicas lhe causava ansiedade. Ela alisou o vestido e deu tapinhas no penteado alto.

— Olga! Tania! Venham cá, meninas, e ouçam com atenção. Existem regras na corte do tio Bertie que são diferentes das nossas. Primeira, nunca olhem para a barriga dele.

Rompi numa risada. Não consegui evitar.

— Ele se preocupa com o peso e gosta de fingir que ainda é jovem e bonito. Deixem-no fingir. E quando nos sentarmos para a ceia, ninguém pode tocar a geleia Bar-le-Duc. É a sua preferida. Não lhe perguntem nada nem digam nada, a menos que ele fale com vocês. Lembrem-se, ele é o rei.

— Mas nós somos grã-duquesas!

Mamãe não conseguiu ocultar um sorriso, apesar de tentar.

— Não vão desgraçar nossa família, nenhuma das duas. Além do mais, se vocês rirem ou disserem alguma tolice, nos forçarão, eu e seu pai, a rir, e isso não é certo.

Quando fomos apresentadas ao tio Eduardo e à tia Alexandra, tive de piscar várias vezes para ter certeza de que não estava imaginando coisas. O rei era um homem velho com uma espessa barba branca, imensamente gordo, vestido num colete quadriculado sob o traje a rigor. Sentava-se numa cadeira semelhante a um trono numa das extremidades do salão de baile, tendo no colo o catálogo dobrado da corrida. Tia Alexandra, bela e sorridente, estava ao seu lado.

O nome de Olga e o meu foram anunciados, e nos aproximamos dos membros da casa real e fizemos uma mesura. O rei nos olhou com seriedade e disse, numa voz grave, alta o bastante para ser ouvida por mamãe:

— Duas belas potras russas de seus estábulos, Raio de Sol. Onde estão as outras?

Eu nunca escutara mamãe ser chamada por seu apelido de infância: Raio de Sol. De imediato, ela corou ao ouvir o nome, mas isso não a desagradou completamente, e a ouvi responder com sua voz suave:

— Estão no *Standart*, Pudge.

O rei pareceu se espantar, depois soltou uma risada tão alegre e contagiosa que trouxe sorrisos ao rosto de muitos.

— Pudge! Ah, Pudge! — Sua risada fez o rosto envelhecido voltar a ser o de um menino alegre. — Ora, eis um nome que não ouço há muitos anos. O nome que a rainha querida me dava. Pudge! — Olhou para mamãe. — Você tem de vir comigo, Raio de Sol, em meu Daimler novo. Você vem?

— Com prazer, se for o desejo de Vossa Majestade.

— Ora, Raio de Sol, esqueça essa bobagem de Vossa Majestade. Prefiro Pudge!

O rei nos fez sentar perto dele durante a ceia e continuou alegre enquanto consumia um prato depois do outro, cada um regado com um vinho diferente. Junto a seu cotovelo, enquanto comia, havia um vidro de geleia Bar-le-Duc que ele lambuzava sobre carnes, peixes, lagostas e até mesmo sobre os pratos de acompanhamento de sabor delicado. Às vezes, o rei fazia uma pausa para ouvir a orquestra, os Húngaros Azuis, e movia o garfo no ritmo da música.

O salão estava esplêndido, com grandes enfeites de mesa cheios de orquídeas e lírios brancos. Comíamos em lindos pratos de Sèvres e bebíamos em taças de cristal que brilhavam tanto quanto as tiaras das mulheres. Criados altos, vestindo casacos amarelos e calças verdes, ficavam parados atrás de cada cadeira, prontos para retirar os pratos, encher as taças, e até recolher as flores que caíam dos vestidos de tule branco das mulheres.

Não consegui evitar que meus pensamentos voltassem às cenas que testemunhei em Vyborg, aquele mundo de horror, mas fascinante, de carência e desgraça em São Petersburgo. O que pensariam todas aquelas pessoas lindamente vestidas e bem-alimentadas se pudessem ver o que eu tinha visto lá? O que pensaria minha família se soubesse que eu havia ido ao apartamento de Daria, naquele porão, com Avdokia, a leiteira, não uma, mas várias vezes? A cada vez eu levava comida e roupas descartadas e, na última delas, levei remédio para a mulher, naquele apartamento imundo, que tinha uma tosse muito grave.

Meus pensamentos foram interrompidos pela voz estridente do outro lado da mesa, uma mulher americana:

— Foi feito para mim em Paris — dizia ela à vizinha. — É uma cópia exata de uma coroa feita para a rainha da Espanha.

— A minha é uma réplica da que foi usada pela imperatriz Josephine em sua coroação — comentou outra voz feminina.

— Algumas, é claro, são mais autênticas que outras. Ouvi dizer que as casas de penhores estão cheias de tiaras com pedras falsas. Afinal, a realeza tem seu lado espalhafatoso.

Essa observação desastrada foi respondida com um pedido de silêncio. Todos olharam para o rei para ver se ele tinha se ofendido, mas sua concentração estava voltada para o prato de perdizes que lhe era servido e ele pareceu não ter ouvido o comentário ofensivo.

Enquanto observávamos, o rei pegou uma faca e espalhou a geleia Bar-le-Duc sobre os pássaros assados e mordeu. Imediatamente, os cantos de sua boca se curvaram e o nariz torceu de desagrado. Cuspiu a mordida no delicado prato de porcelana.

— Este molho tem gosto de couro de sapato! — gritou. — E os pássaros estão duros. Tragam-me o meu suflê de ameixas. — Pegou o prato de perdizes, lançou-o ao tapete e tomou sua taça de vinho.

Treze

Os preparativos para a corrida prosseguiam febrilmente. Todas as tardes, estando ou não o vento favorável, primo Willy organizava treinamentos para sua tripulação, comandando-os ele mesmo. Mandava tirar o *Meteor* da água e raspar seu casco estreito para evitar que a menor partícula de sujeira, alga ou craca destruísse sua superfície perfeitamente lisa.

Tio Bertie não ia a bordo do *New Britannia*, mas tinha uma tripulação soberba, todos diziam, e ele a acompanhava da terra quando o barco navegava para cima e para baixo diante da Esquadra Real de Iates. Em outras ocasiões, costumava dirigir o seu Daimler, organizando paradas à luz de tochas, ou discutindo as perspectivas de seus cavalos de corrida, Persimmon e Feiticeira do Ar.

Cinco iates deveriam participar da corrida, apesar da convicção unânime de que ou o *Meteor* ou o *New Britannia* deveriam vencer, pois os outros barcos eram inferiores em projeto e desempenho.

— Além do mais — comentou mamãe com Olga e comigo quando estávamos sozinhas —, eles não iriam permitir que algum barco realmente rápido entrasse na corrida. Não se pode deixar um barco da propriedade de um cidadão comum vencer um iate real.

À medida que se aproximava o dia da prova, mamãe foi se cansando da conversa sobre corridas e de esperar no gramado diante da Esquadra Real de Iates para assistir aos treinos da tarde.

— Estou pensando em convidar as senhoras para um chá no *Standart* — disse ela. — Uma reunião de senhoras. Podemos servir lagosta e caviar, bolos e tortas.

— Mas mamãe — lembrei a ela —, a senhora não pode se esquecer do que aconteceu quando deu sua última festa. Essas senhoras às vezes são muito cruéis.

— Não diga tolices, Tania. Essas senhoras são a minha família aqui em Cowes. Boas inglesas e alemãs, não aquelas russas arrogantes!

— Vovó Minnie vai estar presente — eu disse a ela. Não pude deixar de me lembrar das palavras duras e críticas que ela proferira sobre mamãe, e no que ela dissera a monsieur Gilliard. Eu estava convencida de que vovó desejava colocar mamãe num hospital de loucos ou num calabouço escuro.

— Mas vai estar com a irmã, a rainha — respondeu mamãe. — Ela certamente não seria descortês comigo na presença da rainha Alexandra, que é muito delicada e atenciosa.

— Não ligue para Tania, mamãe — opinou Olga. — Ela não passa de uma criança, não entende mulheres como nós.

O chá aconteceu como mamãe queria e, se em algum momento ela se preocupou que as convidadas não aparecessem, logo se tranquilizou, pois lanchas e mais lanchas chegavam ao *Standart*, desembarcando pares e trios de damas usando vestidos de seda, luvas brancas e chapéus de palha.

Entre elas estava a rainha Alexandra e suas três filhas, Vitória, de olhos arregalados, Louise e Maud, com orelhas de abano; as irmãs mais velhas de mamãe, Vitória e Irene (minha terceira tia favorita, depois de Ella, por estar sempre feliz e sorridente); e a prima Ducky, que fora casada com tio Ernie, irmão de mamãe, mas que decidiu que preferia se casar com o Kyril, filho do tio Vladimir, a quem ela realmente amava.

Compareceram mais parentes do que eu consegui contar ou cujos nomes consegui relacionar. A maioria com rostos redondos e pescoços gordos, como a bisavó Vitória. Vieram também algumas damas americanas, a Sra. Yerkes, a Sra. Martin, a Sra. Astor e muitas outras.

Vovó Minnie chegou apoiada no braço de um senhor grisalho, de ar respeitável, que ela apresentou como o Sr. Schmidt, e que se desculpou com mamãe por estar comparecendo sem ser convidado ao chá para senhoras.

— Não tenho a intenção de me intrometer — disse ele num inglês com sotaque alemão, diferente da pronúncia do primo Willy e de Adalberto.

— Ele veio como meu acompanhante — explicou vovó Minnie. — Senti-me um tanto abalada esta tarde, tomei um pouco de minhas gotas calmantes, e precisei do braço de um homem para me apoiar na lancha. Nico estava no *Meteor* com Willy, por isso perguntei ao Sr. Schmidt se podia me acompanhar.

Mamãe mandou trazer uma cadeira para vovó Minnie e cumprimentou o Sr. Schmidt, dizendo-lhe para ficar à vontade. Ele foi se sentar num canto do salão, e sorria e acenava para as senhoras. Notei que falou pouco, mas observou tudo o que se passava à sua volta.

Como sempre, mamãe estava vestida com muita elegância, mas com simplicidade. Naquela tarde, ela tinha decidido usar um colorido quimono japonês sobre um vestido simples marfim.

— Como é singular. — Escutei uma das senhoras americanas dizer quando chegou.

— Estranho, muito estranho — sussurrou outra para a companheira, mas eu ouvi, apesar de seu tom de voz.

— E é assim que se vestem na Rússia, Alix — disse Helena, tia de mamãe, com alguma aspereza. — Não acredito que minha querida mãe teria aprovado.

Somente a rainha Alexandra foi caridosa em sua reação, elogiando o lindo quimono pela qualidade da seda e pelos lindos bordados, acrescentando que mamãe estava linda com ele.

A sala se enchia de fumaça de cigarro e mamãe, tensa devido aos olhares de desaprovação e comentários depreciativos atraídos por seu quimono, acendia um cigarro atrás do outro.

— Sei que minha mãe teria aprovado o meu quimono — respondeu ela para ninguém em particular. — Ela também teria vestido um. Ela escolhia seu próprio caminho, tomava suas próprias decisões.

Muitas vezes eu já ouvira mamãe fazer comentários como aquele sobre minha avó Alice, elogiando-a como a mais franca e mais inteligente dos nove filhos da rainha Vitória. Ela também dizia que sua mãe e tia Helena sempre discutiam.

— Era uma livre-pensadora, a minha irmã Alice — observou Helena, sem fazer o menor esforço para esconder o desprezo. — Ateia. Questionava todas as verdades da Bíblia.

— Na verdade, ela era uma estudiosa da Bíblia. Bem como de muitos outros textos religiosos. Tinha uma mente brilhante. Uma inteligência feita para investigar a natureza das coisas.

— Eu gostaria de investigar aquele delicioso prato de bolos — disse uma das damas americanas, indo na direção da mesa onde se expunham travessas de prata com sanduíches, bolinhos, pães, queijos e patê de camarão. — Conversa séria me dá fome.

Várias outras se levantaram e juntaram-se a ela. Mas a interrupção não evitou que mamãe continuasse a falar de minha avó.

— Ela foi a melhor mãe que alguém poderia ter. Morria pelos filhos. Maud, Louise — continuou, falando às princesas —, vocês se lembram de mamãe, a sua tia Alice? — As duas jovens anuíram. — Como era amorosa, como era inteligente. Vocês se lembram?

— Eu me lembro de alguma coisa sobre a Providência — comentou Maud timidamente. — Parece que ela dizia que isso não existia.

— Viram? O que eu disse! — exclamou Helena. — Ela era ateia.

Ocorreu-me um pensamento.

— Para onde vão os ateus quando morrem? — perguntei. — Para eles não existe nem céu nem inferno.

— Eles são eternamente amaldiçoados, é claro — respondeu Helena com um ronco. — Eles negam a Deus. Para onde eles iriam senão para o inferno?

— Minha mãe não está no inferno — retrucou mamãe ressentida. — O espírito dela ainda está entre nós. Eu a vejo muitas vezes.

Cessou o burburinho de conversa na sala, e todos os olhos se fixaram em mamãe, que, nervosa, acendeu mais um cigarro e ficou imóvel, encarando Helena, com o quimono em desalinho, e fumando.

Neste ponto, o Sr. Schmidt se levantou lentamente da cadeira e se aproximou de mamãe, examinando seu rosto contraído e dizendo com voz calma.

— Não é de admirar que essa conversa sobre sua falecida mãe a tenha perturbado. Venha sentar-se comigo por um momento, até a senhora se sentir mais calma.

Ela o olhou suspeitosa, de início, depois de maneira interrogativa e, finalmente, com um olhar que poucas vezes vi em seu rosto, um olhar de submissão.

Perguntei a mim mesma quem seria esse homem.

— Mamãe, a senhora está bem? Posso ir com a senhora?

— Claro, Tania. Venha sentar-se comigo. Vamos deixar as damas tomarem seu chá.

— Uma conversa tranquila sempre me acalma — comentou o Sr. Schmidt, sentando-se e dando tapinhas numa almofada ao seu lado. Mamãe se sentou, soltando o cinto do quimono.

— Ah, assim está bem melhor. Sabe, acho que este *obi* estava me deixando pouco à vontade. Parece um espartilho japonês.

O Sr. Schmidt concordou com a cabeça.

— Calculo que este tenha sido o caso. Como a senhora se sente agora?

— Talvez eu tenha uma crise de enxaqueca. Coisas irritantes afetam a minha saúde.

— A senhora sempre tem essas enxaquecas?

— Elas são a ruína da minha vida. É fácil conversar com o senhor, Sr. Schmidt.

Ele sorriu.

— Gosto de conversar com belas senhoras. E com suas filhas — acrescentou, olhando-me. — Estava admirando o seu quimono. A senhora já esteve no Japão?

— Não, mas gostaria de ir. Sempre tive o desejo...

— O que a senhora sempre desejou?

— Fugir para algum lugar como o Japão, onde ninguém me odiaria.

Aquilo me espantou. Quis dizer: "Mamãe, ninguém odeia a senhora", mas algo me fez parar, talvez os modos suaves e interessados do Sr. Schmidt. Além disso, eu também pensava: será que ela tem razão?

— Foi o Japão que atacou a Rússia, não é mesmo? — questionou o Sr. Schmidt. — E destruiu muitos navios da Marinha russa? Acho esclarecedor o fato de a senhora vestir um quimono japonês aqui em Cowes, onde se comemora a bravura das Marinhas inglesa e alemã, e a bordo de seu próprio iate russo. A senhora veste a roupa de um inimigo, não de um amigo. Por que isso?

Mamãe o encarou com os olhos bem abertos de admiração.

— Não sei dizer.

— Talvez não signifique nada. — Ele deu de ombros. — Uma vez eu passei semanas tentando imaginar por que um homem que eu conheço sempre sonha com uma árvore cheia de lobos brancos.

Houve uma pausa. Olhei o salão. As damas comiam e conversavam. Pareciam não dar atenção ao nosso grupo num canto.

— Tenho muitos sonhos estranhos — confessou mamãe, numa voz distante. — Às vezes, sonho com oxicocos... ou pinos, milhares de pinos de aço. Tento pegá-los, mas não consigo, eles ficam presos no tapete. Eu piso neles. Alexei pisa neles e sangra.

— É natural que em seus sonhos a senhora se preocupe com seu filho. A esperança da dinastia Romanov. Ele carrega muita coisa sobre seus frágeis ombros. E sei que ele está doente.

Mamãe começou a chorar.

— Ora, ora, minha cara. Eu não imaginei que pudesse lhe causar dor. Só queria oferecer simpatia e bondade... e compreensão.

— O senhor é bom — murmurou mamãe quando cessaram as lágrimas e secava o rosto com um lenço de linho. — Mais gentil até que o padre Grigori, que às vezes me censura. Diz que a minha fé é muito pouca.

— Já ouvi falar desse padre Grigori. Parece ser um homem notável. Diga-me, a senhora sonha com ele?

— Com o padre Grigori? Não. Só com oxicocos e pinos e... e...

— Sim?

— E a pomba cinzenta.

— Fale-me sobre a pomba.

Mamãe pensou por um momento.

— Ela faz sons suaves. É delicada e fraca. Precisa de proteção.

— A pomba lhe lembra alguém?

Mais uma vez ela fez uma pausa, pensando.

— Quando era criança e visitava a minha avó, a rainha, durante algumas semanas eu tive uma governanta chamada Srta. Dove.

— Ela era delicada e fraca?

Mamãe riu.

— Pelo contrário. Era brava e dura, e tinha o cabelo grisalho. Minhas irmãs e eu tínhamos medo dela.

— Diga-me o que acontece com a pomba no seu sonho.

— Ela tenta sair voando, mas não consegue. Seus pés rosados ficam presos na lama pegajosa. E ela bate as asas, mas não consegue se soltar.

— Quem a prendeu?

Mamãe balançou a cabeça.

— Não sei.

— Ah, então talvez ainda não seja hora de a senhora entender o significado do sonho. — O Sr. Schmidt deu um tapinha na perna de mamãe, um gesto de afeto, como teria feito com uma criança. Mas era a sua perna dolorida.

Ela reagiu e afastou violentamente a perna.

— Doeu! O que o senhor está fazendo? O senhor não tem permissão para me tocar.

— Vossa Alteza Imperial, lhe asseguro que não tive a intenção de ofender. Obrigado por essa conversa. Posso ter sua permissão para ir tomar chá? — Levantou-se falando simpaticamente, com seu sorriso tranquilizador.

— O senhor tem a minha permissão. — O tom gelado usado por mamãe com estranhos havia voltado.

— Quem é esse homem, mamãe? — perguntei, observando o enquanto se afastava.

— Um amigo de vovó Minnie, imagino. Ou talvez um amigo de sua irmã. Que conversa estranha a dele. E ainda assim...

— Não gosto dele.

— Tolice, Tania. Você não o conhece. Parece perfeitamente inofensivo. Na verdade, tranquilizador.

Busquei um chá e bolos para mamãe e sentei-me ao seu lado durante algum tempo, enquanto uma dama depois da outra vinha trocar algumas palavras com ela, antes de se despedir. Após algum tempo, Olga se juntou a nós.

— Todos estão falando do tio Miguel — confidenciou Olga. — Sobre como ele se casou com tia Dina sem a permissão de papai.

Essa era a mais recente numa série de "indiscrições" familiares, como dizia mamãe; vovó Minnie chamava-as de "escândalos" ou "tragédias". O belo irmão mais novo de papai, Miguel, o segundo na linha sucessória depois de Alexei, recusou a noiva real que vovó Minnie escolhera para ele e se casou com uma das damas da corte, Dina Kossikovsky. Papai ficou muito contrariado, porque tio Miguel lhe dera sua palavra de que isso não aconteceria, mas levou a moça para Paris, ou outro lugar qualquer, e se casaram lá.

— Você não deve discutir essas coisas, Olga. Se ouvir alguém bisbilhotando, vire a cabeça ou diga "não acho que este seja um assunto que mereça ser discutido". A outra pessoa irá se envergonhar.

— Sim, mamãe. Mas é tão interessante...

— Chega!

Trouxe mais um pouco de chá para mamãe. Ela parecia ter voltado ao seu estado normal. Levantou-se quando vovó Minnie veio se despedir, apoiada no braço do Sr. Schmidt.

— Obrigada pelo chá, Alix. Imagino que nos veremos na corrida.

— Claro!

— Calculo que o *Meteor* vença, como sempre.

— Tenho fé no *New Britannia*, mamãe querida. Principalmente por estarmos em águas britânicas.

— Vossa Alteza Real não gostaria de uma aposta? — perguntou o Sr. Schmidt. — Digamos, 5 libras?

— Só tenho rublos, Sr. Schmidt. E não sou uma mulher de apostas.

— Mas eu sou — interpôs a vovó Minnie. — Cinco libras no *New Britannia*, em nome de Alix.

— Certo. Acertamos depois da corrida.

Saíram, o Sr. Schmidt apoiando vovó Minnie, as cabeças muito próximas enquanto conversavam. Eu os segui até o convés onde as damas eram auxiliadas no embarque nas lanchas. Fiquei por ali, fingindo conversar com um dos marinheiros, mas na verdade prestando atenção nos diálogos fortuitos à minha volta.

— Ela é linda como dizem, mas tem um olhar crítico, como se desconfiasse de todo mundo.

— Para mim, ela parece mais inglesa do que russa. Dizem que é obcecada pelo oculto, e eu acredito.

— Ouvi dizer que Nico a adora. Mas há algo não muito certo nela, se você me entende.

Eu sabia que estavam falando de mamãe e tive vontade de fazê-los parar. Aproximei-me de vovó Minnie e do Sr. Schmidt.

— Então, o que o senhor achou?

— Um caso interessante — respondeu o Sr. Schmidt. — Forte repressão, melancolia ao extremo. Se não tivesse tantos filhos, eu diria que ela sofre de frigidez. Acho que posso ajudá-la.

— Então ela não é tão perturbada quanto eu pensava — disse vovó Minnie, parecendo desapontada.

— Oh, ela é completamente louca. Louca como um chapeleiro, para usar a sua expressão inglesa. Claro, não há a menor dúvida.

Catorze

À medida que se aproximava o dia da corrida de iates, papai ficava mais animado, viajava com as tripulações do *Meteor* e do *New Britannia* em seus treinos, convidava o primo Willy e o tio Bertie para se juntarem a ele a bordo do *Standart*, visitava a Esquadra Real de Iates e lá ficava até tarde da noite. Embora ele estivesse feliz, mamãe estava contrariada e ansiosa para voltar à Rússia. Ouvi os dois discutindo a questão de quando deveríamos voltar.

— Não podemos ficar mais tempo. A perna de Alexei está endurecendo, e fico nervosa por estar longe do padre Grigori no caso de precisarmos dele. Estou sentindo a aproximação de uma grave enxaqueca, você sabe que sua mãe me irrita, e aqui eu não consigo evitá-la como em casa.

— Mas Alix, aqui é seguro. Sei que ninguém vai atirar em mim ou me lançar uma bomba. Não tenho de me preocupar com para onde vou ou com o que faço.

— Assassinos existem por toda parte, Nico. Vovó Vitória sofreu vários atentados aqui mesmo, na Inglaterra.

— Mas ela viveu até os 93 anos, ou mais ou menos isso, e morreu na cama.

— Foi 81, não 93, e ela teve sorte. Por favor, vamos embora? Já é hora.

— Não podemos partir antes da corrida de iates.

— Por que não? O *Standart* não vai participar.

— Por favor, Alix, você sabe por que não. Não seria correto. Bertie nunca nos perdoaria, nem o primo Willy, por mais que você não goste dele. Além do mais, e as suas irmãs? E o jovem Adalberto? Você sabe que ele está gostando da nossa Tania. Todos os marinheiros do *Meteor* estavam comentando.

Corei ao ouvir aquilo. Não tinha percebido que Adalberto e eu éramos vigiados nas visitas ao *Meteor*.

— Nico, ela só tem 12 anos!

— Moças reais já se casaram com 12 anos, até menos.

— Não uma filha minha. E não com o filho de Willy, aquele louco.

Mamãe continuou a dizer que queria partir, mas papai decidiu ficar. Ela se queixava, especialmente quando ele saía à noite para a Esquadra Real de Iates ou para a Villa Violetta, a casa de verão do tio Bertie, na costa, onde, diziam, o rei recebia atrizes e dançarinas de Londres e convidava os amigos para participar.

Olga afirmou que, informada por Chemodurov, sabia o que se passava na Villa Violetta.

— Eles dançam o tango — contou-me ela com os olhos brilhando. — A nova dança da Argentina. Eu aprendi com Felipe no *Standart*. — Felipe era o seu marinheiro favorito, o que considerávamos ser seu flerte. Ela começou a deslizar pelo chão, o corpo anguloso contorcido e sem graça, para demonstrar os bizarros passos da dança.

— Um, dois, um-dois-três. Um, dois, um-dois-três.

Para mim, os seus movimentos eram horríveis, mas não fiz nenhum comentário, assim como não contei para ela o que ouvira o Sr. Schmidt, que descobri ser na verdade o Dr. Freud, dizer à vovó Minnie sobre mamãe ser louca como um chapeleiro.

Não precisei de muito tempo para adivinhar quem era na verdade o tranquilizador Sr. Schmidt e que ele era o famoso médico vienense de quem vovó Minnie havia falado ao monsieur Gilliard.

Vovó tinha dito que pretendia convencer esse Dr. Freud a tratar mamãe. Naquele dia, a bordo do *Standart*, ele estaria tratando-a ou apenas tentando conhecê-la? Tudo o que ele fez foi conversar com ela, fazer perguntas. Isso seria tudo o que ele pretendia fazer? Eu queria vigiar de perto, certificar-me de que mamãe não ficaria sozinha com aquele Sr. Schmidt.

— E eles não fazem só isso — continuou Olga. — Eles deslizam pelos corrimãos sentados sobre bandejas para chá, derrubam uns aos outros dos sofás quando se sentam, riem como meninos, põem fogo nas suíças dos empregados, bebem muito, sobem para os quartos com as atrizes e demoram a voltar.

Eu começava a conhecer os costumes do mundo. Como agiam os homens quando estavam longe das suas esposas. Como se instigavam a fazer coisas que jamais fariam quando sóbrios. Não gostei de imaginar que papai era um desses homens, mas claramente era um deles. Tinha de ser. Ele era o tsar.

— Chemodurov disse se Adalberto estava na Villa Violetta?

— Não! Os alemães não são convidados. Além do mais, ele diz que os alemães fazem outras coisas. Piores. Eles se reúnem em seus retiros privados e trazem rapazes vestidos de moças, ou os homens se vestem como mulheres. Depois eles bebem e seguem.

— O primo Willy também?

— Não sei.

Não gostei de pensar no belo Adalberto, com seu bigode delicado, vestido de mulher.

Alexei ficou com tosse e mamãe usou isso como desculpa para sair de Cowes a bordo do iate de sua irmã Irene, levando consigo Marie e Anastasia, mas permitindo que Olga e eu ficássemos, por insistência de papai, para assistir à corrida e voltássemos com ele para a Rússia no *Standart*. Na verdade, fiquei feliz por poder ficar; eu estava me divertindo muito com todos os bailes e toda a liberdade para ir e vir sem medo. Os ingleses me pareciam esquisitos e pomposos, mas eram confiáveis e por vezes muito divertidos, enquanto os alemães, apesar de toda a sua bazófia (os homens tendiam a falar muito alto, com exceção de Adalberto, e constantemente gritavam ordens), eram corteses e encantadores. Senti que, quando chegasse a hora, eu ficaria triste por ter de partir, e passei a gostar do gordo tio Bertie e de seu filho, o príncipe Jorge, que, diziam todos, logo seria rei, pois o tio Bertie já era velho e sua saúde causava preocupação.

Finalmente chegou o dia da corrida. O *New Britannia* e o *Meteor*, com os outros três iates — o *Genesta*, com um italiano ao leme; o *Lady Hermione*, com tripulação alemã sob o comando do barão Von Buch; e o *Corsair*, da Nova Zelândia — se prepararam para zarpar na corrida de 20 quilômetros.

Precisamente às duas da tarde a bandeira foi hasteada sobre a Esquadra Real de Iates e um canhão deu um tiro ensurdecedor de saudação. Uma banda militar tocou os hinos nacionais britânico, alemão e russo, enquanto os espectadores tiraram seus chapéus e ficaram em posição de respeito.

Então, o sinal foi dado e os barcos largaram.

Um sol quente brilhava sobre as águas agitadas, enquanto o vento, caprichoso e imprevisível, empurrava as elegantes embarcações em direção à linha de partida. Ouviram-se gritos quando o *New Britannia* saiu na dianteira, seguido pelo *Corsair*. Olga e eu ficamos com papai junto à amurada do *Standart*, acompanhando atentamente, protegendo os olhos contra a forte luz do sol. Quando chegaram à primeira boia na rota triangular, minha atenção começou a se desviar e senti-me sonolenta. Fiz tudo o que pude para manter os olhos abertos.

Então, escutei papai gritar:

— Falta! Foi falta! — Os marinheiros se juntaram aos gritos e ouvi gritos que também vinham da praia.

— Vejam! Ele está içando uma vela ilegal! Bandido! Canalha!

Era o *Meteor*, içando mais velas do que permitiam as regras. Ele se lançou à frente do *Genesta*, quase fazendo a embarcação italiana soçobrar em sua esteira, e assumiu a dianteira quando os barcos viraram a favor do vento.

— Ele tem de ser desclassificado — argumentou papai. — Bertie vai ficar furioso.

O *Lady Hermione*, que tinha ficado para trás desde o início, abandonou a corrida quando se romperam as linhas do leme, mas o *New Britannia* avançou, arrostando ventos e ondas desafiantes até a última curva em direção à linha de chegada.

Naquele momento, os gritos da torcida ficaram altos e roucos, com buzinas, apitos e sinos acrescentados à cacofonia de vozes. Com participação minha e de Olga, um canto estridente *"Mete-or! Mete-or!"* foi afogado pelos gritos de *"Rule Britannia"*. Cantávamos robustamente, embora o vento forte carregasse nossas vozes para longe e eu tivesse de segurar meu chapéu para evitar que fosse levado.

O *Meteor* atravessou a linha de chegada em primeiro lugar, mas com uma vantagem pequena, e sua vitória era evidentemente maculada. Papai xingou e foi apresentar uma queixa formal aos juízes. Olga e eu tomamos a ceia em nossa cabine, sentindo-nos enganadas, e tentando adivinhar o que os jornais diriam da corrida.

Foi bom termos de partir no dia seguinte porque houve um protesto devido à vela extra içada ilegalmente pelo *Meteor*, não somente nos jornais, mas nas mesas de almoço e de chá da Esquadra Real de Iates.

— Farão disso um *casus belli* — disse papai, a raiva já reduzida a um humor estranho. — Mas agora Bertie deve ter aprendido que Willy não joga limpo. A mãe de vocês poderia ter-lhe falado isso. Na verdade, ela provavelmente contou antes de partir.

Tínhamos saudades de mamãe, de Alexei, Marie e Anastasia, e estávamos felizes por voltar para casa. Despedi-me de todos os parentes: o rei gordo, sua linda rainha, e suas filhas feias; o príncipe Jorge, que beijou minha mão e disse que teria saudades; o kaiser, que parecia ainda mais severo na vitória do que o fora antes do início da corrida; todas as tias, tios e primos, especialmente Adalberto, que me levou para um canto e me disse que esperava que eu soubesse que ele nada tinha a ver com a violação das regras da corrida, cometida por seu pai. Eu lhe assegurei que acreditava no que dizia.

— Posso lhe escrever, Tania? — pediu. Seus olhos estavam muito azuis e muito sinceros.

— Sim, claro. Como amigo.

— Logo você terá idade suficiente para ser mais que uma amiga. — E ele apertou minha mão. — Um dia, em breve, nós nos veremos novamente, tenho certeza. Talvez mais cedo do que você imagina. Até então, gostaria de lhe dar um beijo de primo.

Não soube o que dizer. Não conseguia encarar Adalberto, e olhava para baixo.

Com dedos afetuosos, ergueu o meu queixo e beijou minha face.

— Adeus, pequena Tania.

— Adeus, Adalberto. — Ele embarcou na lancha e acenou pela última vez, e eu respondi com um aceno, até ver apenas a sua pequena figura branca contra o azul-escuro da água.

E então partimos, ao som de tiros de canhão, e o *Standart* cortou as ondas no Solent, buscando o mar aberto e o nosso lar.

Quinze

Às vezes, quando a vida se tornava muito confusa, eu gostava de ir conversar com o elefante.

O velho animal peludo e empoeirado representava, de certa forma, um conforto para mim. Era, de longe, a criatura mais velha de Tsarskoe Selo, e eu sentia que ele tinha sofrido muitos e muitos anos de solidão e tristeza. Afastado da terra onde nasceu e de todos os outros de sua espécie, como ele não seria triste? Ninguém lhe dava atenção, com exceção do seu cornaca, o servo hindu que falava russo muito mal e se ocupava de cuidar do elefante e de dormir na pequena cabana adjacente à jaula do grande animal.

Minhas irmãs me provocavam por causa das minhas visitas ao elefante.

— Quem sabe você acaba se casando com ele — debochava Anastasia com um sorriso travesso e depois corria.

— Vai ser uma tristeza quando ele morrer — dizia Marie solenemente. — Você vai lamentar ter sido sua amiga.

— Só os loucos conversam com animais — implicava Olga. — É um sinal de que você está perdendo o juízo.

Mas é claro que não era loucura, eu simplesmente estava crescendo. Agora, olhando para o passado, eu sei. Naquela época, no entanto, eu só tentava entender as várias partes da minha vida que não se ajustavam: a grande riqueza e fausto dos palácios do meu pai, a miséria da Cidade das Chaminés, o medo que tínhamos de assassinos visíveis e invisíveis, o casulo de proteção em que éramos forçados a viver, os fortes laços familiares que nos uniam, e a hostilidade que vovó Minnie dedicava a mamãe e a nós, suas netas. Pois, à medida que Marie e Anastasia cresciam, ficava evidente que ela também as desaprovava com quase a mesma intensidade com que desaprovava Olga e eu. E havia a preocupação constante com meu irmão: ele morreria, como todos esperavam, exceto mamãe? E, se ele morresse, um dos filhos do tio Vladimir se tornaria o tsarevich, provocando mais mal-estar no seio da família? Todos sabiam que o irmão mais novo de papai, tio Miguel, não poderia governar, não depois de ter se desonrado ao casar com Dina, uma plebeia.

O elefante ouvia tudo e parecia, vez por outra, acenar com a cabeça enrugada, ou trombetear, mostrando discordância. A sua companhia me fazia bem.

Mas, é claro, eu tinha pouco tempo para gastar em conversas vazias. Monsieur Gilliard me mantinha ocupada aprendendo as formas irregulares dos verbos franceses, lendo a história da Rússia e a representando em peças. Meu professor de dança, Leitfelter, estava me ensinando os passos da Valsa da Hesitação (não o tango, mas a dança dos cabarés e dos bares mal-afamados). Além de mamãe, que me ensinava a tricotar e me incentivava a fazer cobertores, toucas e luvas para serem vendidas em seus bazares de caridade.

Quando tinha coragem, eu me encontrava de madrugada com Avdokia, a leiteira, e ia com ela aos cortiços do distrito de Vyborg, onde era atraída para os círculos dos que viviam no apartamento lotado de Daria. Era recebida como um deles. Apesar de minha verdadeira identidade continuar sendo um mistério, não pareciam muito interessados em resolvê-lo.

Meu aniversário de 13 anos estava chegando e minhas roupas ficavam pequenas. Todas as saias estavam curtas demais. Quando vinha ao palácio para tomar minhas medidas, o costureiro Lamanov comentava que eu estava ficando muito alta.

— Alta e elegante, como sua mãe. Comprida como um salgueiro. Esbelta. Uma ninfa. Uma linda ninfa loura.

A saia de camponesa que meu pai comprou para mim já não me servia, e Niuta fez outra, que eu usava sempre que ia à Cidade das Chaminés. Tinha um novo par de botas para os meus pés que tinham crescido e toucas femininas para cobrir os cabelos. Eu parecia uma jovem de Pokrovsky, pelo menos foi o que Niuta me disse, e Daria concordou, ainda que relutantemente.

Daria continuava a viver no palácio, num canto do quarto de Niuta no sótão, o cãozinho encolhido dentro do cesto no chão. Ela trabalhava na sala de passar, e ainda levantava pesados baús de roupas, brandia o ferro de passar durante horas, e subia e descia muitos lances de escada todos os dias, apesar do estado avançado de sua gravidez.

— O que ela vai fazer quando entrar em trabalho de parto? — perguntei a Niuta, sentindo-me adulta demais porque sabia, ou pensava saber, muito sobre como os bebês nasciam. — Você vai chamar uma parteira? Ou o Dr. Korovin? — O Dr. Korovin ainda era o médico de Alexei e o principal médico da corte.

— Não, ele nunca seria chamado para atender uma empregada. Não. Há uma clínica dos trabalhadores em São Petersburgo. Vamos levá-la para lá. Eles têm parteiras e médicos, e as trabalhadoras são tratadas gratuitamente.

Na época, não me preocupei muito, pois Niuta parecia muito tranquila quanto ao que faria e para onde iria quando Daria precisasse de ajuda para o parto. Ademais, aconteceu outra coisa que ocupou os meus pensamentos, e chegou a me provocar pesadelos.

Papai, mamãe e os cinco filhos (quando Alexei estava bem) costumávamos ir, todo domingo, e às vezes em dias da semana, assistir à missa na Igreja dos Santos Inocentes perto de Tsarskoe Selo. Num domingo de manhã, descemos da carruagem perto da escadaria da igreja, protegidos pelo cordão de guardas à nossa volta contra possíveis assassinos no meio da multidão. Paramos, como fazíamos todas as vezes, para acenar às pessoas reunidas para nos ver. Naquele dia, havia mais gente do que de costume, e logo entendemos o porquê.

No centro da pequena praça, diante da igreja, uma jovem estava sentada no chão. Tinha as saias escuras estendidas à sua volta e um xale sobre os ombros magros. Vi seu rosto pálido de olhos baixos, mas não percebi nenhuma emoção, e aquilo me assustou. Quem era ela, e o que estava fazendo ali, sozinha, com tantos outros a observá-la, como se esperando alguma coisa acontecer?

Então, vi ao seu lado a lata de querosene aberta.

Calmamente, com movimentos lentos e o braço firme, ela pegou o recipiente e derramou o conteúdo sobre a cabeça, deixando-o correr pelas costas, sobre sua blusa, seu xale e sua saia estendida. Sua mão pareceu tremer quando ela segurou a caixa de fósforos, balançando a cabeça uma vez, como se para evitar que o líquido entrasse em seus olhos. Então, antes que alguém pudesse fazê-la parar, ela acendeu o fósforo e o encostou na saia.

— Não! Acudam! Alguém faça com que ela pare! Tragam água! — gritavam os espectadores, que pouco podiam fazer além de engasgar; as mulheres tapando a boca e os homens franzindo a testa pelo sentimento de raiva frustrada.

A saia da mulher incendiou-se imediatamente, depois o xale, e logo ela estava envolvida numa bola de fogo. Não ouvi se ela gritou, mas outros disseram mais tarde que ouviram, pelo menos assim foi relatado nos jornais, e que ela não morreu logo, mas que se debateu, abraçou-se e chegou a gritar por socorro, antes que as chamas a transformassem num pedaço de carne enegrecida.

Eu estava parada ao lado de papai, e tão logo aquela coisa horrível começou, ele estendeu o braço, me abraçou, me protegeu, e disse:

— Não olhe, Tania. Não há nada para você ver.

Todo o incidente durou apenas um momento, e imediatamente os nossos guardas nos fizeram entrar na carruagem, o cocheiro estalou o seu chicote e voltamos a toda para o palácio, a multidão abrindo espaço para passarmos.

Meu choque e surpresa foram tão grandes que não consegui falar por vários minutos. Enterrei a cabeça no ombro de papai, sentindo a força tranquilizante de seu braço em torno do meu corpo, sem perceber nada além do movimento rítmico da carruagem, o barulho dos cascos dos cavalos, os arreios tilintando e os estalos do chicote do cocheiro.

Depois de algum tempo, ergui a cabeça.

— Quem era ela, papai? Por que ela se queimou?

— Não sei, Taniushka. Quisera que você, suas irmãs e seu irmão não a tivessem visto. Quisera não tê-la visto eu mesmo.

— Mas era isso que ela queria, não é? Que nós a víssemos, que a víssemos incendiar-se. Por isso ela ficou esperando na praça. Ela devia saber que nós estaríamos ali.

— Silêncio, Tania! — disse mamãe, soando estranhamente severa. — Não repita uma coisa dessas! Quem sabe o que quer uma mulher desequilibrada? Não quero que você repita uma ideia tão absurda.

Mas eu sabia que estava certa. O ato terrível daquela mulher foi um choque para nós. Tentava nos dizer algo, mas o quê? Durante dias eu pensei naquela cena terrível, revendo incontáveis vezes, em minha mente, a imagem da jovem derramando querosene e se incendiando. À noite eu sonhava com ela, só que em meus sonhos seus olhos não estavam abaixados, mas olhavam diretamente para mim, e eu via neles o brilho assustador da culpa.

Dezesseis

Era noite quando começaram as dores de Daria e eu fui acordada pelas conversas abafadas no corredor fora de meu quarto. Certa de que ouvia as vozes de Niuta e Daria, saí rapidamente da cama e vesti minha roupa mais simples, sem me preocupar com anáguas e meias. Perdi-me nos fechos do vestido, não estava acostumada a me vestir sem auxílio. Quando terminei minha toalete apressada, já não ouvia ninguém no corredor, mas imaginei que Niuta levaria Daria aos estábulos, e fui para lá correndo.

Minha partida foi percebida, havia empregados nos corredores, sentados ou deitados em bancos, supostamente em vigília, mas a maioria dormindo, e ninguém me fez parar. Pensei que Sedynov talvez me ouvisse, se não tivesse bebido muita vodca na noite anterior, mas ele não apareceu.

Quando cheguei aos estábulos, Niuta e Daria já estavam lá, com um guarda dos cossacos do rio Don, que eu já vira várias vezes com Niuta. Era um homem forte, de barba, e estava puxando um cavalo até uma das carroças de lixo. Enquanto eu observava, Niuta e o cossaco ajudavam Daria a subir na carroça.

— O que ela está fazendo aqui? — Ouvi Daria perguntar ao se preparar para deitar, a voz fraca e áspera.

Niuta olhou para mim.

— Volte, Tania — pediu ela.
— Mas eu quero ajudar.
— Não precisamos da sua ajuda. Volte.
— Não! — disse o cossaco. — Ela vai acordar os cavalariços. Eles nos verão e não vão nos deixar usar a carroça. Deixem a menina ir atrás com Daria.

Subi na carroça, onde Daria estava deitada sobre um cobertor, encolhida, abraçando a barriga distendida, uma careta de dor distorcendo seu rosto. A carroça fedia ao lixo que transportava todo dia. Senti náuseas, mas tentei ignorar minha reação e me sentei ao lado de Daria, pousando a mão em seu ombro, na esperança de que meu toque a acalmasse. Ela gemia.

O cossaco subiu no lugar do cocheiro e segurou as rédeas. Saímos do estábulo e tomamos a estrada para a aldeia próxima. Embora ele chicoteasse diversas vezes, a carroça seguia lentamente ao longo da estrada marcada por sulcos, e os gemidos de Daria aumentavam e ficavam mais longos. Desejei ter comigo a imagem milagrosa de são Simão Verkhoturie, que o padre Grigori dera ao meu pai para preservar sua vida. Talvez existissem imagens aonde íamos.

De repente, Daria deu um grito.
— Quanto falta? — perguntei.
— Mais algumas milhas — respondeu Niuta com a voz ansiosa.
— Logo vamos chegar à clínica.
— Falta muito pouco, Daria — tentei acalmar a jovem que sofria ao meu lado. Mas ela me dava as costas, alternando entre gemidos e gritos.

O cossaco começou a cantar num tom barítono profundo. Sua voz rica e ressonante entoava uma canção folclórica, e Niuta batia no joelho seguindo o ritmo da música. O som era tão admirável que comecei a cantar baixinho. Meu espírito se elevou. O corpo contorcido de Daria pareceu relaxar um pouco e senti que a voz vigorosa do homem lhe dava coragem.

A música fez as últimas milhas passarem mais depressa e logo chegamos a um pequeno edifício de madeira com uma placa na janela aonde se lia "clínica dos operários". Apesar de ainda ser madrugada, cedo demais para haver qualquer movimento nas ruas, luzes brilhavam em todas as janelas da clínica e muitas pessoas entravam e saíam pela porta principal.

Niuta e o cossaco conseguiram retirar Daria aos soluços da carroça e a levaram para dentro, onde, quase imediatamente, um rapaz de aparência séria e cabelos louro-avermelhados se aproximou para atendê-la. Parecia jovem demais para ser médico, pensei, ainda assim sua seriedade mais que compensava a juventude.

Fiquei assustada pela expressão intensa de preocupação no rosto dele, a testa alta vincada de rugas. Quando se concentrou em Daria, colocou-a numa mesa junto à parede e puxou um biombo para assegurar-lhes privacidade. Consegui escutá-lo conversando com Daria de forma tranquilizadora e fazendo-lhe algumas perguntas.

Pouco depois, o médico chamou as enfermeiras e fez um sinal para Niuta se juntar a ele atrás do biombo, onde, a julgar pelo som dos gritos cada vez mais altos e fortes de Daria e pelas instruções urgentes do jovem doutor, o bebê chegava rapidamente ao mundo.

Sentei-me na grande sala, ouvindo a atividade atrás do biombo e observando o que ocorria à minha volta. Diversas pessoas esperavam para serem atendidas, idosos usando bengalas, homens de meia-idade com expressões sofridas, mulheres com ar cansado abraçadas aos filhos; outros tinham os membros enfaixados, os pés inchados ou amputados, os olhares distantes. Vários bêbados, estendidos no chão duro, cheiravam a álcool e a suor seco. Enquanto eu estava lá, trouxeram um menino cujo braço sangrava, e que foi atendido imediatamente. Notei que não havia imagens nas paredes.

Quase todos na sala acompanhavam atentamente os gritos de Daria e, à medida que se aproximavam do clímax, a tensão aumentava, pois todos continham a respiração.

— Aí vem ele. — Ouvi a voz do médico atrás do biombo. — Força, Daria. Faça força! — Grunhidos e gemidos informavam que ela tentava obedecer.

Então... o silêncio... e em seguida o choro de um bebê. Não um grito forte, mas o choro inconfundível de um recém-nascido.

Quem estava ao meu lado e tinha condições se levantou, gritou e aplaudiu.

Pouco depois, o médico, carregando o bebê enfaixado nos braços, afastou o biombo e o trouxe para o meio da sala.

— Uma nova operária! Uma menina!

Ouviram-se bênçãos e desejos de vida longa. Aproximei-me do médico e ele estendeu os braços para que eu visse o rosto pequeno, os olhinhos fechados, a boca franzida, vermelha e curva. Olhei para ele e sorri.

— E você é a madrinha? — perguntou ele de forma instigante.

— Sou Tania, amiga de Daria. — Ao dizê-lo, pensei no esgar de desprezo de Daria ao me ouvir descrever-nos como amigas. — E Niuta... — indiquei-a com a cabeça — ... é irmã dela.

O médico voltou à sua paciente e eu me sentei novamente entre os doentes e feridos. Começava a sentir sono. Perguntei a mim mesma: onde estava o cossaco? E o que ele tinha feito com a carroça? Como eu iria voltar ao palácio?

Nos últimos dias, eu vinha fazendo listas dos meus piores defeitos e minhas melhores virtudes. Na lista dos meus defeitos eu escrevi: "Tem tendência a agir sem planejar." Gostei da expressão "sem planejar". Parecia muito melhor que "precipitadamente". Deixei o palácio, naquela manhã, sem calcular como iria voltar. Agora, tinha de pagar o preço de minha precipitação.

Depois de uma hora de espera desconfortável, Niuta veio me buscar. Levou-me para os fundos da clínica, onde havia uma meia dúzia de quartos pequenos, cada um com uma cama ocupada. Daria estava numa das camas, com sua filha nos braços. As duas pareciam tão sonolentas quanto eu.

— Como você está, Daria? — perguntei.

— O que você acha? Estou cansada e sinto muita dor.

— E você é mãe — falei, curvando-me e beijando a testa do bebê.

— Qual vai ser o nome dela?

Niuta respondeu:

— Ela quer chamá-la de Iskra. A faísca. Tão bobo.

— Por que bobo?

— Porque, como você já saberia se tivesse lido o lixo da literatura revolucionária, Iskra é o nome de um jornal. Um jornal operário.

— Um jornal progressista — informou Daria, a voz era quase um sussurro. — A faísca é a esperança de mudança.

— Eu diria que você já teve a sua cota de faíscas, Daria, com aquele incêndio horrível do qual você fugiu, que poderia tê-la matado, e a sua filha.

Mas Daria já tinha dormido.

Niuta sentou-se numa cadeira ao lado da cama de Daria.

— Vou ficar com ela.

— Onde está o cossaco? — perguntei.

— Nikandr voltou para o palácio. Serviço de guarda.

Bateu-me o desânimo.

— Se eu não voltar, vão sentir minha falta.

— Você pode dizer que foi à aula de dança, como faz toda vez que sai com Avdokia.

Balancei a cabeça.

— Não há aula de dança na quarta-feira. Hoje é quarta-feira.

Niuta fez um sinal de despedida.

— Então vá.

— Mas eu... — Comecei a protestar, mas vi que seria inútil. Voltei à sala principal e me sentei. O que eu ia fazer? Pouco depois o médico alto e ruivo passou por mim e eu o chamei. — Desculpe, senhor, gostaria de lhe perguntar se há uma forma para eu voltar para Tsarskoe Selo? O cossaco que nos trouxe em sua carroça já se foi e eu não tenho como...

Ele me encarou com olhar inquisidor.

— Eu já vi você antes.

— Não. Acho que não.

— O seu retrato. Já vi o seu retrato.

Os jornais costumavam imprimir retratos de todos nós da família imperial. Éramos figuras conhecidas para os cidadãos letrados de São Petersburgo.

— Sua tia tem um retrato seu no salão. Não só o seu, mas também das suas irmãs e do seu irmão.

— Minha tia?

— A grã-duquesa Olga Alexandrovna, que é casada com um primo distante de minha mãe, Petya.

Ah, pensei. Então esse jovem doutor que trabalha na clínica operária tem mãe aristocrata e é relacionado por casamento com a família do meu pai.

— Entendo. Olenka é a minha tia favorita.

— E Petya, é o seu tio favorito?

— Ele nunca fala comigo. Eu mal o conheço. Ele e tia Olenka não são casados há muito tempo, não é mesmo?

Ele sorriu.

— Que franqueza! Admirável. E você tem razão, eles são casados há pouco tempo. Petya é um estranho no ninho, como dizem os ingleses.

— Isso! Ouvi o rei dizer isso em Cowes, durante a corrida de iates. Ele disse: "Aquele Willy, ele é um estranho no ninho."

Enquanto eu falava, o médico olhava em volta, procurando os doentes e feridos que esperavam atendimento, os bêbados estendidos no chão, as crianças chorando e uma avó que roncava apoiada na parede com a cabeça caída no peito.

— Dentro de pouco tempo vou para casa almoçar. Posso levar você a Tsarskoe Selo. Está fora do meu caminho, mas... — Ele deu de ombros. — Seja boazinha e me espere que eu volto logo.

Pouco depois, ele voltou, já sem o jaleco de médico, usando uma folgada camisa branca de operário e um casaco. Vestindo o seu uniforme profissional, aos meus olhos de menina de 13 anos, ele aparentava ser um homem de 20 e poucos anos; de camisa e casaco, parecia muito mais jovem. Levou-me para fora e descemos a rua. Então entramos num pátio onde um coche enfeitado o esperava. Meu companheiro me ajudou a subir e informou ao cocheiro que queria ir a Tsarskoe Selo. Logo partimos.

— Constantino Melnikov, às suas ordens, Alteza Imperial — apresentou-se ele, tomando e beijando a minha mão. Eu me acomodei no assento estofado do coche e olhei Constantino, que continuou: — Meu pai é cirurgião no hospital Nossa Senhora da Piedade. Estou fazendo residência. Ainda não sou médico de verdade.

— Por que você não faz residência no hospital que seu pai trabalha?

— Porque sou necessário aqui, nesta clínica. Pretendo continuar atendendo operários quando completar meus estudos.

Ocorreu-me de repente um pensamento assustador.

— Você não é um lançador de bombas, é?

Ele jogou a cabeça para trás e deu uma gargalhada. Gostei do modo como surgiram pequenas rugas nos cantos de seus olhos.

— Não. Mas, se fosse, eu não poderia confessar, não é mesmo?

— Já escapamos por pouco algumas vezes.

— Sei. Não quero desdenhar dos perigos pelos quais você passou, mas, por favor, fique tranquila, nem todos os que têm ideias progressistas são radicais perigosos. Alguns de nós acreditam em igualdade e justiça, em governo democrático. Acreditamos até mesmo no voto para as mulheres.

— Voto para as mulheres! Isso iria assustar minha avó Minnie.

— Você quer dizer a imperatriz viúva?

Concordei com um movimento de cabeça.

— Vovó Minnie acredita que deve governar nossa família e dominar todos, inclusive meu pai, mas ficaria horrorizada com a ideia de as mulheres poderem votar algum dia.

— Anote as minhas palavras, Tania... quero dizer, Alteza...

— Tania está ótimo — eu o interrompi.

— Bem, Tania, então anote as minhas palavras: aquela menininha, que ajudei a nascer hoje, um dia vai votar e talvez até disputar eleições como já fazem as mulheres na Grã-Bretanha.

Continuamos conversando sobre o credo político de Constantino e sobre sua ambição de se tornar cirurgião, como seu pai. Contei a ele da nossa viagem a Cowes e minhas impressões a respeito de Bertie, o tio de mamãe, e do primo Willy, e de como eu gostei da Inglaterra e do ar de Solent. Ele falava com gosto e vigor, o rosto brilhante, a testa alta reluzindo de inteligência, como o nosso preceptor, monsieur Gilliard. A conversa tornou rápida a viagem até Tsarskoe Selo, e fiquei triste quando o coche parou diante dos altos portões do complexo imperial.

— Sabe, sua tia Olga é patrona de nossa clínica — informou-me Constantino, enquanto me ajudava a descer do coche. — Ela vai dar um baile de caridade para levantar fundos para o nosso trabalho. Talvez você possa convencer sua mãe a participar também.

— Vou pedir a ela.

— *Au revoir*, Alteza... Tania. — Tomou-me a mão e a beijou.

— *Au revoir*, Constantino.

Continuei pensando em nossa conversa agradável, nas rugas dos olhos dele e em seu riso vigoroso, até muito depois de cessarem os ruídos dos cascos dos cavalos que conduziam seu coche.

Dezessete

Devo agora escrever sobre uma coisa que me envergonha, não por mim, mas por meu pai.

Ele começou a beber mais e a passar as noites acordado. Seus olhos constantemente ficavam vermelhos e sua aparência, abatida. Quando Olga ou eu falávamos com ele, parecia distante e não nos respondia.

De início, acreditei que a razão para essa mudança fosse a maior quantidade de discursos que ele era obrigado a fazer agora. Sentia-se inseguro ao ter de falar, especialmente perante a Duma, o novo Parlamento Russo, e geralmente bebia muito para acalmar os nervos. Mas logo percebi que não era o medo dos discursos que provocava nele a falta de sono.

Na verdade, era uma mulher. Mathilde Kchessinsky, a *ballerina* que o professor Leitfelter sempre elogiava por suas elegantes extensões e suas piruetas rápidas como um raio. Eu já a tinha visto dançar, todos nós tínhamos, inclusive os cidadãos mais influentes de São Petersburgo, pois se tratava de uma dançarina consagrada. Ela não era somente ágil, mas muito bonita, com um talhe pequeno, um rosto de menina e cachos castanho-claros.

As plateias do balé amavam Mathilde, mas socialmente ela tinha caído em desgraça. Pertencia àquela classe de mulheres cujo nome vovó Minnie nunca permitia que fosse pronunciado na sua presença, e que fazia mamãe apertar os lábios quando alguém indiscretamente deixava escapar. Ela vivia com André, filho do tio Vladimir, ou pelo menos foi o que minha irmã Olga me disse. Mas ia toda noite ao Cubat, o restaurante cubano que mamãe chamava de antro do vício, e que vovó dizia que deveria ser demolido. E era lá que papai a encontrava.

Não gostei de saber que ele frequentava, com seus amigos aristocratas arruaceiros, um lugar onde podiam agir da maneira louca que quisessem, pelo tempo que desejassem, apesar de entender que essas coisas já aconteciam desde a época do meu bisavô.

— É o costume do mundo — eu falava com meus botões, repetindo uma expressão que monsieur Gilliard sempre usava. Meu pai repetia em São Petersburgo o mesmo comportamento de tio Bertie, que bebia a noite inteira com suas companhias licenciosas em Cowes. Reis e imperadores não podiam oferecer festas que durassem noites inteiras, com a presença de dançarinas nuas ou seminuas, muita música ou excesso de bebidas, e nem levar as amantes ao palácio. Por isso, eles frequentavam restaurantes especiais ou cabarés, cujo nome todos sabiam. Naquela época, o Cubat era o local mais notório em São Petersburgo.

Papai, eu sabia, sempre fora bastante fraco quando bebia muito. Qualquer um era capaz de convencê-lo a fazer o que quisesse. Chemodurov disse a Olga que, quando jovem, nosso pai se apaixonara por Mathilde, e que foram amantes durante vários anos. Ele ainda guardava lembranças daqueles tempos trancadas numa caixa de metal. Agora, eles novamente passavam muito tempo juntos, e às vezes ele só chegava em casa depois do desjejum. Em certas manhãs, dizia Chemodurov, seus olhos eram meros riscos e o rosto estava tão inchado pelo excesso de bebida e pela falta de sono que o empregado era obrigado a aplicar maquiagem de palco em suas faces e talco em seu nariz vermelho para disfarçar os efeitos da embriaguez.

Sabendo disso, eu ficava embaraçada e envergonhada quando o via de manhã. Não gostava de olhar nos seus olhos.

Houve uma mudança em nossa família, mas ela não se deveu somente ao comportamento de meu pai. Mamãe também estava diferente.

Suas terríveis dores de cabeça agora duravam dias e ela se trancava no quarto malva e se recusava a nos ver. Às vezes, tinha dificuldades para respirar e, quando estava irritada, o que era frequente, tomava pílulas que o Dr. Korovin lhe dera para acalmá-la, mas que também provocavam muito sono. Dormia bastante, até mesmo durante o dia, porém se queixava de pesadelos que a faziam gritar de medo. Falava muito sobre sua falecida mãe, e me contava que a via e conversava com ela. Eu sempre ficava assustada quando tocava neste assunto, porque sabia que vovó Minnie só esperava um pretexto para confinar mamãe como louca, e ela realmente parecia um tanto desequilibrada naquelas ocasiões.

Não conseguia esquecer o que o Sr. Schmidt ou, devo dizer, o Dr. Freud, dissera naquela tarde em Cowes, a bordo do *Standart*. As palavras ecoavam na minha mente:

— Ela é completamente louca. Louca como um chapeleiro.

Mas, em geral, ela parecia relativamente normal, ainda que mais nervosa e mais doente. Acrescente-se a isso o fato de que as escapadas noturnas de papai a irritavam muito e a deixavam inquieta. Enviava Sedynov ao Cubat para espionar o marido, e o pobre empregado detestava ir lá, o que era evidente pela expressão de vergonha em seu rosto, apesar de ele tentar disfarçar. Ela também mandava detetives particulares que lhe entregavam relatórios escritos sobre o que acontecia nos quartos do andar superior do Cubat, e quanto tempo papai havia passado lá com Mathilde.

Ela era displicente com esses relatórios, costumava atirá-los no chão, exasperada, e depois se esquecia de recolhê-los para evitar que os empregados os vissem. Encontrei vários deles e, sentindo-me muito furtiva e culpada, lia-os e colocava-os na mesa de trabalho dela, ocultos sob as pilhas de cartas das irmãs, dos irmãos e dos primos do exterior que ela não respondia.

Eu estava preocupada. O que poderia significar tudo aquilo? O que iria acontecer com nossa família?

Vovó Minnie criticava papai por fumar demais e chegava a tentar arrancar o cigarro de sua mão, como se ele fosse um menino. Seus comentários começaram a se tornar muito imprudentes. Dizia em voz alta que papai já não era capaz de cumprir o seu dever de tsar e que tio Miguel deveria assumir o posto dele. Parecia esquecer o grave pecado do casamento com Dina Kossikovsky. Evidentemente, ela nunca mencionava Mathilde Kchessinsky, mas não era necessário. Não era segredo que papai e a bailarina eram vistos juntos no Cubat, e tia Olenka nos disse que circulavam boatos sobre eles em toda a capital. Vovó Minnie podia não mencionar Mathilde abertamente, mas, pela forma como olhava para o filho e como ele evitava o olhar dela, eu tinha certeza de que ela se irritava com as escapadas noturnas e com os amigos dele.

Era tudo muito triste para mamãe, e eu tinha pena dela, apesar de amar o meu pai igualmente e saber que a maioria dos maridos tinham amantes. Continuei a usar a expressão sofisticada de monsieur Gilliard e dizer para mim mesma que era o costume do mundo. Eu repetia isso sempre que surgia alguma circunstância dolorosa e aparentemente inevitável. Lembro-me de que me sentia muito adulta ao dizê-la. Mas, ainda assim, me envergonhava por papai.

Em meio a tudo isso, recebi uma carta de Adalberto dizendo que vinha a São Petersburgo com um grupo chamado Jovens da Iniciativa pela Paz, e que queria muito me ver. Eu estava completando 14 anos, e monsieur Gilliard nos incentivava a ler um jornal por dia, para que tomássemos conhecimento do que se dizia sobre a guerra e sobre o Fim do Mundo através de uma grande guerra final em que a humanidade se destruiria.

— É aconselhável aplicar moderação ao ler sobre essas coisas — explicou o nosso preceptor. — Os jornalistas exageram para assustar as pessoas e levá-las a comprar mais jornais. Ainda assim, eles têm razão ao dizer que as grandes potências do mundo estão se preparando para lutar. A Europa já não vê uma guerra há mais de uma geração. Se nos guiarmos pelos fatos históricos, esse interlúdio de paz não deve durar muito.

— E o que dizer da batalha entre a nossa Marinha e a japonesa? — perguntei.

— Foi apenas uma escaramuça. Uma questão de alguns navios e alguns meses de combate desigual. A guerra de que se fala agora envolveria muitas nações e dezenas de milhares de soldados.

— Mas o primo Willy e o primo Jorge não iriam à guerra um contra o outro. Eu os vi jogando boliche no Esquadra Real de Iates em Cowes. — O primo de mamãe, Jorge, fora proclamado rei Jorge V, pois o gordo rei Eduardo morrera algum tempo antes, para minha tristeza.

— Imagino que os membros dos Jovens da Iniciativa pela Paz concordem com você, Tania. Por isso eles vêm a São Petersburgo.

— Tania acha que o príncipe Adalberto está vindo porque está apaixonado por ela — disse Olga num tom zombeteiro.

— Não acho, não.

— Acha, sim. Ouvi você dizer a Niuta e Elizaveta.

Estava a ponto de dar um tapa em minha irmã, mas monsieur Gilliard se interpôs entre nós duas e nos lembrou de que jovens educadas não se valem da violência.

A verdade é que Olga estava com inveja. O príncipe herdeiro da Romênia não veio a Tsarskoe Selo, como se esperava, e não havia outros príncipes ansiosos para se casar com ela, apesar de ela já ter idade para isso. Em compensação, eu tinha um admirador, Adalberto, e já era mais alta e mais bonita que Olga (não é vaidade da minha parte, todos diziam que eu era mais bonita), e naquele inverno eu tinha começado a receber o meu fluxo mensal, e Olga não podia mais dizer que eu era criança e atrasada em tudo.

Na tarde em que Adalberto chegou, parei diante do espelho para ver como estava no vestido de cetim cinza que Lamanov havia feito para mim. O efeito, decidi, era muito lisonjeiro. Eu tinha comprado um ruge bem claro para os lábios e as faces na Drude's, da Nevsky Arcade, e apliquei-o. O efeito foi estonteante. Meus olhos cintilavam, meu rosto parecia brilhar. Eu estava realmente linda, disse para mim mesma. Eu era vaidosa? Talvez um pouquinho.

Mas, imediatamente, limpei a cor da minha boca e das faces. Ruge era para mulheres fáceis, mulheres como Mathilde. Não era para uma grã-duquesa que esperava a visita de um príncipe.

O salão da nobreza estava cheio de visitantes, indo e vindo, conduzidos por um porteiro muito digno usando uma peruca fora de moda e um gibão púrpura ornado com tranças douradas. A música tocava, as luzes brilhavam, baixavam e depois tornavam a brilhar, à medida que o fluxo de gás da iluminação aumentava e diminuía. Os bicos do equipamento tinham sido instalados havia pouco e raramente operavam a contento. Além disso, o gás tinha um cheiro horrível e os convidados torciam o nariz a todo momento.

Sentei-me com meus pais sobre o estrado elevado no fundo do longo salão, à espera de Adalberto. Estava animada, mas também nervosa, porque papai tinha o olhar distante e cofiava a barba com ar ausente, sem prestar atenção ao que se passava, e mamãe, dizendo que o cheiro do gás lhe dava dor de cabeça, estava impaciente e irritada. Não gostava de saudar visitantes sem importância, e considerava o príncipe pouco relevante por ser filho do primo Willy.

Mas quando Adalberto assomou no grande portal, tão alto, elegante e belo em sua farda branca, a longa espada dourada ao lado do corpo brilhando sob as luzes, prendi a respiração e senti o rosto esquentar.

Seu nome e seus títulos foram anunciados e ele caminhou em nossa direção, sorrindo, o passo confiante. Eu estava tão feliz naquele momento que me esqueci dos nervos e da preocupação, e, quando Adalberto tomou minha mão para beijar, eu prendi a respiração de prazer.

Mais tarde, ele jantou conosco no salão privado de banquetes do palácio e explicou o objetivo dos Jovens da Iniciativa pela Paz.

Vinte e cinco jovens vieram na delegação, explicou, todos eles, homens e mulheres, de berço nobre da Alemanha, da França, da Itália, da Suécia e até um da Inglaterra.

— Temos a esperança de incluir alguns russos ao nosso grupo — acrescentou ele, olhando-me enquanto falava. — Nosso objetivo é ser um exemplo vivo de cooperação entre países e nacionalidades, mostrar que somos capazes de nos entender sem nos lançarmos em conflito. Tenho a esperança de que Tania possa se unir a nós, pelo menos enquanto estivermos na Rússia. — Sorriu para mim. — Podemos contar com você?

Assenti ansiosa, mas parei quando ouvi a voz de mamãe.

— E seu pai, o que pensa sobre essa sua iniciativa de paz? Ele deseja realmente a cooperação ou prefere a competição? Ou melhor, competição que ele possa vencer.

A compostura de Adalberto não se alterou.

— Estou aqui com a bênção de meu pai. E trago seus melhores votos para todos.

Depois do banquete, levei Adalberto à ilha das Crianças e passeamos entre as árvores, abrigados com casacos e chapéus. Tinha nevado na noite anterior e, de vez em quando, pedaços de neve úmida caíam dos galhos mais baixos das árvores, quase nos atingindo. Senti-me num estado de sonho. Depois de algum tempo a conversa foi diminuindo e Adalberto tomou minha mão enluvada na sua e continuamos a andar.

— É aqui que meu pai vem quando precisa ficar só — disse, finalmente. — Ele é mais feliz quando está só, atravessa um bosque, desloca-se de bicicleta ou caça corvos ou alces. Ele nasceu para ser um camponês.

— Nisso nós dois poderíamos ser compatíveis no futuro. Quero dizer, o seu pai e eu.

Eu o olhei, incerta quanto ao que fazer ou dizer.

— Claro, você iria morar em Potsdam. Mas poderíamos visitar sua família aqui, com a maior frequência possível. — Paramos de conversar. Ele me olhou afetuosamente, e me beijou a testa.

— Sim, minha pequena Tania. Vim à Rússia para pedir sua mão em casamento.

Meu lábio tremeu. Meus joelhos fraquejaram e, ao mesmo tempo, eu queria correr. Uma confusão de pensamentos se atropelava em minha mente: Olga ficaria com ciúmes, Niuta ficaria feliz, será que eu gostaria da Alemanha? Não quero o primo Willy como meu sogro. E então surgiu o pensamento principal, central. O único que importava. Adalberto. Adalberto queria ser meu marido.

Tentei falar, mas tudo o que consegui foi levantar a cabeça e olhar para ele. Não pude encontrar palavras.

— É claro que não vamos nos casar imediatamente. Só depois de pelo menos um ano. Mas pretendo pedir sua mão ao seu pai, como uma promessa para o futuro. — Fez uma pausa. — Você me ama um pouquinho, não ama, Tania?

— Eu... eu... é claro que amo. Você é meu primo. — Acabei de falar e pensei: por que eu falei isso? Não é a resposta de uma moça quando um homem lhe propõe casamento. Em minha mente, eu não via Adalberto em sua farda branca, mas Constantino Melnikov, o jovem médico da Clínica Operária, amarrotado, a me observar inquisitivamente.

Balancei a cabeça.

— Não devíamos estar falando essas coisas antes de você conversar com meu pai.

— Preciso saber se você vai ou não dizer sim quando chegar o momento.

Ele se abaixou e me beijou, e tinha gosto de vinho e um perfume leve de colônia. Seus lábios eram macios, senti as cócegas do bigode fino. Foi uma sensação agradável, mas dificilmente arrebatadora.

— Meus pais estão ansiosos para que eu me case, Tania. Já me apresentaram a diversas princesas, mas eu não gostei de nenhuma delas. É você que eu quero.

— Por quê? O que lhe agrada em mim?

— Você é linda. Vai ser uma linda mulher. E é inteligente, boa, afetuosa. Você nunca tentaria me dominar, nem me fazer infeliz.

— Talvez eu seja muito diferente dentro de alguns anos, quando ficar mais velha. — Revendo aquele dia, não consigo me lembrar da razão para eu dizer aquilo, mas fico feliz por ter dito.

Senti que Adalberto se enrijecia.

— O que você está querendo me dizer, Tania? Que você prefere esperar? Ou que você não quer ser minha esposa?

— Não sei! Não me obrigue a decidir! — Perdi a coragem, corri de volta ao palácio sentindo-me impaciente e confusa, desejando não ter tomado tanto vinho durante o jantar e sentindo o rosto queimar no ar frio da noite.

Dezoito

Artipo envelhecia e mal conseguia se arrastar pelo chão. Seu ferimento não sarava, e a pata dianteira esquerda estava tão inchada e vermelha, onde o pelo cinzento tinha desaparecido, que ele não me deixava tocá-lo nem lhe fazer um afago no local.

— Ah! Taniushka — lamentou papai quando eu o trouxe ao meu quarto para examinar o velho cachorro, deitado na minha cama, balançando debilmente a cauda quando entramos. — Que tristeza! Ele parece tão mal! — Aproximou-se e afagou a cabeça macia e cinzenta. — Ele deve ter no mínimo 10 anos, talvez 12. Lembro-me de quando nasceu a ninhada. Nós lhe demos o melhor deles. Sei que você o ama, mas cães não vivem eternamente. — Abaixou-se e olhou nos olhos vermelhos de Artipo. — Ele deve estar sofrendo muito com essa pata infeccionada. Talvez você devesse deixar Sedynov levá-lo e aliviar o seu sofrimento.

Rompi em lágrimas, e papai me abraçou tentando me confortar. Aliviar o seu sofrimento significava alguém atirar em Artipo e enterrá-lo, e eu não suportava essa ideia.

— Não, papai, tem de haver alguma coisa que o mestre do canil possa fazer por ele.

Papai me disse que conversaria com o mestre do canil, que tinha um armário trancado cheio de compostos medicinais para curar erupções da pele de filhotes, vermes, tosse e tremores, mas não me pareceu que tivesse remédio para curar velhice. Passei a noite acordada com Artipo aninhado junto de mim, temendo a hora em que teria de chamar Sedynov para levar meu querido cachorro.

No dia seguinte, saí com ele para um passeio, embora andasse muito lentamente por causa dos ferimentos e precisasse parar a todo momento para descansar. Estávamos caminhando pela praia do pequeno lago, próximo do Pavilhão Chinês, quando vi o padre Grigori vindo na nossa direção.

Eu sempre me assustava ao vê-lo. Ele tinha uma expressão quase feroz, como uma criatura da floresta. Pedaços de casca de árvore e folhas secas se prendiam ao seu casaco, como se ele tivesse dormido no chão, e sua barba grisalha era filamentosa e fosca. Suas sandálias estavam enlameadas. Ele não levava sacola nem mochila.

Quando se aproximou, senti que relaxava, e a doçura de sua presença me envolveu como um bálsamo. Seu rosto brilhava, e ele voltou os olhos fundos para mim. Eles eram ardentes, com um propósito e uma vitalidade que pareceram me penetrar até o âmago. Aproximou-se e, então, olhou Artipo, que se arrastava de cabeça baixa, farejando o chão.

— Sem sofrimento! — gritou ele erguendo a mão, como sempre fazia, numa bênção. — Todo sofrimento é passado! Só a alegria do dia! — Ajoelhou-se e pôs a mão na cabeça de Artipo. Imediatamente, observei meu cachorro endireitar as costas e erguer o pescoço e a cabeça.

— Isso, isso mesmo, cachorrinho forte!

Artipo ergueu as orelhas, lambeu a mão do homem e latiu. Padre Grigori passou de leve a mão pela pata inchada e murmurou algo incompreensível. Então ele se levantou e me olhou.

— Ele vai ficar bem.

Parou e olhou em volta do jardim. Foi até um canteiro e pegou uma pedra ornamental e, depois de mostrá-la a Artipo, lançou-a com toda a força do outro lado do gramado.

Com mais um latido, Artipo começou a correr em busca da pedra, a língua pendente da boca, as orelhas coladas na cabeça. Alcançou-a e trouxe de volta, deixou-a aos pés do padre e olhou para ele.

Eu estava abismada e deliciada. Abracei meu querido Artipo e afundei o rosto no seu pelo. Ouvi padre Grigori murmurar, como se de muito longe:

— Sim! Todo amor!

Porém, quando o procurei, ele já havia desaparecido.

Dezenove

Quando tia Olenka deu seu baile beneficente para a Clínica Operária, mamãe concordou em participar e doou 500 rublos, além de oferecer uma mesa de peças atraentes para serem vendidas em benefício da clínica e assim aumentar o dinheiro arrecadado. Concordou em doar, mas não em comparecer ao baile; dizia que suas dores de cabeça eram insuportáveis e, além disso, não queria encontrar vovó Minnie ou tia Miechen, nem os outros nobres orgulhosos e nenhuma das mulheres da sociedade que a ridicularizavam e espalhavam boatos a respeito dela. Olga e eu estávamos lá para representá-la.

Eu tinha tricotado o que mamãe chamava de "lanosos": chapéus, túnicas, xales (não consegui aprender a fazer um suéter completo, as mangas sempre saíam erradas). Meus produtos de tricô, vários outros feitos por mamãe, alguns travesseiros de brocado trazidos de Paris por tia Xenia e algumas lindas rendas de Alençon, que já tinham enfeitado um vestido de mamãe (ela nunca permitia que a mesma renda fosse aplicada em vestidos diferentes, preferindo doá-las), estavam atraentemente espalhados sobre a longa mesa. Olga e eu tomamos nossos lugares atrás dela. Devíamos ficar lá até todos os produtos serem vendidos, e só então poderíamos dançar.

Dançar me fez lembrar de Adalberto, mas ele não fora convidado para o baile. Tinha ido para Moscou com membros da sua delegação de paz e só devia voltar dentro de um mês ou mais, o que me dera tempo de sobra para meditar sobre o que ele me dissera em nosso último encontro. Perguntava sempre a mim mesma por que eu me comportara daquela forma, naquela noite de sonho, na ilha das Crianças. Por que tinha fugido? Eu era nova demais para pensar em casamento, até mesmo com um homem de quem eu gostava tanto? Moças de sangue real não deviam refletir sobre os pedidos dos homens, mas obedecer aos pais e casar com o marido escolhido para elas. Adalberto me prestou uma homenagem ao conversar primeiro comigo, antes de procurar o meu pai. Mas eu preferia que ele não me tivesse dado aquela honra. Oh, como eu queria ter passado sem aquela honra!

O salão de pé-direito alto, onde se desenrolava o baile beneficente, estava quente. Uma multidão de convidados se agitava entre as mesas cobertas de produtos à venda. Conversavam e flertavam, alguns atiravam moedas em descuidado abandono, como se a dizer: "Que me importa um casaco de tricô ou uma rosa de seda para prender no meu vestido? Não posso me ocupar dessas tolices! Mas mesmo assim vou doar o dinheiro." A multidão era muito variada. Cortesãos elegantemente vestidos se misturavam aos oficiais das forças armadas, professores em casacos pretos ao lado de burocratas portando comendas estreladas nos paletós. Muitos doadores, depois de fazerem a sua contribuição, batiam a ponta dos pés no ritmo da música, com ar de tédio.

Tia Olenka, agitada e alegre, como quase sempre estava, os dentes grandes aparecendo proeminentes quando ela sorria, veio até a nossa mesa e nos disse que estava feliz, afinal os nossos produtos estavam vendendo bem. E, na verdade, Olga e eu estávamos fazendo grande sucesso, pois muitas pessoas na multidão, desejando uma desculpa para dizer que tinham conhecido uma grã-duquesa, compravam conosco.

— É melhor que vocês duas estejam aqui esta noite, em vez de sua mãe — confiou-me Olenka com um sussurro muito alto. — Muitas pessoas se voltaram contra ela. As coisas horríveis que os jornais estão dizendo! Que o padre Grigori é amante dela! E que ele não é o único, que ela tem vários amantes, até mesmo mulheres!

— Não quero ouvir — declarei com toda firmeza. — Essas coisas não devem ser repetidas na família, especialmente por sabermos que são falsas e ofensivas à mamãe.

— São prejudiciais para o seu pai e seu governo. Isto é o que importa. Todos concordam.

Não falei nada. Conhecia muito bem os boatos e os relatos nos jornais, os cartazes difamações representando mamãe e o padre Grigori se amando. Era absurdo. Ainda assim, o público se divertia com as imagens sensacionalistas e pedia mais.

Neste momento, Constantino entrou caminhando energicamente entre as pessoas até a nossa mesa, trazendo dois pires de sorvete, e ofereceu um a mim e o outro à minha irmã.

— Boa noite, senhoras. Espero que gostem de framboesa. — Piscou para mim ao me entregar o pires.

— Ah, Constantino — disse a tia Olenka. — Que bom você finalmente ter chegado. Preciso de ajuda com a mesa da baronesa Essen. Ela teve de sair mais cedo. Você poderia substituí-la?

— Será um prazer. Você não poderia se juntar a mim mais tarde, Tania, depois de vender todos os bens que tem aí? Tenho certeza de que vou precisar de ajuda.

— Sim, claro.

Tia Olenka e Constantino atravessaram a massa de pessoas, observados de perto por minha irmã.

— Estou imaginando coisas, Tania, ou a tia Olenka está engordando? Você acredita que ela esteja grávida? Dizem que o marido nunca dorme com ela...

— Não, ela não está grávida — acrescentei em voz baixa. — Niuta ouviu da ama que a ajuda a se vestir que ela está tomando pílulas orientais.

— As pílulas que aumentam os seios?
— Shhh. — Concordei com a cabeça.
Olga e eu rimos.
— Ela precisa é de pílulas para melhorar o rosto.
— Não seja cruel. Tia Olenka tem sido boa para nós. — E tinha mesmo. Desde que as dores de cabeça de mamãe pioraram e ela se fechou cada vez mais para o mundo, tia Olenka nos convidava à sua casa em São Petersburgo para chá nas tardes de domingo, nos levava em excursões à Druce, comprava-nos joias e bijuterias, recolhendo-nos frequentemente sob suas asas. A cada dia eu gostava mais dela. Não era como as outras mulheres da família de papai: falava com franqueza o que pensava e não tinha medo de demonstrar os seus sentimentos. Chegava até a discutir política, o que quase ninguém na família fazia, pelo menos não na nossa presença. E ela era engraçada e nos fazia rir.

No final, nossa mesa estava quase vazia. Somente a peça de renda Alençon ainda esperava por um comprador. Olga e eu a desenrolamos e estendemos ao longo do móvel para que fosse vista em toda a sua beleza.

O filho do tio Vladimir, André, veio até nós do meio da multidão, acompanhado por uma morena *petite*, de cabelos ondulados, que segurava seu braço e sorria amavelmente. Seus movimentos eram leves, o rosto animado e atraente.

Percebi, chocada, que tinha de ser Mathilde Kchessinsky!

Olga também a reconheceu e se enfureceu. Olhou nos olhos de nosso primo e disse, em voz suficientemente alta para todos ouvirem:

— Não acredito que você teve a coragem de trazer essa mulher aqui hoje. Aqui não é o lugar dela. O lugar dela é num bordel!

— Olga, não desça ao nível dela! — falei em tom comedido, segurando o braço de minha irmã e puxando-a para perto de mim. Com um safanão ela soltou-se de mim.

— Eu digo o que quiser! Todo mundo sabe que ela é uma prostituta.

Ouvi alguns arquejos das pessoas ao nosso redor. Mathilde, aparentemente despreocupada, afagava a bela renda.

— Esta mesa está fechada — informei, começando a enrolar a renda.

— Ah, mas Tania, creio que a minha acompanhante talvez queira comprar sua renda — afirmou primo André com uma fala arrastada. Sacou uma bolsa de moedas e derramou-as sobre a mesa.

— Esta é a mesa de mamãe, a renda é dela e, se ela estivesse aqui, certamente não a venderia para alguém que não fosse digno. — Meu coração palpitava e eu sentia minhas faces esquentarem. Fazia o melhor possível para manter a compostura.

— Mas esta renda é exatamente o que preciso para o vestido que Lamanov está fazendo para eu usar no baile do embaixador inglês, André — falou Mathilde numa voz leve e trinada. Uma voz que eu tive de admitir ser doce e agradável. — Por favor, você não poderia comprá-la para mim? — Ela ergueu os olhos para ele.

André esvaziou a bolsa de moedas, que caíram, em uma profusão brilhante de ouro, no meio da renda.

— Nós vamos levar a renda, Tania. Você vai ver que a nossa contribuição será generosa. Deve haver algumas centenas de rublos aí.

— Não queremos o seu dinheiro — disse Olga com firmeza. Ela varreu as moedas para o chão e saiu, deixando-me parada diante da mesa, exasperada.

Lutei para reunir minha dignidade. Lembrei-me das aulas que monsieur Gilliard nos dera sobre como uma grã-duquesa deveria se portar. Sempre com polidez e decoro.

Houve uma comoção quando as pessoas na multidão se abaixaram entre gritos de agitação, para recolher as moedas de André.

— Lamento, mas como já disse, esta mesa está fechada. Talvez você encontre uma renda semelhante em outro lugar. — E continuei a enrolar rapidamente a renda formando uma bola gorda. Ela escorreu entre os dedos de Mathilde. A seu favor, devo dizer que ela não a agarrou, preferindo soltá-la.

André reagiu, espirituoso:

— Vamos, querida. Há outras mesas, e eu tenho outras bolsas de moedas. — E, depois de me cumprimentar, conduziu Mathilde através da multidão de rapinantes, enquanto eu guardava a renda na minha bolsa de tapeçaria e saía em busca de Constantino.

Vinte

Constantino estava intrigado. As linhas em sua testa alta se aprofundaram, e a expressão em seus olhos azul-claros era de descrença.

— Que idade você disse que ela tem?

— Eu não disse, quem disse foi o patriarca Makarios. Ele disse que a Terra tem exatamente 6.750 anos, dez meses e sete dias. Na última quarta-feira.

Constantino explodiu numa risada, uma risada suficientemente alta para ser ouvida pelos que estavam presentes no salão ao lado. Tomávamos chá na mansão de tia Olenka em São Petersburgo, e começamos uma acalorada discussão sobre a idade exata de nosso planeta. Constantino e eu tínhamos nos retirado para uma sala ao lado a fim de discutir a questão mais detalhadamente. Sentamo-nos num sofá confortável, lado a lado, comendo uma fatia de bolo de laranja gelado e biscoitos, e tomando um forte chá indiano que nos deixava mais vivos e inteligentes.

— Mas isso é absurdo.

— É o que diz a Bíblia.

— Entendo. E até que idade ela vai chegar? A Bíblia também diz isso?

— Só Deus sabe. Mas monsieur Gilliard me contou que existem muitos cientistas que afirmam que a Terra deve ter milhões de anos e, quanto à sua extinção, meu pai leu que ela quase chegou ao fim há alguns anos quando houve uma enorme explosão na Sibéria.

Naquele momento, Constantino ficou sério.

— Que explosão?

— Ele leu numa publicação científica. Houve um clarão no céu, mil vezes mais forte que o sol.

— Ora, Tania, você está exagerando! — Ele me deu um tapinha no ombro.

— Eu exagerando? É você quem diz que a Terra tem bilhões de anos! — devolvi-lhe o tapa.

— Você nem consegue contar até um bilhão! — Ele me agarrou e começou a me balançar, rindo.

— Eu sei que você tem bilhões de germes nas mãos, da clínica! Não me toque. — Eu também ria.

Mas ele me segurou com mais força e eu gostei, e então ele me beijou.

Nossas discussões sempre terminavam em beijos, e tanto as discussões quanto os beijos me excitavam. Nós nos encontrávamos cada vez mais frequentemente na clínica, onde eu ia visitar Daria e a pequena Iskra; na casa da tia Olenka; e várias vezes na casa dos pais de Constantino, onde conheci sua mãe, simpática e amiga, e seu pai, arrogante. Eu participava de muitas discussões sobre reforma política, descobertas científicas, avanços da medicina, uma infinidade de tópicos. Fui encorajada a ampliar a gama de minhas leituras, a me informar sobre o que acontecia no mundo do pensamento e a ponderar o significado do que era chamado de "moderno", termo com que as pessoas pareciam indicar o mais novo e, portanto, superior. Geralmente discutíamos a questão mais vital do dia, ou seja, se a Europa estaria, em breve, envolvida numa guerra.

Tudo me intrigava nos temas que debatíamos naquela época agitada. Constantino e eu éramos intensamente curiosos, e, apesar de ser mais velho e ter um saber maior do que o meu, ele estava sempre descobrindo mais, ciente de que ainda havia muito a conhecer e aprender.

Por mais sérias que fossem as nossas discussões, elas sempre terminavam com o mesmo resultado: a crescente atração de um pelo outro.

Alguém é capaz de amar aos 14 anos? Sim. Um enfático sim. Eu estava ansiosa pelo amor, ele era ardente e logo nos envolvemos tanto que esquecemos o resto. Ele descuidou dos estudos. Eu ficava tão distraída pensando nele que sonhava acordada durante horas, ignorando o estado delicado de mamãe e as escapadas noturnas de papai, as risadas zombeteiras de Olga e os olhares de aviso de Niuta (ela sabia que eu estava apaixonada e não deixava passar nada).

Mas uma coisa eu não podia ignorar: as visitas cada vez mais frequentes de padre Grigori à ala onde ficavam os quartos, o meu e o de minhas irmãs. Contei isso a Constantino e ele ficou alarmado.

— Você quer dizer, Tania, que ele visita os aposentos quando quer e ninguém proíbe?

— Ele sempre vai e vem quando quer. Há muito tempo papai disse aos empregados para não o deter. Mamãe o chama de "nosso amigo" e diz que sua entrada deve sempre ser permitida, noite ou dia. Ela acredita que ele sabe quando é necessário, sem precisar ser chamado, e sempre chega.

— E o que ele faz quando está no seu quarto, ou no de Olga?

— Ele canta para nós, reza conosco. Senta em nossas camas e conta histórias sobre a sua cidade de Pokrovsky, enquanto massageia nossos pés e o pescoço.

Notei que os músculos do rosto de Constantino se enrijeceram. Contraiu o queixo, os olhos carregados de fria raiva, que eu nunca vira neles.

— Tania, tenho de lhe fazer uma pergunta muito séria, e você tem de me responder com toda a franqueza. Ele já tocou você em qualquer outra parte que não os pés ou o pescoço?

Pensei por um instante.

— Às vezes, ele me dá um tapinha na cabeça.

— Ele já beijou você?

— Só no rosto, como meus tios e tias. Mas já tive a impressão...
— Sim?
— Às vezes, eu tenho a sensação de que... ele quer me beijar, como você me beija. — Tremi ao dizer isso, a ideia era repulsiva.

Notei que Constantino ficou irritado pela conversa, e pouco depois ele veio até mim e disse que queria conhecer o padre Grigori.
— Onde vive esse autoproclamado *starets*?
— Número 4, rua Roszdestvenskaya. Ele mora com um sacerdote, Yaroslav Medved.

Pouco depois daquela conversa, Constantino e eu percorríamos a Nevsky Prospekt em sua carruagem, em direção ao apartamento do padre Grigori.

Eu já tinha relatado a ele a recuperação milagrosa de Artipo, uma cura que parecia absoluta e sem defeitos, pois o meu velho cachorro continuava a correr e saltar como um filhote; e também lhe contei sobre o meu espanto quando o sofrimento de meu irmão Alexei terminou com o simples toque da mão do padre Grigori e de algumas palavras que ele disse. Aquilo havia acontecido muitas vezes. Os doentes foram curados, a dor fora afastada, cessou o sofrimento. Eu estava firmemente convencida de que sem a presença curadora daquele homem, meu irmão estaria morto.

— Hipnose não é cura, Tania — foi a resposta de Constantino.
— E, se esse homem realmente tivesse os poderes que você atribui a ele, seu irmão estaria definitivamente restabelecido. Não precisaria de mais curas do *starets* nem de ninguém mais, com exceção do Deus Todo-Poderoso.

— Mas Artipo não foi hipnotizado — insisti no argumento.
— Artipo é apenas um cachorro, um cachorro velho e doente que agora está forte e saudável.

Constantino deu de ombros.

— Quem sabe os truques que a mente prega, até num cachorro velho?

A rua onde o padre Grigori morava ficava perto do Haymarket, a enorme praça de São Petersburgo onde se vendiam hortaliças, flores e roupas velhas, e onde prosperavam ladrões e batedores de carteira. Prostitutas passavam entre as barracas, exibindo os cartões amarelos que a polícia exigia que portassem. Pombos se elevavam da massa de corpos e barracas, e voavam em bandos para o céu escuro e para o rio.

— O seu padre Grigori vive numa parte repugnante da cidade — observou Constantino quando cruzamos a grande praça.

— Mamãe diz que é porque ele prefere viver na pobreza. Ser mais como Cristo e os seus santos. Eles não viveram na opulência.

— Duvido que Cristo ou os seus santos vivessem na rua Roszdestvenskaya — foi sua resposta atravessada.

Chegamos ao endereço e encontramos um edifício de tijolos de seis andares, cujo acesso estava parcialmente bloqueado por uma pilha de lixo. Constantino mandou o cocheiro esperar e me ajudou a descer na rua enlameada. Não havia porteiro na entrada suja, ou empregado nenhum para avisar do corrimão quebrado quando começamos a subir as escadas.

— Niuta já esteve aqui — contei. — Ela costuma lhe trazer recados. Disse que ele vive no alto, sob o telhado. Com os pombos.

Foi uma subida cansativa, muitos lances de escada, e tive de parar várias vezes para respirar. Constantino esperava pacientemente que eu recuperasse o fôlego. Não passamos por ninguém, mas, quando finalmente chegamos ao último andar, nós o encontramos cheio de gente. A porta do único apartamento estava escancarada, e entramos numa sala ampla, cheia do burburinho de vozes femininas.

Ninguém olhou para nós ao entrarmos. As mulheres estavam sentadas junto das paredes da sala. Encontramos duas cadeiras e nos sentamos. Logo, uma mulher grisalha, vestida como camponesa, nos trouxe um pouco de chá.

— Sejam bem-vindos. O padre está na sala interna, ocupado, como sempre. Ele lamenta não poder atender a todos, mas, se esperarem, vocês poderão ao menos receber uma bênção.

Agradecemos e bebemos nosso chá, observando tudo o que se passava à nossa volta. Tinha combinado com Constantino que, quando encontrássemos o padre Grigori, eu o apresentaria como um amigo que estivesse com uma dor terrível.

Esperamos. Passou uma hora. Depois duas.

— Isto é pior que a Clínica Operária — sussurrou Constantino no meu ouvido. — Por que aqui só há mulheres ricas e velhas?

A sala estava realmente cheia de mulheres idosas, pelo menos pareciam idosas para nós ainda jovens, vestindo peles e roupas finas, com brincos e braceletes de ouro. Ali não havia ninguém da Cidade das Chaminés, ninguém de Haymarket, nenhum dos mendigos da cidade que ocupavam as escadarias da Catedral de Santo Isaac a pouca distância do edifício em que estávamos. De tempos em tempos, uma das mulheres saía de uma porta pequena num dos cantos da sala, e outra entrava. Pelas janelas sujas víamos diminuir a luz da tarde. Como Niuta tinha dito, padre Grigori vivia entre os pombos, que arrulhavam empoleirados nos peitoris das janelas.

A empregada trouxe alguns pratos de peixe e pães, uma tigela de repolho azedo e alguns bolinhos cristalizados, e nós nos servimos.

— Procure fingir que está passando mal — murmurei para Constantino. — Talvez sejamos atendidos mais depressa.

Finalmente, a porta da sala interna se abriu e o padre Grigori saiu, com a aparência de sempre, a túnica manchada e maltrapilha de camponês, a calça amarrotada e suja, a barba e o cabelo despenteados. Pensei ter percebido o cheiro de álcool em seu hálito, mas não tive certeza. Ao entrar na sala, ele ergueu a mão numa bênção.

— Paz a todos, viandantes.

Para meu espanto, todas as mulheres bem-vestidas se ajoelharam e continuaram ajoelhadas quando padre Grigori se sentou e começou a comer gulosamente.

— É melhor nos ajoelharmos também — sussurrei. — Não queremos chamar atenção.

Ele ergueu a sobrancelha, mas fez como eu sugeri.

— Uma grã-duquesa ajoelhada diante de um camponês. É uma coisa que nunca esperei ver.

Durante muito tempo ficamos ajoelhados ali, nossos joelhos no chão frio, ouvindo os ruídos que o padre fazia ao se alimentar. Ninguém falava nem se mexia. Finalmente ele terminou. Limpou as mãos na toalha manchada e se levantou. Despiu a túnica, puxando-a pela cabeça e a entregou para a empregada. Então voltou para a sala interna.

Imediatamente surgiu um clamor. As mulheres ajoelhadas se levantaram e começaram a gritar. "Cinquenta rublos!" "Setenta e cinco!" "É meu!" "Não, é meu!"

Observamos aquele leilão indigno da túnica rasgada e manchada de suor, comandado pela empregada grisalha. Quando terminou, o padre Grigori abriu a porta novamente e fez um sinal para mim.

Entrei com Constantino.

— Feche a porta, Tania — pediu o homem numa voz grave. Não havia sinal da alegria enlevada, da inocência adorável que ele tinha projetado em nossos encontros anteriores. Pelo contrário, parecia reprimido, negociador. Um camponês esperto pronto a barganhar. Na mesa, diante de sua cadeira, havia uma grande tigela de dinheiro; contribuições, calculei, das pessoas que procuravam cura e bênção.

— Padre Grigori, eu trouxe meu amigo Constantino...

— Ele é um cético, não quer acreditar. Desconfia de mim. Ouve os boatos sujos contra mim. Você o ama. Tudo isso eu estou vendo. Também vejo que ele sofre. Seu olho esquerdo... sim... ele dói, não é? — perguntou ele, dirigindo-se a Constantino.

Surpreso, Constantino anuiu com um movimento de cabeça.

— Você não precisa de mim. Precisa de óculos.

— Padre Grigori, sou estudante de medicina e sirvo na Clínica Operária, em Vyborg. Vejo muito sofrimento, e pouco posso fazer para ajudar. Se o senhor tiver alguma coisa que possa me ensinar, eu aprendo de bom grado.

Olhei Constantino. Já não estava certa se ele tentava fazer o padre revelar seus segredos, talvez fraudes, ou se fazia um pedido sincero.

— O que eu faço não pode ser ensinado. É preciso nascer com a graça para aliviar a dor e curar o sangue.

— O senhor é capaz de soldar ossos quebrados?

— Posso fazer com que eles se soldem rapidamente. Tudo é feito pela fé.

— Mas então como o senhor cura animais, que não têm fé?

— Os animais conhecem amor, lealdade, fidelidade. Por que não a fé?

Houve uma pausa longa enquanto Constantino e o *starets* se encaravam. Senti-me excluída.

— Preciso perguntar mais uma coisa. O que acontece com todo esse dinheiro que vejo aqui na sua mesa? Todos os presentes são dados ao senhor?

Ele respondeu com um gesto que indicava indiferença.

— Envio a maior parte para a minha aldeia, Pokrovsky. O dinheiro que eu enviei alimentou quase duzentas famílias no último inverno, louvado seja Deus. Mas não se engane. Não desejo agradecimentos. Este dinheiro não é para mim, é para a graça que vem através de mim. Se vier para mim, tem de sair novamente para onde é necessário.

— O senhor é sempre tão generoso?

Pela primeira vez, o padre Grigori sorriu.

— Sou um homem. Um homem imperfeito, como qualquer outro. Tenho carências, necessidades, impulsos...

Constantino, que até então estivera sentado, se levantou. Sua altura e força física intimidavam, ou assim eu pensava, o padre Grigori, muito mais velho e mais fraco.

— Quanto aos seus impulsos, estou aqui para lhe dizer que você nunca mais pode entrar no quarto de Tania, nem no das irmãs dela.

— Papa e Mama permitem que eu vá aonde quiser. — Padre Grigori sempre se referia ao meu pai como Papa e à minha mãe como Mama.

— Mas eu não permito. E se souber que você importunou a grã-duquesa vou caçá-lo e levar a polícia do tsar comigo.

Houve um longo silêncio, durante o qual o padre Grigori olhou nos olhos de Constantino, e eu fiquei temerosa. O homem tinha grande poder e poderia usá-lo contra ele.

— O senhor deve saber quem é o capitão Golenishchev.

— O chefe de polícia, sei.

— Há vários anos, a filha favorita do capitão Golenishchev estava morrendo de febre tifoide, e ele me chamou. Eu a curei. Desde esse dia, o capitão tem me protegido de todo tipo de falsas acusações.

— Acho que devemos ir, Tania. — Constantino me estendeu a mão. — Tenho certeza de que este camponês de Pokrovsky vai se lembrar do que eu disse e não vai pensar que pode fugir de mim se eu souber que ele está importunando você ou suas irmãs.

Saímos atravessando a sala cheia de mulheres e descemos os lances de escada até a rua. Sentia-me abalada pela experiência, confusa pela mudança nos modos do padre Grigori, desconcertada pela adoração das mulheres, e irritada pela ideia de que minha mãe talvez tivesse sido uma delas se sua posição não a tivesse impedido. Nunca tinha visto ninguém enfrentá-lo como Constantino fizera; mas também nunca tinha visto o padre enfrentar outro homem cara a cara e conversar francamente com ele, e tinha gostado.

— Ainda acho que ele é um hipócrita — disse Constantino quando saíamos. — E não confio nele. Mas o que me intriga é como ele sabia da dor no meu olho esquerdo? E como ele sabia que uso óculos para leitura?

Vinte e um

— Como é bom encontrá-la novamente, Alteza. — Tão logo ouvi aquela voz leniente, eu a reconheci de imediato. Era a voz do médico que chamava a si mesmo de Sr. Schmidt. — E sua encantadora filha — acrescentou com um sorriso grave para mim.

Mamãe o olhou, de início com uma expressão cautelosa, então seu olhar se suavizou. Estávamos sentadas num balanço, no terraço da casa de vovó Minnie na cidade, esperando o início do concerto. Era uma noite agradável e, através das portas abertas, ouvíamos os músicos afinando seus instrumentos e a plateia chegando.

Mamãe não queria vir ao concerto, apesar de saber que vovó Minnie não estaria presente, pois estava em Estocolmo visitando parentes. Mas papai tinha insistido para que ela fosse. A cantora italiana era excelente, disse ele, e haveria poucos convidados, todos amigos.

— Você deve ir, Dushki. — Ouvi-o dizer, usando o nome que, mamãe tinha me dito, ele usava na época em que a cortejava. Dushki, em russo, significa "minha alma". — Leve Tania com você. Se alguém lhe dirigir uma palavra descortês, ignore. Finja que não ouviu. Afinal, você está perdendo a audição. O Dr. Korovin é quem diz.

Mamãe não ouvia tão bem quanto no passado, e eu tinha de me esforçar para falar mais alto com ela.

— Uma mulher surda ir a um concerto — disse ela, rindo. — Imagine!

Mas ela resolveu ir e eu a acompanhei, apesar de sentir falta de Constantino e pensar nele durante grande parte da noite. Tínhamos criado o hábito de nos escrever uma carta toda noite.

— A senhora permite que eu me sente ao ar fresco com a senhora e sua filha? — perguntou o Sr. Schmidt. Eu estava alerta, determinada a proteger mamãe, mas já notara que sua cautela inicial havia passado; o médico tinha um efeito calmante sobre ela, confiara imediatamente nele.

— Por favor, junte-se a nós, se quiser. O que o traz à Rússia?

— Tenho colegas aqui. Gosto de manter contato com eles de tempos em tempos. Ademais, São Petersburgo é uma linda cidade.

— Linda, sim... mas cheia de vermes.

— Vermes?

— Minhocas, vermes de ouvido, vermes de gelo...

— Fale-me desses vermes. Gostaria de saber mais.

— Minha filha quer criá-los. Eles fogem. Rastejam por todo o seu quarto, sua cama, entram pela sua pele... — Ela fez uma careta e se abraçou, tremendo.

— Tania, você está criando minhocas? — perguntou o Sr. Schmidt com um brilho de humor nos olhos.

— Não. Quem cria é a minha irmã Anastasia, que tem apenas 10 anos. Não sabe das coisas.

— Conheço um homem que se preocupa com ratos. Diz que ratos lhe comem a pele. Diga-me, Vossa Alteza tem medo de que as minhocas rastejem sobre a senhora, como rastejam sobre Anastasia?

Os olhos de mamãe se abriram de repente e ela piscou. Olhou o Sr. Schmidt e franziu a testa.

— Claro que não. Que ideia absurda. Não, não são as minhocas que me atacam. De forma alguma. — Ela falava incisivamente, e então sua voz mudou. — Acontece que tenho tido sonhos horríveis.

— Novamente os oxicocos? Os pinos?

— É aquele cheiro horrível. Sonho com aquele cheiro horrível.
— Diga-me como é o cheiro.
— Cheiro de... ovos podres.
— No seu sonho, a senhora está na cozinha?
Mamãe balançou a cabeça, a testa franzida, parecendo sentir dor.
— Não, não!
— E onde a senhora está? Não tenha medo, diga-me. A senhora está em segurança aqui conosco.

Ela continuou a balançar a cabeça, como se não quisesse enfrentar o que passava por sua mente.

— Não! Foi... diante da igreja. — Lágrimas chegaram-lhe aos olhos. — Foi terrível. Terrível de se ver. — Falava aos arrancos, as lágrimas escorrendo.

— Que coisa terrível a senhora viu?
— Ela morreu. Ela morreu. Queimada. Nós todos vimos.
Olhei o Sr. Schmidt.
— Sei do que ela está falando. Foi uma moça que se matou — contei a ele, surpresa com a calma com que pronunciei as palavras. — Foi a coisa mais pavorosa que já vi. Ela derramou querosene sobre o corpo e pôs fogo.
— Por quê?
— Não sei — respondi. — Quisera saber.
Mamãe secou os olhos com os punhos.
— Eu sei — disse ela, depois de algum tempo, a voz baixa, quase um sussurro. — Eu descobri. Quem seria capaz de ver uma coisa como aquela e não tentar descobrir? Como sentir aquele cheiro de querosene e não tentar entender?

Olhou-nos com uma expressão acusadora, os olhos bem abertos e ferozes, como se nos desafiasse a responder. O Sr. Schmidt e eu continuamos calados.

— Era uma estudante. Só 18 anos. Chamava-se Raissa Lieven. De família nobre, imaginem. — A voz de mamãe era baixa e monótona, quase como se repetisse palavras decoradas, palavras de uma peça ou de um enredo cujo sentido ela não quisesse saber. — Foi presa por criticar o governo. Um dos guardas a violentou, repetidamente. Ela não suportou. Quando foi libertada, decidiu se matar. Disse aos outros que queria ter a certeza de que meu marido e toda a sua família estivessem presentes para vê-la morrer. Esperou um dia em que sabia que iríamos à igreja, e quando chegamos ela... ela...

— Sim. Agora a senhora já contou. Não é de admirar que tenha pesadelos. Sente o cheiro do querosene porque ele lhe traz à memória aquela imagem terrível da moça se queimando. Gostaria de saber: a senhora, de alguma forma, se julga culpada?

Mamãe se levantou de repente.

— Acho que devemos entrar, Tania. Estou com frio — falou alegremente, sem sombra da angústia anterior ou da calma antinatural que eu havia percebido em sua voz. Ela não olhou o Sr. Schmidt. — Sabe, Tania, dizem que o suicídio está na moda em São Petersburgo. Existe uma coisa chamada Clube do Suicídio aonde as pessoas vão à noite para beber até morrer... ou quase morrer. — Riu. — Li num jornal que papai costuma ir lá. Imagine! As coisas que as pessoas escrevem!

Com um sorriso encantador, estendeu a mão para mim. Eu a tomei e me levantei do balanço.

— Vossa Alteza — chamou o Sr. Schmidt quando nos preparávamos para entrar —, o que a senhora diz do que estão escrevendo sobre o padre Grigori? Sobre ele e a senhora juntos?

Mamãe parou.

— Padre Grigori? Ora, ele não é capaz de fazer o mal. Sim. Ele não é capaz de fazer o mal, mesmo se estamos juntos ou não.

— E a senhora? A senhora diria que não é capaz de fazer o mal?

Mamãe não respondeu. Virou o rosto.

— Boa noite, Vossa Alteza. Boa noite, Tania — falou a voz agradável e calmante.

— Boa noite, Sr. Schmidt — disse mamãe por sobre o ombro.
— Tenha bons sonhos.

Vinte e dois

Não deveria ter demorado muito, depois de Adalberto ter pedido a minha mão em casamento ao meu pai, para que a proposta tivesse sido polidamente recusada. Mas demorou. Demorou muito tempo, tempo demais, e a razão para isso foi que vovó Minnie decidiu já ser hora de ela intervir nos assuntos de nossa família e insistir que as coisas fossem feitas à sua maneira.

Ela havia voltado de Estocolmo, onde passara um mês ou mais com seus parentes suecos e dinamarqueses, todos, segundo minha mãe, muito europeus em sua maneira de ver e considerar bárbaros todos os russos.

— Eles sempre a influenciam — disse mamãe. — Fazem com que ela acredite que deve salvar a Rússia da autodestruição. Não tenho a menor dúvida de que ela ficará insuportável durante algum tempo.

Vovó Minnie organizou um jantar familiar em sua casa de São Petersburgo e convidou a maior parte da família, inclusive a tia Miechen (que era viúva), tio Bembo, tia Olenka e Petya, KR e até mesmo tia Ella, que já não era então mais chamada pelo nome, e sim de madre superiora, pois havia fundado sua própria ordem de freiras, Irmãs da Piedade, vestindo-se sempre toda de branco, com touca e véu brancos. Lembro-me de que a irmã de papai, Xenia, não compareceu ao jantar, porque ela e seu marido Sandro haviam se separado e se mantinham afastados da família.

Quando o último prato foi retirado, vovó Minnie nos convocou ao seu salão e começou a falar. Já era tarde da noite e todos tinham bebido muito vinho, e alguns já fruíam o segundo ou terceiro conhaque pós-prandial. Suas palavras caíram em cérebros entorpecidos, o que, sem dúvida, era parte do plano.

— Gostaria de saber se algum dos senhores entende a seriedade da nossa situação — começou ela.

— Eu entendo. — Ouviu-se a voz irritante de Petya. — O conhaque está quase acabando.

Houve duas ou três risadas. Vovó Minnie olhou Petya com raiva e continuou:

— A Rússia está em perigo. Se meu falecido marido estivesse vivo, estaria comandando seus regimentos para guardar as fronteiras. Expulsaria todos os alemães desta terra...

— Todos os alemães? — perguntou a tia Miechen, olhando fixamente para mamãe.

Pensei imediatamente: sou alemã, porque minha mãe é. Estaria vovó Minnie querendo me expulsar?

— Ora, mamãe — disse papai, falando lentamente e com a voz pastosa da embriaguez. — A senhora está indo longe demais.

— As armas alemãs nos ameaçam. Mas as ligações de família ainda vão nos salvar. Ouvi dizer que o filho do kaiser, o príncipe Adalberto, pretende oferecer casamento à grã-duquesa Tania.

Papai a interrompeu:

— É verdade. Ele veio a mim outro dia e disse que tinha a permissão do pai para propor casamento a Tania, se eu concordasse. O casamento só aconteceria depois de um ano.

— E você concordou?

— Claro que não concordou! — interveio tio Bembo, com a voz rouca. — Ele tem de consultar os ministros! É uma questão de Estado!

— Acho que é, antes de mais nada, uma questão de família — respondeu vovó Minnie. — Uma aliança entre Hohenzollern e Romanov será benéfica para as duas famílias, e para os dois países. O príncipe é simpático e articulado. É oficial da Marinha. O casamento de Tania pode ser muito proveitoso.

Senti todos os olhos em mim. Deveria dizer alguma coisa? Evidentemente, ninguém esperava que eu expressasse meus verdadeiros sentimentos. Sentia amizade por Adalberto, mas preferia Constantino e desejava me casar com ele.

Olga, sentada ao meu lado, cutucou-me as costelas com o cotovelo e me fez dar um grito.

— Sim, Tania?

— Nada, vovó.

Então mamãe falou, enunciando clara e distintamente apesar do sotaque alemão, que nunca fora mais conspícuo:

— Não! Não haverá casamento. Nenhuma filha minha há de se casar com um Hohenzollern! Não enquanto o primo Willy for o kaiser! Ele é violento e arrogante. Não tem humanidade nenhuma!

— A humanidade dele não está em questão — observou KR, que tendia a mastigar as palavras.

— O que foi isso? — Mamãe se esticou na cadeira à procura de quem tinha falado, mas KR não repetiu o que tinha dito. — Sei que alguém disse alguma coisa! Foi alguma coisa relativa a mim! Alguma coisa maliciosa.

— Querida, ninguém falou nada contra você — disse papai, parecendo ansioso e tentando pegar a mão de mamãe. Mas ela estava enfurecida e não queria ser tranquilizada. Já havíamos nos acostumado a vê-la assim. Nunca sabíamos se sua irritação ia se desenvolver em furor total, ou se iria se reduzir a uma raiva perturbada e maldisfarçada.

Pensei ter visto o leve brilho de um sorriso nos lábios de vovó Minnie. Odiei-a naquele momento.

— Mamãe — recomeçou papai para vovó Minnie —, Willy é um chato e exibicionista, mas nunca iniciaria uma guerra. Já disse isso muitas vezes, e essa continua a ser a minha opinião. Dizer o contrário é fazer piorar a situação. Quanto mais o tememos, mais feliz ele fica, mais navios ele constrói.

— Ele trapaceou na corrida de iates — alegou mamãe num tom distante, como se não falasse a ninguém em especial. — Içou mais uma vela além das autorizadas. Nico foi obrigado a apresentar uma queixa formal aos juízes. — Olhou em volta da sala. Todos olhavam para ela. — Ele trapaceou, sim. Vocês não sabem! Não estavam lá!

Antes que mamãe se tornasse irada e veemente outra vez, vovó Minnie a interrompeu:

— Foi isso que seu monge bêbado disse a você? O imundo que se chama Rasputin? Aquele que você adora?

Mamãe se levantou e, com um grito de raiva, correu na direção de vovó Minnie, mas, antes de chegar, Ella se colocou entre as duas e segurou minha mãe pelos ombros.

— Ah, Raio de Sol, não deixe que ela a irrite. Você sabe as consequências. Venha comigo. Vamos rezar uma prece a são João das Batalhas, está bem? A imagem dele está aqui perto, acho. Vamos encontrá-la. — Ella levou mamãe, que tinha começado a chorar sacudindo os ombros, para fora da sala.

Papai se levantou e as seguiu.

— Fique conosco mais um pouco, Nicolau. Ainda tenho mais a dizer. Coisas necessárias. Coisas que todos na família sabem que precisam ser ditas, mas ninguém além de mim tem coragem de falar.

Houve um burburinho de desconforto na sala. Tive um impulso de me levantar e seguir mamãe e tia Ella, mas senti que devia ouvir o que vovó Minnie tinha a dizer. Ainda havia a questão da proposta de Adalberto. Papai teria concordado? Mas naquele momento Adalberto já não parecia importante.

Olhei para Olga, que parecia atormentada, como sempre ficava quando estava entediada.

— Nicolau, descobri a verdade a respeito desse Rasputin, esse homem em quem sua mulher confia e adora tanto, e provavelmente ama. Sim, ama. Carnalmente.

— Mamãe!

— Serei ouvida! — Vovó Minnie tirou várias folhas de papel do bolso do vestido e as ergueu para que todos vissem. Todas tinham um grande selo vermelho oficial. — Tenho aqui vários relatórios da polícia sobre esse criminoso, Grigori Yefimovich Novy, chamado Rasputin, ladrão condenado e estuprador da aldeia de Pokrovsky, um curandeiro fraudulento. — Ela leu os papéis. — Ele abandonou a mulher e os três filhos. Dois dos filhos vieram para São Petersburgo à procura dele. Enquanto vivia na rua Roszdestvenskaya com o sacerdote Yaroslav Medved, foi visto contratando prostitutas na rua Morskaya para levá-las a casas de banho. Às vezes, ele contrata duas ou três numa só noite. Arranca fortunas de mulheres ricas à tarde, e depois sai à rua durante a noite e urina nas paredes das igrejas.

— E, com suas orações, ele manteve nosso filho vivo — acrescentou papai. — Não sei como eu teria sobrevivido todos esses últimos anos sem ele. — Baixou a cabeça.

Mas vovó Minnie ignorou suas palavras emocionadas e continuou:

— Ele lhe disse que já foi a Jerusalém em peregrinação, percorrendo a pé todo o caminho, arrastando pesadas correntes?

— Já.

— Era mentira. Ele disse que era capaz de acordar os mortos?

— Não. Ele nunca disse isso.

— Bem. Ele já disse a outros. E roubou deles milhares de rublos.

— Não! Não quero ouvir nada disso!

— E ele curou o meu Artipo — gritei. — E eu já o vi curar Alexei muitas vezes.

— Tudo mentira! Ilusões! Imaginação da alma supersticiosa dos russos!

Nunca tinha visto vovó tão agitada.

— Chega! — gritou papai de repente, com sua voz mais alta, uma voz que eu poucas vezes ouvira em toda a minha vida porque geralmente ele era o mais suave dos homens. — Não quero ouvir mais nada! Vão embora, todos!

Os outros membros da família se apressaram em obedecer, e logo a sala ficou quase vazia. Mas Olga e eu ficamos onde estávamos, sentadas no sofá, e vovó Minnie hesitava em sair. Abriu a boca, como se fosse dizer mais alguma coisa, mas diante do olhar de papai preferiu fechá-la. Dobrou os papéis e guardou-os novamente no bolso. Caminhou com dignidade até as portas duplas que se abriam para o corredor. Quando chegou às portas, voltou-se.

— Esta é a minha casa, Nicolau. Você devia demonstrar alguma cortesia. E quanto ao seu precioso padre Grigori e à sua preciosa esposa alemã, que logo será declarada louca por um médico respeitado, você pode ter certeza de que eu tenho mais a dizer, e que outras ações serão tomadas.

— E sobre Adalberto? — perguntei, mas vovó Minnie já tinha saído e papai tornou a afundar na cadeira com a cabeça entre as mãos e, assim, minha pergunta ficou sem resposta.

Vinte e três

Tive muito a discutir com o elefante naqueles dias. Ia sempre ao seu cercado e ele vinha lentamente até mim e estendia a tromba cinzenta murcha na minha direção, esperando ganhar algumas folhas tenras. Eu contava tudo a ele: meus sentimentos por Constantino, os problemas da nossa família, minhas preocupações pela mamãe e, o mais profundo, minha esperança de me tornar uma mulher boa e honrada e os temores de que isso não acontecesse.

Vez por outra, o elefante trombeteava, balançava a cabeça peluda quando as moscas se juntavam em torno dos seus olhos, mas nunca me ouvia durante muito tempo e logo se afastava para o lado oposto do cercado onde o cornaca dormia em sua cabana.

Uma das razões pelas quais eu procurava a companhia do elefante era por não querer me encontrar com Adalberto. Sabia que ele voltaria em breve a São Petersburgo com os seus Jovens da Iniciativa pela Paz, e que devia querer uma resposta para sua proposta. O que papai lhe diria? Se a resposta fosse não, eu teria de me encontrar novamente com ele? O que eu deveria dizer?

Mas, no final, tudo acabou bem. Adalberto me enviou uma nota pedindo para me ver, e eu tive de concordar; como não concordar? Ele chegou sozinho, e, tão logo foi conduzido à pequena sala de estar, senti voltar o meu antigo afeto por ele. Era muito belo, com seus olhos cheios de ternura e traços de melancolia.

— Eu só queria dizer adeus, querida Tania — começou ele, depois de beijar o meu rosto. — Seu pai me explicou que, depois de consultar seus ministros, foi decidido que um casamento entre nós não seria benéfico para a Rússia. Tinha muitas esperanças de que a resposta dele fosse diferente.

Senti um grande alívio.

— Querido Adalberto, podemos ser amigos? — foi tudo o que consegui pensar para dizer.

— Claro. Amigos calorosos, por toda a vida, se você me aceitar.

— Você sabe que eu aceito. Dou-lhe um valor muito grande. Você promete escrever sempre?

— Sempre que puder. Meu pai está ansioso para que eu volte para o mar, e longas viagens tornam difícil a correspondência.

Senti que havia uma tensão entre nós.

— Adalberto, eu...

— Não precisa dizer mais nada, Tania. Tudo já foi dito e decidido. Continuaremos como estávamos. — Hesitou, depois acrescentou: — Ou talvez, como não estávamos.

— O quê?

— Veja, conheci uma linda jovem, uma das delegadas do grupo pela paz. Tem sangue nobre, uma natureza doce e compartilha das minhas esperanças de maior entendimento entre os povos. O nome dela é Adalheid.

— Adalberto e Adalheid! Unidos pelo destino!

Ambos rimos e a tensão se aliviou.

Asseguramos mutuamente que escreveríamos e nos despedimos. Então fui encontrar Constantino na Clínica Operária, levando uma carroça cheia de comida.

Tinha passado a distribuir a comida que trazia do palácio na clínica, e não mais no antigo alojamento de Daria. Uma sala foi separada para meu uso. Avdokia e eu, às vezes ajudadas por voluntários na clínica, distribuíamos pães, pratos de carnes e aves, vegetais e massas para todos que esperavam pacientemente em fila para recebê-los. Havia sempre uma multidão na clínica e Constantino, extenuado pelo excesso de trabalho, lutava com todas as forças para atender o máximo de pacientes que pudesse. Tinha grandes reservas de vitalidade, mas não era feito de ferro, e muitas vezes eu o vi tentando furtar um momento de descanso entre as consultas, sem sucesso, pois a demanda era grande demais.

Com a clínica atraindo cada vez mais pessoas do distrito de Vyborg, não somente em busca de assistência médica, mas também de alimentos, ela se tornou um lugar de reunião, onde oradores políticos, "agitadores" como meu pai os chamava, falavam aos operários de fábricas e siderúrgicas. Sob a neblina amarelo-esverdeada que nunca parecia se dissipar, e pairava como uma mortalha sobre a Cidade das Chaminés, representantes das organizações radicais de São Petersburgo discursavam para a multidão.

Naquele dia, em que me despedi de Adalberto, o número de trabalhadores reunidos diante da clínica era tão grande que Avdokia não conseguiu conduzir seu velho cavalo manco até a porta. Ficamos atoladas no meio do povo.

Uma oradora discursava atraindo grande atenção da multidão. Gritos de aprovação, um ou outro aplauso, e assovios saudavam suas palavras. Era uma mulher alta vestindo um casaco vermelho e um lenço da mesma cor sobre a cabeça. Tinha uma voz convincente, e falava com força e verve.

— Operários! — incitava ela. — Esta tarde trago para vocês a notícia de uma nova aurora que surge, que se aproxima a cada dia que passa. Uma aurora brilhante, eu lhes digo, em que a tirania não existirá mais! Quando a exploração deixará de existir! Quando seremos donos de todas as fábricas, e vamos chefiar o governo, e compartilhar a riqueza da Rússia, sem permitir que os exploradores fiquem com tudo! Imaginem, amigos, acordar para a aurora da liberdade!

Um grito enorme saudou essas palavras, e eu senti uma onda de emoção na multidão à minha volta. Parecia que mais e mais pessoas se juntavam, mais corpos pressionavam a carroça. Avdokia não se importava, na verdade ela também, como todos os demais, gritava e batia palmas para as palavras da oradora.

— Agora, trago para vocês a melhor notícia. Nós, sim, todos nós, temos o poder de trazer para a Rússia a aurora clara desse novo dia de liberdade! Só temos que buscá-la: está ao nosso alcance. A força é nossa, os números são nossos, a vontade é nossa! Nada pode nos deter, quando todos trabalhamos juntos. Quando nossas mentes se fixarem num objetivo, e a nossa vontade for dirigida para ele! E o nosso objetivo é a liberdade!

Mais uma vez, um rugido subiu de muitas gargantas, até as vozes romperem a tensão, gritando e gritando sem parar.

Não consegui deixar de me lembrar neste momento do rugido imenso da multidão no longínquo dia em que fiquei ao lado de minha família na sacada do palácio, ouvindo os gritos de "Batiushka, Paizinho, viva para sempre!" Naquela época, quando ainda era pequena, meu pai tinha sido amado — todos éramos amados — e a Rússia estava em guerra com o Japão. Agora, passados tantos anos, os trabalhadores ansiavam por mudanças. Meu pai era um obstáculo no caminho deles. Queriam comandar tudo. Era ao mesmo tempo emocionante e aterrador: as palavras da oradora incendiavam uma visão poderosa de desenvolvimento e melhoria, ainda assim todas as palavras eram também uma ameaça ao nosso modo de vida, especialmente à minha família.

Alguma coisa estava acontecendo. A mulher de casaco e lenço vermelhos estava sendo afastada à força por um homem grande e careca. Ouvi palavras iradas, um tapa, uma risada. Logo o homem careca começou a falar.

— Chega dessa conversa de auroras brilhantes e novos começos! Isso é história de criança! Precisamos de ações, não de palavras. Armas, não sonhos. E eu digo: às armas! Tomem suas facas, seus porretes, suas lanças enferrujadas! Abandonem as suas máquinas, seus teares, e marchem sobre o palácio! Marchem contra os quartéis! Tomem as estações de polícia! Deixem os canhões rugirem contra nós, as balas voarem e os longos sabres nos cortarem! Somos mais fortes. Podemos continuar lutando para tomar o que é nosso, até que todos os inimigos do povo estejam mortos e a Rússia pertença a nós!

E para enfatizar suas palavras, ele ergueu uma longa faca, cuja lâmina brilhava sob a luz fraca do sol que era filtrada pela neblina amarela.

No meio dos rugidos da multidão cada vez mais agitada, eu o ouvia gritar:

— Sangue! Vingança! Morte aos exploradores!

A carroça começou a balançar de um lado para o outro à medida que a agitação aumentava. Avdokia tentou ficar de pé, gritando para o povo em volta parar de empurrar, mas não conseguiu manter o equilíbrio e caiu no fundo da carroça, soltando as rédeas do cavalo.

Eu as recolhi e tentei em vão controlar a carroça.

— Sangue! Vingança! Morte aos exploradores!

Punhos fechados eram agitados à minha volta. Ou contra mim, parecia.

— Rápido, Avdokia! A comida! Vamos jogar a comida para a multidão!

Começamos a aliviar a carroça das cestas e sacolas de comida, entregando o que podíamos — muitas mãos arrancavam tudo das nossas — e a lançar o resto para o mar de corpos em movimento, punhos fechados e rostos raivosos.

O pobre cavalo relinchava com medo e batia os cascos. Eu temia que a carroça virasse, mas o peso do animal adicionado ao nosso foi suficiente para mantê-la estável.

Por sobre as cabeças da multidão, vi a porta da clínica se abrir. Constantino parou na passagem, acenando o braço, aparentemente gritando para as pessoas próximas, embora eu não conseguisse entender suas palavras por causa do barulho. Acenei para ele. Então percebi a mulher de casaco e lenço vermelhos se destacar da multidão irada de operários e correr até Constantino, apertando-se contra ele em busca de proteção. Ele passou um braço em volta do corpo dela e com o outro acenou para mim.

Eu quis ir até ele, mas estávamos separados por muitas pessoas, muito barulho e tumulto.

O careca estava falando novamente.

— Trabalhadores! Não há um momento a perder! Proponho tomar a fábrica Putilov! — E partiu na direção da fábrica, movendo-se rapidamente. A multidão abriu caminho e correu atrás dele.

Mas, no momento em que o careca começou sua marcha, vi no outro extremo da multidão que os primeiros policiais começavam a chegar.

Houve um surto renovado de emoção dos trabalhadores reunidos, uma mistura volátil de raiva e medo. Mulheres gritavam ante a aproximação da polícia. As pessoas começaram a correr em pânico. Era como se a carroça fosse um ponto imóvel no centro do sorvedouro. Avdokia e eu nos deitamos, abraçadas, no fundo da carroça, os olhos fechados, enquanto ouvíamos o som das botas no calçamento, vozes gritando e disparos de tiros.

Mas a multidão de trabalhadores se dispersava, correndo em todas as direções, e a carroça já não balançava. Cautelosamente, ergui a cabeça e olhei por sobre um dos lados. Um caminho se abria à nossa frente, um caminho até a porta da clínica.

— Avdokia! — gritei, e ela também levantou a cabeça. — Agora podemos chegar à clínica. Podemos libertar Constantino.

Com uma agilidade notável para uma mulher tão grande, Avdokia subiu ao banco do carroceiro e estalou o chicote sobre o cavalo. Mesmo velho e cansado, ele se lançou à frente, e logo estávamos ao lado de Constantino, que ergueu a mulher de vermelho e a colocou no fundo da carroça, subindo após ela.

— Tania! Avdokia! Graças a Deus vocês estão aqui!

Avdokia entrou numa ruela atrás da clínica e seguiu pelas ruas estreitas que nos levavam para longe dos sons do tumulto.

— A polícia vai proteger a clínica. — Ouvi Constantino dizer do fundo da carroça. — Não estou preocupado com ela. Já tivemos demonstrações aqui e ela sempre guardou o edifício para proteger os pacientes.

Pouco falamos durante a volta até Tsarskoe Selo. Quando chegamos aos limites da cidade e soubemos que estávamos a salvo de outras agitações, ouvi Constantino roncar no fundo da carroça. De sua companheira só vinha o silêncio.

Seria aquela mulher uma lançadora de bombas? Era certamente uma radical, mas seria violenta? Suas palavras inspiradoras não falavam de atos violentos, só da visão de um futuro mais feliz. Ainda assim, naqueles dias, nos meus 15 anos, havia violência no ar. O principal ministro do governo de meu pai, Stolypin, havia sido assassinado e outros ministros tinham sido atacados. A polícia secreta estava nas ruas, Constantino me dissera. Havia olhos e ouvidos em todas as esquinas, esperando evitar outros ataques. Mesmo assim, os radicais continuavam a atirar em governadores nas províncias, a incendiar as mansões dos ricos e a lançar manifestos proclamando o advento de uma nova nação de trabalhadores emergindo das cinzas da velha ordem.

Quem era aquela mulher corajosa, que fizera um discurso forte diante de centenas de pessoas e fora afastada por outra voz mais cruel, mais incendiária?

Virei-me por sobre o ombro para olhar o fundo da carroça. Ali, deitado sobre as tábuas nuas, Constantino dormia profundamente. E ao seu lado, apoiada nas laterais e com os olhos fechados, estava a mulher, o casaco aberto, o lenço caído longe de seu rosto já não escondia as suas feições.

Era Daria!

Vinte e quatro

— Você vai mandar me prender?

Daria me enfrentou logo que chegamos a Tsarskoe Selo e fomos admitidos através dos altos portões de ferro — pois Avdokia, a leiteira, já era uma figura familiar aos guardas e empregados, entre eles o cossaco Nikandr, e eles nunca paravam a carroça — até os pátios e estábulos logo além. Daria parou na minha frente, leve, pequena, mas com uma impetuosidade que negava seu tamanho e uma enorme determinação no tom de sua voz.

— Eu deveria? Você é perigosa?

— Só se for perigoso levantar as esperanças das pessoas e incentivar suas ambições.

— Meu pai e monsieur Gilliard dizem que alguns radicais só têm a ambição de destruir.

— Não estou entre esses.

Nós nos olhamos durante um momento.

— Você já atirou uma bomba?

— Não.

Acreditei e decidi confiar nela, mas imediatamente duvidei de minha crença.

— Porque amo sua irmã Niuta, que, como você sabe, serviu à minha família por toda a minha vida, e por causa de sua filhinha

Iskra, não vou pedir sua prisão. Não hoje. Mas você tem de me dar sua palavra de honra de que nunca vai fazer nada para prejudicar a minha família.

Ela assentiu com a cabeça.

— Eu lhe dou minha palavra. Juro pela minha filha.

— Está bem.

A expressão dela se suavizou.

— Obrigada. — E para minha grande surpresa ela se ajoelhou sobre um joelho, fazendo o gesto tradicional de reverência de camponês para o senhor ou senhora. Lembrei-me de que afinal ela era uma camponesa de Pokrovsky. Os padrões tradicionais de obrigação social que prevaleciam na sua aldeia ainda eram aceitos por ela. De qualquer forma, o gesto continuava a me espantar. Estaria ela tentando me fazer baixar a guarda? Teria de vigiá-la cuidadosamente.

Seria demais esperar que não houvesse repercussões das agitações na Clínica Operária. Papai me chamou ao seu gabinete e me disse para sentar. Começou a cofiar distraidamente a barba, como fazia quando estava incerto quanto ao que devia dizer.

— Sua avó me disse que você foi vista no meio de uma turba de operários radicais, tem ouvido os discursos radicais que fazem e visitado certa clínica operária em vez de comparecer às suas aulas de dança. E que você se ligou a, digamos, um jovem estudante de medicina, um homem sem sangue real.

— Constantino é parente de tio Petya, papai.

Papai ergueu as sobrancelhas, surpreso.

— É mesmo? Ninguém me disse.

— A vovó Minnie está me espionando?

— Ela se preocupa em saber onde você está e o que faz. Pediu à polícia secreta imperial para vigiar você, cuidar de você.

— Ela quer se livrar de mim. Quis que eu me casasse com Adalberto e fosse viver na Alemanha. Ela também quer se livrar de Olga.

— Não diga esses absurdos. Quanto a essa Clínica Operária, decidi mandar fechá-la e você está proibida de ir lá.

— Mas papai...

— Sua mãe e sua tia Olga têm muitas obras de caridade. Dedique seus préstimos a elas. Enquanto isso, vou pedir a monsieur Gilliard para lhe dar mais aulas, para ocupar suas horas vagas. E não quero mais saber que você esteve ouvindo discursos de agitadores! Você devia saber que eles são os inimigos de toda decência e humanidade! Você já esqueceu o que aconteceu ao seu tio Gega? E ao meu querido avô, morto por uma bomba, há tantos anos?

Sua voz se quebrou e lágrimas lhe vieram aos olhos. Até aquele momento, ele fizera o possível para se manter firme, mas então toda sua veleidade de firmeza se desfez. Não consegui deixar de me perguntar se ele chorava quando conferenciava com seus ministros. Não era de admirar que mamãe sempre lhe dissesse para ser mais forte e decidido.

— Pode ir, Tania — mandou ele com a voz trêmula, depois de enxugar os olhos. — Seja uma boa moça. — E acendeu um cigarro e fitou o vazio.

Meu pai era fraco, e ficava mais fraco, assim me parecia. Mas a dinastia que representava, o altivo legado Romanov, ainda era reverenciada por muitos russos, por quase todos os russos, ele teria dito, pois acreditava que os que pretendiam se livrar de um tsar e governar a si mesmos não passavam de uma pequena minoria da população. Com a aproximação do aniversário de 300 anos da dinastia Romanov, faziam-se grandes preparativos para as comemorações oficiais.

— O ano de 1913 será um ano de grande orgulho — dissera-nos papai certa noite. — Um ano para ser lembrado. Em 1613, o primeiro Romanov subiu ao trono. E aqui estamos, 300 anos depois, ainda reverenciados pelo nosso povo. Nossa família simboliza essa grande continuidade. Daqui a 300 anos ainda haverá um Romanov ocupando o trono da Rússia. Alexei há de reinar depois da minha morte, e seus filhos e netos o sucederão, e assim por diante por muitas gerações.

Apesar das palavras otimistas de papai, era difícil acreditar que meu frágil e encantador irmão viveria para sucedê-lo no trono. Um mês antes, ele caiu de uma cadeira, feriu o joelho direito, e a perna inteira inchou com o sangue que não coagulava. Ele não podia se mover, a perna estava muito inchada; ficou deitado na cama, gemendo e gritando, incapaz de dormir; sua dor era muito aguda e a febre, muito alta. A cada crise de saúde faziam-se preparativos discretamente para sua morte. A mortalha dourada era trazida da arca de carvalho e preparada para receber seu corpo. O ataúde imperial que o guardaria — anualmente fazia-se um novo para acompanhar seu crescimento — era trazido para uma antessala e recebia um revestimento e um travesseiro de veludo contornado com uma larga renda de ouro. Aquela crise não foi uma exceção. Todos os preparativos para o funeral foram feitos, ainda que longe da atenção dele, naturalmente.

Padre Grigori foi convocado, mas estava a milhares de quilômetros, em Pokrovsky, na distante Sibéria. Não se podia esperar que ele chegasse a tempo em São Petersburgo. E, além disso, alguém o ouvira dizer que seus poderes curativos, antes tão fortes, estavam perdendo o vigor. Mamãe e papai, que dependiam tanto e tiravam tanto conforto de sua presença, recusavam-se a acreditar que ele poderia ser incapaz de curar Alexei, mas daquela vez eu não tinha tanta certeza. A cada semana meu irmão ficava mais fraco, o rosto muito pálido e os olhos fundos. Ainda assim, o padre Grigori não chegava e tampouco alguma mensagem dele. Estávamos todos preocupados. Aquilo nunca tinha acontecido antes.

Enquanto isso, São Petersburgo era decorada para as comemorações do terceiro centenário. Estávamos em pleno inverno, o gelo no rio estava grosso e as ruas, bloqueadas pela neve recém-caída que se transformava em gelo escorregadio. Pavilhões caíam das janelas, bandeiras eram içadas no topo de todos os edifícios altos. Ao longo das margens do rio Neva ergueram-se placas em que se lia DEUS SALVE O TSAR em letras vermelhas de 9 metros de altura. Medalhas, canecas e chapéus comemorativos estavam à venda em todas as lojas; os ricos compravam joias de diamante gravadas com a efígie do meu pai. Os pobres eram presenteados com comida e roupas quentes, acompanhados de mensagens "Da bondade do tsar".

Durante algumas semanas, os jornais vinham cheios de retratos de papai e mamãe, e de histórias sobre as próximas cerimônias e acontecimentos sociais. Notícias relativas à expansão dos exércitos e das marinhas de Áustria, França, Alemanha e Inglaterra eram substituídas por anúncios de festas e banquetes, e de uma viagem triunfal de nossa família por cidades e locais históricos importantes para a história dos Romanov.

Tudo isso aconteceria em breve e, ainda assim, meu irmão, a esperança da dinastia Romanov, enfraquecia mais a cada dia. E se ele morresse, perguntava aos meus botões, justamente no ano em que se comemora a longa continuidade da linhagem Romanov? Que terrível agouro! Já tinha ouvido vovó Minnie dizer asperamente que mamãe já era muito velha para ter mais um filho, e, mesmo que tivesse, ele também, como Alexei, seria vítima da doença inglesa.

Minhas reflexões foram interrompidas pela chegada de um telegrama de Pokrovsky destinado a papai.

"Alegria para todos! Dissipados todos os medos! Uma bênção sobre o doce Alexei. Em breve estarei com vocês. Grigori Novy."

Mamãe, que vinha rezando diante de todas as imagens no palácio pedindo a volta do padre Grigori, ficou enormemente aliviada. Mas, quando finalmente ele chegou, era como se fosse um homem diferente.

A túnica comida por traças, a calça camponesa, os cabelos e a barba longos e despenteados haviam desaparecido. Ele agora vestia a camisa de seda, o colete bordado e a calça de veludo típicos de um cidadão próspero da cidade, uma bolsa presa ao cinto, cheia de moedas que tilintavam quando ele andava, uma corrente de ouro no pescoço e um enorme anel de ouro num dos dedos. O cabelo e a barba eram cuidados e penteados. Já não era magro e ascético, tinha engordado, as bochechas estavam cheias e caídas, os olhos frios. Porém, mais importante a meu ver era o sentimento que ele trazia para a sala. Já não existia o murmúrio sutil e inegável de calma e doçura, o ar sereno de cura, o rosto e olhos radiantes. Era um homem inteiramente diferente.

Ainda assim, ele ergueu a mão numa bênção ao se aproximar da cama e vi Alexei sorrir feliz para ele, como se fosse o padre Grigori de antes.

— Sê são, pequeno viandante! — pronunciou o *starets*, e começou a murmurar. Todos observamos Alexei ansiosamente, procurando sinais de diminuição da dor, esperando ver a volta do tom róseo às suas faces. Mas nada aconteceu. Padre Grigori ficou um longo tempo ao lado da cama, orando e murmurando, mas o pobre Alexei, longe de melhorar, chorava e gritava como antes, e mamãe, profundamente nervosa, levantou-se e deixou o quarto em lágrimas.

Eu a segui até sua sala de estar malva, seu santuário, conversando com ela e tentando acalmá-la. Ela me fez um afago no braço agradecendo, mas eu sabia que minhas palavras não tinham efeito. Despejou um pouco de água num copo, tomou o frasco de calmante e um conta-gotas, pingou seis gotas na água, o dobro da dose usual. Bebeu e deitou na espreguiçadeira. Cobri-a com o xale tricotado lavanda. Pouco depois, ela dormia.

Não era típico de mamãe sair do lado da cama de Alexei quando ele estava sofrendo uma crise. O choque de padre Grigori não ser capaz de curá-lo deve ter sido muito grande. Voltei ao quarto e me sentei ao lado de meu irmão por algum tempo, segurando sua mão. Ninguém mais estava com ele, apenas o enfermeiro e uma das camareiras. Papai, disseram-me, teve de se reunir com membros do comitê do tricentenário. Padre Grigori fora embora.

Naquela noite, quando Niuta penteava meus cabelos com a escova de prata que minhas irmãs me deram em meu aniversário de 15 anos, perguntei a ela sobre a mudança do padre Grigori.

— O que aconteceu a ele lá em Pokrovsky, Niuta? Alguma coisa aconteceu. Você tem parentes lá, você tem de saber. Ele está tão diferente. E Alexei não melhorou. As bênçãos não surtiram efeito.

Niuta deu um suspiro e continuou a escovar. Durante muito tempo não consegui fazê-la falar. Insisti, depois implorei, e então ameacei dizer a mamãe que ela às vezes usava o seu perfume Rosa Branca. Mas Niuta balançou a cabeça e continuou a escovar, com mais força que antes. Não desisti.

— Vou contar a Nikandr que vi você flertando com Gennady.
— Gennady era um dos guardas, um belo uzbeque.
— Tania! Você não pode contar.
— Fale-me sobre o padre Grigori e eu não conto.

Finalmente, exasperada pela minha insistência, ela jogou as mãos para o alto.

— Está bem! Vou contar o que sei... se você prometer não contar a ninguém mais.

— Existem segredos demais nesta casa! — gritei, e me levantei lançando a escova num canto. — Há muita coisa que não pode vir à luz. Quem é Daria realmente? A pequena Iskra. A mente de mamãe é doente, Niuta, e todos nós sabemos. Nem tente negar. Papai está bebendo demais. A odiosa espionagem de vovó Minnie contra todos. O caso de amor da tia Olenka...

— Que caso de amor? — Niuta pareceu genuinamente surpresa.
— Você não sabe mesmo?

Ela balançou a cabeça.

— Bem, ela conheceu outro homem e vai se divorciar de Petya. — Dei-lhe um momento para digerir a notícia. — Agora, o último segredo. Conte-me sobre o padre Grigori.

— Se você revelar isso, a besta vai me perseguir. — Niuta chamava o padre Grigori de "a besta" porque, dizia ela, ele era indomado, incivilizado. Andava como uma fera na selva.

— Então eu não revelo.

Ela se abaixou e sussurrou que durante os meses passados em Pokrovsky, padre Grigori foi preso por ter estuprado uma menina.

Lembrei-me do relatório da polícia que vovó Minnie havia lido para nós. As prostitutas, as bebedeiras, as brigas vergonhosas, o tempo passado nas casas de banho, "antros de imoralidade", assim chamadas por mamãe. A revelação de Niuta se ajustava a tudo que a polícia tinha descoberto. Mas eu tinha certeza de que mamãe alegaria que tudo de mau que se dizia sobre o padre Grigori era calúnia, não era verdade.

— No passado — começou Niuta em voz baixa —, os padres o protegiam. Suas curas traziam muito dinheiro para a igreja da aldeia. Ele tinha um número enorme de seguidores, como tem aqui em São Petersburgo. Peregrinos vinham de aldeias a 20, 30, até 50 quilômetros de distância apenas para vê-lo e tocar a sua túnica imunda. Mas ele sempre teve o seu lado selvagem, bestial. Bebia, brigava e perseguia mulheres.

Ela prosseguiu com a explicação:

— Quando começou a seduzir meninas, o Senhor o castigou e começou a tomar dele o poder de curar. Os sacerdotes o abandonaram. Agora ele já não é um *starets*, é apenas um camponês de Pokrovsky com uma pequena fortuna que amealhou ao longo dos anos por causa das doações daqueles a quem curou.

— Talvez os poderes voltem. Talvez ele se regenere. — Ouvi minha própria voz, apesar de não acreditar no que dizia. As pessoas raramente se regeneram. Pessoas más apenas ficam piores. O mundo é assim, disse para mim mesma, sentindo-me muito adulta. Mas, se o padre Grigori ficar pior, em quem mamãe e papai buscarão conforto e esperança? Quem irá curar Alexei?

Olhei Niuta, que me conhecia tão bem, e vi as mesmas perguntas e preocupações em seus olhos. Empregados sabem de tudo, já ouvira tia Olenka dizer muitas vezes, e ela tinha razão, é claro. Sentei-me à minha penteadeira e deixei Niuta voltar a escovar meu cabelo, usando uma escova velha de tartaruga. Geralmente, a escovação era uma boa preparação para o sono. Mas, naquela noite, eu só a achei irritante, cada puxão era um lembrete dos embaraços que surgiam à minha frente, exatamente quando tudo parecia ir bem. Por fim, liberei Niuta antes de ela ter terminado, e me deitei com os cabelos embaraçados e pensamentos perturbadores na mente.

Vinte e cinco

Uma semana antes da comemoração do tricentenário, o capitão Teraev, da polícia de segurança, deu a cada um de nós um revólver e nos ensinou a atirar. Todos os membros da família receberam uma arma, com exceção de Alexei, que só tinha 8 anos, e Anastasia, que ainda não tinha completado 12. Fomos levados a um estande de tiro e aprendemos a carregar, apontar e atirar em alvos.

— Uma família prudente se previne — disse o capitão. — Nas próximas semanas, os senhores estarão no meio de grandes multidões, e é possível que surja uma emergência. Evidentemente, os senhores serão protegidos. Soldados, policiais e homens vestidos como espectadores estarão mantendo uma vigilância cuidadosa para garantir que ninguém na multidão tente feri-los.

Papai tinha seu próprio revólver niquelado, além de uma grande coleção de armas de fogo e de caça. Não precisou receber instruções. Mas mamãe, até aquele dia, nunca quisera possuir arma de nenhum tipo.

— O Senhor cuida de mim — dizia sempre ela—, e o padre Grigori também. — Mas agora ela aceitava, sem hesitação, receber o revólver das mãos do capitão Teraev e ouvia cuidadosamente as instruções. Nas práticas de tiro ao alvo, ela apontava com calma e precisão, e acertava na mosca.

Um brilhante sol de março iluminava as ruas cobertas de neve no dia da grande parada, o dia em que saímos em carruagem aberta, em meio aos aplausos e cantos do povo. Alexei ia ao lado de papai, acenando e sorrindo, a perna rígida e inchada oculta sob os cobertores de lã que protegiam as pernas de todos. Ele havia melhorado muito, e continuava a melhorar, não por nenhuma ajuda oferecida pelo padre Grigori, mas por ter, de alguma forma, encontrado forças para não sucumbir, surpreendendo a todos nós. Apesar de não se render à doença, no entanto, meu irmão ainda não ostentava muita saúde, e a próxima crise, todos sabíamos, poderia ser a última.

Bandas tocavam, soldados marchavam e gritos de "Deus salve o tsar" seguiam nossa carruagem que viajava lentamente ao longo das largas avenidas. Os cantos e gritos subiam acima de nós no ar gelado enquanto todos os canhões da Fortaleza de Pedro e Paulo ribombavam prolongadas saudações.

Olhei o mar de rostos e vi entre eles alguns carrancudos, com expressões sombrias dirigidas a nós. Cheguei até mesmo a ouvir gritos de "Cadela alemã!" direcionados a mamãe, que olhou para o outro lado e tentou ignorar o insulto. À medida que aumentava a ameaça alemã, aumentavam também as acusações de que mamãe, criada em Darmstadt, e cujo pai era um nobre alemão, era uma espiã, traidora da Rússia.

Enfiei a mão no bolso e senti a dureza metálica tranquilizadora do meu revólver carregado. Se um assassino saltasse do meio da multidão e corresse em direção à nossa carruagem, perguntei-me, eu teria coragem de atirar?

A maioria das expressões eram sorridentes e entusiasmadas. Surgiam mãos apontadas na nossa direção e bênçãos eram lançadas sobre nós. Vez por outra, pessoas caíam de joelhos para beijar a sombra da nossa carruagem, um costume antigo que eu considerava muito tocante e lindo.

No baile do tricentenário daquela noite, Olga e eu fomos muito admiradas. Tínhamos vestidos novos com sobressaias de renda prateada e, quando dançávamos, ela parecia flutuar no ar à nossa volta de uma forma muito bonita. Eu me sentia estranha por ter de esconder o revólver no bolso do meu lindo vestido, mas o capitão Teraev insistira: tínhamos de levar nossas armas onde quer que fôssemos durante as comemorações. Eu fiz o que ele mandou.

Lembro-me de ter dançado com vários nobres e oficiais jovens e elegantes, deleitando-me com o fato de ser muito solicitada, sentindo-me leve e feliz, apesar de desejar que Constantino estivesse ali. O dever não lhe permitira comparecer ao evento; mais cedo naquele dia, houvera uma debandada em massa quando se distribuíram suvenires e centenas de pessoas foram pisoteadas e feridas. Para assegurar que todos os feridos fossem tratados, Constantino se ofereceu como voluntário para atender no hospital de Santa Maria da Piedade até a noite, perdendo assim as festividades.

Estava tão envolvida em meu próprio prazer que durante horas deixei de observar como a extensão tanto do dia quanto da noite pesavam sobre mamãe, fazendo-a sentir-se mal. Funções públicas exauriam-na. Agora, ela e papai estavam sentados, lado a lado, em duas cadeiras altas semelhantes a tronos. Ela usava sua tiara de diamantes e pérolas, tinha as mãos dobradas sobre o colo, a postura rígida e uma expressão de cansaço e tensão em seu lindo rosto. Acredito que para quem não a conhecia, ela parecia entediada, até impaciente. Mas eu a conhecia. O vermelho nas suas faces e mãos, o pânico ocasional que via em seus olhos quando contemplava o salão procurando um meio de fugir, me diziam que ela precisava ir embora.

Aproximei-me dela. Quando me viu, ela pareceu aliviada.

— Oh, Tania, aí está você. Como está bonita! Querida, você poderia, por favor, pedir a um daqueles valetes para chamar o Dr. Korovin? Sinto-me completamente tonta.

— Por que não chamar Constantino? O hospital dele é aqui perto. O Dr. Korovin levaria pelo menos uma hora para chegar aqui.

Ela estava cansada demais para protestar. Assentiu e eu fui procurar um telefone. Mas quando chamei o hospital descobri que

Constantino fora com uma ambulância para um local onde, mais cedo, havia acontecido um pânico em massa e só era esperado muitas horas depois. Fiquei desapontada. Queria vê-lo.

O Dr. Korovin foi convocado e fiquei ao lado de mamãe até ele chegar. Demorou muito e, enquanto esperávamos, ela foi ficando cada vez mais nervosa. Não conseguia ficar quieta, se contorcia na cadeira, passava os dedos na moeda religiosa que usava no pescoço e ajustava a tiara. Finalmente, decidiu tirá-la da cabeça e guardá-la na elegante bolsa adornada de pedras que trazia pendurada no pulso vermelho. Tentei distraí-la conversando, mas ela só respondia com "sim", "não", "ah" e não continuava nenhum tópico que não fosse a respeito de sua saúde. Dizia que estava ofegante; seus dentes doíam, sua perna também. Estava exausta.

Seu sofrimento não diminuiu quando fomos informadas de que o médico tinha chegado e saímos do salão de baile. Depois de examiná-la superficialmente numa sala privada, o Dr. Korovin disse que ela devia voltar de imediato a Tsarskoe Selo e repousar.

— Mas não há nenhum empregado lá esta noite — falei. — Todos tiveram permissão para assistir à parada e às comemorações noturnas. — Naquela ocasião, havia feiras de rua, fogueiras, festas e banquetes por toda São Petersburgo, e papai quis que todos os membros da casa imperial vissem os fogos e outras celebrações.

— Não haverá realmente ninguém? — O médico não queria acreditar. — Nenhum guarda, nem varredores, nem os empregados nos estábulos?

— Suponho que talvez haja alguns. — Eu não acreditava. Papai insistira em liberar todos naquele dia especial para virem a São Petersburgo e se divertirem.

— Então você e eu cuidaremos dela.

Ajudamos mamãe a subir na carruagem e começamos a longa viagem até Tsarskoe Selo. Enquanto tirava seus sais aromáticos da bolsa, ela deixou sua tiara inestimável cair acidentalmente no chão e suspirou. As janelas da carruagem foram fechadas para nos proteger do ar gelado e uma fina neve que começou a cair. Apesar do frio, um grande número de pessoas continuava nas ruas, esquentando as mãos no calor de grandes fogueiras, paradas sob o abrigo dos beirais, dançando ao som da música de balalaicas e coros improvisados. Jarras e canecas passavam de mão em mão e percebi que eles se divertiam com a noite da vodca grátis oferecida pelo Paizinho.

Quando chegamos a Tsarskoe Selo, mamãe dormia. Seria uma pena ter de acordá-la, pensei, mas evidentemente ela tinha de entrar. Irritou-se quando sacudi seu ombro de forma suave. O Dr. Korovin e eu a ajudamos a descer da carruagem e seguir pelo enorme saguão do palácio. Depois subimos pela grandiosa escadaria e passamos por vários corredores até chegarmos à sua suíte. Era estranho não vermos ninguém, nem mesmo Sedynov, que geralmente deslizava nas proximidades dos cômodos da família, em nossos quartos ou nos aposentos de meus pais, que incluíam o gabinete de papai e a sala malva de mamãe, além do dormitório principal e as salas de vestir que compartilhavam. Mas não havia sinal de Sedynov, Niuta ou Elizaveta, nem das várias camareiras e empregadas de mamãe. Todos tinham ido para São Petersburgo.

Enquanto passávamos, eu me perguntei quem tinha acendido os bicos de gás que iluminavam os longos corredores. Alguém devia ter ficado, pensei. Nem todos tinham saído.

Então, da outra ponta do corredor escuro surgiu uma figura claudicante, que mais tropeçava do que andava. Assustada, apertei o braço de mamãe, e com a mão livre procurei o revólver no bolso do vestido. Ao senti-lo, o medo diminuiu, mas só um pouquinho.

— Quem é? — perguntou o Dr. Korovin. Senti o corpo de mamãe enrijecer, e depois relaxar ao reconhecer quem era.

— Não ao sofrimento! Todo sofrimento está esquecido! Somente a alegria do dia!

— É noite, não é dia — respondi quando o padre Grigori se aproximou. — E o que você está fazendo aqui? — O rosto inchado estava vermelho, o nariz bulboso e bexigoso, os olhos turvos, e não penetrantes como eram antes. Tinha um olhar furtivo, e cheirava fortemente a bebida.

— Pensei que talvez necessitassem de mim — argumentou ele, com a voz lenta, tentando não embaralhar as palavras.

— Sim, sim — concordou mamãe. — Você sempre sabe quando estou fraca, necessitando das suas bênçãos. Abençoe-me agora, por favor, abençoe-me.

— Mas ele perdeu os poderes, mamãe. A senhora mesma ouviu quando ele disse. As bênçãos dele não funcionam mais.

Ela me olhou irritada e largou o meu braço.

— Deus nunca falha — retrucou ela, abrindo a porta de sua suíte, fazendo um sinal para que o padre Grigori a seguisse e indicando também que ele fechasse a porta depois de passar. O Dr. Korovin e eu ficamos parados no corredor.

— Não está certo — murmurou o médico. — Não está certo de forma alguma. Uma imperatriz sozinha no quarto com um homem como esse. E o que ele estava fazendo nos corredores? Aqui não é o lugar dele.

Padre Grigori sempre tivera permissão para chegar, entrar e sair à vontade do palácio. Os empregados não gostavam daquele privilégio especial e olhavam-no com raiva quando o encontravam, mas apenas quando papai ou mamãe não estavam presentes.

— Eu ia dar a ela um remédio para dormir — disse o Dr. Korovin. — Caso contrário, ela possivelmente não será capaz de pegar no sono. Agora, suponho que vou ter de esperar até que aquele bêbado saia. — Olhou para mim interrogativamente. — E se ele ficar aí com ela a noite inteira?

— Não — falei com firmeza. — Isso não vai acontecer.

O doutor me olhou um momento.

— Você tem certeza?

— Tenho.

— Muito bem. É melhor nos acomodarmos para esperar.

No corredor havia vários bancos para os empregados se sentarem durante as longas horas noturnas em que ficavam de guarda, ou esperando até serem convocados para prestar algum serviço para os membros da família. Sentamo-nos lado a lado num deles, eu, com meu lindo vestido rendado de baile, e o Dr. Korovin, de paletó e calça. Devíamos formar uma dupla muito estranha, como um avô e uma neta inadequadamente sentados numa festa, sem conversar, os dois alternando cochilos e acordando sobressaltados.

Finalmente, o Dr. Korovin tirou o relógio do bolso.

— Já são quase três horas. Acho que o padre Grigori não sairá desse quarto esta noite. Não quero saber se irá sair ou não. Prefiro acreditar no melhor com relação à sua mãe. Vou dormir.

Levantou-se do banco e saiu pelo corredor.

Cada vez mais preocupada, fui até a porta da suíte e, sentindo uma ponta de culpa, encostei o ouvido na madeira grossa e bem polida.

Ouvi vozes que aumentavam e diminuíam, sussurros, silêncio, então a voz do padre Grigori se elevou numa raiva embriagada. Preocupada por mamãe, tentei girar o trinco da porta, mas ela estava trancada.

— Vá embora! Vá embora, não importa quem você seja! — Ouvi o rosnado do padre. Ouvi-o chutar a porta com a bota. Recuei instintivamente.

Uma série de imprecações grosseiras se seguiu aos chutes.

— Fique longe, tenho uma faca!

Corri pelo corredor e me escondi atrás de um pilar entalhado.

No momento seguinte, a porta se abriu com violência e o padre Grigori saiu com uma faca enorme na mão, os cabelos longos e malcuidados soltos da faixa que os prendia e caídos em volta do rosto, parecia um ladrão ou um assaltante.

Prendi a respiração e me apertei contra a parede, esperando que minha saia rodada não fosse vista. Procurei o revólver. Se ele ferir a mamãe, ou me perseguir, eu atiro, jurei em silêncio. Atiro e o mato.

Mas ele não veio atrás de mim. Preferiu sair pelo corredor na direção oposta, para longe de onde eu estava, o som de suas botas diminuindo a cada passo.

Vinte e seis

Quando o som dos passos morreu completamente, ouvi o cão começar a latir.

Era um latido agudo de um cachorro pequeno, não de um cão de caça, como Artipo.

Então ouvi o choro de uma criança.

E, no momento seguinte, soube que o latido era do cachorro de Daria e o choro, da pequena Iskra. Tinha de ser. Lembrei-me de que Niuta me dissera que a irmã não pretendia ir assistir às comemorações do tricentenário da dinastia Romanov. Daria não era monarquista, era revolucionária. Trabalhava no palácio, mas desprezava tudo que se referia a ele, inclusive meu pai e todos nós da família imperial. Disso ela não fazia segredo. Niuta dissera que ela pretendia trabalhar o dia inteiro, enquanto os outros comemoravam, e completaria a passagem das roupas como se aquele fosse um dia igual a qualquer dia útil.

Ela só podia estar na sala de passar, pensei, com o cachorro e a pequena Iskra como sempre dormindo, cada um em sua cesta. Mas por que o cachorro latia e a criança chorava? Seria possível? Estariam sendo perturbados pelo padre Grigori? Ou haveria mais alguém na residência? Quem sabe ladrões tinham conseguido entrar no palácio?

Entrei, pé ante pé, na sala de mamãe e a vi deitada em sua espreguiçadeira branca favorita, com o cobertor de crochê cobrindo-lhe as pernas. Dormia. Deixei-a lá e segui pelo corredor em direção à ala onde ficava a sala de passar. Algo me mandava correr. O cachorro agora latia mais alto, e a criança chorava sem interrupção.

Subi as velhas escadas que levavam aos aposentos dos empregados e vi que a porta da sala de passar estava aberta. Entrei.

Lá, junto da parede oposta à entrada, estava Daria, atrás da tábua de passar, o pesado ferro na mão. Do outro lado da tábua, de costas para mim, estava o padre Grigori que tentava agarrá-la, e que riu quando ela se lançou contra ele, tentando atingi-lo com o ferro, sem sucesso. A não ser pelos dois, e por Iskra chorando, a sala estava deserta.

Era uma cena grotesca. O homem tinha o dobro do tamanho de Daria. Ele a cercava, enorme, ameaçador. Lembrei-me dos relatórios da polícia que vovó Minnie tinha lido, falando de prostitutas, das saídas à meia-noite, as acusações de estupro...

Eu estava no lado oposto da sala em que eles lutavam. O cãozinho rosnava e mordia os calcanhares do homem. Agarrei o revólver e gritei tão alto quanto possível:

— Pare! Não se mova!

Ele se voltou para me encarar com uma expressão mais de lobo do que de homem.

Apontei a arma para o teto e atirei.

O barulho assustou o padre Grigori, que largou Daria, piscando e fixando os olhos em mim.

Com um grito agudo, Daria se abaixou, pegou a cesta com Iskra e contornou correndo a tábua de passar, fugindo das mãos do padre e vindo em minha direção.

— Tania! Me ajude!

— Corra para a enfermaria. O Dr. Korovin está lá. Tranque a porta.

Ela passou por mim e entrou no corredor, o cachorrinho, ainda latindo, correu atrás dela. Fiquei onde estava, determinada a não permitir que o padre Grigori a seguisse.

— Idiota! Cadelinha! Filha louca de uma mãe ainda mais louca! — Ele baixou a cabeça e se lançou na minha direção.

Atirei novamente, dessa vez no chão à frente dele, quase acertando seus pés.

— Chegue mais perto e eu o mato. Juro!

Eu estava tremendo, mais do que quando tive febre terçã aos 8 anos. Mas minha determinação era grande. Não fugi dele. Não hesitei.

— Por todos os santos. Eu lhe ordeno que pare!

Ele pareceu tropeçar, gritando insultos incoerentes, e então oscilou e caiu de joelhos, como um homem bêbado quando perde a sustentação das pernas.

Ouvi o barulho de portas se abrindo, vozes, gritos de alarme. Afinal, havia outras pessoas no palácio. O som dos tiros os trazia para ver o que se passava. Sem esperar que alguém viesse me socorrer, saí correndo da sala, desci as escadas, passei por vários corredores até a ala onde ficava a enfermaria do Dr. Korovin. Antes de chegar, encontrei vários policiais que tinham vindo atender ao telefonema do médico denunciando barulho de tiros no palácio.

— Rasputin tentou violentar uma mulher — informei, usando o nome pelo qual o padre Grigori era conhecido pelo público em geral. — Eu atirei nele.

— Espero que tenha matado o bandido — disse um dos homens. — Onde ele está?

— Nos alojamentos dos empregados, ou nos aposentos privados da imperatriz. Talvez ele tenha tentado buscar refúgio lá. — Eles saíram correndo e eu entrei na enfermaria do Dr. Korovin, onde encontrei Daria escondida num armário, sua filhinha gemendo.

— A polícia chegou. Eles encontrarão o padre Grigori e não permitirão que ele ataque mais ninguém.

Tão logo eu disse a palavra polícia, vi o medo nos olhos de Daria, e me lembrei de que seu noivo, o pai de Iskra, tinha sido morto pelos policiais de meu pai.

— Não deixe que eles me levem — implorou. Nunca a vira daquele jeito. Antes, ela sempre havia sido forte, desafiadora. Agora, sua voz implorava. O que teria desencadeado aquele terror? Apenas medo pelo ataque do padre Grigori ou alguma outra coisa? A maternidade a fizera mudar?

— É claro que farei tudo para proteger você de quem quer que tente feri-la ou à sua filha. Eu não estava lá quando ela nasceu? Não ajudei você naquele momento? Vou ficar aqui com você até termos certeza de que o padre Grigori foi preso.

Mas ele não foi preso. Nem sequer levado para a delegacia. Mamãe o protegeu da polícia e não permitiu que o prendessem, nem que o interrogassem. E, é claro, o chefe de polícia, o capitão Golenishchev, cuja filha o padre Grigori tinha curado, também o acobertou.

— Mas mamãe, ele atacou uma de suas empregadas na sala de passar — insisti quando soube que ele não tinha sido preso nem detido. — Eu vi. Ele a teria violentado se eu não o tivesse assustado com um tiro de revólver.

— Tania, você recebeu aquela arma para usar apenas em casos extremos, contra um lançador de bombas.

— Eu a usei para assustar um criminoso. Vovó Minnie tem razão no caso do padre Grigori. Ele é um criminoso perigoso.

— Quieta! Não quero ouvir mais nada! — Pôs as mãos sobre os ouvidos.

— Mamãe, ele me atacou também! Ele me ameaçou!

Ela tirou as mãos dos ouvidos e um olhar fixo surgiu em seu rosto. A boca se fechou, os lábios se apertaram.

— Você deve ter se enganado — foi tudo que disse, mas para mim estava claro no tom de sua voz que ela não suportava ouvir, nem mesmo considerar a verdade sobre o padre Grigori. A verdade insuportável que o homem de quem ela dependia tão completamente era capaz de algum tipo de maldade.

— Ora, Tania, eu sei que você gosta de histórias — disse papai no dia seguinte, quando tentei lhe contar o que vira e sentira. —

Você tem uma imaginação muito fértil. Nisso é muito parecida comigo. Sua mente é cheia de caprichos. Você disse que estava completamente só no palácio, no meio da noite. Estava escuro. Você estava muito cansada. Ouviu ruídos e subiu para os alojamentos dos empregados. Eu imagino que, então... sua imaginação tenha assumido o controle.

— Mas papai, uma mulher foi atacada!

— Que mulher? Onde está essa mulher? Por que ela não se apresentou para contar sua história?

Nesse ponto fiquei sem palavras, pois tinha prometido a Daria que não revelaria o nome dela a ninguém como a vítima do ataque do padre Grigori.

— Não sei — respondi. — Talvez ela esteja com medo de que, se revelar o que aconteceu, ele volte a atacá-la.

— Se ela for uma mulher honesta, não tem nada a temer.

Mas Daria, como eu bem sabia, não era uma *mulher honesta*, do tipo que meu pai imaginava. Era uma mulher que fazia discursos inflamados e que se recusava a reconhecer ou participar das comemorações do tricentenário em São Petersburgo. Uma mulher que tinha medo de encontrar representantes da autoridade, para evitar ser interrogada, investigada e presa.

Eu estava com raiva de minha família, por não acreditar em mim, e de Daria, por não juntar sua voz à minha no que eu revelava, apesar de entender seus motivos. Acima de tudo, tinha raiva daquele falso e cruel padre Grigori, por ser o que era: uma alma partida, já sem o dom da cura e corrompido por desejos incontroláveis, cuja inocência encoberta na escuridão eu acabara de ver cara a cara.

Vinte e sete

Durante os meses que se seguiram ao meu entrevero com o padre Grigori, Constantino foi mais importante do que nunca para mim. Ao contrário dos outros (com exceção de Niuta, Sedynov e alguns empregados), ele me ouviu e acreditou quando eu lhe contei o que acontecera na sala de passar, tensionando e soltando o queixo, com raiva, e batendo com seu enorme punho na palma da outra mão. Chegou até mesmo a ir ao apartamento do padre Grigori, na rua Roszdestvenskaya, levando um grosso porrete, mas foi informado de que o *starets* tinha viajado para Pokrovsky, na Sibéria, e não voltaria por muitos meses.

— Eu iria atrás dele, se não fossem as milhares de verstas até lá, e se eu não fosse tão necessário no hospital — disse ele quando voltou. — Aquele bandido precisa de um bom castigo.

Naquela época, havia uma epidemia de febre tifoide na cidade. Todos os hospitais estavam cheios e eram obrigados a recusar atendimento a muitas vítimas da doença. Constantino estava muito ocupado no hospital Santa Maria da Piedade, embora viesse me ver frequentemente, ou nos encontrássemos na casa da tia Olenka nas tardes de domingo, que era o seu único dia de folga.

Tia Olenka gostava muito de Constantino e colaborava com a nossa necessidade de privacidade. Seu próprio caso de amor com

Nicolas Kulikovsky era o seu objetivo maior naquela época. Ela estava se divorciando de Petya, para tristeza da família. Como bem observou Constantino certa vez, ele era um sujeito estranho e um constrangimento para todos os parentes, mas o divórcio era um escândalo, e tia Olenka era irmã do tsar. Algumas situações eram chocantes naquela época como, por exemplo, o fato de o tio Miguel ter caído em desgraça e se casado com uma plebeia, ou tia Xenia pensar em se divorciar de Sandro — apesar de no fim das contas eles terem continuado a viver juntos —, e tia Olenka atravessando o divórcio e tomando as providências para se livrar de Petya. O que viria em seguida? Pensei: seria possível que mamãe se separasse de papai, por causa do excesso de bebidas e de suas visitas a Mathilde Kchessinsky?

Não parecia possível, ainda que o impossível estivesse acontecendo à nossa volta o tempo todo. Eu tentava me convencer de que o mundo era assim e fazia o meu melhor para tirar da mente os aspectos mais sórdidos de tudo aquilo.

Com o passar dos meses, Constantino e eu nos apaixonávamos cada vez mais. Quando saíamos em sua carruagem com as cortinas fechadas, ou sempre que conseguíamos encontrar uma alcova escura no interior de uma casa, nos escondíamos lá e nos beijávamos, explorando o corpo um do outro, hesitantes, e depois cada vez mais ávidos. Saber que poderíamos ser vistos por outras pessoas tornava tudo mais excitante.

Éramos virgens os dois. Constantino me confidenciou que ainda não tinha estado com uma mulher, apesar de seu pai, impaciente e embaraçado pela falta de experiência do filho, ter tentado levá-lo a bordéis caros, na esperança de que ele perdesse a virgindade com uma mulher mais velha e sofisticada.

Eu sonhava em me dar de corpo e alma a Constantino, meu coração ansiava por me unir a ele da maneira mais íntima possível, mas, na verdade, eu conhecia tão pouco sobre sexo que as minhas fantasias eram vagas. Tinha aprendido tudo o que sabia sobre o corpo masculino, ao desenhar as estátuas no jardim de

Tsarskoe Selo. Já tinha visto animais copulando, mas não associava aquele ato grosseiro, rápido, breve e muito mecânico com o amor, apenas com uma necessidade física, como a necessidade de dormir ou urinar. Além do mais, animais não escolhem seus parceiros, eles se acasalam com o membro da própria espécie que estiver mais próximo.

Quando Constantino e eu estávamos juntos, eu ficava excitada, mas ao mesmo tempo moderada e tímida quanto a revelar a minha nudez para ele. Sentia que me afastava dele no que seria uma resposta perfeitamente natural, a de uma moça apaixonada, mas uma jovem bem-educada devia preservar o respeito.

Na verdade, eu hesitava em mostrar meu corpo jovem, meus seios pequenos, a cintura e os quadris finos. Eu não era voluptuosa como Niuta ou a sensual condessa Orlov, por quem os homens deixavam cair o queixo quando achavam que suas esposas ou amantes não estavam olhando. Meus seios não eram volumosos como os de tia Olenka, que lançava o corpo para a frente, orgulhosa das curvas que as pílulas orientais tinham lhe dado. Não tinha os quadris cheios de uma mulher madura. Não avaliava, então, a atração que o meu corpo esbelto de jovem exercia sobre um homem, todo o frescor e curvas nascentes que eram um ímã para o desejo dele, pois, consideradas minha idade e inexperiência, não tinha a menor condição de fazê-lo.

Eu estava nervosa, e Constantino sabia disso. Não ousava dizer o motivo. Se me visse nua, será que ele iria gostar do que via? Eu seria capaz de agradá-lo? Como as esposas agradavam seus maridos? Já ouvira sussurros e boatos, já tinha visto os cartazes representando padre Grigori e minha mãe fazendo coisas indizíveis. Ainda assim, eu me sentia ignorante, e a passagem do tempo estava criando uma barreira entre nós.

— Tania, querida — disse ele numa das tardes que passávamos juntos, a voz cheia de ternura quando tomou minha mão nas suas —, chegamos a um ponto embaraçoso. Você sabe o quanto eu adoro você, e eu sei que você sente a mesma coisa.

— Sim, claro, Constantino querido, eu o adoro. Você é tudo em que eu consigo pensar. — Não era exatamente verdade, mas às vezes era, e ademais, não sabia as palavras certas para transmitir meus fortes sentimentos.

— A última coisa que eu quero é ferir ou me aproveitar de você, especialmente porque você nunca esteve com um homem. Se me disser que quer continuar virgem até se casar, eu não irei mais tocá-la ou beijá-la.

— Mas eu quero ser tocada, você sabe.

Ele me olhou com carinho, experiente.

— Há homens que iludem as jovens a dormir com eles. Tentam convencê-las de que são cruéis por não se entregarem. "Ah, querida, você me faz sofrer", dizem, ou "você é cruel por me excitar, me atormentar". Eu nunca farei uma coisa dessas. Prefiro deixar que você decida por nós dois.

— Eu quero seguir o meu coração, quero ser como tia Olenka, moderna. — Ser moderna, nos círculos progressistas de minha tia, significava dormir com um amante, ignorando velhos tabus sexuais e encarando a fidelidade conjugal como um aborrecimento, ou uma piada. Minha família promíscua não me oferecia exemplos de fidelidade ou pureza, exceto mamãe, que era acusada (injustamente, acreditava eu) de dormir com o padre Grigori. Tia Ella era a minha única parenta que não levava uma vida promíscua, mas era líder de uma ordem religiosa.

— Então, Tania — continuou ele, beijando-me a orelha, a face, o pescoço, fazendo-me perder o fôlego de excitação. — Acho que você devia conversar com sua tia Olga. Há coisas que você tem de saber antes que possamos avançar, coisas que imagino que sua mãe não confiou a você, porque espera que você seja pura até se casar. Você vai conversar com sua tia?

Assenti com um movimento de cabeça, os olhos fechados, o pulso acelerado, e beijei-o, com mais sentimento do que em todas as vezes anteriores, desejando como nunca que finalmente eu pudesse ser completamente sua.

No dia seguinte, tia Olenka, com um largo sorriso, entrou comigo em seu *boudoir* cor-de-rosa e me fez sentar no sofá revestido de seda marfim com listras douradas. Eu nunca havia estado naquele quarto da mansão, e me senti tímida e privilegiada. Era como se eu estivesse entrando no círculo da elite, o círculo, como passei a pensar nele mais tarde, de mulheres experientes, mulheres do mundo.

Depois de comermos nossa cota de bolos e chá, e tomarmos um cálice de vinho, tia Olenka me disse que Constantino tinha conversado com ela e que ela entendia a situação entre nós.

— Gosto demais do seu Constantino. Um rapaz tão sério, tão ansioso para fazer o bem. Você sabe que ele me ajudou em meus bazares de caridade. Acho que, se ficasse doente, era ele que eu chamaria. Você não faz ideia de como é feliz por ter um jovem tão conscienscioso quanto Constantino — continuou. — Ele gosta mesmo de você, não quer que assuma riscos. O amor que compartilham não deverá ter consequências infelizes.

Pacientemente e com todos os detalhes, ela me contou tudo que eu precisava saber para não engravidar, e muitas outras coisas. Descreveu as variedades de atos do amor, falou sem embaraço da anatomia masculina e feminina, ajudando a satisfazer a minha curiosidade e acalmando os meus medos. Falou-me sobre sua própria iniciação no ato do amor, com um de nossos cocheiros, quando ainda era mais nova que eu, e me preparou para a alegria e beleza da união sexual.

— Tudo vai ser bom, se vocês forem ternos um com o outro. Seu primeiro amor vai ser uma lembrança linda pelo resto de sua vida.

Entendi então que não poderia me casar com Constantino, que papai jamais permitiria que eu me casasse com um cidadão comum. Mas, no fundo do meu coração romântico, o que eu queria não era apenas um caso, mas sim o casamento. Um caso soava muito francês ("*affaire de coeur*" era a expressão em uso), parecia algo a ser encarado com leveza.

— Eu realmente o amo, tia Olenka.

— É claro que ama, e uma parte de você sempre vai amar.

Então comecei a chorar embora não soubesse a razão, e ela me abraçou.

— Diga adeus à sua inocência, minha doce Tania. Com Constantino você vai entrar num novo mundo.

E realmente entramos, pouco depois, com a ajuda de tia Olenka.

Havia um pequeno apartamento acima da garagem de sua mansão. Devia ser usado por um chofer, mas, desde o acidente, tia Olenka não empregava um motorista. Na verdade, ela preferia não usar carros, apesar de possuir vários. Ela nos deu a chave desse lugar discreto e nos assegurou de que podíamos usá-lo à vontade.

Constantino sorriu.

— Sou apaixonado por automóveis. Vamos descer e dar uma olhada?

O apartamento, aquecido por um grande fogão revestido de cerâmica, tinha sala de estar, cozinha e quarto de dormir com uma cama grande, ainda que cheia de protuberâncias e uma colcha verde esgarçada. Tia Olenka havia nos provido com uma geladeira repleta com champanhe, blinis, morangos e bolo de rum.

Lembro-me de como estava excitada por estar dividindo o quarto com Constantino. Era quase como estar casada, pensei. Um casamento fingido, mas não um caso. Meu coração pulava com a ideia. Despi o vestido e me deitei sob o cobertor só com as roupas de baixo, permitindo-me desfrutar de sua maciez quente.

Mas nada me preparara para a visão do corpo nu de Constantino. Vi, ansiosa, ele despir suas roupas, observando os braços e pernas fortes e musculosos, o torso grande, o peito sem pelos e todo o resto — tudo, percebi desalentada, estava muito longe da perfeição masculina das estátuas dos deuses gregos no jardim.

Acho que já sabia, antes mesmo que ele se deitasse na cama comigo, que nossos beijos tépidos, antes trocados em momentos roubados, tão excitantes, e que seus esforços desajeitados para me dar prazer não deviam me excitar ou me levar ao êxtase arrebatador que eu esperava. Apesar de tudo que a tia Olenka me dissera, eu me sentia embaraçada em revelar a ele a minha nudez, e ele, atencioso como sempre, permitiu que eu continuasse coberta com a colcha verde.

Ele conseguiu fazer amor comigo, mas ficamos os dois embaraçados e decepcionados depois.

— Eu desapontei você, Tania — disse ele. Eu estava deitada em seus braços. — Sinto muito! Estou me tornando um bom médico, mas isso vai ser provavelmente a única coisa que farei bem. Como amante, acho que não tenho nenhum talento.

— Não seria por esta ser a nossa primeira vez?

Ele me beijou na face.

— Esperemos que seja.

Continuamos os dois deitados, pouco à vontade, até que finalmente ele falou novamente:

— É melhor você se lavar completamente, por dentro e por fora — sugeriu, levando-me ao banheiro. — Tome uma ducha.

Fiquei sob a água quente e chorei.

Depois de me enxugar e vestir minhas roupas, Constantino estava sentado à pequena mesa na cozinha, comendo um bolo e tomando champanhe. Mandou-me um beijo e deu um sorriso pálido, e me ofereceu a garrafa com o braço estendido.

— Não, obrigada — respondi. E ao dizê-lo, percebi que não dizia apenas para o champanhe. Dizia "não" também para Constantino, sua testa alta, o peito sem pelos, sexo desapontador e tudo mais.

Vinte e oito

Mamãe se convencera de que o primo Willy logo declararia guerra a todos, inclusive à Rússia, e estava determinada em garantir que todas nós, quando chegasse a hora, déssemos a nossa contribuição para a guerra. Olga e eu fomos mandadas para a escola de enfermagem para estarmos prontas.

— É um conselho que recebi de minha mãe — explicou mamãe.
— Ela veio me visitar quando eu me preparava para dormir, sentou-se em minha cama e conversou comigo durante muito tempo sobre a guerra próxima, e sobre como devemos nos preparar para ela.

— Foi um sonho, mamãe — disse Olga, perturbada pela frequência com que ela afirmava ter visto sua mãe, Alice. Como eu, minha irmã conhecia as inúmeras correntes emocionais da nossa família, assim como tinha consciência do comportamento errático de mamãe, mas, enquanto eu levava essas coisas a sério, Olga tendia a negá-las ou a sentir raiva delas. Ela também se zangava por já ter quase 18 anos e ainda nenhum noivado acertado. Era bem bonita (apesar de eu ser muito mais, todos diziam, um fato que eu gostava de repetir), mas tinha um temperamento duro e sem empatia. Olga certamente não mostrava compreensão com as ilusões de mamãe, e tendia a ser impiedosa quando ela mencionava ter visto nossa avó.

— Uma visita de outro mundo não é a mesma coisa que um sonho. Mamãe vem e me visita.

— E ela também vai fazer o curso de enfermagem? — perguntou Olga. Seu sarcasmo me pareceu cruel.

— Não. Mas eu vou — respondeu mamãe. — Quero fazer minha parte. Já me matriculei junto com vocês, meninas.

Estava decidido; Olga, mamãe e eu tínhamos aulas todas as manhãs e passávamos várias horas todas as tardes nas alas do hospital de Santa Maria da Piedade, o único hospital em que Constantino trabalhava, depois do fechamento da Clínica Operária.

Tivemos um treinamento completo na Cruz Vermelha, a começar pelas instruções sobre higiene básica. Aprendemos como era importante manter tudo que tocássemos imaculadamente limpo, inclusive a nós mesmas, nossos uniformes e aventais, e as desconfortáveis toucas, semelhantes às das freiras, que cobriam nossas cabeças deixando visíveis somente olhos, nariz e boca. Aprendemos como as doenças se espalham, como acontecem as infecções, e como controlá-las, além de tratar ferimentos, fazer torniquetes e talas para membros fraturados.

Havia muito a aprender, e disseram a Olga, a mamãe e a mim que éramos boas alunas, embora nossa mãe tivesse que faltar a muitas aulas por causa das dores de cabeça e das pernas. Estudamos diligentemente, aprendendo os nomes dos remédios e para que tipos de enfermidades eram receitados. Finalmente, depois de três meses, estávamos prontas para os nossos exames.

— Mas Alteza Imperial — disse a chefe das instrutoras da Cruz Vermelha —, Vossa Alteza e suas filhas não precisam se submeter a exames.

— Por que não?

A instrutora pareceu embaraçada.

— Ora... ora... porque Vossas Altezas não precisam se preocupar — gaguejou.

— Bobagem. Se não nos submetermos ao exame, não podemos receber nossos diplomas e não seremos úteis quando chegar a guerra.

A instrutora se persignou.

— Deus não há de permitir que venha a guerra, Alteza Imperial.

— Ela virá — respondeu mamãe com toda a calma. — Então, quando será o nosso exame?

Fizemos os exames. Olga passou com louvor, mamãe e eu apenas passamos. Mas posamos orgulhosas, junto das outras trinta mulheres e moças, para receber nossos diplomas oficiais. E nos oferecemos como voluntárias no hospital, três tardes por semana. Eu sempre encontrava Constantino, e demonstrava amizade, até afeto, por ele. Mas nossos sentimentos tinham claramente mudado. Havia entre nós um acordo tácito de que não estávamos destinados a ser um casal amoroso e íntimo. Gostávamos um do outro, éramos bons amigos, que faziam rir e que podiam confiar um no outro, só isso.

Pouco tempo depois de termos completado o treinamento, recebemos uma carta do primo Willy convidando-nos para ir a Berlim assistir ao casamento de sua filha Sissy, irmã de Adalberto, com um nobre prussiano. Mamãe não queria comparecer, mas papai insistiu. Delicadas negociações diplomáticas estavam em andamento entre nossos países e era essencial que as relações entre as famílias parecessem estar muito bem.

Eu nunca fora à Alemanha, mas já havia lido sobre a grande cidade de Berlim, com seus imponentes monumentos arquitetônicos, teatros, amplos bulevares e parques. Adalberto havia me contado sobre os palácios esplêndidos, apesar de ter admitido que os nossos, na Rússia, eram melhores e maiores. Os alemães, eu ouvira, eram pessoas grandes e corpulentas que bebiam muito vinho e cerveja, e apreciavam a sua *"Gemütlichkeit"*, uma palavra, Adalberto me assegurou, para a qual não existia tradução equivalente em russo nem em inglês. Os significados mais próximos que ele conseguiu foram as palavras "conforto" e "aconchego".

Mas, quando a família se reuniu em Berlim no fim do outono de 1913, a cidade era tudo, menos confortável ou aconchegante. O local estava cheio de homens em marcha. Parecia haver paradas militares todos os dias. Ao longo das largas avenidas se viam mais homens fardados do que em trajes civis, e soldados enchiam restaurantes, cafés e cabarés.

— Todos os nossos esforços para promover a paz entre os jovens da Europa deram em nada — contou-me Adalberto depois do banquete oferecido pelo primo Willy para Sissy e seu noivo. Adalberto parecia mais velho, mais duro, o ar meio infantil que tanto me tinha atraído praticamente desaparecera de seu rosto.

— Meu pai está determinado a usar o poder dos nossos exércitos para intimidar o resto da Europa. Agora eu vejo claramente.

Contei a ele sobre meu curso na Cruz Vermelha e sobre o trabalho de voluntariado que estava prestando no hospital.

— Mamãe quer que estejamos prontas quando a guerra chegar.

— Ah, Tania, você devia estar dançando, fazendo compras, rindo com os amigos, amando; e não pensando em desastres e sofrimentos. Você devia estar ficando noiva, como eu.

Ele me apresentou à sua noiva Adi, uma jovem encantadora, com brilhantes olhos azuis e cabelos louros ondulados.

— Vamos nos casar no próximo verão, em agosto. — informou ela. — Você tem de vir ao casamento. Até lá, talvez seu noivado seja anunciado. — Ela sorriu e enfiou o braço no de Adalberto. — Só espero que você seja tão feliz quanto nós.

Pensei tristemente em Constantino.

— Houve alguém durante algum tempo, mas decidi que não seríamos felizes juntos, e agora somos apenas amigos.

Relembrando os dias passados em Berlim, eu me impressiono pelo modo como nos sentíamos uma grande família, espalhada e um tanto em desarmonia. Mas os laços de sangue eram fortes, e as semelhanças familiares, notáveis, especialmente entre papai e o rei Jorge, que pareciam gêmeos. Éramos muitos: o rei Jorge, primo de mamãe; a rainha Mary e a rainha viúva Alexandra, que era, claro, irmã de vovó Minnie; e todos os muitos primos ingleses cujos nomes eu mal conseguia lembrar. As irmãs de mamãe, Irene e Vitória, e seus maridos e filhos; seu querido irmão, Ernie, que vivia como solteiro, apesar de ter um homem por companheiro; e a grande família do primo Willy; os amigos de Sissy, os amigos do noivo — em suma, uma multidão de parentes, que pareciam todos conversar ao mesmo tempo, sem nada de interessante a dizer.

Talvez a conversa insípida fosse o resultado da tentativa de evitarmos o único assunto que estava constantemente na mente de todos: a presença esmagadora dos militares.

Berlim é um acampamento armado, pensava comigo mesma. Ainda assim, ninguém deseja reconhecê-lo abertamente, o que seria indelicado e contrário ao sentimento de família. Todos sabiam que Inglaterra, França e Rússia estavam unidas numa aliança cujo propósito era derrotar a agressão do império alemão. Enquanto os diplomatas se esforçavam para preservar a paz, os exércitos se preparavam para a guerra, como monsieur Gilliard havia nos explicado antes de nossa partida para Berlim. Cada país se apressava em ampliar a quantidade de armamentos e recrutar mais e mais homens para aumentar o tamanho de seus exércitos.

Notei que mamãe evitava o primo Willy, apesar de ele lhe ter enviado um lindo presente em nossa chegada a Berlim, acompanhado de uma nota desejando-lhe felicidade e expressando a esperança de maior compreensão e harmonia entre a Alemanha e a Rússia no futuro. Parece que ele teria gostado muito se Adalberto se casasse comigo, como símbolo de boa vontade entre as duas famílias imperiais. Quando papai recusou o pedido, ficou desapontado e culpou mamãe pela decisão.

Vovó Minnie, que tinha passado algum tempo com sua irmã na Inglaterra antes de ir para Berlim, ofereceu um chá a Sissy, e mamãe concordou em comparecer, desde que o primo Willy não estivesse presente.

— Meu pai não comparece a encontros de senhoras — anunciou Sissy num tom travesso. — Ele tem coisas mais importantes na mente.

— Nós todas sabemos o que ele tem na mente — foi a resposta azeda de mamãe.

Senti aumentar o desconforto à grande mesa onde muitas de nós estávamos reunidas, passando pratos de bolos e sanduíches umas para as outras.

— Ah, e o que ele tem?

— Não há necessidade de dizer o que nós todas sabemos.

— Não seja enigmática, Alix — disse vovó Minnie. — Diga o que você quer dizer.

— Melhor deixar certos assuntos sem discussão — disse a rainha Alexandra que, como eu me lembrava de nossa estada em Cowes, gostava de suavizar as dificuldades com seu jeito bondoso e delicado. — Ah, esse bolo me lembra tanto do meu querido Edward. Ele gostava muito de bolo acompanhando seu chá.

Em um silêncio nervoso, mamãe tomou seu chá enquanto Sissy falava do noivo, que era oficial comandante do 4º de Fuzileiros Prussianos.

— Vamos nos aquartelar em Königsberg — disse ela. — A sociedade lá não é tão boa, só mulheres de oficiais e a nobreza provincial. Mas ouvi dizer que existe uma excelente associação de música de câmara no local, e o meu noivo é muito musical. Toca flauta.

— Duvido que o som da flauta possa ser ouvido acima dos tiros dos canhões — observou mamãe em voz baixa.

— Você disse alguma coisa, Alix? — perguntou vovó Minnie.

— Não a você.

Senti que mamãe estava a ponto de estourar. Todos os sinais eram evidentes, as faces e as mãos vermelhas, a agitação.

— Vamos, mamãe? — sussurrei. — Estou pronta se a senhora estiver.

— Minha filha acha que é hora de eu ir embora — anunciou mamãe levantando-se abruptamente, quase derrubando o prato.

— Talvez ela tenha razão.

Enquanto juntávamos nossas coisas e nos despedíamos, vi uma figura entrar na sala, um homem vestindo um terno cinza escuro. Parou na porta. Eu tinha certeza de que ele nos esperava. Olhando com mais atenção, eu o reconheci. Era o Sr. Schmidt.

Vinte e nove

— Poderia acompanhá-la e à sua filha, Vossa Alteza?

O Sr. Schmidt falava com bondosa gravidade e mamãe, como tinha feito no passado, respondeu agradecida, relaxando o corpo tenso ante a presença tranquilizadora dele.

Ele nos levou na sua carruagem até uma casa imponente que, segundo contou, pertencia a um colega. A casa ficava num parque muito bem-cuidado, ajardinado com bom gosto, cercado por um alto muro de pedra.

— Meu amigo é médico e abre sua casa aos visitantes — explicou o Sr. Schmidt enquanto entrávamos pela ampla e grossa porta de entrada. Fomos recebidos num salão confortável com tapetes macios e espessos, e sofás e cadeiras convidativos. Uma sala repousante, pensei.

— Por favor, sentem-se. Podemos conversar, se a senhora quiser.

— É sempre um prazer conversar com o senhor — concordou mamãe.

— Meus pacientes, digo, meus conhecidos sempre falam a mesma coisa. As preocupações do mundo são muito opressoras, mas, enquanto conversamos sobre elas, tudo desaparece por algum tempo e eles se sentem aliviados.

— Sim. É exatamente isso. — A voz de mamãe ficou mais grave e seus ombros caíram, os músculos de seu rosto relaxaram e ela se permitiu afundar nas almofadas do sofá.

Sentamo-nos em silêncio por algum tempo. Então mamãe falou:

— Guerra — disse. Apenas uma única palavra, "guerra".

— Muitos temem que ela esteja chegando.

— Morte.

— Sim, para muitos.

— O fim de todas as nossas esperanças, todas as nossas aspirações. Nenhum futuro para os meus filhos.

— A senhora fala uma verdade profunda e infeliz. Mas nunca se esqueça: das guerras vêm mudanças benéficas.

— Não vejo benefício na morte, a não ser o alívio, pois finalmente tudo termina.

— E a senhora já pensou em trazer para si esse alívio, por seus próprios esforços?

— Já.

— Mamãe! — Agarrei o seu braço. — Não, mamãe!

— É verdade, Tania. Com o Sr. Schmidt eu falo a verdade.

— O que o senhor está fazendo com ela? Pare de fazer isso com ela! — Levantei-me. — Se meu pai estivesse aqui, ele daria um fim a isso.

— Tania, acredito que seu pai também queira ajudar sua mãe. O tipo de conversa que temos pode ser benéfica. Tira-lhe um peso de cima dos ombros.

— Sim, Tania — falou mamãe calmamente. — É bom conversar abertamente assim, até sobre assuntos dolorosos.

— Entendo que a senhora tome remédios para se acalmar — continuou o Sr. Schmidt. — Três gotas por vez, estou certo?

— Às vezes eu tomo seis gotas agora.

— A senhora já se sentiu tentada a tomar mais? Tantas gotas até que todos os seus problemas se acabassem para sempre?

— Já.

— Não, mamãe, não! — Apertei o braço dela, as lágrimas descendo pelo meu rosto. Queria fugir, levando-a comigo, levá-la para tão longe quanto possível. Ainda assim, ao mesmo tempo, sabia que não havia para onde fugir da verdade dolorosa e terrível que ela revelava. Então fiquei onde estava, e chorei.

— E por que motivo a senhora decidiu não dar fim à sua vida? Seria por saber do sofrimento que causaria à sua filha que, posso notar, a ama tanto, e aos outros filhos?

— Sim. Isso e...

— E o quê?

— Eu não desisto tão facilmente.

— Não. Suspeito que a senhora seja uma lutadora.

Através das lágrimas, vi que mamãe sorria.

— Sim, sou uma lutadora.

O Sr. Schmidt também sorriu.

— É muito bom ouvir isso.

Ele se virou e pegou uma sineta dourada numa mesa atrás da sua cadeira. Ergueu a sineta e a fez soar. No momento seguinte, ouvimos uma batida na porta do salão e um homem entrou trazendo alguns papéis, que entregou ao Sr. Schmidt.

Enquanto isso, mamãe voltou sua atenção para mim, passou o braço pelos meus ombros, e me abraçou.

— Tania, querida. Você não deve se preocupar. Não importa o que acontecer, tudo vai ficar bem. Lembre-se do meu anel com o símbolo do bem-estar.

— Alteza Imperial — recomeçou o Sr. Schmidt —, esta casa em que estamos é um lugar muito especial. Pessoas perturbadas, que pensam em dar fim à própria vida, ou que se angustiam por causa de pensamentos ou pesadelos insuportáveis, vêm aqui para serem ajudadas e curadas. Há muitos que chegaram com problemas, desesperados, e que saíram sentindo-se completos e em paz.

— Então é um mosteiro? Não parece um mosteiro.

— De certa forma, sim. Mas não existem imagens ou altares. Esta é uma catedral da mente. Sanidade, equilíbrio, uma perspectiva saudável do mundo; são estes os tesouros icônicos encontrados aqui. E agora, tenho o privilégio de lhe oferecer repouso entre nós.

— Repouso?

— A senhora gostaria de passar algum tempo aqui, para manter conversas de desabafo como esta e encontrar o alívio de tudo que a perturba?

Mamãe deu um suspiro e baixou a cabeça.

— Sim — disse ela mansamente, numa voz tão aguda e confiante que poderia ter vindo de uma criança, não de uma mulher de meia-idade.

— Ótimo. Então tudo que a senhora tem de fazer é assinar estes papéis — respondeu ele, abrindo três folhas sobre a mesa diante do sofá —, e será bem-vinda.

Senti uma pontada de inquietação.

— Mamãe, a senhora não acha que devia discutir este assunto com papai?

— A senhora poderá conversar com ele o quanto quiser, depois de se mudar para cá, conosco.

Mamãe pegou a pena que o Sr. Schmidt estendia para ela.

— Quero paz, Tania. Acima de tudo, eu quero paz.

Naquele momento, um grito penetrante veio da sala ao lado. Mamãe ficou tensa e rígida.

— O que foi isso?

— Às vezes, nossos hóspedes sentem uma retomada das antigas preocupações e precisam ser reprimidos.

— Reprimidos? — falei em voz alta, recordando-me do dispositivo horroroso que vovó Minnie me obrigava a usar quando eu era menina, a pesada barra de aço que me restringia e prendia. O que me fez lembrar daquilo, naquele momento, eu não sei dizer.

— Reprimidos, como?

— Restringidos. Para evitar que se firam.

— Isto é... — Eu mal consegui me forçar a dizer as palavras.

— Isto é... um hospício?

— Não, Tania. Não usamos mais este termo fora de moda. É um sanatório. Uma casa de cura para a mente.

— Venha, mamãe. Venha agora. Não podemos ficar aqui nem mais um minuto.

— Mas Tania... — Ela parecia confusa.

— Não, mamãe. Não. Este não é lugar para a senhora.

Com toda a minha força, puxei-a do sofá em direção à saída. O Sr. Schmidt, eu notei, não fez nenhum esforço para nos fazer parar. Chegamos à porta, mamãe ainda protestando, e eu a abri com um puxão.

Lá fora estavam dois cossacos, altos e fortes, ambos com longos sabres presos ao cinto.

Gritei de surpresa e terror. Então eu vi — uma visão abençoada! — que um dos cossacos era Nikandr, o amante de Niuta. O homem que nos ajudara a levar Daria à Clínica Operária quando ela ia dar à luz.

— Nikandr! — gritei. — Ajude-nos. Não permita que eles prendam mamãe aqui neste lugar horrível!

Ele franziu a testa.

— Você me conhece, Nikandr! Pode confiar em mim. Niuta confia em mim. Eu ajudei Daria no dia em que a filha dela nasceu. Eu a ajudei no dia em que padre Grigori a atacou!

Ele assentiu com um movimento da cabeça.

— Levem a imperatriz para cima — falou o médico baixinho. O outro cossaco se moveu para agarrar mamãe, mas Nikandr o interrompeu, estendendo um braço musculoso e evitando que ele chegasse até ela.

— Não — disse ele com sua voz firme. — Espere. Que o imperador decida. Ele não está longe. Foi caçar corvos no parque de caça.

E, com essas palavras, tomou mamãe em seus braços fortes e a levou para o jardim, o outro cossaco ao seu lado e eu correndo atrás, o sangue pulsando com tanta força em meus ouvidos que os gritos raivosos do Sr. Schmidt não passavam de pálidos gemidos no vento frio.

Trinta

Como eu esperava e confiava, papai não permitiu que mamãe fosse confinada no sanatório e, na verdade, deixamos Berlim pouco depois do incidente. Imediatamente depois do casamento de Sissy, partimos para São Petersburgo, nos despedimos rapidamente de nossos parentes ingleses e alemães e recebemos garantias de que, independente do que acontecesse entre nossos países, continuaríamos a nos amar e ajudar uns aos outros de todas as formas que pudéssemos.

Adalberto beijou o meu rosto e me olhou comovido.

— Estou às suas ordens, Tania, sempre que você precisar de mim. Serei sempre o seu amigo afetuoso. — Assegurei a ele que sentia o mesmo e que esperava revê-lo no casamento.

Quando embarcamos no trem, notei que vovó Minnie não estava conosco.

— Não vamos vê-la por algum tempo — confiou-me papai. — Mandei-a para Kiev. Ela tem amigos lá. Não vai criar mais problemas para nossa família.

Senti que um peso enorme tinha sido retirado dos meus jovens ombros.

— Obrigada, papai! Ela não vai mais conspirar pelas nossas costas, nem nos criticar.

— Nem arrancar cigarros da minha boca quando for acendê-los.

Nós dois rimos.

Durante a longa viagem, conversei novamente com papai, dessa vez muito mais seriamente. Estávamos numa isolada e confortável seção do trem imperial, um vagão cujas paredes eram revestidas de painéis de carvalho velho e cujos móveis eram estofados em pelúcia vermelha bordada com fios de ouro em padrões de coroas e águias. Sentamo-nos ao lado de uma janela grande, olhando a paisagem nevada de densas florestas e fantásticas cidadezinhas e aldeias.

— O que vamos fazer com mamãe? — perguntei a ele. — Um sanatório não é a resposta, nem mesmo um sanatório esclarecido, se é que tal coisa existe. Mas que outra saída existe? Ela diz pensar em se matar.

Papai deu-me um tapinha na mão.

— Ela diz isso desde que a conheci, ainda menina. É uma espécie de fantasia wagneriana, o desejo de um final glorioso e romântico em vez de uma vida convencional, mesmo sendo uma vida de grande status e privilégio. Não acredito que ela pretenda realmente se matar. — Suspirou. — Ademais, se o pior vier a acontecer, e eu já tenho vivido há décadas com essa possibilidade, sei que tudo está nas mãos de Deus.

— Não acredito que Deus queira a morte da mamãe.

— Então Ele fará tudo para que ela não morra. — Ele sorriu. — Não podemos evitar que aconteçam todas as coisas tristes que imaginamos. Aprendi isso há muitas décadas, quando meu avô morreu numa explosão.

— Quisera ter a sua resignação.

— Fé, Tania. Não é resignação. É fé. — Virou-se para olhar pela janela, e percebi que não havia nada mais a ser dito.

Trinta e um

O verão quente e úmido de 1914 trouxe mofo às paredes da enfermaria do palácio, voltadas para o sul, além de outra epidemia de febre tifoide à Cidade das Chaminés, e, inevitavelmente, uma série de greves paralisantes.

Dizia-se que metade dos operários em São Petersburgo estava em greve, e a recusa em trabalhar significava que, nas fábricas ociosas, os canhões, as granadas e os rifles para o Exército não eram produzidos, os vagões que trariam alimentos para a cidade não estavam sendo montados e as grandes multidões nas ruas se tornavam a cada dia mais rebeldes e incontroláveis.

Por causa das vítimas da febre, comecei a trabalhar como voluntária no hospital quatro dias por semana. Minhas irmãs, Marie e Anastasia, também ajudavam, carregando bandejas e limpando o chão (era bom para elas, dizia mamãe, e ela estava certa), levando as refeições aos doentes que se recuperavam e mensagens entre as alas.

Marie tinha se tornado uma linda moça de cabelos pretos, saudável e tão forte que ajudava a mover as pesadas camas de ferro. Mas ela estava sempre perturbada e mantinha distância do resto de nós. Dizia que tinha sido abandonada em nossa porta, que era filha de outra família e fora depositada em nosso ninho por engano. Mamãe negava essa sugestão absurda e papai se divertia com ela. Nenhum dos dois se preocupava em confortar a revoltada Marie, que passava grande parte do tempo com a família de tia Xenia, onde se sentia mais à vontade.

Anastasia era um fogo-fátuo, sempre em movimento, difícil de acompanhar, ainda mais difícil de disciplinar. Deslizava para dentro e para fora dos quartos, particularmente dos mais desagradáveis. Chegava conosco ao hospital, cumpria algumas de suas obrigações, esquecia outras e nos exasperava. Fazia pequenos serviços para mamãe, que a chamava de "minhas pernas" e agradecia a ajuda, até descobrir que ninguém sabia onde estavam suas "pernas".

Eu amava minhas irmãs, mas ainda assim achava-as cansativas, cada uma à sua maneira; às vezes eu lhes passava sermões, como faz uma irmã mais velha, e devo tê-las irritado muito.

À medida que passava o verão, a chuva lenta e fina continuava a cair, mas não impedia que um número crescente de grevistas se reunisse nas esquinas, e enfrentasse a polícia e os guardas de vigilância. Às vezes, batiam neles ou cortavam-lhes com seus sabres, quando se espalhavam pelas ruas perturbando a paz. Camponeses, parecendo esquisitos e fora de lugar com seus casacos de pele de carneiro quentes demais para o verão, se juntavam aos grevistas e ajudavam a erguer barricadas nas largas avenidas, isolando bairros inteiros da ação da polícia, cantando e recitando canções e slogans provocativos.

Eu observava tudo isso, indo e vindo quase todas as tardes entre o hospital e o subúrbio protegido de Tsarskoe Selo. Sabia também da inquietação que se espalhara após o ataque mais recente. Em junho, um revolucionário lançou uma bomba contra o herdeiro do trono austríaco, o arquiduque Francisco Fernando. Quando a bomba não acertou o alvo e explodiu outras pessoas da comitiva do nobre, um segundo assassino avançou, atirou e finalmente matou a ele e a sua esposa, Sofia.

Mais uma vez, Tsarskoe Selo ficou cheia de policiais à procura de pessoas carregando bombas ocultas. E o hospital onde éramos voluntárias era revistado várias vezes por dia em busca de armas e "agitadores", como papai continuava a chamá-los.

Eu estava ansiosa para voltar à Alemanha para o casamento de Adalberto e Adi, que deveria acontecer no início de agosto, mas, com a aproximação da data, percebi que talvez não fosse possível ir. Enviei um presente de casamento, um lindo samovar de prata numa bela bandeja e uma carta desejando toda felicidade ao casal, expondo minha tristeza por não poder estar presente à cerimônia, e também a certeza que tinha de que eles entenderiam as minhas razões.

Interesses privados perdiam importância diante dos grandes eventos que rapidamente nos envolviam. Assim como eu vira soldados alemães em grandes números nas ruas de Berlim, também os nossos exércitos russos eram agrupados e as ruas de São Petersburgo, antes cheias de grevistas, enchiam-se agora de soldados e canhões. Eles eram reunidos na capital antes de serem enviados para o oeste até a região de fronteira, entre a Alemanha e o império Austro-Húngaro.

Todos, até o maior amante da paz, agora admitia que a guerra era inevitável; era apenas uma questão de tempo. Finalmente, em agosto, soubemos que a Alemanha tinha declarado guerra à Rússia. Primo Willy tinha se voltado finalmente contra nós, exatamente como mamãe previra. Cabia agora a nós, à Rússia, e aos nossos aliados, França e Inglaterra, derrotá-lo.

Uma disposição patriótica tomou conta da cidade. Bandeiras tremulavam, soldados marchavam, canhões ribombavam em saudação à pátria e ao papai. A imagem da Virgem de Kazan foi levada em procissão pelas ruas de São Petersburgo para espalhar sua proteção sobre nós, e padres, com bandeiras religiosas, desfilavam diante dos soldados e dos canhões, abençoando-os e liderando as multidões nos cânticos à pátria.

Nunca antes eu presenciara tal efusão de sentimentos, nem mesmo quando era criança e via as multidões da sacada do Palácio de Inverno, no tempo da guerra contra os japoneses.

— Veja, Tania, como o meu povo me ama. Estão todos ansiosos para fazer a sua parte e defender a pátria. São tantos os recrutas, tantos voluntários, que não temos fardas suficientes para eles vestirem nem fuzis para armá-los.

Os ânimos estavam tão exaltados, naqueles dias chuvosos de verão, que alguns dos camponeses, que corriam às estações de recrutamento na esperança de se juntar ao exército, foram pisoteados e mortos, tornando-se as primeiras baixas da guerra. Constantino e a equipe de sua ambulância trouxeram um homem que fora colhido na corrida para o alistamento e acidentalmente jogado sob uma carroça, tendo as pernas esmagadas pelo peso do veículo. Vítimas de acidentes eram trazidas para a enfermaria onde eu era voluntária e aquele homem não foi uma exceção. Sobre uma maca, Constantino examinou-o e balançou a cabeça.

— Teremos sorte se conseguirmos salvar sua vida. As pernas terão de ser amputadas. — Nunca antes eu o havia assistido numa operação, mas foi o que fiz naquele momento, pois a enfermaria tinha pouco pessoal e mais ajudantes eram necessários. Constantino começou a gritar ordens em voz alta, com a segurança de um cirurgião já formado, e não de um estudante de cirurgia. Cortei o tecido da calça e o separei das pernas ensanguentadas do homem ferido, limpando o local com toalhas da melhor forma que me foi possível. Enquanto isso, uma enfermeira colocava uma máscara sobre o rosto do homem e pingava éter sobre ela. O cheiro azedo do líquido provocou-me náusea e depois sono.

Após passar o bisturi pela chama de uma vela (antissépticos estavam em falta e eram guardados num armário do outro lado do edifício), Constantino cortou a carne, verde e coberta de lodo em alguns lugares, e serrou os ossos das pernas do homem, ignorando seus gritos lastimosos em meio ao delírio, e os odores repulsivos que saíam do corpo atormentado.

Quase desmaiei, mas fui despertada pelas ordens de Constantino dirigidas a mim:

— Mais toalhas, mais pressão!

Fiz o melhor que pude, sabendo, sem que ninguém tivesse me informado, que o homem morreria se perdesse mais sangue. Meu avental estava encharcado de sangue, assim como os sapatos, que de tão molhados chiavam quando eu andava. Meus braços e minhas mãos estavam vermelhos. Eu devia estar parecendo um açougueiro terrível, pensei comigo mesma. Lutei contra a confusão e desorientação que ameaçavam dominar a minha consciência. Senti-me oscilar. Ainda assim, continuei firme, apertando com todas as minhas forças a carne viva e afastando cada uma das toalhas à medida que ficava saturada.

Completados o corte e a serração, Constantino atou torniquetes às coxas do homem e fez uma pausa para respirar.

— Por ora o sangramento parou. Levem as pernas.

As palavras eram tão estranhas para os meus ouvidos que eu quase pedi a Constantino para repeti-las. Levem as pernas? Levem para onde? Eu nunca tinha manuseado partes amputadas; como se fazia? Evidentemente, pernas amputadas não deviam ser lançadas na lata de lixo, junto com gazes, chumaços de algodão e toda a sujeira varrida do chão.

Encontrei uma velha fronha rasgada e, levantando uma perna de cada vez, coloquei-as dentro dela. Levei tudo para o jardim ao lado do hospital e comecei a cavar uma espécie de túmulo com uma pá. Afinal, se enterramos na terra os corpos dos mortos, reverentemente e com orações, pensei, então teríamos de enterrar partes de corpos com a mesma atenção ao seu valor espiritual.

— O que você está fazendo aí? — Ouvi a voz crocitante da enfermeira-chefe, uma mulher dura e de feições rígidas que, como eu percebera durante os últimos meses, não acreditava em enfermeiras voluntárias da aristocracia, preferindo as profissionais treinadas e experientes como ela própria.

— Estou enterrando restos mortais, enfermeira-chefe.

— Onde você pensa que está, no cemitério? Leve seus restos mortais e jogue-os no incinerador, como fazemos sempre.

— Eu não sabia que era isso que se fazia.

Ela me olhou, com expressão e tom de voz impiedosos.

— Se você é uma ignorante, garota, então é melhor perguntar. Não invente. De qualquer forma, o que você trouxe aí? — Ela agarrou a fronha ensanguentada e malcheirosa e a examinou por dentro. — Humpf! Pernas outra vez! Estamos tendo muitos casos de pernas amputadas neste outono. Agora, eis uma lição que a Cruz Vermelha não ensina. Membros amputados estão cheios de pus e germes. Geralmente fedem a gangrena, que é uma coisa horrível, talvez já tenha ouvido falar. O tipo lodoso e verde que você vê aqui se espalha muito rapidamente, simplesmente pelo toque.

Engasguei, e olhei minhas mãos ensanguentadas, as mãos que tinham recolhido os membros serrados. Eu poderia estar infectada? Limpei-as no avental, e a enfermeira-chefe riu.

— Você acha que pode limpar germes no avental?

— Não, claro que não. Tivemos aulas de higiene e antissepsia, e...

— Uma coisa é aprender na sala de aula, e outra muito diferente é aprender sobre doença e saúde num hospital, onde estão os germes e o sangue de verdade. — Ela tomou a fronha das minhas mãos. — Dê-me esta coisa cheia de germes! Agora, antes que nós duas adoeçamos, siga-me até o incinerador e veja como eu reduzo estes restos mortais a cinzas!

Trinta e dois

Os primeiros soldados feridos que chegaram ao nosso hospital, vindos dos campos de morte do leste da Prússia, foram os bravos hussardos vermelhos e os guardas cavaleiros, os mais orgulhosos e melhores dos muitos regimentos de meu pai. Alguns chegaram mancando, apoiados nos braços dos empregados ou dos ordenanças, outros em macas, muitos simplesmente amontoados em carroças, com febre e meio loucos de dor, deitados lado a lado na própria imundície, abandonados na porta de entrada das salas de admissão.

Os médicos faziam o que podiam, salvavam os que conseguiam, mas todos os dias as carroças da morte chegavam à porta dos fundos do hospital — a porta usada para entrega de alimentos e retirada de lixo — e mais corpos eram empilhados e retirados.

A luta monumental que aconteceu em agosto de 1914 foi chamada de Batalha de Tannenberg e, a cada nova onda de mortos e feridos, o horror do terrível combate se revelava para nós.

— Fomos cercados — dizia um oficial dos hussardos vermelhos, arfando, para todos que quisessem ouvir enquanto era examinado. — Não conseguíamos fugir, eles eram muitos. O terreno era pantanoso, cedia sob nossos pés, sob o peso dos grandes canhões. Afundávamos na areia movediça. Perdemos os canhões.

— Olhou para o médico que apertava seu peito e estômago fazendo uma careta, e voltou a falar às enfermeiras. — Muitos morreram ou foram feitos prisioneiros pelos alemães. Os alemães sujos! Que vergonha! Que desonra!

Nós todos sentíamos: a desonra da grande Rússia sendo humilhada, seus bravos soldados massacrados pelos arrogantes, desalmados, cruéis, demoníacos alemães e seus aliados austríacos.

Odiávamos todos os alemães e tudo que se associava a eles nos primeiros dias da guerra: odiávamos Wagner e suas óperas, os chocolates alemães, livros alemães e a língua alemã, uma língua que minha mãe, criada em Darmstadt, falava com mais fluência que o russo.

(Eu não odiava Adalberto, é claro, nem os outros alemães que conhecia, com exceção do primo Willy. Eu só odiava os alemães que não conhecia pessoalmente.)

Papai mudou o nome de nossa capital do germânico São Petersburgo para o russo Petrogrado. A cadelinha Fritzie, de Olga, passou a ser Ivanka. Mamãe parou de chamar papai de *"liebchen"*, preferindo *"dorogoi"*, que significa querido em russo.

Com um novo demônio para desprezar e temer, houve uma redução dos discursos contra o tsar e seus ministros. O jornal dos operários *Pravda* foi proibido, e muitos dos que papai chamava de agitadores foram exilados para a Sibéria. Até mesmo Daria, com sua grande animosidade contra minha família e o governo dos Romanov, dirigiu toda a sua paixão para o trabalho de enfermeira voluntária e apoio para os nossos soldados.

Desde a noite em que padre Grigori a atacou e eu a defendi, Daria permaneceu próxima a mim, junto com a pequena Iskra, trabalhando como voluntária no hospital e ficando ao meu lado em Tsarskoe Selo onde quer que eu fosse. Não voltou mais para a sala de passar, e Niuta obteve permissão da mamãe para que fosse empregada nos aposentos das crianças.

À medida que as perdas russas aumentavam na guerra, mais e mais famílias enlutadas clamavam por alguém a quem culpar.

Mamãe, que durante anos fora chamada de "puta alemã", ocupava o alto da lista. Ah, as coisas horríveis que diziam sobre ela! Que era espiã alemã, que ganhava dinheiro com as derrotas da Rússia, que colaborava com o inimigo e enfraquecia papai, agredindo-o e atormentando-o.

Para meu espanto, todos os insultos, panfletos e discursos contrários só serviam para torná-la mais forte. Ela já não sofria dos males e fraquezas constantes de antes, nem tinha o ar debilitado e em busca de esquecimento que eu vira no sanatório em Berlim. Pelo contrário, mamãe agora se lançava energicamente ao trabalho de guerra, não somente atendendo nas enfermarias — onde os homens cuspiam nela e a insultavam, tão profundo era o desprezo que tinham por todos os alemães e por mamãe, em particular —, mas também transformando partes do grande palácio de Tsarskoe Selo em um hospital e organizando seu próprio comboio hospitalar para trazer os homens do front.

A fim de levantar dinheiro para equipar seu novo palácio-hospital e pagar pela operação do comboio, ela fazia discursos diante de grupos de mulheres, reunia-se com doadores ricos e exortava seus amigos e parentes aristocratas a transportar os homens dos territórios de combate para lá.

— Veja, Tania — disse-me ela certa manhã, puxando-me para um lado em que ninguém nos ouvisse —, tenho uma carta de meu irmão Ernie, com uma ordem de pagamento bancário para apoiar o hospital! Ernie tem um coração tão bom, não é como o primo Willy. Escreveu que está alarmado com as perdas do lado alemão e deseja que a guerra chegue logo ao fim.

— Quem dera o primo Willy lhe desse atenção.

Mamãe balançou a cabeça.

— Não, não o primo Willy. Mas Ernie é um diplomata por natureza. Não me surpreenderia se ele conseguisse atrair a atenção de alguns ministros imperiais.

Seu rosto se entristeceu.

— Ah, Tania, acaba de me ocorrer um pensamento terrível. E se o primo Willy mandar Ernie lutar, e na frente russa! Que dor para mim!

Ela se preocupava não somente por Ernie, que era civil, mas também por Harry, marido de Irene, irmã dela, que era almirante da Marinha alemã, e por Louis, marido de sua irmã Vitória, que ocupava uma posição correspondente na Marinha inglesa. Nossa família, dividida contra si mesma. Era um pensamento assustador, que dominava a mente de mamãe, enquanto ela trabalhava incansavelmente para aumentar o número de enfermarias no palácio e equipá-las com leitos, cobertores e remédios, além de mais incineradores para o trabalho necrófilo à disposição dos membros mutilados.

A terrível Batalha de Tannenberg terminou em setembro e, muito antes do Natal, fomos forçados a admitir, em particular para nós mesmos, que a Rússia estava perdendo a guerra. Apesar de algumas vitórias na frente austríaca na Galícia e nos Cárpatos, ganhos que os austríacos logo reverteram, nossos exércitos estavam em retirada, e os soldados feridos que encontrávamos diariamente estavam cheios de queixas sobre a falta de canhões, de feno para os cavalos e de alimentos para as tropas. Os trabalhadores em greve na cidade, que agora chamávamos de Petrogrado, voltaram para as fábricas e trabalhavam horas extras para fornecer material de guerra, mas a demanda era muito maior do que eles podiam entregar.

Pouco depois do Natal, papai se reuniu com seus principais oficiais e ministros e saiu de lá balançando a cabeça.

— Nós simplesmente não estávamos preparados. — Ouvi-o dizer para si mesmo. — Não percebemos como se daria, tudo que seria necessário. — Retirou-se para seu lugar oculto na ilha das Crianças e lá caminhou na neve por horas.

Circulou pela capital um boato de que o exército austríaco, que avançava para leste, logo chegaria a Petrogrado. Houve uma espécie de êxodo. As pessoas lotavam as estações ferroviárias na esperança de tomar um trem para Kiev, ou Moscou, ou até para a Sibéria, longe dos inimigos que se aproximavam. Mas os trens estavam cheios de soldados, e todo espaço disponível, depois que eles embarcavam ou desembarcavam, era ocupado por alimentos e suprimentos necessários. Não havia lugar para passageiros comuns.

O grito de "os austríacos estão chegando" tornou-se mais clamoroso. Empregados percorriam os corredores dos palácios removendo estátuas, pinturas e tapeçarias valiosas, embalando tudo em caixotes e escondendo-os em celas cavadas apressadamente na terra, esperando mantê-las a salvo dos inimigos.

Em meio a tudo isso, minhas irmãs e eu, e às vezes mamãe também, continuávamos o trabalho exaustivo, sujo e desanimador de atendimento de enfermagem. Um número cada vez maior de soldados chegava todos os dias às nossas enfermarias até não haver mais leitos para recebê-los. Foi necessário criar mais clínicas, sem pessoal nem equipamentos, da noite para o dia. Muitas vezes, Olga e eu trabalhávamos por muito tempo depois do término de nossos plantões, até sermos vencidas pela exaustão, e simplesmente caíamos dormindo nos colchões das antessalas das enfermarias, sem nem mesmo tirarmos os uniformes.

Marie também trabalhava longas horas apesar de só ter 15 anos naquele primeiro ano de guerra. Eu calculava que três dias por semana era mais que suficiente para ela se afastar dos seus estudos. Não conseguia acompanhar o que se passava com Anastasia; às vezes, ela nos auxiliava, outras vezes, não. Ainda criava minhocas no palácio e, de vez em quando, para nosso nojo, trazia os melhores espécimes ao meu quarto ou ao de Olga para exibi-los. Mamãe não as suportava e dizia que elas lhe provocavam pesadelos.

Quem nunca serviu como enfermeira durante a guerra não sabe o que tínhamos de enfrentar, pois éramos chamadas a confrontar e tentar aliviar muitos danos humanos. A visão de feridas supuradas, cobertas de bandagens malcheirosas que tinham de ser trocadas a cada hora, ferimentos que infeccionavam lentamente porque não conseguíamos mantê-los limpos. Vômito, urina e sangue, torrentes de sangue, que esguichavam durante as operações. Os pacientes enlouquecidos, com lesões na cabeça, gaguejavam, gritavam e derrubavam a comida que eu tentava lhes servir. O trabalho ingrato de trocar lençóis encharcados de sangue. O mau cheiro dos urinóis. O olhar aterrorizado de um homem com fadiga de batalha, os olhos vagos, as feições devastadas. Os gritos e gemidos. E, acima de tudo, a visão de homens adultos, homens fortes, homens fardados chorando como meninos e chamando as mães.

Oh, como eu agradecia o toque ocasional da mão terna de Constantino em meu ombro e sua voz em meu ouvido.

— Descanse, Tania querida. Descanse agora.

Abençoado repouso, como eu precisava! A simples labuta nos longos dias me exauria. Meus pés doíam e estavam sempre úmidos (como eu sonhava com pés secos e limpos!) e minhas costas também sofriam terrivelmente, pois a enfermeira-chefe, além de exigir que sempre usássemos aventais limpos e passados, não nos permitia sentar nas enfermarias para não darmos a impressão de ócio.

Meus calcanhares constantemente inchados, assim como minhas mãos. A pele do meu rosto estava rachada, mas pelo menos não caí com nenhuma doença grave, apesar de me expor o dia inteiro a germes perigosos. Pelo menos. Isso era algo que eu devia agradecer.

Ainda assim, confesso que, por vezes, ao fim de um longo dia, minha piedade esgotada, meu corpo extenuado em total rebelião, tudo que eu sentia era repugnância. Repugnância ante o desperdício de vida, pelos muitos homens mortos diante dos meus olhos, por não haver médicos ou enfermeiras suficientes para cuidar deles, nem remédios para tratar suas enfermidades.

Repugnância pelos homens cadavéricos e delirantes à beira da morte, repugnância pela guerra e pelos homens que fazem guerra, e, nos piores momentos, repugnância por tudo e por todos, até por meu amado pai, que tinha trazido o horror da guerra sobre nós.

Trinta e três

Trouxeram-no numa maca, um rapaz de cabelos e olhos escuros com um ferimento no peito e outro na testa. Estava pálido e fraco, mas consciente. Estendeu a mão para mim e disse, com um sotaque do sul:

— Por favor, me dê água.

Tomei sua mão e apertei para lhe confortar, e então notei que era lindo.

— Ferida no peito! — disse o médico. — Nada de água.

— Sinto muito — respondi ao rapaz, ainda segurando sua mão.

— Por favor — insistiu ele outra vez, ainda mais fraco, e perdeu a consciência.

Meu Deus, não permita que ele morra, rezei, e pela hora seguinte fiquei ao lado de sua cama enquanto seus ferimentos eram limpos e tratados e o doutor sondava em busca da bala, que tinha se alojado abaixo do seu esterno.

— Ele vai viver? — perguntei quando terminou a operação apressada e pouco higiênica.

O médico deu de ombros.

— Se for forte e bem-cuidado. Providencie para que ele receba bandagens limpas.

— Posso lhe dar água quando acordar?

— Por mim, pode lhe dar até vodca — respondeu o médico, cansado, e seguiu para a emergência seguinte.

Era a primavera de 1915 e logo eu completaria 18 anos. O gelo do rio gemia e se quebrava, e o ar mantinha um leve calor. Em meio à desolação da guerra, a terra acordava e começava a florescer.

Os alemães estavam chegando cada vez mais perto e as perdas russas aumentavam diariamente. Petrogrado se enchia com milhares de refugiados, fugindo da luta e em busca de abrigos possíveis, debaixo das pontes, nos pórticos dos centros de compras, nos parques, onde quer que pudessem se manter juntos para se aquecer contra o vento frio e a saraiva, onde quer que pudessem ficar secos.

Os jornais não imprimiam as piores notícias, que grande parte do território russo estava agora em mãos alemãs, e que no ocidente nossos aliados, os britânicos e franceses, tinham perdido 5 milhões de homens nos ataques alemães, com mais ou menos sete milhões de feridos. Mas nós sabíamos. Constantino, que tinha assumido um cargo no Ministério da Guerra, estava bem-informado, assim como os vários médicos que trabalhavam no hospital de mamãe em Tsarskoe Selo. Através deles recebíamos as piores notícias, aumentadas pelos boatos que passavam de boca a boca pelas ruas da capital.

Fiquei ao lado do leito do rapaz durante toda a tarde e boa parte da noite, tocando sua testa enfaixada para sentir se estava com febre, tentando ouvir qualquer obstrução na sua respiração, ainda segurando a mão fria e úmida. Ele sangrou pelo ferimento no peito e eu troquei o curativo. À noite, tive o impulso de falar com ele, com a esperança de que uma pessoa interessada e palavras de incentivo ajudassem a evitar que ele afundasse em estado terminal, como acontecia com tantos pacientes depois de uma operação. Já presenciara isso muitas vezes: os corpos ainda vivos, que pareciam fenecer diante de mim, a pele ficando amarela, os olhos semiabertos, só a parte branca visível. As mãos inquietas agarrando os lençóis. Então, apenas a imobilidade e logo o mau cheiro da decomposição...

Eu queria que aquele rapaz sobrevivesse.

Por isso, conversei com ele sobre tudo que pairava em minha mente naquelas horas noturnas: como ele era forte, e como eu tinha certeza de que ele iria se recuperar, me perguntava onde seria o seu lar e qual seria a sua idade, quantos eram os membros de sua família, e que eu gostaria, se ele quisesse, de escrever aos seus pais em seu nome e contá-los como ele estava, assim que começasse a se recuperar.

Quando não tinha mais o que pensar sobre o rapaz, cuja testa, fiquei feliz ao notar, não estava mais quente, e cuja respiração era tranquila, comecei a falar sobre mim mesma. Falei sobre Adalberto, contei que ele estava no mar num cruzador e como, por meio de um amigo diplomata, tinha conseguido me mandar notícias do afundamento de seu navio num combate com os ingleses ao largo de Dogger Bank. Contei que Adalberto quis se casar comigo, mas meu pai dissera não. (Não revelei, nem mesmo a um paciente inconsciente, quem era meu pai.) Bocejando, falei a ele sobre o elefante, e que agora eu o via muito pouco, por estar passando tanto tempo no hospital. Sem mais coisas para contar, e me sentindo cada vez mais cansada, contei a respeito de minha irmã Olga e sua busca cansativa pelo homem cujo nome começava com "V", o homem com quem ela esperava se casar desde a noite em que jogou os sapatos sobre o ombro e eles formaram aquela letra.

No fim, minhas pálpebras ficaram pesadas demais e comecei a falar sobre a chegada da primavera, como ela já surgia no horizonte, e talvez, com a terra ficando verde, chegasse a paz.

Já quase de manhã, dormi sentada numa cadeira ao lado da cama do rapaz (esperando que a enfermeira-chefe não me encontrasse e me punisse por ter-me sentado), a cabeça repousando sobre os lençóis.

Fui acordada por uma voz.

— Você tem chocolate?

Acordei com os olhos embaçados.

Ouvi-a novamente, uma voz quente e sonora que vinha da cama.

— Você tem chocolate? Chocolate com nozes, com embalagem azul.

— Então, você acordou — consegui responder. — Como se sente?

— Com fome. E com sede.

Estava pálido, mas os olhos eram claros e a voz, firme. Não parecia alguém à beira da morte. Seu sorriso, ah, seu sorriso! Não posso descrever, mas naquele momento, quando sorri para ele e tomei sua mão estendida, senti-me mudada.

— Tania — falei.

— Miguel.

A interação entre nós foi tão simples, tão repentina, e, ainda assim, ela continha tudo. Continha o nosso futuro.

— Sei o tipo de chocolate em que você está pensando. Chocolate suíço.

— É.

— Não vejo chocolate suíço desde o início da guerra. Mas posso lhe trazer água e sopa.

Ele bebeu a água fresca que lhe ofereci e me deixou lhe dar quase uma tigela inteira de sopa de legumes com alguns pedaços de carne. Carne era uma raridade para nós naqueles tempos magros de guerra; até mesmo em Tsarskoe Selo tínhamos apenas porções muito pequenas de presunto e frango, e mamãe dizia que era importante não termos luxos (e a carne era um dos grandes) que eram negados aos outros.

Depois de comer, ele voltou a dormir, e eu saí do lado de sua cama. Percorri a enfermaria, fazendo o que era necessário, trocando curativos e limpando os urinóis, ajudando os homens trazidos naquele dia pelo comboio hospitalar. Mas, entre as tarefas, eu me vi de volta até o leito de Miguel para ver se ele estava bem. Quando o meu turno terminou, fui à sala das enfermeiras e lavei o rosto, belisquei as faces para lhes dar cor, e molhei o cabelo em volta do rosto para fazer mais cachos. Estiquei e alisei o avental, lamentando as manchas que o marcavam e desejando ter outro limpo.

Naquele momento, Olga entrou na sala, afundou no sofá e apoiou os pés num banco.

— Ah, meus pés — gemeu ela. — Duvido que eles voltem a ser normais.

— Olga, você tem um avental limpo para me emprestar?

— Para quê? Já é hora de ir para casa.

— Vou ficar mais um pouco esta noite. E me sentiria melhor com um avental limpo.

Ela me olhou desconfiada.

— Está bem, o que foi? O que está acontecendo? É aquele Constantino outra vez? Vai se encontrar com ele?

— Eu já lhe disse. Constantino e eu somos amigos. Nada mais.

— Não é o que diz a tia Olenka.

— Ela está enganada.

Olga continuou a me olhar desconfiada sob as sobrancelhas louras.

— Há um avental em minha cesta. Pode pegar. Mas vai ter de me devolver amanhã, lavado e passado.

— Daria fará isso para mim.

— Sua sombra adoradora. Sua escrava.

Olga era sarcástica com relação a Daria e ciumenta, pensei, pois não tinha nenhuma empregada devotada que a seguisse por toda parte. Ao mencionar Daria, percebi, pela primeira vez, que naquele dia ela não estivera ao meu lado ou ao meu alcance, desde a operação na tarde anterior. Não tinha ouvido o cachorro latir nem a voz da pequena Iskra, de 5 anos. Não era normal Daria desaparecer assim.

Encontrei o avental limpo e o vesti. Então, agradeci a Olga e voltei à enfermaria, para o leito do rapaz. Para o lado de Miguel.

Debrucei-me sobre ele.

— Linda menina — murmurou ele em russo, acrescentando algumas palavras numa língua que eu não entendi. Então, ele tremeu e eu senti sua testa. Estava quente.

Temi por ele durante as três horas seguintes, enquanto se agitava na cama estreita e eu procurava um médico para examiná-lo.

A cada dia havia menos médicos disponíveis. Não somente em nosso hospital, mas em todos os outros na capital ou nas proximidades. Muitos se apresentaram como voluntários no campo de batalha com os regimentos quando estourou a guerra, e muitos deles tinham sido mortos com os homens de quem tratavam. De acordo com Constantino, cujo trabalho no Ministério da Guerra envolvia o treinamento e recrutamento de médicos para o Exército, a cada dia ficava mais difícil encontrar homens e mulheres qualificados, que tivessem a capacidade e a energia necessárias para tratar dos feridos, para trabalhar horas a fio em enfermarias lotadas, onde os gritos de homens sofrendo se misturavam ao som dos discos arranhados tocando no gramofone.

Finalmente, um médico estafado respondeu aos meus apelos e veio até o leito de Miguel. Sentiu-lhe a testa, dobrou o cobertor e afastou o curativo do peito. Havia inflamação, e um líquido amarelado, que eu não tinha notado antes, escorria do ferimento.

— Pus — foi tudo o que ele disse. Pus era uma palavra terrível, uma sentença de morte. — Não passa desta noite.

— Ah, não. Você tem de estar enganado. Ele passou bem a noite passada, depois da operação. Não tinha febre nem dificuldade para respirar.

O médico deu de ombros.

— Veja você mesma. Sinta o cheiro. Há decomposição no ferimento.

— Então temos de tratá-lo.

— Não temos nada com que tratá-lo, a não ser iodo.

Tínhamos iodo para o tratamento da gonorreia, que era o mal de muitos pacientes.

— Então usemos o iodo.

Ele deu de ombros.

— Se você faz questão... Mas eu guardaria o medicamento para alguém que tenha chance. Este não tem. Você até poderia puxar o cobertor e cobrir-lhe a cabeça.

A raiva subiu em mim ao ver o médico se afastar. Como ele ousava condenar à morte aquele corpo lindo?

Naquele momento, vi um paciente morto sendo colocado numa maca, havia um lençol sobre seu corpo, e uma vela acesa fora colocada ao lado de sua cabeça. Os que cuidavam do falecido fizeram uma pausa para se persignar, baixaram a cabeça, e então levantaram a maca e foram para onde as carroças dos mortos esperavam.

— Não — falei em voz alta.

Não, este rapaz, Miguel, de quem eu gosto, ele não vai morrer. Não se eu puder evitar. E fui buscar o iodo.

Trinta e quatro

Voltei com o iodo e apliquei-o na ferida no peito de Miguel e em sua testa, o cheiro forte do líquido marrom superando o mau cheiro das feridas infectadas.

— Muito bem — falei depois de terminar, fazendo o máximo esforço para parecer confiante. — Isto vai ajudar muito.

Mantive-o tão confortável quanto me foi possível, esticando o lençol sob seu corpo e virando o travesseiro para refrescar um pouco sua cabeça.

Quando levantei o travesseiro, vi a adaga.

Era uma adaga de aço, comprida e de ponta afiada, o cabo de prata entalhada com duas pedras azuis brilhantes. Havia algo escrito no cabo, numa letra que eu não consegui ler.

Virei o travesseiro e coloquei-a novamente sob a cabeça de Miguel, cobrindo a lâmina afiada.

Ouvi os passos rápidos e eficientes da enfermeira-chefe e tentei assumir uma atitude profissional quando ela passou pelo leito de Miguel.

— Lave aquele — ordenou ela, aspirando o ar. — Agora.

Depois de muitos meses como enfermeira, eu já me acostumara a lavar corpos nus de homens. De início, ficava encabulada; só vira Constantino e meu irmão nus, este quando estava com febre e era colocado no gelo pelos médicos. Tentei encarar essa tarefa como mais uma numa série de trabalhos, como lavar copos ou desinfetar uma cama depois de um homem ter morrido nela.

Mas, à medida que reunia as toalhas, o sabão e uma bacia de água morna de que iria precisar para lavar Miguel, senti um toque de excitação. Minha respiração ficou mais rápida, e, quando passei as mãos ensaboadas pelos seus ombros e peito largo com pelos ondulados (evitando o ferimento), senti meu coração bater mais rápido. Ele era esbelto, musculoso, ágil e bem-proporcionado. Seu corpo era tão belo quanto o rosto, a pele macia e sem rugas, e de uma cor marrom dourada.

Deixei meus olhos passearem pelo tronco até o umbigo, e abaixo, onde começava a pelve vigorosa. Tentei desviar o olhar, mas não pude deixar de admirar o que via. Ele era igual à estátua de Apolo nos jardins de Tsarskoe Selo, o órgão masculino viril e bem-formado, as pernas magras e atléticas. Minhas mãos tremiam, e continuei a lavá-lo sem esquecer parte alguma. Foi a experiência mais sensual pela qual já tinha passado, e confesso que me demorei sobre a barriga e as nádegas firmes. Quando terminei e comecei a vesti-lo novamente, fiquei intensamente embaraçada ao perceber que Daria estava parada atrás de mim, observando-me.

— Vi você com ele ontem, quando o trouxeram. E mais tarde, quando cuidava dele. Eu soube. Dava para ver.

— Ver o quê? — perguntei, mas o tom me traiu. Pois, é claro, eu sabia que dava para ver.

— Que vocês dois começaram... a se unir.

— Eu nem o conheço.

— Conhece o corpo dele. E eu acho que vocês começaram a ver o coração um do outro. — Foi a primeira vez que a ouvi falando daquela forma. Lembrei-me de que ela já amara, que seu noivo fora morto pelos cossacos do meu pai. Sentimentos profundos se escondiam atrás daquele exterior áspero.

— Você vê demais.

— Vim buscar o seu avental. Sei que você precisa que eu o lave e passe.

Tirei o avental sujo e o dei a Daria. Ela procurava alguma coisa no bolso da saia.

— Trouxe um emplastro para o peito. Minha avó me ensinou como fazê-lo. São principalmente ervas: um pouco de erva de gato, um pouco de hissopo, e algumas variedades que só crescem na Sibéria. É um remédio antigo para curar feridas.

— Obrigada, Daria.

Ela sorriu, outra raridade, e se foi.

Apliquei o iodo e o emplastro no peito de Miguel, calculando que dois remédios seriam melhores que um só. Então, cobri-o com o cobertor, toquei levemente o seu rosto com as pontas dos dedos e fui cumprir as minhas tarefas.

Indo de um leito a outro, cruzei com Olga, que me olhou de cima a baixo.

— Hum — disse ela. — Você não parece nada diferente.

— E por que pareceria?

— Por causa do amor.

— Não existe amor. É apenas um paciente de quem eu cuido.

— De quem você gosta.

— De quem eu cuido.

— Meu Deus, o que Constantino vai dizer? — provocou ela com a voz mais melosa.

Não respondi.

— Ah, e Niuta quer saber onde você esteve. Por que não estava conosco ontem na ceia. Ou foram duas noites?

— Um dos pacientes foi submetido a uma operação e tinha de ser observado. Eu fui voluntária.

— Daria diz que ele é muito bonito.

— Ele está muito doente.

— Ele não está com tifo, está? Estou vendo mais casos nos últimos dois dias. Se aparecer uma erupção da pele, você vai saber que ele está com tifo. Não se aproxime dele. Você não vai querer morrer por causa de um rapaz bonito. Por falar nisso, eu também conheci um rapaz bonito. E o nome dele é Victor. — Ela enfatizou o "V".

Comecei a dizer alguma coisa ácida, mas me contive. Eu me sentia expansiva, generosa.

— Boa sorte com ele, Oliushka.

O dia se arrastou, e toda vez que voltava ao leito de Miguel, ele parecia pior. Suas faces estavam inchadas e quentes, ele se agitava incomodado, e, quando troquei seu curativo, a pele em volta do ferimento estava inchada e muito vermelha, vazando pus. Mas não vi sinal da temível erupção vermelha que seria a marca do tifo, e isso, pelo menos, era positivo.

Envolvi-o em toalhas frias e tornei a aplicar o iodo e o emplastro de ervas. Por impulso, peguei a adaga e coloquei o cabo sobre sua mão aberta. Imediatamente seus dedos se fecharam em torno dele, e um leve som saiu de seus lábios.

— O que você disse?

— Eles têm medo de nós — murmurou ele num sussurro áspero. — Os russos têm medo de nós. — Então, ele abriu a mão e deixou a adaga cair no cobertor. Coloquei-a de novo sob o travesseiro.

À meia-noite, Miguel não estava melhor. Mandei uma mensagem ao palácio pedindo que trouxessem a imagem de são Simão Verkhoturie, o poderoso retrato que padre Grigori tinha enviado ao meu pai anos antes. Se a cura de Miguel estava além da capacidade humana, como pensava o médico, pelo menos não estaria além da ação divina. A imagem poderia fazer milagres.

Depois de esperar uma hora ou mais, fui surpreendida ao ver mamãe entrar na enfermaria, toda vestida de preto, como sempre estava naqueles dias de guerra, os cabelos penteados de maneira muito simples, um sinal claro de que ela viera depressa ao saber do meu pedido.

Fiquei surpresa ao vê-la porque ela tinha novamente se retraído e vivia como uma semi-inválida.

Nos primeiros meses da guerra, de agosto de 1914, quando começou, até o Natal, mamãe foi voluntária nas enfermarias como Olga, eu e Marie, e geralmente trabalhávamos juntas, ou pelo menos próximas umas das outras. Porém, com a chegada do inverno, sua energia diminuiu e ela passou a sofrer com enxaquecas e dores na perna que agravaram sua dificuldade de andar. A dureza do cuidado dos feridos não era mais possível para ela, nem mesmo ocasionalmente. Assim como também não eram suas outras atividades, a arrecadação de fundos e organização das clínicas. Ela chorava os mortos de guerra na solidão de sua sala malva, excessivamente, pensava eu. Sua única preocupação passou a ser apoiar papai e a convencê-lo a assumir o comando do Exército russo, o que ele fez, apesar de detestar todos os deveres públicos e de sua inexperiência no comando.

Mas ali estava ela, mancando com a perna dolorida e parecendo não ter dormido bem.

— Onde está o retrato, mamãe? Este paciente está morrendo.

— Mandei-o para seu pai no seu posto de comando em Mogilev. Mas tenho comigo o bastão que nosso amigo trouxe da Terra Santa.

Era um bastão de madeira comum, com cerca de 60 centímetros, com pequenos ramos. Mas era completamente sem vida.

— Um bastão velho? De que vale isso?

— Ele traz a bênção.

— Pode trazer a bênção, mas certamente não o encontrou na Terra Santa. Ele nunca passou nem perto da Terra Santa. Disso a polícia tem certeza.

— Muitas mentiras foram ditas a respeito dele. Você vai ver que este não é um bastão comum. Toque o paciente no lugar da dor e observe o bastão. Ele tem o poder do nosso amigo.

Eu não queria saber de nada do padre Grigori nem do bastão dele. Joguei-o no chão, resistindo à vontade de pisoteá-lo e destruí-lo. Mas, depois, ao ouvir a respiração cada vez mais laboriosa de Miguel, e todos os meus instintos me dizendo que ele não podia durar muito, lembrei-me de como padre Grigori curou o meu Artipo. De como ele sabia, de uma forma misteriosa, sobre a dor no olho de Constantino e que ele precisava de óculos. E como, por tantas vezes, curou o sangramento de meu irmão, aliviando a ansiedade dos meus pais. O que ele disse no dia em que visitamos o seu apartamento? Que ele tinha defeitos, mas que, ainda assim, o poder que fluía dele era grandioso.

Abaixei-me, peguei o bastão e o coloquei no peito de Miguel.

Imediatamente, pensei ter visto alguma cor no rosto pálido. Suas pálpebras tremeram um pouco. De início, acreditei que estava enganada, que as mudanças vagas que pensei ter notado nele não passavam de truques devidos à pouca luz, ou ilusões, resultado de meu forte desejo e esperança em sua recuperação. Porém, quanto mais eu olhava, mais me convencia de que havia realmente alguma mudança, que a testa de Miguel já não estava tão quente e que sua respiração era mais fácil.

Mantive o bastão sobre seu peito, deitei-me ao lado dele e, vencida pelo cansaço, adormeci.

Quando acordei na alvorada, algo notável tinha acontecido. Num dos ramos do bastão, um botão branco nascera. E por volta do meio da manhã ele se abriu. Era uma pequena flor branca que liberava um doce aroma, tão forte que superou o mau cheiro do iodo e da infecção. Na verdade, o perfume parecia encher toda a enfermaria.

E algumas horas depois, quando troquei o curativo de Miguel, vi que o ferimento em seu peito já não estava inflamado, nem vazava o líquido amarelado pútrido. Não tinha mais o fedor da inflamação. Apenas o perfume delicioso da flor branca e, com ele, a certeza crescente em meu coração de que aquele rapaz, de quem eu gostava tanto, logo estaria bem.

Trinta e cinco

Duas semanas depois, Miguel estava bem o suficiente para sair da cama, e um mês depois, perto do dia do meu aniversário, ele estava saudável o bastante para sair comigo até o pequeno jardim do hospital e sentar-se num banco ao meu lado, sob o sol da primavera.

Voltou o rosto para o sol e fechou os olhos, respirando profundamente, com um sorriso no rosto. Então, me beijou. Um beijo longo que me deixou tonta e quase sem fôlego. Ele já tinha me beijado antes, na enfermaria, mas nunca com tanta paixão. Era a primeira vez que ficávamos juntos a sós, sem a presença constante de outros pacientes, médicos, enfermeiras e empregados braçais. Sem o drama incessante de dor e doença, agonia e morte.

— Eu não poderia fazer isso com a enfermeira-chefe sempre por perto — disse ele.

— Ela nunca vem aqui fora — respondi, e puxei-o para mim outra vez.

Tudo o que acontecia estava muito além da minha capacidade de descrever, a sensação de sua boca sobre a minha, o cheiro, o toque familiar, a expressão nos queridos olhos escuros quando finalmente nossas bocas se separaram e recuperamos o fôlego. Nossa respiração quase se tornava uma só. Eu estava completamente enlevada. Se ficasse sabendo, naquela tarde encantada, que ele não me amava, acho que teria morrido. Estava completamente aberta para tudo que ele podia me dar, tudo que sentia por ele.

Existe alguma coisa mais doce que o primeiro amor? Não o mel, nem uma pera madura, nem mesmo o chocolate suíço com nozes, que Sedynov comprava para mim através de seus contatos no ministério da defesa.

Tivera uma paixão juvenil por Adalberto, conheci a excitação com Constantino, mas eu amava Miguel. Amava-o de corpo e alma. Amava-o, como pensava então, como nenhuma outra mulher tinha amado antes, ou amaria depois. São esses os sonhos preciosos da juventude, sonhos que negam todo o bom senso e se recusam a ver a escória da vida em toda a sua escuridão e feiura. Depois de passar tantos meses em meio à cruel destruição humana da guerra, eu estava ansiosa para entrar no reino da alegria pura, um reino que Miguel abria para mim com sua bondade e paixão.

Houve uma calmaria na guerra durante aquele verão de 1915, uma diminuição no fluxo de homens feridos. Meus deveres se tornaram mais leves, e me permitiam passar parte de minhas tardes com Miguel, sentada no jardim do hospital e, à medida que ele se recuperava, passear pelo terreno do palácio ou pela margem do rio. De mãos dadas, andávamos e conversávamos.

Ele me falou sobre sua vida no Daguestão, no alto das montanhas do Cáucaso, onde os ventos constantes gritam ao longo das faces dos despenhadeiros e as aldeias se agarram aos picos recortados, as casas de pedras tinham séculos de idade.

— A casa de meu pai foi habitada por seu clã durante nove gerações, desde antes que os russos chegassem e nos conquistassem. Um dos meus ancestrais invadiu o reino vizinho da Imeretia, no século VII, e lá se tornou rei. Guerrear era tudo que sabíamos em minha aldeia. Nasci numa sela, meu pai costumava dizer, com uma adaga na mão.

— O que significam as palavras gravadas em sua adaga?

— Significam "sou a força sempre presente". Aquela adaga pertenceu à minha bisavó Lalako. Ela foi uma guerreira renomada que arrancou muitas cabeças, e as usava penduradas na cintura para assustar os inimigos. Meu pai e meus tios foram bravos guerreiros, mas, por pena de minha mãe, que perdia muitos filhos, nos mudamos para Tiflis. Trocamos nosso nome de batismo Gamkrelidze para Gradov, por ter um som mais russo. Minha bisavó já havia morrido. Se soubesse, ela teria virado no túmulo.

— Então você é georgiano.

— Minha avó diria que pertencemos ao povo Ghalghaaj. Entretanto, vivendo em Tiflis, minha família é georgiana. — Sorriu, tomou minhas faces entre as mãos e me beijou. — Agora, minha Tania, o que me diz de você e de sua família? Já vi pessoas se curvarem diante de você e chamá-la de grã-duquesa. Mas você não é igual aos russos orgulhosos e cruéis que vi nos spas da Geórgia, em Kisslovodsk e Piatigorsk. Mulheres arrogantes que olham para nós, o povo do sul, como se fôssemos vermes.

— Sou filha do tsar.

— Então somos os dois descendentes de reis. — Ele riu. — Só que a sua família é um pouco mais rica e poderosa.

Confiei nele. Pacientemente, ele me ouvia falar sobre papai e suas dificuldades como comandante do nosso exército, e sobre mamãe, da perturbação do seu estado de espírito, e seus muitos problemas.

— E você, minha doce Tania. Quais são os seus problemas?

— Não tenho nenhum, depois que conheci você.

Uma tarde, levei Miguel aos estábulos de Tsarskoe Selo para lhe mostrar os nossos cavalos. Como sempre, Nikandr estava lá, o corpulento cossaco que tinha se casado com Niuta pouco antes do início da guerra e cuidava da cunhada Daria e da sobrinha Iskra com especial ternura.

A primeira coisa que Nikandr notou, quando Miguel se aproximou, foi a adaga presa ao seu cinto.

— Ah, um kinjal! Então você é georgiano, não é?

— Originalmente do Daguestão, embora minha família tenha se estabelecido em Tiflis e vivido os últimos nove anos lá.

— Cuidado com os georgianos, Tania — provocou Nikandr. — São todos assassinos selvagens. Lutaram contra nós, cossacos, durante mais de cem anos. — Depois, voltou-se para Miguel e perguntou seu nome.

— Miguel Gradov.

— Mas Gradov é um nome russo, não é georgiano.

— O nome do clã de meu pai é Gamkrelidze, mas mudou para Gradov.

— Muito inteligente. Os russos têm medo dos georgianos.

— Miguel, essas foram exatamente as suas palavras quando estava delirando no hospital. Você disse: "Os russos têm medo dos georgianos."

— Imagino o que mais eu disse.

— Miguel foi ferido numa batalha nos arredores de Riga — expliquei a Nikandr. — Já está há muitas semanas em nosso hospital. Agora está quase recuperado.

— E quer se fazer útil — acrescentou Miguel, interrompendo-me. — Tania me disse que vocês têm carência de pessoal nos estábulos.

Nikandr suspirou.

— Temos carência de pessoal para tudo. Todos os homens válidos foram para a guerra e — ele se persignou — quase nenhum deles voltou. Até os meus ajudantes mais jovens, que o Senhor os guarde, partiram no último outono e só um deles voltou, e com apenas uma perna.

— Eu tenho duas pernas e dois bons braços. Nasci numa sela, meu pai costuma dizer. Tania já me ouviu repetir isso muitas vezes. Conheço cavalos e gosto deles. Sou um bom carpinteiro. Sei martelar, serrar e arrancar pregos. O que você acha, consegue me aproveitar?

— Por que não perguntamos ao patrão? Nossa Majestade Imperial me convocou a Mogilev, onde está o quartel-general. Venha comigo. Posso usar sua ajuda com os cavalos pelo caminho.

Trinta e seis

Já não via papai nem Alexei há meses, e não tive dificuldade em convencer mamãe a me deixar ir ao quartel-general militar em Mogilev para visitá-los. Marie e Anastasia também queriam ir, afinal sentiam tanta falta de papai e do nosso irmão tanto quanto eu, mas mamãe as proibiu. Olga afirmou que também sentia saudades deles, mas era óbvio que ela preferia ficar perto de Victor, o oficial com quem flertava, e com quem pensava que ia se casar. (Eu poderia ter lhe dito que estava enganada quanto a Victor, mas não faria sentido; ela não me daria atenção.)

— Há lutas perto do quartel-general — falou mamãe quando Marie e Anastasia insistiram em me acompanhar. — Não quero que minhas meninas se machuquem.

— Se a Tania for, ela pode se ferir — argumentou Anastasia. — Então por que a senhora a deixa ir?

— Porque ela já tem idade suficiente para correr esses riscos. Além do mais, Nikandr vai protegê-la.

— E Miguel — acrescentou Marie, antes que eu pudesse impedir.

— Miguel? Quem é Miguel? — De repente, mamãe ficou alerta.

— Meu paciente — expliquei, antes que Marie pudesse contar que ele era o "meu amor". — O que foi curado pelo bastão do padre Grigori. Ele agora é um dos ajudantes dos estábulos e vai conosco visitar papai e Alexei.

Niuta, que dobrava os lenços de mamãe num canto da sala, limpou ruidosamente a garganta.

— Sim, Niuta. Você tem algo a dizer? — perguntou mamãe.

— Não, nada. — O tom de sua voz indicava exatamente o contrário.

— Você esperava que eu a mandasse a Mogilev com Tania?

— Farei o que Vossa Majestade ordenar.

Niuta sabia tudo sobre Miguel e eu. Tinha ouvido Daria falar sobre ele, e quando soube por Nikandr que eu havia levado um belo jovem georgiano para encontrá-lo, ela insistiu em conhecer Miguel e julgá-lo ela mesma. Mais tarde, ele me falou sobre a conversa, rindo e balançando a cabeça, e contou como ela o tinha interrogado.

— A sua Niuta é pior que as casamenteiras de Tiflis. — Miguel riu. — Quis saber se eu tinha mulher, se já fora preso, como conheci você e, nas palavras dela, quais eram as minhas intenções ao brincar com o seu afeto. Não ficou nada feliz quando eu disse, num tom provocador, é claro, que se fosse um bandido dificilmente eu responderia honestamente às perguntas dela.

No final, tudo se resolveu e os preparativos para a viagem começaram a ser providenciados. Niuta me acompanharia como minha camareira, Nikandr reuniria suprimentos e cavalos novos que seriam levados ao acampamento dos oficiais. Combinou-se que uma tropa de couraceiros deveria nos acompanhar, pois precisávamos atravessar um trecho perigoso de território onde o exército russo recuava, perseguido por uma grande força de alemães e austríacos.

Caía uma chuva quente de outono no dia em que saímos de Tsarskoe Selo, e a neblina se estendia à nossa frente durante a viagem para sudoeste, através do terreno pantanoso e ao longo das margens dos rios lentos. Eu seguia numa carruagem fechada, com Niuta sentada diante de mim. Miguel cavalgava ao lado da carruagem, uma figura audaz de botas altas, chapéu alto de pele e túnica longa, o kinjal preso ao cinto. As estradas lamacentas estavam cheias de soldados e equipamentos, famílias inteiras de aldeões com carroças abarrotadas de móveis empilhados, gaiolas de galinhas e crianças agarradas às cargas oscilantes.

— Pobres coitados — observou Niuta ecoando meus pensamentos. — Eu sei o que eles estão passando. Minha família teve de sair duas vezes de Pokrovsky com tudo que tínhamos quando eu ainda era uma menina. Uma vez, durante um inverno terrível quando os lobos vieram, e outra quando os coletores de impostos de seu avô vieram atrás de nós.

— Mas você voltou.

— Depois de muito sofrimento, sim. As duas vezes. No fim, não tínhamos mais para onde ir. Os primos de minha mãe nos acolheram e nos protegeram dos lobos e dos coletores.

Passamos muitos dias nas estradas, nosso progresso impedido pelos outros viajantes, seus veículos, vacas e cabras, indo todos, animais e pessoas, na direção oposta à nossa. Todos fugiam da luta e nós íamos ao encontro dela.

Quanto mais longe estávamos, mais o campo mostrava as evidências da guerra, fazendas inteiras reduzidas a cinzas, colheitas murchas morrendo nos campos abandonados, túmulos recentes cavados às pressas e sem a usual cruz de madeira.

— Porcos alemães. — Ouvi os couraceiros gritar quando passávamos por aqueles horrores, e pensei ter detectado mais que ódio em seus gritos. Detectei também medo.

À medida que nos aproximávamos de Mogilev, ouvíamos o ribombar distante da artilharia e víamos companhias de soldados russos em marcha. Suas fileiras eram estreitas, os homens tinham as faces descarnadas, estavam sujos e famintos, e muitos usavam curativos. Não pareciam capazes de defender um país, muito menos de derrotar um exército inimigo. Pareciam fugitivos de uma catástrofe.

Uma vez, quando nosso grupo de viagem parou ao lado de um rio para encher os barris de água, Miguel e eu ficamos lado a lado, na margem da estrada, vendo a parada de soldados em fardas esfarrapadas.

— Esse podia ser você — comentei. — Graças a Deus você está fora de perigo.

— Esse fui eu. E você sabe melhor que ninguém o quanto cheguei perto da morte. Aconteceu num campo aberto como aquele. — Ele apontou para um campo de trigo pouco distante de onde estávamos, a safra estava destruída sobre a terra lamacenta. — Sabíamos que os austríacos estavam próximos. Mandamos nossos batedores, mas eles não voltaram para nos informar a posição do inimigo. Estávamos começando a nos preparar para a noite, os homens montavam as barracas, preparavam as trincheiras e acendiam fogueiras para fazer os alimentos.

"E então eles vieram. Os canhões começaram a rugir, e as granadas explodiam sobre nossas cabeças como fogos de artifício, só que eram fogos mortais. Mal tivemos tempo de armar uma defesa quando ouvimos o som das metralhadoras. Nossos homens começaram a cair. Eu ouvia o assovio das balas à minha volta e só conseguia pensar que nunca voltaria a ver meu pai.

"De repente, eles começaram a correr em nossa direção, gritando, berros desumanos. Sei que atirei em alguns deles, vi quando caíram. Eu já tinha matado austríacos e alemães antes, mas estes estavam tão próximos que eu era capaz de enxergar as pontas de seus capacetes, a lama nas suas fardas. Ouvia seus gritos, apesar de o barulho à nossa volta ser muito alto, os canhões, os urros, as reações aterrorizadas de alguns dos nossos homens, covardes, que tentavam fugir, o relincho dos cavalos. Oh, Tania, tudo o que eu podia fazer era ficar onde estava. Entre eu e o inimigo havia apenas uma velha carroça. Eu apontava entre as ripas e atirava. Meus olhos se enchiam de suor e lágrimas por causa da fumaça no ar.

"Então senti um golpe, como se uma pedra tivesse me atingido no peito. Mas não era uma pedra, era uma bala inimiga. Levei a mão à testa, e isso é tudo de que me lembro."

— Ah, meu querido e precioso Miguel! — Agarrei-me a ele soluçando e tremendo. — Meu querido, queira Deus que você nunca tenha de enfrentar outro ataque.

— E misericórdia para os que tiverem. Piedade para aqueles que estão morrendo enquanto conversamos.

Ele me abraçou um momento e depois retomamos a viagem.

O acampamento de Mogilev era mais rústico do que eu tinha imaginado, o tipo de lugar que papai amava. Havia um edifício oficial do quartel-general na cidade, mas a grande tenda dele e de Alexei foi montada numa floresta, longe de todas as áreas habitadas. Havia mais ou menos uma dúzia de barracas próximas, que eram ocupadas por oficiais do comando e outras para os cozinheiros e serviçais, o corpo especial de guardas de papai e todos os trabalhadores, carpinteiros, ferreiros, armeiros, e outros, necessários para manter uma posição fortificada em funcionamento.

Papai e Alexei vieram nos receber. Meu irmão estava agitado e alegre, e papai, feliz, mas obviamente cansado. Abracei ambos ao mesmo tempo, o que não foi fácil. O garoto, que tinha agora cerca de 11 anos, estava crescendo, e eu mal conseguia passar os braços em volta dos dois. Ouvi o som de um excitante tango que vinha de dentro da barraca e pensei, de repente, espero que Mathilde Kchessinsky não esteja aqui.

— Tania! Venha ver Joy! — gritou Alexei.

— Espere! Deixe-me admirar você!

Pai e filho se vestiam de forma semelhante, com camisas camponesas cor de framboesa e calças largas presas por cordas. A expressão de papai era doce e comovente, como sempre, apesar do rosto cinzento e mais enrugado do que quando o vi pela última vez. As faces de Alexei estavam rubras de agitação.

— Mas vocês dois estão ótimos! — elogiei. — Parecem camponeses gordos e prósperos da Bielorrússia.

— Essas roupas foram um presente do povo daqui — explicou papai. — Foram todos muito respeitosos e hospitaleiros conosco.

Alexei, impaciente, agarrou minha mão e me levou para dentro da barraca onde uma cadela cocker spaniel de cor fulva dormia, enrolada em sua caminha.

— Esta é Joy. Não é maravilhosa?

Dei um tapinha no pelo macio da cachorrinha e ela lambeu minha mão.

— Papai, quero que o senhor conheça uma pessoa.

Ele sorriu.

— Parece alguém importante. Traga-o aqui.

Apresentei Miguel, que se curvou profundamente e se dirigiu a papai como "Paizinho".

— A sua filha é uma ótima enfermeira, Paizinho. Sem o cuidado dela eu não estaria aqui.

— Fui informado por uma carta de minha mulher que um bastão abençoado pelo padre Grigori teve algo a ver com a sua sobrevivência. — Papai me olhou, esperando que eu confirmasse o que ele tinha dito. Não esquecera a minha denúncia de que o padre atacara uma das empregadas e ameaçara a mim. Acusações que ele ainda preferia considerar como fruto da minha imaginação. Agora, esperava que eu reconhecesse os poderes curativos do padre Grigori.

— Nós todos já vimos evidências de suas curas notáveis — foi tudo que consegui me forçar a dizer.

Um telefone tocou, o som estridente em desacordo com o som metálico do tango.

— Coisa maldita! Sempre me interrompendo! — irritou-se papai.

Um ordenança chegou.

— Perdão, Majestade Imperial. Sua Excelência, o ministro da Guerra precisa falar com o senhor.

— Que ele espere. Não está vendo que tenho visitas?

— Perdoe-me, Majestade, mas Sua Excelência diz que precisa urgentemente ter uma conferência com o senhor.

Papai blasfemou novamente, dessa vez em voz baixa, e fez um sinal com a cabeça.

— Muito bem, se ele precisa. — Pouco à vontade e inquieto, acendeu um cigarro. — Por que eles sempre me procuram? — disse ele, sem se dirigir a nenhum de nós. — Já distribuí várias medalhas hoje e li o relatório que enviaram pela manhã, pelo menos tentei ler. Por que eles insistem em me procurar?

Andei na direção da entrada da barraca.

— Vamos deixar o senhor à vontade para tratar dos negócios, papai.

— Não! Fiquem! Por favor, fiquem. Vai ser mais fácil para mim com vocês aqui.

Miguel trouxe uma cadeira para papai, e foi recompensado com um olhar de gratidão.

Pouco depois, o ministro da guerra Ignatiev entrou, seguido por vários secretários e, para minha surpresa, Constantino. Todos se curvaram diante de papai.

— Senhor, permita-me apresentar meu novo assistente, Constantino Melnikov. Ele já serve no ministério há quase um ano, e dou grande valor aos seus serviços.

Papai cumprimentou Constantino com um sorriso e um aceno de cabeça, e deu uma baforada no cigarro, envolvendo sua cabeça numa grinalda de fumaça que o fez tossir.

O ministro da Guerra, um homem de cerca de 50 anos, baixo e meio careca, eriçado de ansiedade, começou a falar rapidamente. Conhecendo Constantino tão bem, eu sabia que tudo o que ele podia fazer era ser paciente e ouvir. Estava claramente muito perturbado, a testa alta marcada pelas rugas de preocupação.

— Majestade, já é tempo de ação imediata, se esperamos preservar a Rússia. Enviei telegramas, telefonei, fiz tudo o que podia para alertar Vossa Majestade para as necessidades urgentes do exército e da população civil da capital. Ainda assim, não recebi nenhuma resposta. Por isso, vim até aqui para conversar pessoalmente com Vossa Majestade, na esperança de atrair sua atenção. Respeitosamente, eu peço agora essa atenção.

— Estou ouvindo.

Mas eu sabia que na realidade ele não estava ouvindo e, com a mão livre, tamborilava na mesa enquanto o ministro da Guerra falava:

— Senhor, eis o que precisa ser ordenado. — Retirou uma folha de papel do bolso do casaco e leu. — Primeiro: precisamos de mais seis trens entre a frente e Petrogrado. Um deles deve viajar exclusivamente entre Mogilev e Petrogrado. Segundo: precisamos de mais provisões, ou o exército não sobreviverá ao inverno. Os homens já começaram a comer a aveia destinada aos cavalos porque não há mais nada.

Papai sorriu e murmurou:

— Imagine!

Constantino ficou tenso diante da resposta.

— As reservas devem ser convocadas imediatamente, senhor. O Primeiro Exército está enfraquecido além da capacidade de luta, e o Regimento de Fuzileiros da Sibéria perdeu metade de seu efetivo no último ataque de gás. O Regimento Keksholm simplesmente deixou de existir. Há especulações sobre um golpe de Estado nas fileiras, e as deserções estão aumentando.

Papai empalideceu.

— Devo trazer um cálice de brandy, Majestade? — Era a voz profunda e tranquilizante de Miguel.

— Sim, por favor.

Miguel saiu e encontrou Chemodurov, que eu já tinha visto dormindo sob uma árvore. Em pouco tempo, Miguel voltou com um cálice e uma garrafa de brandy numa bandeja. Colocou tudo na mesa diante de papai e lhe serviu, como se fizesse isso a vida toda, em vez de tê-lo conhecido naquele momento.

Entrementes, o ministro da Guerra continuava a apresentar sua lista de medidas urgentes, citando o grande número de baixas nas fileiras, a renúncia de muitos ministros, a anarquia social em Petrogrado. Uma longa e assustadora lista.

Papai bebia o seu brandy e acendia um cigarro atrás do outro, cada vez mais nervoso.

— Na verdade, não sei o que mais posso fazer — afirmou ele, afinal. — Tento ajudar da melhor forma possível, leio os relatórios que você me envia, ouço o que você tem a dizer. Já não doei o meu novo Rolls-Royce para o corpo médico usar como ambulância? Não sei de que vocês querem me culpar. — Virou o rosto. — Sinto-me como Jó na Bíblia, um sofredor, que foi castigado com todas as pragas, dores e males do mundo. O senhor sabe que o dia do meu aniversário, 6 de maio, é o mesmo da festa do patriarca Jó?

Quando essa observação foi recebida em silêncio, ele virou levemente a cabeça na nossa direção e me olhou.

— Tania — murmurou —, você poderia levar o meu cão de caça para passear? Eu geralmente o levo neste horário. Ele deve estar ficando agitado.

— Claro, papai.

Mas, quando me levantei para sair, ouvi uma pancada sonora. Constantino tinha batido o punho na mesa.

— Tania! — Sua voz naturalmente alta estava ainda mais alta do que o normal. — Diga ao seu pai que não basta ele ouvir, ele tem de agir! E agir agora! Antes que seja tarde demais!

Trinta e sete

As palavras enérgicas de Constantino ressoaram no ar. Sem pensar, corri até ele e tentei afastá-lo da mesa.

— Pare! — gritei. — Você só está piorando as coisas! Agredir papai não vai resolver nada. Você já devia saber disso.

Constantino era um homem grande e pesado, e eu era muito leve para movê-lo.

— Ah, Tania querida, você é boa demais por me defender. Mas, na verdade, eu não preciso de defesa. Tudo é vontade de Deus. — Papai falava suavemente, a explosão de Constantino não o tinha perturbado. Tornou a encher o cálice de brandy e o segurou sob o nariz durante um momento antes de beber, saboreando o aroma.

— Isso é absurdo! — respondeu Constantino com desprezo. — Um país cai porque um homem é fraco e idiota! Que melhor argumento poderia haver a favor do fim da monarquia? — Exasperado e rancoroso, começou a se afastar da mesa, enquanto o ministro da Guerra, com a boca aberta e os olhos arregalados de assombro, observava impotente.

Miguel se moveu tão depressa e de forma tão silenciosa que Constantino só se deu conta de sua proximidade quando ele agarrou seus braços e os prendeu atrás das costas.

— Majestade, devo chamar os guardas para retirarem este traidor?

Papai suspirou profundamente e pousou o cálice na mesa.

— Não — disse depois de algum tempo. — Faça-o sentar-se e ouvirei o que ele tem a dizer. Afinal ele é um velho amigo de Tania.

Miguel olhou para mim.

— É este o homem de quem você me falou? O médico? O que trabalhava na clínica?

Assenti com a cabeça. Vi uma nova firmeza brilhar nos olhos de Miguel. Constantino tinha sido o meu amor. Portanto, era um rival.

— Se eu soltar você — perguntou Miguel a Constantino, usando um tom mais duro que antes —, tenho sua palavra de que você se sentará, manterá a calma e se comportará como um homem de honra ao falar com o tsar de todas as Rússias?

— Vou tentar.

— Majestade — começou o ministro da Guerra, depois de recuperar o uso da voz.

— Espere, Ignatiev. Vou ouvir o seu assistente, desde que ele não se arraste durante muito tempo.

Observei Constantino lutar para se controlar. Quando falou, já estava mais calmo.

— Majestade, peço perdão pela explosão. Falo com dureza por causa do meu amor pela Rússia e seu povo...

— E seu governante, esperamos — interrompeu Ignatiev.

— E seu governante e sua família. Deixe-me dizer o que acredito que deva acontecer.

— Muito bem.

— Acredito que o senhor deva olhar além do Exército e suas baixas e necessidades, além da probabilidade de a Rússia vir a perder a guerra.

O ministro da Guerra engasgou, mas papai levantou a mão.

— Deixe-o continuar.

— Acredito que o senhor deva dar muita atenção ao que acontece em Petrogrado.

— Petrogrado? Qual situação em Petrogrado? Quando saí a cidade estava em relativa paz, tão pacífica como sempre.

— As coisas pioraram desde a sua partida. Os trabalhadores estão em greve, a cidade está cheia de refugiados que não têm o que comer nem para onde ir, e que estão ouvindo, em grupos cada vez maiores, os discursos dos revolucionários.

— Agitadores — gritou papai. — Não passam de agitadores e criminosos. Deixem os soldados tratarem deles como sempre fizeram.

Eu via o esforço de papai para falar daquela maneira, para ouvir as notícias duras, e argumentar com Constantino. Sua voz ficava cada vez mais áspera e o fôlego, cada vez mais curto.

— Majestade, não existem soldados suficientes para lutar contra o inimigo e dominar os revolucionários. Eles são incapazes de manter a ordem. Não conseguem evitar o caos. Dia após dia, a Rússia é destruída, não pelos inimigos externos, mas por seu próprio povo. Um povo que exige mudanças e que quer governar. Afinal, os que detêm o poder parecem não ser capazes de fazê-lo com eficácia.

Papai colocou o cálice vazio sobre a mesa. Notei que sua mão tremia.

— Se as coisas em Petrogrado chegaram aonde você diz, então não há nada que eu possa fazer para interromper o que está ocorrendo.

— Com a permissão de Vossa Majestade, escrevi um breve memorando relacionando os passos que precisam ser tomados imediatamente.

Constantino tirou um papel dobrado do bolso e o entregou a papai, que não leu, mas o prendeu na corda amarrada em volta de sua cintura.

O ministro da Guerra se levantou.

— Vamos esperar as suas ordens em Mogilev, Majestade — informou ele, baixando a cabeça.

Com um olhar para Miguel, Constantino se levantou e, murmurando "Majestade", seguiu o ministro da Guerra e saiu da barraca.

— Que alívio! — disse papai, quando a comitiva saiu. — Pensei que nunca fossem embora. Agora, Tania, deixe-me oferecer a você e a Miguel um bom jantar. Vocês vieram de muito longe e devem estar cansados e famintos.

Estávamos realmente com muita fome e muito cansados. Depois de comer e beber a nossa cota (não parecia haver falta de comida em Mogilev), nos retiramos para o acampamento que nos foi preparado, mas não consegui dormir. Fiquei sozinha na minha barraca, depois de dizer a Niuta para dormir com seu marido, em vez de ficar comigo como sempre. Enrolei-me num cobertor e saí para o exterior.

O ar estava frio e úmido, mas não havia nuvens, e o céu estava cheio de estrelas. Descobri as minhas favoritas: a grande estrela vermelha chamada Betelgeuse, na constelação de Orion, e a flamejante Aldebarã, na constelação de Taurus, o touro, e a estrela branca e brilhante do cão que sempre seguia o caçador em sua viagem através do bojo escuro do céu.

Desfrutando o silêncio, parei e pensei na imensidão dos mundos espalhados acima de mim, tentando não deixar minhas preocupações com papai interferirem. Fiquei onde estava até sentir o perfume rico e doce de fumo. Olhei em volta e vi o brilho de um cachimbo. Era Miguel, sentado não muito longe de mim, vislumbrando como eu o céu noturno.

— Venha olhar as estrelas comigo — chamei.

Ele se levantou e se juntou a mim, batendo o cachimbo no chão e pisando nas cinzas.

Seu rosto brilhava à luz das estrelas, os olhos escuros suaves, os lábios cheios, calorosos e convidativos, suas carícias excitantes e, ao mesmo tempo, tranquilizadoras, fazendo-me sentir segura e protegida.

— Não há tiros de canhão esta noite. Sem guerra.

— Só as estrelas. Monsieur Gilliard diz que o universo não tem limites nem centro. Como é possível?

— Talvez seja como o amor, imenso e sem fim.

Então ele me beijou, e nossos beijos continuaram e continuaram, até que nos encontramos dentro da minha barraca e sob os cobertores da minha cama de campanha.

— Tão linda... Tão linda — sussurrou ele, enquanto beijava meu pescoço, meus ombros, meus seios, e meu penhoar era jogado para o lado. Amorosamente, eu o ajudei a se despir. A visão do seu corpo forte e esbelto já era familiar para mim, quase tanto quanto a do meu próprio corpo. Ele me ergueu de forma que eu me deitasse sobre ele, beijando-o e mordiscando-o com alegria, sentindo-o endurecer junto à minha virilha, meu próprio desejo crescendo na mesma intensidade.

Não tenho palavras para descrever o esplendor daqueles momentos, a primeira vez que nossos corpos se uniram e chegaram juntos ao ápice do amor. Nada poderia ter me preparado para a alegria sem limites que senti várias vezes naquela noite com Miguel, nossa primeira noite como amantes no sentido mais completo. Eu lhe disse que o amava, mas as palavras não eram capazes de descrever meus sentimentos, pareciam vazias.

— Minha querida Tania, finalmente só minha — disse ele, abraçando-me apertado. — Prometa que nunca vai amar ninguém mais.

— Eu prometo.

— Jure pelas estrelas.

— Juro pelo cão brilhante, pelo caçador e pelo touro. Juro pelo universo que não tem fim, como o nosso amor.

— Então estamos comprometidos.

— Sim.

— Haja o que houver.

— Haja o que houver, Miguel, sou sua.

Trinta e oito

Estávamos felizes, unidos e comprometidos, e então estávamos separados.

Quanto mais tempo papai passava com Miguel, mais sentia que podia confiar nele como empregado, companheiro e protetor. Chemodurov o havia servido fielmente desde a juventude, mas agora estava envelhecendo; era necessário um homem mais jovem para substituí-lo. Papai ofereceu o cargo a Miguel, que pensou ser seu dever aceitar. Manteve seu posto militar, mas foi designado para a equipe pessoal do tsar, em vez de servir no regimento.

E, como meu pai estava em Mogilev, Miguel também devia ficar lá por um período indeterminado.

Chorei quando os deixei para voltar a Tsarskoe Selo, pois não sabia quando veria qualquer um deles novamente, e não sabia se ou quando os alemães e austríacos tomariam o acampamento, colocando em risco a vida de todos eles.

Havia ainda mais um perigo, um perigo mais particular. Papai me levou para um canto antes da minha partida, e conversamos francamente sobre o assunto.

— Quero manter o seu irmão aqui comigo, Tania, apesar de ter consciência dos riscos para sua saúde. Se ele cair, se cortar, ou bater a cabeça, os médicos locais não poderão fazer nada. Alexei sobrevive pela graça de Deus e por causa das orações do padre Grigori, todos nós sabemos. É um milagre ele ainda estar vivo, quando todos na família esperam a sua morte.

— Espero que ele viva. Ele parece mais forte do que eu jamais imaginei, e está feliz aqui com o senhor.

— Ele é um grande conforto para mim. Mas nós dois sabemos que esta pode ser a última vez que você o vê.

— O primo Waldemar também tem a doença do sangramento e ainda está vivo. E ele é muito mais velho que Alexei.

— Seu primo é realmente notável. Mas lembre-se de que o irmão dele, Henrique, já morreu.

— Continuarei acreditando que Alexei sobreviverá.

— Você é uma boa menina, Tania. Nunca se esqueça de que eu amo você.

— Eu também amo você, papai. Muito! — E nos abraçamos entre lágrimas.

Foi uma despedida terrível, a minha partida de Mogilev numa manhã úmida, as lágrimas correndo no rosto de Alexei, Niuta tentando me apressar e Miguel fazendo o possível para me atrasar.

Quando Miguel e eu estaríamos juntos outra vez? Como eu poderia suportar a ideia de não saber?

Finalmente, acabaram-se as desculpas e, com um último abraço, afastei-me de Miguel e embarquei na carruagem ao lado de Niuta. Nossa escolta militar a postos, todos os suprimentos e bagagens carregados, o cocheiro estalou o chicote e nós partimos.

Quando chegamos a Petrogrado, vi com clareza que o que Constantino tinha tentado explicar a meu pai era verdade. A raiva prevalecia por toda parte. Nossa carruagem foi atingida por pedras e lixo quando cruzamos a cidade pelas amplas avenidas. Camponeses, trabalhadores em greve e mendigos, que calculei serem refugiados, se reuniam nas esquinas, conversando, lendo jornais (a maioria dos habitantes de Petrogrado sabia ler) ou, em alguns casos, ouvindo oradores inflamados de pé sobre bancos ou paredes de pedra, falando às multidões.

Algumas pessoas traziam grandes cartazes. "A terra pertence a Deus, não aos proprietários", era um dos que eu ainda me lembraria muito tempo depois. "Paizinho, alimente o seu povo", dizia outro, cruamente rabiscado em tinta vermelha (ou teria sido sangue?), sobre uma chapa de madeira. Senti um calafrio quando li vários cartazes que diziam "Morte à puta alemã", pois sabia muito bem a quem se referiam. Niuta tentou desviar minha atenção quando passamos pelos piores cartazes, os que não tinham palavras, somente representações grosseiras de minha mãe, com uma coroa na cabeça, abraçada ao amante barbudo, supostamente o padre Grigori.

Tanto ódio, tanto veneno, e tanta miséria. Os cartazes que vi me assustaram e me fizeram querer proteger minha família, mas também despertaram a minha piedade, pois o inverno estava chegando e eu sabia que muitas das pessoas que víamos nas ruas não teriam como sobreviver. Lembrei-me de como era o apartamento de Daria na primeira vez em que estive lá com Avdokia, um único cômodo imundo, lotado, o choro dos bebês e a água fétida no chão, a fome nos rostos das pessoas que viviam lá e que eu tinha feito tão pouco para aliviar. Já estivera em cabanas de camponeses antes e, embora elas fossem pequenas e abarrotadas, pelo menos eram quentes e tinham o seu charme, com um velho fogão no canto e imagens brilhando nas paredes. O apartamento miserável de Daria só oferecia abrigo e nada mais, nem mesmo decência.

Quando chegamos a Tsarskoe Selo e os imensos portões monumentais se fecharam atrás de nós, respirei profundamente e pensei: agora estamos em segurança. Pelo menos aqui, nos jardins do palácio, com tantos soldados e guardas para nos protegerem, estamos seguros. A primeira coisa que fiz quando chegamos foi encontrar mamãe e minhas irmãs e abraçar cada uma delas. Nem me importei quando Olga começou a tagarelar irritantemente sobre Victor. Não contei a ela o que aconteceu entre Miguel e eu, era uma coisa privada e preciosa demais e, além disso, não queria que mamãe soubesse o quanto ele significava para mim, ou como eu tinha arriscado a minha reputação ao deixá-lo compartilhar o meu leito.

Com Miguel constantemente em meus pensamentos, fiz o máximo para voltar à rotina da vida familiar. Olga, Marie, Anastasia e eu continuamos o trabalho voluntário no hospital, e também ajudamos a nova obra de caridade fundada por mamãe, o Fundo para Mães e Bebês, que oferecia roupas quentes e alimentos para as viúvas desamparadas dos soldados da capital. À noite, nos reuníamos no salão malva e líamos em voz alta trechos de algum romance (eu evitava ler *Guerra e paz*), ou Olga tocava piano para nós. Enquanto mamãe tricotava luvas de lã e suéteres para caridade, nós montávamos quebra-cabeças ou jogávamos baralho, embora Marie costumasse emburrar quando perdia, e Anastasia nunca conseguisse se concentrar no jogo, o que irritava Olga.

O tempo para aulas era muito curto, mas às vezes monsieur Gilliard lia trechos de livros sobre a história da Rússia ou nos ouvia treinar conversação em francês. Ele também nos trazia as últimas notícias sobre a guerra da França (ele tinha um primo na embaixada francesa que lhe fornecia jornais), em que, durante meses a fio, os ingleses e franceses lutavam contra os alemães em Verdun, e parecia que a terrível batalha nunca terminaria.

Eu escrevia diariamente para Miguel e enviava minhas cartas a Mogilev junto com as de mamãe para papai, pelo correio. Ele também me escrevia, com a frequência possível, mas suas obrigações o mantinham ocupado desde a alvorada até tarde da noite, pois papai gostava de passar as noites assistindo aos filmes americanos que enviara para o acampamento e fazia questão da companhia de Miguel.

Nossa vida se manteve assim por muitos meses, até que um dia, no verão de 1916, fiquei chocada ao ver o padre Grigori entrar no salão malva de mamãe. Tinha acabado de girar a maçaneta da porta no momento em que eu passava pelo corredor. Ele me viu, mas não me reconheceu. O rosto continuou sem expressão quando entrou e fechou a porta. Estava barbudo e com os cabelos longos, quase completamente grisalhos, caindo sobre o colarinho de cetim da camisa cara. Mesmo à distância, vi o brilho das pedras preciosas dos seus anéis.

Fui até a porta e tentei abri-la. Estava trancada.

— Mamãe — gritei. — Mamãe, a senhora está bem?

— Muito bem, querida. — Veio a resposta.

— O que esse homem está fazendo aqui? Pensei que papai o tivesse mandado para a Sibéria.

— Ele voltou de Pokrovsky para nos ajudar, querida. Você sabe como eu dependo dele.

Ouvi uma risada do outro lado da porta, o riso grave daquele bandido, o padre Grigori.

— Mande-o embora, mamãe! Não ouça o que ele diz!

— Você está sendo tola, Tania. Estamos bem. Preciso dos conselhos do padre Grigori.

Bati com força na porta.

— Não, mamãe, não. Mande-o embora!

Mas eu sabia que apesar dos meus protestos, nada do que eu dissesse seria ouvido. Finalmente, afastei-me e lancei meus medos e preocupações numa carta para Miguel.

Certa noite, Constantino veio ao palácio com o recém-demitido ministro da Guerra Polivanov — Ignatiev fora dispensado anteriormente logo após minha visita a Mogilev, e Polivanov assumira seu posto —, pedindo para falar com mamãe.

— É muito importante, Tania. Você poderia, por favor, perguntar a ela se pode nos receber?

Balancei a cabeça negativamente.

— Não, Constantino, não quero ver você gritando com ela como gritou com papai. Além do mais, ela nunca recebe ninguém à noite. Ela toma remédios e pouco depois se queixa de dor no estômago, ele sempre lhe provoca essas dores, e então ela toma ópio para aliviar o mal-estar e logo adormece.

Constantino balançou a cabeça com tristeza.

— Você sabe que, fazendo isso, ela está se prejudicando, não sabe? — Era uma afirmação, não uma pergunta. — Você sabe como o vício pode ser grave.

— Não consigo fazê-la parar. Já tentei explicar como as drogas são perigosas para o corpo, mas ela só diz que as pernas doem, o coração dói e os nervos estão sempre em trapos, o que ela pode fazer? Não tenho resposta.

— Você precisa encontrar uma. Mas Polivanov e eu temos notícias sobre esse novo ministro da Guerra, Boris Stürmer.

— O que tem ele? Eu digo a ela pela manhã.

— Nós queremos que ela saiba que quando a Duma se reunir... Eu serei deputado pelo partido Cadet, Tania, você sabia? Nós vamos revelar que esse corrupto Stürmer, que agora é primeiro-ministro, ministro da Guerra, ministro do Interior, tudo ao mesmo tempo, tem recebido subornos e vendido contratos de armas. E está vendendo segredos militares para quem pagar mais.

— Eu digo a ela.

— Esse Stürmer é aliado do padre Grigori. Estão amealhando uma fortuna.

— Ele esteve aqui na semana passada. Eu pensava que ele estivesse na Sibéria, mas ele voltou. O padre Grigori voltou.

A expressão de Constantino se tornou dura.

— Onde está o seu Miguel? Ele devia estar com você agora.

— Ainda está com papai em Mogilev. Ele agora é membro da casa imperial.

— Entendo. Bem, tenha sua pistola sempre à mão, Tania, e fique longe do padre Grigori. Não o deixe se aproximar de seu quarto, ou de suas irmãs.

— Acho que ele agora só vem visitar mamãe.

— Você sabe, ele está na raiz de tudo — continuou Constantino, tirando o lenço e secando o cenho. — Toda essa corrupção. Toda essa podridão no coração do governo. Precisamos nos livrar dele.

— Já atiraram nele duas vezes, e em ambas ele sobreviveu. A última foi em Pokrovsky. Pelo que sei, uma mulher que ele violentou tentou matá-lo.

Constantino me tomou gentilmente pelo braço e me levou do sofá, onde estávamos sentados, até um recanto cortinado no outro extremo da sala. Parou bem perto de mim e falou num sussurro:

— O que vou lhe contar jamais deve ser repetido. Há pessoas na família real que planejam eliminá-lo. Vai acontecer logo. Não deixe sua mãe saber, pois ela vai tentar evitar.

Alguma coisa no tom de Constantino e sua expressão me fizeram temer por ele.

— Você está participando disso, Constantino?

— Diretamente, não. Mas vou ajudar de todas as formas que estiverem ao meu alcance.

— Mas por que assassiná-lo? Por que não prendê-lo?

— Você sabe como os seus pais o protegem. E ele tem aliados na polícia. O povo o odeia, mas também o teme. Não, a única maneira é tratá-lo como um cachorro louco e matá-lo.

Pensei por um momento.

— Ele diz que é imortal. Ninguém pode matá-lo.

— Vou gostar de desmentir o mito.

Antes que ele e Polivanov saíssem, murmurei:

— Tenha cuidado, Constantino. Não assuma riscos excessivos.

— O que tiver de ser feito, será feito — concluiu ele com uma expressão sombria. — E rapidamente.

Trinta e nove

Um grito agudo e muito alto me acordou numa noite de nevasca, pouco antes do Natal. Parei para ouvir e o grito veio novamente.

É mamãe, pensei, e corri para vestir o penhoar.

— Ela deve estar tendo um pesadelo.

Niuta foi mais rápida e já corria pelo corredor até o quarto de mamãe.

Quando entramos, ela estava sentada na cama, o penhoar caído e os cabelos em completo desalinho, os olhos arregalados e o rosto pálido.

— Alguém atacou o pombo cinza! — gritou ela. — Estão enfiando alfinetes em seu corpo... Ele está sangrando, o sangue vermelho como oxicoco... Ele não vai conseguir escapar... Ah! Ah! Alguém atacou o pombo cinza!

Niuta tentou acalmar mamãe, mas ela a afastou, afirmando repetidamente que alguém prendera o pombo cinza. Estava acordada, mas não desperta. Parecia estar presa dentro de seu próprio sonho aterrador, incapaz de achar o caminho de volta ao estado de vigília.

Sentei-me ao lado da cama.

— Acenda algumas velas — disse a Niuta. — O escuro a está assustando.

Lembrei-me do efeito calmante da voz do Sr. Schmidt e da maneira tranquila com que ele procurava o sentido subjacente às imagens. Comecei a falar com mamãe a respeito do pombo cinzento.

— Ele vestia roupa cinza — disse ela depois de conversarmos alguns minutos. — Ele tinha o cabelo grisalho. Era tão inocente, tão indefeso, tão igual a um pombo.

— Quem, mamãe?

— Ora, você sabe quem. — Ela me olhou diretamente pela primeira vez. — Você antes o amava. Agora você o odeia. Por que você o atacou?

— Diga quem eu amava. Diga-me o nome.

— Não. Você o odeia. Você diz que ele é mau.

Só havia uma pessoa que, pelo menos na minha infância, vestia túnicas e calça cinzentas e tinha cabelos grisalhos, e que fingia um ar de inocência. Só me lembrava de uma pessoa que amei e agora odiava. Era o padre Grigori.

Foi como se uma mão fria me corresse pela coluna. As imagens de ataque, perfuração, sangue. Seria possível que mamãe estivesse vendo em sonho o que Constantino me dissera? A eliminação do obscuro Rasputin?

Quarenta

Foi Sedynov quem nos trouxe os primeiros boatos.
— Estão circulando por todo o distrito de Narva — contou ele, sem fôlego, depois de ter subido as escadas até o quarto de Olga, onde minhas irmãs e eu estávamos reunidas. — Ninguém fala de outra coisa nas tavernas dos trabalhadores. Todos brindam aos libertadores que mataram Rasputin!

— Ele está morto, não há dúvida — interpôs Niuta. — Ouvi ontem na estrada Schlüsberg. Nikandr também ouviu.

Seria verdade, perguntei a mim mesma, ou seria apenas um boato, um entre dúzias de boatos que se espalhavam como tifo pelas ruas apinhadas de Petrogrado? Os terríveis pesadelos de mamãe foram então uma profecia?

Logo, o capitão Golenishchev, um oficial da guarda que tinha participado da nossa escolta à época da comemoração do tricentenário, chegou ao palácio e pediu para ser recebido por mamãe. Ela estava me ajudando com um suéter, que eu tricotava, quando ele foi admitido.

Mamãe engoliu em seco.

— Sim, capitão Golenishchev?

Ele estava agitado, hesitante.

— Vossa Alteza Imperial, manchas de sangue foram encontradas na ponte Petrovsky.

— É verdade? Houve muitos suicídios durante este inverno. Talvez seja mais um.

— Se ao menos eu pudesse concordar, Alteza. Mas... uma bota também foi achada no mesmo local.

— Sangue e uma bota, e o senhor traz aqui esta notícia?

O capitão pareceu tímido.

— Eu jamais sonharia em perturbar Vossa Alteza Imperial com um assunto sem importância. Mas, neste caso, a bota pertencia a Grigori Novy, conhecido como Rasputin... Creio que a senhora o chamava de padre Grigori...

Mamãe sentou-se ereta na cadeira.

— O senhor tem certeza de que a bota era dele?

— Nossos investigadores têm certeza, sim.

Manchas avermelhadas surgiram no rosto de mamãe.

— Ordenei que ele fosse protegido. Por que ele não foi protegido?

— Esforços foram feitos, Alteza Imperial, posso lhe assegurar. Como a senhora, eu também o queria protegido por muito tempo. Fiz o máximo possível. Mas não vim falar apenas da bota e das manchas de sangue. Nós acreditamos que a família real possa estar em perigo.

Mamãe fez um muxoxo.

— Vivemos em perigo durante anos. Talvez o senhor se lembre dos lançadores de bombas, das tentativas de assassinato...

— Esta ameaça pode vir de dentro do palácio. Certos membros descontentes da família...

Mamãe estendeu o braço e me puxou para si.

— Mande cercar o palácio imediatamente. Avise ao meu marido.

— Ele já foi avisado, Vossa Alteza Imperial. Há tempos ele sabe da existência desta ameaça.

A respiração de mamãe ficou entrecortada. O choque terrível de ouvir a notícia da morte do padre Grigori se alternava com o horror das palavras do capitão Golenishchev.

— Não. Não, não, não — repetia ela. — Não a minha família. Não os meus filhos. — Ela me abraçou tão forte que meu peito doeu.

— Por favor, mamãe. Não consigo respirar.

Nos dias seguintes, Sedynov nos manteve informadas sobre a enorme explosão de alegria que saudou a notícia da morte do padre Grigori. Todos os nossos empregados se deleitaram, especialmente Daria, e não conseguiam esconder o sorriso, apesar do esforço para disfarçar a alegria na presença pálida de mamãe. Em Petrogrado, disse Sedynov, era possível ver comerciários, soldados e camponeses parando nas ruas e trocando as notícias felizes.

"Rasputin está morto", gritavam. "O amante malvado da imperatriz está morto!"

Era como se uma maldição tenebrosa, que pairava sobre o império durante anos, tivesse sido retirada, e libertado o povo escravizado sob ela. A oratória política se reacendeu como nunca antes, pois, se Rasputin podia cair assassinado, então a monarquia também podia ser derrubada, ou pelo menos era o que diziam os súditos mais radicais de papai. E assim continuaram os festejos ruidosos.

Cartas venenosas ameaçadoras chegaram para mamãe.

"A menos que você pare de arruinar o país com suas intrigas, os assassinatos vão continuar", dizia uma delas. Ela estava convencida de que as mensagens vinham de pessoas da família, assim como acreditava que o assassinato do padre Grigori era uma conspiração familiar. Os assassinos, que logo foram identificados como o cunhado de tia Xenia, Felix Yussupov, e o primo de papai, Dimitri, nunca foram punidos. Na mente de mamãe, todo o clã Romanov estava por trás do assassinato, como se cada um tivesse fincado uma adaga no corpo do padre Grigori.

— Eles virão atrás de mim em seguida — confidenciou-me.

— Não, não diga isso, mamãe!

— Apenas observe. Veja se não virão.

Durante algum tempo, passei a dormir no quarto dela, com meu revólver carregado sob o travesseiro. Guardas foram postados do lado de fora do quarto, mas isso não nos confortava, pois sabíamos que circulavam boatos em Petrogrado que muitos dos soldados imperiais já não eram leais a papai nem à sua família. Os homens do lado de fora da porta poderiam muito bem ser assassinos, comentávamos entre nós em confiança. Diziam que estavam por toda parte, além de espiões e agentes inimigos. Não se podia confiar praticamente em ninguém; como nunca acontecera antes, tínhamos de nos apoiar umas nas outras.

Como eu desejava, naqueles dias tensos, que papai e Miguel estivessem conosco em Tsarskoe Selo, em vez de tão longe em Mogilev. Nas minhas cartas eu contava a Miguel tudo que estava acontecendo, e recebia respostas amorosas e preocupadas, ainda que pouco frequentes. Tinha muita saudade dele e ansiava pelo dia de sua volta.

Um buraco profundo foi cavado no chão gelado para receber o corpo quebrado do padre Grigori. Não quis ver o cadáver, mas mamãe insistiu que cada uma de nós olhasse o caixão de carvalho para nos despedirmos, e colocarmos uma lembrança dentro dele. Forcei-me a olhar mais uma vez o rosto inchado e desfigurado, emoldurado por esparsos cabelos grisalhos, e pus um frasco de óleo de losna (falsamente rotulado de "mel") no caixão, antes que fosse fechado e pregado.

Ficamos em silêncio em volta do buraco aberto havia pouco, a neve caindo em flocos macios sobre nossos casacos, chapéus e xales. Nenhum coro cantou e nenhuma procissão circulou o túmulo com imagens e incenso, pois o padre Grigori estava sendo enterrado em terreno não consagrado, e o sacerdote que falou breves palavras sobre seu corpo não tinha sido enviado pelo bispo, mas convocado e pago por mamãe.

Não gostei de estar presente. Senti-me forçada a honrar um homem que desprezava, até mesmo na morte. Encolhi-me quando vi mamãe manusear reverentemente sua camisa manchada de sangue, a última camisa que ele vestiu, e colocá-la dentro de uma grande cruz de madeira oca que mandou prender na parede. Lembrei-me de que tia Ella tinha feito a mesma coisa com a camisa ensanguentada de tio Gega. Será que mamãe via padre

Grigori como uma espécie de segundo marido? Não conseguia imaginar que ela tivesse dormido com ele, apesar de muita gente em Petrogrado acreditar exatamente nisso. A ideia parecia absurda demais, e muito dolorosa.

— Tire essa expressão do rosto, Tania — disse mamãe, enquanto eu olhava para o chão gelado. — É falta de respeito para com os mortos.

No bolso do meu casaco havia uma nota amassada que encontrei no piso do salão malva de mamãe, um bilhete que ela ou outra pessoa tinha rasgado com a intenção de destruir. Ainda era legível. Reconheci a letra característica, grande e angulosa do padre Grigori.

"Deus é amor. Eu amo, Deus perdoa. Grigori."

Tirei o bilhete do bolso e olhei-o. Então amassei-o e joguei-o na cova. O sacerdote terminou de recitar suas últimas orações, enquanto mamãe soluçava em seu lenço. A neblina descia e girava em torno de nós, e seu sopro frio me fez tremer. Senti alívio quando os coveiros chegaram e começaram a jogar a terra escura sobre o caixão, e depois de nos persignarmos uma última vez, fomos todos em silêncio para casa.

Quarenta e um

Ninguém jamais vira uma nevasca como aquela! O inverno de 1917, três meses de um frio torturante, que agulhava e castigava cruelmente as dezenas de milhares de pessoas nas ruas de Petrogrado. O ar era como neblina congelada, opaco e ameaçador. Até respirar era doloroso. Uma nevasca depois da outra caía sobre a cidade, deixando trilhas espessas de neve, mais de 4 metros de altura, tão altas que poderiam ser montes num festival de inverno.

Só que não havia a atmosfera de festival: não havia nada além de sofrimento e fome, e a busca urgente e incessante pela mudança. Pela transferência do poder para o povo. Pela revolução.

Em todas as esquinas havia fogueiras, em todos os cruzamentos havia uma labareda em torno da qual homens com paletós sujos estendiam as mãos para aquecê-las, mãos em que faltavam dedos, perdidos para o frio congelante. Por toda parte se ouvia o som das botas triturando o gelo, grosso e preto, tão escorregadio que os cavalos não conseguiam atravessá-lo sem cair.

Vi os montes formados pelo vento, o gelo e as pessoas revoltadas nas ruas, quando fomos a Petrogrado visitar tia Olenka, para cumprimentá-la pelo casamento com seu amante de muitos anos, Nikolai Kulikovsky. Ignorando novamente todos os conselhos, mamãe me levou a Ouchinnikov, a loja de ourives na rua Bolshaia

Morskaia, para me comprar um bracelete igual ao que ela usava, e a multidão na rua quase derrubou nossa carruagem. Eu ficava sabendo sobre a situação em Petrogrado por meio de Sedynov, que ia à capital pelo menos uma vez por semana, e de Daria, que estava feliz por seu sonho de uma Rússia governada pelo povo estar prestes a se tornar realidade.

Estávamos sentadas junto à janela do meu quarto, a camada de gelo tão grossa sobre o vidro que quase não conseguíamos distinguir as formas do lado de fora. O cachorrinho de Daria estava em sua cesta, Artipo dormia ao lado da minha cadeira. Iskra estava sentada numa almofada no chão, lendo um livro inglês que mamãe lhe dera. Vez por outra, monsieur Gilliard lhe dava aulas. Ele me disse que ela era uma criança precoce com facilidade para aprender. Tinha os mesmos cabelos claros e os olhos azuis de Daria, mas seu rosto possuía um formato mais exótico do que o da mãe, quase asiático, e sua pele era dourada. Seu pai, Daria me contou, tinha vindo da Mongólia. Como ele chegara à capital russa, eu nunca fiquei sabendo.

Estávamos sentadas conversando calmamente quando Niuta entrou.

— Tania, sua mãe a espera no quarto, agora.

Fui imediatamente e encontrei minhas irmãs e meu irmão de pé no quarto, com as camareiras de mamãe e monsieur Gilliard.

— Tenho notícias muito tristes — começou ela, lutando para se controlar. — Do quartel-general onde seu pai está.

E onde Miguel está, pensei.

— Fui informada... — Ela se interrompeu, engoliu em seco, e continuou. — Fui informada... — Fez outra pausa, as mãos tremendo. Ela juntou as mãos apertadas junto à cintura. — Filhos, preciso lhes dizer que o seu pai decidiu que será melhor para a Rússia se ele renunciar em favor de seu tio Miguel.

Ficamos sem fala. Então Olga começou a chorar baixinho, e logo todos tínhamos lágrimas correndo pelas faces. Mas éramos todas grã-duquesas e tínhamos sido bem-treinadas. Continuamos de pé, as costas retas e cabeças altas, observando mamãe. Se ela era forte, nós também seríamos, mas pobre papai!

— Então ele abdicou — constatou monsieur Gilliard. — Foi forçado a assinar o instrumento de abdicação.

Doía ouvir aquelas palavras.

— Sim — confirmou mamãe, em voz baixa, obviamente sem fôlego, as mãos ainda apertadas junto da cintura.

— Ele vai ter permissão para voltar para cá, para Tsarskoe Selo?

Mamãe balançou a cabeça, e começou a falar, mas não conseguiu. Então fechou os olhos, os joelhos falharam e ela caiu no chão.

Pode parecer estranho — é estranho para mim, quando olho para o passado —, mas do que me lembro com mais clareza, nas semanas e meses que se seguiram à abdicação de meu pai, é de um som de raspagem constante. Eram os trabalhadores no telhado, raspando a neve e o gelo. Não paravam nunca, só por algumas horas à noite quando, acredito, eles deviam dormir.

Afinal, muita neve tinha caído, e certamente havia uma concentração muito além da normal de gelo no teto. Tudo que sei é que o som persistia e os trabalhadores continuavam a trabalhar, ainda que muitos empregados da casa tivessem fugido sem nem uma palavra, e os soldados que guardavam o palácio também começassem a desertar em grande número.

As mudanças no palácio foram repentinas e severas. Primeiro, a eletricidade foi cortada, deixando-nos apenas velas para iluminar os quartos e lenha para cozinhar. Depois, descobrimos que não tínhamos água nas torneiras; nossa opção era quebrar o gelo na superfície do lago do parque do palácio e carregar a água gelada em baldes. Durante alguns dias, Niuta fez o possível para fornecer água morna para minhas irmãs e eu, aquecendo a água do lago no fogão e derramando-a na banheira de prata, que era levada para a cozinha para facilitar a tarefa. Mas era muito demorado aquecer cada balde, e o ar era tão frio que a água quente logo esfriava quando era derramada sobre nós. Logo, abrimos mão da ideia de tomar banho na banheira. Com os dentes batendo, passamos a nos lavar com água fria sob um chuveiro improvisado.

A situação de papai nos preocupava, principalmente depois de ouvirmos que tio Miguel, sem disposição para assumir o odiado papel de tsar, também abdicou. Era o fim do governo Romanov, ainda que mamãe continuasse a insistir que a abdicação forçada de papai era ilegal, e a afirmar mais energicamente que um tsar ungido nunca poderia renunciar à autoridade que lhe fora dada por Deus.

Esperávamos mensagens, ficávamos atentas ao toque do telefone, mas nada chegava. Por que papai não voltava para nós? Estaria preso? O novo governo provisório, fomos informadas, não iria ordenar a sua execução. Certamente eles ainda tinham um vestígio de piedade pelo Paizinho que os governara desde sempre.

Então, Constantino visitou-nos oficialmente como deputado do governo provisório. Sua tarefa era se informar sobre a eficácia da segurança do palácio, ou seja, verificar a lealdade ao novo governo dos carcereiros, que deviam evitar nossa fuga, e conferir nossa segurança no caso de um motim dos guardas, ou uma tentativa contra as nossas vidas pelos verdadeiros comandantes em Petrogrado: o recém-formado Soviete de Trabalhadores, Soldados e Camponeses.

— O que todos vocês precisam entender — explicou-nos Constantino num dos poucos momentos privados que tivemos — é que a capital está um caos. Nós, os delegados, estamos tentando governar, ou seja, manter longe o caos, mas discordamos em muitas coisas. Brigamos, discutimos. Não conseguimos encontrar uma vontade comum. Temos tantas questões a enfrentar, a guerra, as carências, os operários insatisfeitos, que acabam nos vendo como nenhum melhoramento em relação à velha monarquia, e querem mudanças mais radicais.

Caminhou de um lado para outro, o cenho franzido. Rugas profundas de preocupação tinham riscado sua testa desde nosso último encontro.

— Você não pode imaginar como as coisas estão difíceis. Não há carne, nem pão, nem sal no mercado. Para os sem-teto, não existe nem um armário para alugar. Saqueadores invadem as mansões em Fontanka, arrombando adegas de vinho e se embebedando. Ninguém trabalha...

— Os operários foram subornados para entrar em greve! — explodiu mamãe. — Inimigos do Estado estão solapando toda autoridade. Forças tenebrosas estão soltas, instintos assassinos...

— A senhora não entende? Não existe Estado! Não existe autoridade! Enquanto discutimos e debatemos, o soviete ergue a bandeira vermelha dos bolcheviques em todos os edifícios públicos. Tomaram as ferrovias e o telégrafo. As pessoas os procuram em busca de ajuda, não a nós.

— Por que papai não volta para casa? — perguntou Anastasia. Houve um silêncio quebrado apenas pelo ruído constante da raspagem do telhado.

Constantino parou e olhou o rosto de minha irmã.

— Não sei, querida. Tenho certeza de que ele vai estar com vocês tão logo seja possível.

Então, depois de apertar minha mão e me dar um breve sorriso, ele precisou sair e se foi.

Numa tarde escura e nebulosa, os guardas admitiram no palácio uma figura familiar e corpulenta, alta como um homem, mas vestindo uma saia amarela encardida e um pequeno brinco de ouro.

— Avdokia! — gritei quando a vi. — Ah, como é bom ver você!

E, na verdade, eu estava alegre por ver alguém que não era um guarda ou visitante do governo provisório naqueles dias isolados e difíceis.

— Trouxe isto para sua mãe — disse ela asperamente. Mostrou-me uma imagem da Virgem Maria, a cabeça coberta por um véu dourado e as roupas brilhando à luz das velas. — É do túmulo dele.

Eu soube imediatamente a que túmulo ela se referia.

— Os guardas abriram o túmulo de meu primo Grigori Novy. Eu os vi quando vim entregar leite. Puseram o corpo num caminhão. Fedia. Disseram que iam queimá-lo junto com tudo mais que havia no túmulo. Eu pedi a imagem e eles me deram.

— Você fez isso por minha mãe?

— Não. Por mim mesma. A imagem poderia me render 100 rublos no mercado. Eu ia vender. Mas conhecia meu primo. Ele ia querer que ficasse com sua mãe.

Pisando duro, ela se virou para sair antes que eu tivesse a oportunidade de lhe agradecer.

— Avdokia! — gritei. — Por que você ainda vem aqui? A maioria dos empregados nos abandonou.

Ela deu de ombros.

— Todo mundo precisa de leite — respondeu e saiu.

Mamãe pendurou a santa na parede do salão malva, uma parede já coberta de outras imagens, e orava diante dela todas as noites.

— É uma imagem milagrosa — revelou-me em segredo. — A Virgem chora. Está chorando pela Rússia, e não pode ser consolada.

Quarenta e dois

Miguel! Finalmente, depois de longos e tediosos meses, ele voltou para mim, passando pelos portões de Tsarskoe Selo ao lado de papai, ambos cercados por uma escolta de soldados carrancudos.

Nos abraçamos, nos beijamos e choramos despudoradamente diante de minha família, dos guardas que escarneciam de nós, de Nikandr e Niuta, que sorriram e se deram as mãos, e de Daria, que balançava a cabeça satisfeita. Nossa alegria foi apenas uma parte da felicidade maior que minha família sentia pela volta de papai. Era uma alegria amarga, porque o homem que recebíamos estava despido de seu imponente uniforme, sua espada, suas medalhas, de seus títulos e de seu posto, chamado agora apenas de Nicolau Romanov, um homem que tivera sua dignidade roubada.

E não só roubado em sua dignidade, mas sujeito à violência e à humilhação.

Para os nossos carcereiros era um prazer atormentá-lo, empurrá-lo por trás quando ele andava, latir ordens que ele não ousava desobedecer. Nos dias que se seguiram à sua volta, nós o vimos ser maltratado inúmeras vezes, e submetido a atos mesquinhos de pura maldade. Todas nós sentíamos uma vontade raivosa de intervir, mas papai não permitia. Levantava uma mão e dizia baixinho:

— Não tem importância. Deixe estar.

No primeiro dia quente e nublado depois da sua volta a Tsarskoe Selo, quando o longo inverno começou a dar lugar à primavera, tivemos permissão para fazer um piquenique no terreno do palácio. Para nós era um privilégio; não sabíamos se aquilo significava um degelo na atitude dos carcereiros, um paralelo ao descongelamento da neve e do gelo nos telhados.

Toda a família foi conduzida pelos jardins, maltratados e esquecidos desde a abdicação de papai, até a extremidade do gramado, e lá os guardas nos ordenaram que estendêssemos a toalha de piquenique sobre a grama rala ao lado da grade alta que contornava o parque. Para nossa surpresa, muitas pessoas estavam do outro lado, gritando para nós, insultando-nos. Um ou dois cuspiram em papai e chamaram mamãe de "puta alemã".

— Vejam as putinhas alemãs! — gritavam para mim e minhas irmãs, e os guardas riam. — Todas as putinhas, iguais à puta mãe!

— E lá está o doente! — zombavam de Alexei. — O que tem a doença inglesa! Parece que vai cair morto!

Papai ergueu a mão e nos lançou tal olhar que decidimos não retribuir aos insultos, apesar de eu me sentir mais zangada a cada minuto. Tudo o que eu podia era não responder aos gritos cruéis.

— Vamos, Romanov, comam seu piquenique! — ordenou o chefe dos guardas. — Comam, é uma ordem!

— Acho que vai chover — respondeu papai com toda gravidade e calma. — Podemos levar o piquenique para dentro?

— Depois. Agora comam!

A um sinal de papai, nós nos sentamos na toalha do piquenique, desembrulhamos rapidamente a comida no cesto e tentamos comê-la o mais rápido possível. Mas era difícil forçar-nos a comer uma única porção com a gritaria e os insultos constantes. Mastigar era um tormento, engolir, praticamente impossível, embora eu conseguisse forçar algumas mordidas goela abaixo. A comida não tinha gosto e ficou presa na minha garganta e me fez tossir.

Anastasia cuspiu a comida. Marie conseguiu derramar o seu prato, embora eu não possa dizer se ela o fez de propósito ou não. Mamãe estava sentada na toalha, imóvel, o rosto sem expressão. Papai comia, lenta e metodicamente, até que as primeiras gotas de chuva começaram a cair.

Olhamos para o céu, agradecidos, esperando poder voltar para o palácio, agora que o tempo tinha mudado.

Mas estávamos enganados. Fomos forçados a ficar onde estávamos, enquanto a multidão atormentadora aumentava, indiferentes à chuva, e os carcereiros, felizes com a nossa humilhação, observavam a cena, fazendo comentários grosseiros para nós e entre eles mesmos, cutucando-se nas costelas e rindo.

A água da chuva corria pelos nossos rostos, entrava na boca e se misturava com a comida sem gosto, até que no fim os pratos estavam limpos, a comida levada pela chuva para a grama, e nós estávamos completamente encharcados.

— Muito bem, Romanov — gritou o chefe dos guardas. — De volta para a cadeia. O piquenique acabou.

Meu estômago doía. Eu sentia náusea. Mas tinha medo de que, se vomitasse diante dos nossos carcereiros, houvesse mais punições para nós. Enquanto voltávamos para o palácio, fiz o máximo esforço para controlar o enjoo, agarrando-me a Olga que, eu sabia, também se sentia mal, concentrando-me em dar um passo por vez.

Com grande esforço consegui me controlar até chegar ao meu quarto. Mas, uma vez lá dentro, corri para a pia e vomitei toda a comida que tinha engolido, tendo espasmos até que nada mais saísse, sentindo que nunca mais teria vontade de comer qualquer coisa, nunca mais.

Nenhum dos empregados teve permissão para nos acompanhar ao piquenique mortificante, mas, se Miguel estivesse lá, tenho certeza de que ele teria extravasado a raiva, e seria punido por isso. No dia seguinte, quando estávamos sozinhos no quarto que lhe tinha sido reservado nos alojamentos dos empregados, ele me mostrou as novas cicatrizes no peito e nos braços por ter lutado contra os captores de papai, nos primeiros dias após a abdicação.

— Essas lembranças parecem me perseguir — contou ele, sorrindo o seu sorriso travesso e olhando as marcas. Nenhum de nós falou da cicatriz mais antiga, a do campo de batalha que agora estava quase completamente curada. Deitamos nos braços um do outro, o bálsamo do amor aliviando a irritação diária com nossos carrascos. Quando estava com Miguel não tinha consciência de nada além dele: seu hálito, seu cheiro, seu corpo apertado contra o meu, a segurança que eu sentia ao seu lado. Ele era tudo para mim, e, quando estávamos juntos na sua cama estreita, seu rosto acima do meu à luz suave da vela, eu não conseguia deixar de pensar que não existia alegria maior na vida.

Eu me sentia culpada, envolvida no casulo protetor do meu amor por Miguel e pelo seu amor por mim, enquanto minha família sofria. Eu também sofria como eles, mas, no fundo, onde o amor se encolhia no centro do meu ser, nenhum sofrimento poderia me atingir.

Quarenta e três

Não permitiam que comêssemos frutas. Não permitiam que nos lavássemos além de uma vez por semana. Forçaram-nos a lavar nossas próprias roupas. (Pensei em vovó Minnie, que mandava suas roupas para serem lavadas em Paris.) Não nos permitiam fazer chá antes das dez da manhã, nem depois das quatro da tarde.

Não permitiam flores em nossos quartos. Não permitiam chamadas telefônicas, só do telefone da sala da guarda, onde podiam ouvir tudo que dizíamos. Levaram as minhocas de Anastasia e enterraram-nas no jardim, onde todas morreram imediatamente. Leram o diário de mamãe, arrancaram todas as imagens da parede do salão malva, sujando-as com seus dedos imundos, antes de relutantemente devolvê-las.

Quebraram tudo, procurando alguma evidência que pudesse ser usada contra nós como inimigos da revolução. Cadeiras e sofás velhos foram rasgados, baús antigos foram revirados, pinturas rasgadas e guarda-roupas eviscerados. No vasto salão de passar, todas as tábuas foram destruídas, quase todos os livros da ótima biblioteca de papai viraram retalhos, as capas de couro arrancadas e as letras douradas retiradas e jogadas no lixo.

E sobre as ruínas do que sobrou do palácio içaram uma bandeira vermelha e deram ao edifício o nome de Casa do Povo.

O que mais fariam? Morríamos de medo do que poderia acontecer, e especulávamos continuamente sobre o que seria. Constantino continuou a vir ao palácio para nos observar e relatar aos colegas no governo sobre a nossa segurança, e nos informou que a situação política em Petrogrado estava fluida e instável. Os membros do governo provisório pareciam mudar a cada duas semanas, com pouca continuidade de membros ou de objetivos entre uma mudança e outra. As pessoas diziam que um golpe de estado estava sendo planejado, que tudo o que os revolucionários tinham feito seria varrido e uma nova autoridade assumiria o poder. Alguns diziam que vovó Minnie governaria de Kiev, outros que seria Nikolasha, primo de papai, ex-comandante do exército.

Falavam ainda que em breve o Soviete de Trabalhadores, Soldados e Camponeses se tornaria o poder dominante, e que papai seria tratado sem piedade, provavelmente até executado, assim como o restante de nossa família. Este pensamento deprimente me fez entender que seríamos idiotas se continuássemos mais um momento que fosse na nova Casa do Povo. Tínhamos de descobrir um meio de partir, e logo.

Deitada na cama, fingindo ler, fiz uma lista das pessoas a quem eu poderia recorrer em busca de ajuda. O primeiro foi o primo de papai, o rei Jorge da Inglaterra, que também era primo de mamãe. Além dos laços íntimos de família, a Inglaterra era aliada da Rússia. Certamente o rei seria obrigado a resgatar seus parentes. Talvez, pensei, o rei Jorge até já estivesse se preparando, naquele exato momento, para nos salvar. Talvez não tivéssemos de esperar muito.

Então escrevi o nome de Adalberto. Tinha poucas notícias dele desde o primeiro ano da guerra, quando seu navio, o *SMS Derfflinger*, foi danificado em Dogger Bank na batalha com a marinha britânica. Ele me escreveu depois da batalha para dizer que tinha sobrevivido e que estava sendo transferido. Mas, desde então, só recebi duas cartas muito curtas, assegurando-me da sua afeição e preocupação e dizendo-me que esperava que tudo estivesse bem com a nossa família. Não sabia se ele tinha enviado mais cartas que nunca recebi, cartas interceptadas e destruídas pelos guardas.

Quem mais poderia haver? As irmãs de mamãe, Vitória e Irene, cujos maridos eram oficiais de alta patente e que poderiam enviar um grupo de resgate pelo mar. Ernie, o irmão de mamãe? Tia Olga?

Ponderei cada um deles, mas com exceção do rei Jorge e talvez Adalberto, com seu iate *Mercury*, não parecia provável que alguém mais pudesse vir nos ajudar. A menos que o resgate chegasse muito breve, teríamos que tentar a fuga sozinhos.

Miguel e eu fomos conversar com papai sobre as minhas ideias.

Nós o encontramos caminhando na ilha das Crianças, com dois guardas, que fumavam encostados a uma árvore, vigiando-o. Nossos guardas, que tinham nos escoltado desde o palácio, se juntaram aos de papai, o que significava que estávamos a cerca de 6 metros deles. Vez por outra, lançavam olhares carrancudos em nossa direção, mas estavam preocupados sobretudo em fumar e conversar.

Papai nos abraçou. A cada dia ele gostava mais de Miguel, e sempre se alegrava com a visão dele.

— Veja, Miguel — disse ele apontando o ombro esquerdo —, eles não permitem que eu use minhas dragonas, e as levaram. O que você acha que fizeram com elas? Não me sinto vestido sem as minhas dragonas.

— Eu também sinto falta da minha farda, senhor. O senhor sabe, o 5º Circassiano.

— Excelente unidade, o 5º Circassiano. — Papai balançou a cabeça, uma expressão sonhadora nos olhos.

— Eu tive orgulho de pertencer a ela.

Papai pareceu espantado.

— Você ainda pertence a ela.

— Não, quero dizer, para o Exército o 5º Circassiano não existe mais.

Papai ficou abismado.

— O quê? Eu não fui informado.

— Papai — interrompi —, lembre-se de que o senhor renunciou ao seu trono, e não é mais o comandante do Exército. O senhor não é informado de nada do que acontece.

Ele se eriçou ao me ouvir, mas não disse nada.

— Quando souberam que o senhor tinha sido forçado a abdicar, os homens do 5º Circassiano se recusaram a aceitar qualquer outro comando que não o seu. Denunciaram o governo provisório como uma fraude. Por isso, alguns foram presos, os outros continuam rebeldes. Meu amigo Archile me disse que um grande grupo deles foi para o sul, de volta ao Cáucaso, e só cerca de duas dúzias continuam em Petrogrado. Pelo que sei, ainda são leais ao senhor, e obedecerão a qualquer ordem que o senhor lhes dê.

Eu poderia jurar que papai ficou comovido ao ouvir acerca desse pequeno grupo de homens leais. Mas, quando voltou a falar, os assuntos eram completamente diferentes.

— Tania, você sabia que Miguel e eu saíamos para caçar nas florestas em Mogilev? — perguntou ele, quando retomamos nossa lenta caminhada pela ilha, seguidos pelos guardas.

— Sim, papai. Miguel me escreveu a respeito das suas caçadas.

— Você sabia que matamos dois alces num só dia? Você escreveu a ela sobre esse dia, Miguel?

— Escrevi, senhor.

— E que também conseguimos acuar um urso, não foi? — De repente, papai estava cheio de energia. — Ainda era filhote, nós o amansamos. Nós o chamamos de Dobrinya. Urso bom. Era um belo bicho de estimação, não era?

— Era, sim.

Papai olhou para nós, e no seu olhar eu senti o amor.

— Passamos bons tempos juntos em Mogilev, não é verdade?

— Fizemos o possível, senhor. Se ao menos a guerra não fosse tão terrível, e ocupasse tanto os nossos pensamentos...

Porém eu sabia, no exato momento em que Miguel falava, que para papai a guerra, a guerra de verdade, a guerra de balas, cadáveres e sofrimento sem sentido, tinha sido apenas uma espécie de dor distante. Um sentimento de pesar, não uma dor aguda. Ele sabia, mas sua mente se recusava a perceber a verdade sobre sua vida, tudo o que ele fora, tudo o que ele jamais tentou ser, sendo arruinado agora à sua volta, e sobre como até mesmo as ruínas desapareceriam, caso ele não agisse drasticamente para evitar.

Quarenta e quatro

— Ele não quer nos aceitar. Imagine! — Mamãe quebrou com raiva a pena com que escrevia e agarrou outra. — Estou escrevendo para lhe dizer o que penso dele.

— Psiu, mamãe! O guarda! — avisou Olga.

— Os guardas podem ir para o inferno. Já estou cheia deles!

Olga e eu nos olhamos, cada uma ciente do que a outra estava pensando. Queríamos saber se a raiva de mamãe ia crescer até ela começar a gritar, quando seríamos forçadas a tentar acalmá-la antes que os guardas perdessem a paciência, trancassem-na em seu quarto e a privassem de alimento por um dia. Já tinham feito isso duas vezes, apesar dos severos protestos de papai.

Mas ela continuou a falar num tom irritado, sobre sua mãe, cujo espírito ela acreditava ver e com quem conversava, e sobre o homem sem nome que não queria nos receber.

— Mamãe me avisou que ele talvez dissesse não. Ela diz que ele é um covarde. Vovó Vitória nunca o considerou grande coisa.

— Shhh! Você sabe que sua mãe está morta — repreendeu-a Olga. — Já está morta há muitos anos, desde quando a senhora era criança! A senhora não a vê nem conversa com ela. E quem não quer nos aceitar?

— Ora, o primo Jorge, é claro.

O primo Jorge, todas nós sabíamos, era o rei Jorge, o jovem rígido e formal que eu tinha conhecido quando fui com mamãe a Cowes, anos antes. Na época, ele era o príncipe Jorge. Lembrei-me de como ele beijara minha mão quando partimos da Inglaterra e disse que iria sentir saudades.

— Como é que a senhora sabe?

Mamãe procurou na mesa e pegou um pedaço de papel muito dobrado.

— Pelo seu tio Ernie — sussurrou ela. — Escrito na língua de bebê que só ele e eu conhecemos. Não a usávamos desde que éramos crianças. — Elevou a voz para os guardas ouvirem. — Minha lista de roupa suja. Niuta vai ter de se ocupar dela. Ouvi dizer que não estão aceitando mais roupa para lavar em Londres. Todas as lavadeiras estão em greve.

— A senhora vai lavar suas próprias roupas, Alexandra Romanov! — disse um dos guardas.

— Por que elas estão em greve? — perguntei, os olhos fixos em mamãe.

— Por que têm medo de que ao receberem roupa de fora para lavar, se contaminem com germes estrangeiros. — A metáfora de mamãe era forçada, mas adequadamente clara. Evidentemente, o rei Jorge temia importar ideias revolucionárias junto com a nossa família, se nos oferecesse asilo na Inglaterra. Embora nós estivéssemos tão longe das ideias revolucionárias quanto se podia estar.

— Talvez sua mãe possa lhe dizer para onde mandar a roupa suja — sugeri, e Olga franziu o cenho para mim. — Onde as lavadeiras não estão em greve?

— Vou perguntar a ela.

Se a carta do tio Ernie para mamãe merecia confiança — eu me perguntei como o tio Ernie, que estava na Alemanha, podia saber o que o primo Jorge dizia —, a Inglaterra não nos ofereceria refúgio. Escrevi para Adalberto e enviei a carta por meio do amigo de monsieur Gilliard na embaixada suíça em Petrogrado. Mas não sabia se a carta chegaria às mãos dele. Ou, caso ela chegasse, se ele teria condições de nos oferecer ajuda.

Enquanto isso, Miguel, tal como eu ponderava a nossa situação, disse-me que em um futuro próximo haveria uma surpresa na Casa do Povo.

— A menção de seu pai ao urso amansado em Mogilev me deu uma ideia. Descobri um meio de sairmos todos desta Casa do Povo, em pouco tempo.

— Como?

— Você verá. — Miguel sorriu e não me disse mais nada. — É melhor você não saber, Tania. Confie em mim. Você verá.

Era a época das noites brancas, os dias de verão em que o ocaso encontrava a alvorada e, até mesmo à meia-noite, o céu era tão claro como o dia. Petrogrado está tão distante ao norte, que ali as estações encontram seus extremos; no auge do inverno, mal se vê o sol, e no verão, no final de junho, não há noite.

É uma época de emoções exacerbadas, quando as pessoas gostam de passar a noite inteira acordadas, cantando e bebendo com amigos. Os amantes fogem para os bosques e só voltam na manhã seguinte, os devotos buscam revelações, e os românticos desesperados, sentindo-se enganados pela transcendência que procuraram em vão por tanto tempo, bebem frascos de láudano e dão fim à vida sob o céu luzente.

Nossos guardas estavam inquietos, desejando repouso de seus deveres, que eram, tenho certeza, inflexíveis e monótonos, e até desagradáveis, por mais que eles rissem, brincassem e nos pregassem peças cruéis para se divertirem. Assim, quando numa noite clara, um cigano moreno, de cabelos encaracolados e olhos negros, e densa barba negra chegou ao portão principal de Tsarskoe Selo e pediu para entrar, os guardas zombaram dele, insultaram-no e enfiaram os rifles pelas grades, ameaçando-o.

Até que viram o animal. Lavoritya, uma grande ursa parda dançarina, duas vezes mais alta que um homem e com orelhas chatas, focinho longo e pequenos olhos perdidos no meio da grossa camada de pelos.

— Amigos! — gritou o cigano. — Deixem Lavoritya entrar e dançar para vocês. Prometo que não vão se arrepender! E se não gostarem do que virem, não cobramos nada, nem ela nem eu!

A zombaria parou. Rindo, os guardas abriram os portões.

A ursa e seu dono entraram, mas antes de chegarem muito longe, o cigano fez mais um pedido.

— Ela dança melhor com música. Eu tenho uma banda — explicou, indicando um grupo de homens com instrumentos musicais, vestindo túnicas de ouro e prata, com muito volume na cintura, como se tivessem sido vestidos por amadores, mas com acabamentos chamativos no pescoço e na bainha.

— Sem banda! — Era a voz do comandante dos guardas.

— Nós também dançamos! — Veio uma voz do meio da banda, e como se obedecendo a um sinal todos os homens baixaram os instrumentos, cruzaram os braços e começaram a alternadamente agachar e chutar numa dança folclórica, enquanto cantavam e gritavam em coro para pontuar os movimentos.

— Deixe que entrem! — Veio o clamor dos guardas, e depois de observar a dança por um momento, o chefe cedeu.

Todos os carcereiros saíram para o pátio do palácio para assistir ao espetáculo. O cigano, um artista consumado, marcava as palhaçadas da ursa de forma que cada dança era mais agitada e extravagante que a anterior. Lavoritya se enfeitou com muitas fantasias. Primeiro, vestiu uma roupa de bailarina, depois de freira e de soldado. Ficava de pé nas duas pernas traseiras, rolava, pulava, batia suas palmas imensas, balançava a cabeça enorme e abria a boca selvagem quando o cigano lhe oferecia mel de um pote vermelho.

Entre danças, Lavoritya descansava e o cigano trocava suas roupas, enquanto os músicos dançavam e cantavam. A noite estava quente, a música era convidativa, e finalmente minhas irmãs, mamãe, papai e todos os empregados saíram para ver o espetáculo, até Alexei, que estava de cama havia dias com um braço inchado queixando-se de dor. Ele se sentou numa cadeira pequena à frente do grupo familiar, absorvido pelo espetáculo, rindo e balançando o corpo ao ritmo da música.

Senti a mão de alguém em meu ombro e ouvi a voz de Miguel no meu ouvido.

— Tania, mantenha os olhos em mim. Se surgir uma comoção e você me vir balançar a cabeça, leve suas irmãs imediatamente para o palácio. Vá para as cozinhas e fique lá.

— Sim — sussurrei. — Está bem.

— Boa menina!

O cigano tinha pedido um balde d'água onde Lavoritya enfiava o focinho, bebendo ruidosamente, espalhando água. Os soldados impacientes pediam a continuação da dança batendo palmas ritmadas. Estavam incontroláveis, já há algum tempo passavam garrafas e frascos de mão em mão, e se agitavam com a bebida. Começaram a se empurrar, instigando uns aos outros a dançar com Lavoritya, e o cigano também os incentivava.

Fixei os olhos em Miguel, que se juntou entusiasticamente às palmas enquanto abria caminho discretamente até onde um grupo de guardas havia formado um círculo, fazendo alguma coisa que eu não consegui ver.

O cigano gritou acima do barulho.

— E agora, a nossa última apresentação. Preparem-se para uma surpresa. Dentro de alguns momentos vocês verão... o seu antigo tsar!

Risos altos saudaram o anúncio. Dois homens saíram do círculo perto de Miguel e entraram correndo no palácio, voltando logo depois com um pacote. Não vi o que era.

Eu começava a ficar nervosa. Senti necessidade de contar às minhas irmãs o que Miguel me pedira, mas não queria assustá-las nem fazer a imprevisível Anastasia perguntar algo que chamasse a atenção para o que Miguel faria.

Cheguei perto de Olga e sussurrei:

— Por favor, ajude-me a levar Marie e Anastasia até a cozinha, se houver necessidade.

Ela me lançou um olhar esquisito.

— O quê?

— É só me ajudar. Fique preparada para me ajudar.
— Não, a menos que eu saiba a razão.
— Não seja difícil, Olga. É para o nosso bem, acredite.
— Quem te mandou fazer isso?
— Não tem importância.

Naquele momento, não sentia amor pela minha irmã. Por que ela não conseguia cooperar, uma única vez?

Percebi uma inquietação fluir no grupo de homens, em meio ao entusiasmo geral. O cigano estava demorando na preparação da ursa para a parte final do espetáculo. Dentro de um minuto o chefe dos guardas vai ordenar que todos voltem para o palácio, pensei, e tudo o que Miguel imaginou será frustrado.

Então, de repente, houve uma nova explosão de risos quando uma figura ridícula emergiu do meio dos guardas próximos a Miguel. Um dos guardas se destacava do grupo, um longo véu feminino de renda caía como uma cascata de sua cabeça até os joelhos, cobrindo a farda marrom de lã grosseira. Tinha nas mãos um buquê de lírios. De onde teriam saído? Não tínhamos permissão para ter flores no palácio. E, na cabeça, uma tiara de papel presa no alto do véu. Quando caminhava, ele gingava de um lado para o outro à maneira de uma mocinha rodopiando a saia, arrancando gargalhadas dos homens. Então, ele piscou os cílios e fez beicinho.

Como se obedecesse a uma deixa, o cigano levou Lavoritya para a frente. Ela usava na cabeça uma cópia da coroa imperial e vestia uma jaqueta vermelha curta com uma faixa, parecidas com as que papai usava nas ocasiões cerimoniais.

Os músicos começaram a tocar a marcha nupcial. O guarda e a ursa se aproximaram, e o cigano, como se presidisse uma cerimônia de casamento, fez o sinal da cruz diante do casal. Em meio ao crescendo de risos que acompanhavam aquela pantomima, Lavoritya peidou, um peido ruidoso e prolongado que lembrou um tiro de canhão.

Agora, os guardas estavam em convulsões de riso e um deles, acidental e ebriamente, se curvou para a frente, inclinando a cadeira de Alexei, e ele caiu. Mamãe gritou. E Miguel, finalmente, me fez um sinal, o sinal que eu esperava.

— Depressa! Olga! Marie! Anastasia! Sigam-me! Não perguntem nada! — Agarrei as duas mais novas pela mão e corri para o palácio, certa de que Olga me seguia. Às minhas costas, eu ouvia sons de confusão, gritos e berros, uma cacofonia de música, os gritos angustiados de mamãe, a voz do cigano chamando a ursa e, acima de tudo, a voz forte de Miguel.

— O menino está ferido! Chamem o médico! Tragam uma maca! Ele tem de ser levado imediatamente para Petrogrado, caso contrário certamente irá morrer!

Quarenta e cinco

Corremos. Arrastei as meninas atrás de mim e Olga também me seguiu, ainda que com má vontade. Acho que ela estava com medo por toda a comoção e não sabia o que fazer.

Entramos no palácio por uma porta lateral e descemos por vários corredores compridos até chegarmos às escadas sem tapete que levavam às cozinhas, cujos enormes salões e depósitos estariam completamente escuros se não estivéssemos em junho com sua luminosa noite branca. Não encontramos nenhum empregado nas cozinhas. Passava há muito da hora em que se cozinhava e, de qualquer maneira, agora havia muito menos empregados.

Ofegantes da corrida, escolhemos um lugar para nos escondermos, dentro de um armário da despensa, e fechamos a porta.

— Miguel tem um plano para nos tirar do palácio — disse às minhas irmãs.

— Qual? — perguntou Anastasia.

— Eu não sei. Temos de esperar aqui. É tudo que eu sei.

— Acho que vou procurar Niuta e lhe dizer para fazer uma mala — pediu Marie.

— Não há tempo.

— Mas não tem ninguém aqui. Só estamos esperando. Ela podia fazer uma mala enquanto nós esperamos.

— Não, Marie. Temos de ficar aqui.

Esperava ouvir passos ou vozes a qualquer momento. Esperava atividade. As paredes da cozinha eram grossas, não conseguia ouvir nenhum som vindo de fora. Nada do jardim onde Lavoritya e os outros tinham se apresentado.

— Estou com fome — reclamou Olga pouco depois. — Vou procurar algo para comer.

— Não saia de perto de nós.

— Você acha que Alexei está bem? — perguntou Anastasia em voz baixa, depois de um momento. — Não vi se ele estava sangrando.

— Ele está sempre sangrando — respondeu Marie. — Você sabe disso. Ele nunca para de sangrar. A questão é: ele vai morrer por causa do sangramento? Ou ele vai sentir dor e gritar como sempre?

— Marie! — Eu nunca a havia ouvido falar com tanta insensibilidade.

— Mas ele grita. Todas nós sabemos. Ele é a única preocupação de papai e mamãe. Nós não somos nada.

Tive vontade de lhe dar um tapa, mas me contive. Lembrei-me de que, no fundo, ela provavelmente estava preocupada por causa de Alexei, e que, tal como todas nós, vivia sob grande tensão nos últimos meses. Eu sabia que ela se sentia esquecida, rejeitada por nossos pais. Seu lado mais desagradável se mostrava naquele momento.

Olga voltou com um pouco de pão preto e algumas folhas secas de repolho, que começou a comer sem se preocupar em oferecer um pouco ao resto de nós. Eu não poderia comer nada, mesmo se ela tivesse oferecido, e além do mais, aquilo não parecia nada apetitoso.

Sentamos no chão de pedra da despensa, as costas apoiadas na parede, sem falar nada. Irritada, Marie começou a chutar a perna de Anastasia, que protestou. Enquanto a briga das duas continuava, pensei comigo mesma "Miguel planejou tudo". A presença da ursa, a circulação das bebidas, a comédia, os gritos, e, no clímax de tudo, a emergência de Alexei. Tudo uma grande distração, mas como ele poderia saber que Alexei ia cair? Aquilo também tinha sido planejado? E, se foi, isso significava que meu irmão não tinha se ferido? Era o que eu esperava.

Depois do que pareceu uma espera de muitas horas, ouvimos o som de uma porta abrindo e vozes de homens. Abri uma fresta na porta da despensa e vi os músicos! Calculei que Miguel os tivesse enviado e saí pela porta.

— Alteza! — Um dos homens se dirigiu a mim com uma reverência. Uma reverência de verdade! Ninguém me cumprimentava assim havia meses! — Viemos para levar Vossa Alteza e suas irmãs para um lugar seguro. Permita que eu me apresente e aos meus oficiais. Sou o sargento Archile Dartchia, do 5º Regimento Circassiano, ao seu serviço. — Ele apresentou os outros enquanto se livrava da túnica brilhante, revelando a jaqueta verde-escura e um cinto grosso preto a que se prendia um longo kinjal adornado de pedras preciosas. Um kinjal igual ao que Miguel usava. Igual ao que todos os oficiais georgianos usavam.

Seus companheiros também se transformaram de alegres músicos em oficiais assustadoramente armados e formidáveis.

— Nós, do 5º Circassiano, somos leais ao tsar Nicolau II. Acreditamos que ele foi injustamente privado do comando e de seu trono.

— Estou certa de que, se estivesse aqui, meu pai lhe agradeceria por sua lealdade, mas insistiria também para que não assumissem riscos indevidos.

— A vida de um soldado é arriscada, Vossa Alteza. Arriscada em nome de uma grande causa, e pela glória.

Todos os homens concordaram.

— Vocês podem nos dizer o que está acontecendo? — perguntou Olga aos homens quando saiu da despensa seguida por Marie e Anastasia. — Vamos partir logo? Para onde vocês vão nos levar?

— Vamos obedecer às ordens do capitão Gamkrelidze. Nós nos colocamos sob seu comando. — Percebi que eles falavam de Miguel, que já havia me explicado que sua família tinha mudado o nome de Gamkrelidze para Gradov quando se mudaram para Tíflis. Ao que parece, com aqueles homens do Cáucaso ele tinha decidido usar o nome de família original. — Por favor, Altezas, não se preocupem — acrescentou o sargento.

Mas continuávamos ansiosas. Miguel estava demorando demais. E se ele não aparecesse? O que deveríamos fazer?

Felizmente, Miguel passou pela porta pouco tempo depois, mas senti imediatamente que ele estava preocupado. Ainda assim, a visão dele aliviou os meus medos.

— Está tudo pronto — anunciou. — Algumas carroças já estão esperando para levá-las para o campo. Tudo deve correr tranquilamente. Há só um problema.

— Que problema?

— Seu pai e sua mãe se recusam a ir.

— O quê?

— Não querem vir conosco. Dizem que não há necessidade.

Pensei rapidamente.

— Onde eles estão?

— Na ilha das Crianças. Não consegui pensar em outro lugar para levá-los depois que se recusaram a partir com os homens do regimento. Alexei está com eles. Com exceção do braço inchado, que já o perturbava há semanas, ele parece não ter se ferido.

O que faríamos? Os homens leais do 5º Circassiano estavam prontos para levar a mim e às minhas irmãs para um lugar seguro. Mas se partíssemos e nossos pais se recusassem a partir conosco, qual seria o resultado para nós como família? Nós nos veríamos órfãos num país estrangeiro, entre pessoas simpáticas, mas sem família? Ou seríamos capturadas e mortas, deixando papai e mamãe para nos prantear?

— Preciso falar com eles — falei, finalmente. — Não podemos ir sozinhas. — Mandei minhas irmãs me esperarem protegidas pelos soldados leais e saí com Miguel para a ilha das Crianças, sob o céu claro e luminoso.

Quarenta e seis

O caos estava instalado no palácio. Os guardas revolucionários corriam de um lado para o outro, procurando-nos freneticamente, gritando uns para os outros, atirando algumas vezes para o ar com seus rifles. Miguel jogou uma capa verde do exército sobre os meus ombros e prendeu meus cabelos sob um quepe verde. Tirou as botas e me mandou calçá-las sobre os sapatos.

— Vou descalço. Um georgiano descalço não deve chamar a atenção.

Assim vestida, e reunindo toda a minha coragem, caminhei rapidamente ao lado de Miguel em direção à ilha das Crianças, ambos tentando dar a impressão de que participávamos da busca geral.

Havia um pequeno chalé de verão na ilha, um espaço um pouco maior que um único cômodo, e foi nessa pequena estrutura que encontramos mamãe andando agitadamente de um lado para o outro, papai fumando e observando-a preocupado, e Alexei deitado num sofá de vime, o rígido braço inchado junto do corpo.

Chegamos à cabana e entramos. Tirei o quepe e devolvi as botas para Miguel, mas mantive a capa.

— Tania! Tania, você está bem? Onde estão suas irmãs? — Mamãe correu para mim e olhou meu rosto, em parte preocupada, em parte acusando-me.

— Deixei-as em segurança, com alguns soldados leais, numa das despensas das cozinhas.

— Tania, por que todo esse tumulto? Não estamos em perigo. Nossa situação aqui é apenas temporária. Já tentei dizer a Miguel, mas ele não acredita em mim. Talvez você possa convencê-lo...

— Papai, temos de fugir agora. Esta noite. O senhor, mamãe e Alexei têm de vir conosco.

Mamãe insistiu:

— Mas isto é absurdo! Não precisamos abandonar nossa casa. Fui informada, o espírito de mamãe me disse que uma grande mudança está em andamento. A abdicação ilegal de seu pai será revertida. Todos esses soldados grosseiros que nos mantêm prisioneiros serão levados à corte marcial e executados. A justiça será feita! — Ela agarrou o seu rosário aveludado e recomeçou a rezar, os lábios se movendo em silêncio.

Tentei não olhar para Miguel.

— Papai, o senhor tem de me ouvir. Não podemos confiar em ninguém e em nada além de nós mesmos. Temos de decidir o nosso destino. Temos de agir agora. Esta noite.

— Mas o governo provisório me assegurou de que poderemos nos estabelecer em algum lugar fora da Rússia, talvez na corte dinamarquesa, com os parentes de vovó Minnie, se o primo Jorge continuar a nos negar um refúgio.

— O governo provisório talvez caia amanhã!

— O quê?

— Constantino diz que teme uma mudança repentina, que os soviéticos assumam o controle de tudo.

— Esses bandidos? O povo não vai permitir! Constantino é impetuoso. Está imaginando coisas.

— Não temos tempo para discutir — falou Miguel calmamente com autoridade. — Chegou a hora de partir. — Começou a puxar o kinjal. — Senhor, madame, devo insistir para que me acompanhem...

Mas antes que pudesse terminar a frase ouvimos gritos e uma comoção no pequeno bosque ao lado da cabana. Homens calçando botas pesadas corriam pela ponte que ligava a ilha ao amplo gramado com o jardim de estátuas.

Agarrei o braço de Miguel.

— Estão vindo. Isso não é bom — murmurou. — Tania, não posso permitir que me prendam. Posso ajudar mais se for embora. Deus esteja com todos! — Abraçou-me com força, beijou-me nos lábios e saiu correndo.

Teve apenas um momento para partir. Quase imediatamente a cabana foi cercada e uma meia dúzia de guardas entrou.

Tirei o quepe verde e enfrentei-os.

— Onde vocês estavam este tempo todo? Estamos esperando há horas. Não sabem que meu irmão está doente? Sofreu uma queda terrível hoje à noite. Está sofrendo e não consegue se mover. Ajude-nos a levá-lo para o palácio, quero dizer, para a Casa do Povo, imediatamente. Encontrem o Dr. Korovin. Não fiquem aí parados! Ajudem-nos!

Quarenta e sete

Miguel tinha desaparecido. Não sabia se ele conseguira escapar em segurança, pois não tive notícias dele. Os homens do 5º Circassiano que o ajudaram na noite da tentativa fracassada de fuga também tinham se dissolvido no ar. Meu pior medo era que todos, inclusive Miguel, tivessem sido capturados e executados pelos guardas revolucionários. Mas eu simplesmente não sabia.

No palácio, era como se nenhum dos acontecimentos daquela noite, a ursa dançarina, a comoção, o tumulto, e finalmente a nossa volta ao cativeiro, tivessem acontecido. Os guardas não mencionavam nada e nem nós, embora minhas irmãs e meus pais vissem que eu estava preocupada com Miguel e soubessem muito bem qual era o motivo.

Papai sentia falta dele. Tinha-se acostumado aos seus serviços e à sua companhia, e ninguém poderia assumir o seu lugar, afinal o velho Chemodurov havia se aposentado. Minhas irmãs e especialmente Alexei também sentiam saudade. Ele inventava jogos, permitia que meu irmão montasse em suas costas e sua presença sempre alegrava o ambiente.

Somente mamãe estava aliviada, agora que ele tinha desaparecido, pois isso significava que ela não precisava mais fingir que não sabia que Miguel e eu éramos amantes. Quando se tratava de sexo e amor, sempre pensei que ela fosse excepcionalmente aberta e natural, assim como dizia que sua mãe e vovó Vitória eram. Mas, quando o assunto era o meu amor por Miguel e o dele por mim, ela nunca disse uma palavra sequer sobre a parte física de nossa relação. Nisso ela era o oposto de tia Olenka, que ficou feliz por nós e sempre me disse que estava muito satisfeita por eu ter achado um amante que me agradasse tão completamente.

Tia Olenka! Perguntei a mim mesma por onde ela andaria. Tivemos notícias de que ela fora para a Crimeia com tia Xenia, tio Sandro e vovó Minnie. Recebemos várias cartas afetuosas e cheias de preocupação de tia Xenia, prova de que nem toda a nossa correspondência era confiscada ou destruída por nossos carcereiros, mas à medida que passava o verão não tivemos mais notícias e não sabíamos se ainda estavam em segurança.

Uma carta muito importante chegou, pouco tempo depois do desaparecimento de Miguel (de alguma forma eu datava tudo a partir daquela última visão dele entrando na mata na ilha das Crianças). Chegou pelo amigo de monsieur Gilliard na embaixada da Suíça. Era de Adalberto.

"Querida Tania, como fiquei feliz ao receber a sua carta. Estamos todos preocupados com você e sua família. Esperamos que estejam todos bem, especialmente seu irmão. Pretendo navegar pelo Báltico com o *Mercury* tão logo o gelo se quebre. Mande dizer onde devo esperar por você. Confie em mim. Lembre-se da Iniciativa pela Paz. Seu amigo sempre, com muito amor, Adalberto."

Cheia de felicidade pensei em levar a carta a Miguel, mas me lembrei de que ele havia ido embora. Como ele ficaria alegre, pensei, ao saber que alguém na família se preocupava conosco e prometia vir nos ajudar.

Tomando cuidado para ocultar minha animação dos olhares dos guardas, dobrei a carta de Adalberto várias vezes até ela se tornar um pequeno quadrado de papel branco. Coloquei-a dentro de um dos livros de papai, um dos que não tinham sido destruídos pelos guardas. Pus o livro ao lado de seu prato da refeição do meio-dia.

— Monsieur Gilliard está lendo Gibbon para nós — comentei para papai enquanto comíamos. — Marquei algumas passagens que me pareceram especialmente eloquentes.

— Não me lembro de ter lido Gibbon — retrucou Olga. Chutei-a por baixo da mesa.

— Você devia estar cochilando. Já está velha demais para ter aulas.

— Eu diria que Gibbon é uma leitura depressivamente adequada — disse mamãe com ar de tédio. — Declínio e queda do império romano. Nós participamos do declínio e queda da Rússia, pelo menos por enquanto. E, tal como os romanos, encontramos resistência em uma nova força espiritual que surge em nosso meio.

— Se você não se importa, Tania, prefiro continuar lendo *A moça com o bracelete de diamantes*, um romance policial que trouxe de Mogilev.

Aproximei-me e disse ao seu ouvido.

— Isso é importante, papai. Há uma coisa dentro do livro.

— Você está cochichando sobre mim? — questionou mamãe em um tom cortante.

— Não, mamãe. Não é nada. Não é sobre a senhora.

— Sei que não há de ser sobre mim. Ninguém se importa comigo. — Era a queixa mais comum de mamãe, ouvíamos a toda hora.

— Não gosto de Gibbon — disse Anastasia. — Palavras longas demais. Frases longas demais.

— Como você é chata. — Olga foi ríspida. — Não sei o que você está fazendo nesta família.

— Cale-se, Olga. Você sabe que eu não gosto quando critica suas irmãs. — Papai soou cansado. Levantou-se da mesa.

— Peço licença a todas. Disseram-me para esperar o novo primeiro-ministro do governo provisório, Kerensky. Preciso me preparar para recebê-lo. Tania, venha ao meu gabinete. Examinarei lá o seu Gibbon.

— Então, o que é tão importante, Tania? — perguntou Papai quando estávamos sentados em seu gabinete. Abriu o volume de Gibbon e o pequeno quadrado de papel dobrado caiu. Ele o abriu e leu. — Ah, entendo. O seu fiel Adalberto. Um bom rapaz. Sim, um bom rapaz.

— Ele já não é um rapaz, papai. Já está casado e é oficial da Marinha.

— Para mim, ele será sempre o rapaz que pediu a sua mão. Naqueles dias, antes que esses horrores caíssem sobre nós.

— Precisamos nos preparar para encontrar o *Mercury*. É nossa chance de fugir. Temos de aproveitá-la.

— Tania, o exército alemão está praticamente à nossa porta. Os alemães e os austríacos mataram 1 milhão de nossos homens. Mais de 1 milhão. Você acredita mesmo que sua mãe embarcaria num vaso alemão que se oferece para nos salvar?

— Mas Adalberto não é um assassino selvagem, é meu amigo. Ele oferece ajuda e amizade a todos nós.

— Ele não serviu em navios que atiraram na nossa Marinha?

— É verdade. E nós afundamos um dos navios em que ele servia. Ele poderia ter se afogado.

— A questão, Tania, é que Adalberto é o inimigo.

Ah, papai, como você custa a entender! Tive vontade de chorar. Em vez disso, falei calmamente:

— O que terei de fazer para o senhor entender?

Ele não disse nada. Pegou o cachimbo e começou a enchê-lo com fumo de um pote na mesa ao lado de sua cadeira.

Balancei a cabeça desesperada e me preparava para levantar e sair quando um dos guardas abriu a porta e anunciou:

— Primeiro-ministro Kerensky.

Era um homem baixo, nervoso, com agitados olhos negros que absorveram imediatamente a visão de meu pai enchendo tranquilamente seu cachimbo, a minha evidente expressão de insatisfação, e a elegância da sala de teto alto decorada por um tapete persa espesso, com um desenho ricamente elaborado, e por ornamentos de gesso. Caminhou rapidamente até meu pai e estendeu a mão. Papai se levantou e apertou a mão oferecida.

— Romanov!

— Primeiro-ministro. Permita-me apresentar minha filha Tatiana.

Kerensky se curvou polidamente, sem deferência, e voltou sua atenção para meu pai, que lhe ofereceu uma cadeira.

— Tatiana — disse papai —, devemos cumprimentar o primeiro-ministro por sua recente indicação, quero dizer, eleição.

— Parabéns, senhor.

— Obrigado, mas o meu mandato deverá ser curto. Haverá eleições em breve e ninguém é capaz de adivinhar o resultado. Não preciso lhe dizer, senhor — falou, voltando toda a sua atenção para papai —, que está se tornando cada vez mais difícil controlar os soviéticos.

— É o grupo radical, Tania. Os arruaceiros.

— Eu sei, papai. Constantino me mantém bem-informada.

E já ouvi os radicais pessoalmente, poderia ter acrescentado, mas não o fiz.

O primeiro-ministro magro e nervoso, incapaz de ficar quieto, levantou-se de sua cadeira e foi até a lareira de mármore. Não havia fogo, a tarde estava quente.

— Tive de armar os trabalhadores — confiou a papai. — Caso contrário, os radicais criariam o caos...

— Mas se o senhor armar os trabalhadores, eles tomam a cidade! — estourei.

— Tenho de apostar em sua lealdade. Enquanto isso, não posso garantir sua segurança, Romanov. Pelo que sei, o senhor teve problemas aqui há pouco tempo.

— Nada significativo — informou papai, fumando o cachimbo. — Alguns dos guardas ficaram empolgados quando um cigano chegou com uma ursa dançarina.

— Então não é verdade que uma fuga fracassou.

— Uma fuga? Ninguém fugiu. Como o senhor está vendo, Tania e eu estamos aqui e o resto da família também está no palácio, como sempre.

O primeiro-ministro me olhou.

— Houve uma fuga, senhorita?

— Não — respondi com toda simplicidade. E era verdade. Se ele tivesse perguntado se houvera uma tentativa de fuga, eu talvez tivesse de dar outra resposta.

Papai continuou a fumar seu cachimbo; parecia estar serenamente indiferente aos olhos penetrantes e às perguntas ansiosas do homenzinho.

— Os senhores devem saber que, se tentarem fugir, certamente serão executados. Os soviéticos, os arruaceiros, como o senhor os chama, estão ansiosos para eliminar sua família. Eles temem, com toda razão, pois muitos russos não aceitam nem a sua abdicação nem a autoridade do governo provisório. Muitos russos rejeitam a revolução e querem a volta da monarquia.

— Aprecio a lealdade deles — disse Papai suavemente.

— Mas não aprecia o perigo para os senhores, e para o país, representado por eles. Uma contrarrevolução significaria uma guerra civil. Os membros de sua família seriam as primeiras baixas, mas nem de longe as últimas.

— Sim. Entendo. Se ao menos os ingleses permitissem a nossa entrada.

— Como o senhor sabe, é o que eu queria desde o começo. E o rei Jorge continua a esperar que se encontre um asilo para os senhores, desde que não no país dele.

— Temos uma ofer... — comecei, mas papai me interrompeu.

— Não há razão para levantar o que não pode acontecer, Tania.

Kerensky fixou os olhos penetrantes em mim.

— O que a senhorita ia dizendo?

Hesitei.

— Talvez papai tenha razão. Não há razão para levantar falsas esperanças. — Lamentei quase ter deixado escapar o que Adalberto tinha escrito, sobre trazer seu iate para nos resgatar. Então papai não confiava no primeiro-ministro, apesar de ter discutido a nossa possível partida para a Grã-Bretanha.

— Tania tem um amigo que gostaria de nos ajudar.

— Ajuda privada seria inadequada. É necessário um governo patrocinador. E enquanto esta guerra continuar graves dificuldades hão de permanecer.

O primeiro-ministro sentou-se novamente, na ponta da cadeira.

— Nesse meio-tempo, estamos formulando um plano. Pretendemos enviar o senhor para muito longe de Petrogrado. Na verdade, para a Sibéria.

Papai abriu a boca, e o cachimbo caiu no tapete.

— Sibéria! A geladeira congelada!

— Congelada no tempo. A cidade para onde o senhor vai não mudou com o passar das décadas. O seu avô, se estivesse vivo hoje, estaria em casa lá. Não existem operários insatisfeitos e radicais, nem mesmo fábricas, e nenhum lançador de bombas. Só o povo da pequena cidade que vai à igreja e reverencia os santos e o tsar, não necessariamente nesta ordem.

— Parece muito seguro — comentei.

— E é.

— Mas a Sibéria! — repetiu Papai, abaixando-se para recolher o cachimbo, já apagado.

— O senhor não precisa se abalar — disse o primeiro-ministro, depois de se levantar novamente da cadeira e começar a andar pela sala. — Parece ser uma escolha perfeitamente natural e sensata. Não há necessidade de permanecer lá por um período muito longo. Com o tempo teremos condições de negociar um refúgio permanente para todos. — Ele fez uma reverência para nós dois. — Agora tenho de apresentar minhas despedidas. O senhor receberá instruções relativas à sua partida. — E se retirou.

Papai e eu ficamos em silêncio durante alguns momentos, cada um perdido em seus próprios pensamentos. Eu me perguntava como Miguel iria me encontrar se fôssemos para tão longe. Como iria avisar a ele? E se ele nunca mais me encontrasse? E se eu nunca mais o visse?

Papai parecia atordoado. Olhava o vazio, o cachimbo apagado esquecido na mesa ao seu lado.

— Sibéria! — repetiu ele. — Certamente, a Sibéria é o fim do mundo.

Quarenta e oito

Durante quatro dias quentes e poeirentos de agosto de 1917, viajamos num trem infestado de piolhos até o deserto desolado da Sibéria.

Não sabia que a Rússia tinha terras tão vazias, vazias de cidades, vazias de vegetação e, acima de tudo, vazias de gente. Durante horas não vimos nem uma aldeia, através de estepes estéreis e planícies pantanosas onde brilhavam pequenos lagos, e sobre passagens montanhosas, onde o trem ofegava lentamente, parecendo reunir as últimas forças para puxar sua pesada carga.

Formávamos um grupo grande, os sete membros de nossa família, nossos três cachorros, Niuta e Nikandr, Daria e Iskra, que agora pareciam, pelo menos para mim, uma segunda família, além das camareiras de mamãe, Sedynov, monsieur Gilliard e o Dr. Botkin, o novo médico de Alexei, melhor que o Dr. Korovin. Havia também nosso corpo de empregados, grandemente reduzido, cozinheiros e copeiros, além das centenas de guardas que tinham sido nossos carcereiros desde a revolução, cinco meses antes.

A bagagem da nossa família enchia um vagão do trem, pois mamãe não quis deixar nada para trás e tinha enchido baús e mais baús com suas preciosas imagens, relíquias de família e fotografias, sem esquecer seus muitos vestidos, chapéus, pares de luvas e metros de renda feita à mão. Minhas irmãs e eu tínhamos, cada uma, vários baús, e papai trouxera os últimos livros e alguns tesouros que tinham pertencido ao seu pai e avô.

Nossas posses mais valiosas, nem preciso dizer, eram as joias de mamãe. Diamantes, esmeraldas e pérolas extravagantes e magníficos, tiaras e colares, cada um valendo uma fortuna, e muitos lindos anéis que papai comprara para ela ao longo dos anos com sua enorme riqueza pessoal. Se meus pais tivessem admitido para si mesmos que a revolução era inevitável, teriam vendido alguns desses pertences e depositado os lucros em bancos suíços ou com agentes discretos em Londres ou Paris. Quando fizemos a viagem a Cowes, mamãe poderia ter deixado algumas pérolas e diamantes com a bondosa rainha Alexandra para serem guardados com as joias reais na Torre de Londres, eu pensava.

Mas, é claro, eles não tinham previsto que nossa família seria praticamente desapossada, e a vasta fortuna dos Romanov confiscada. Assim, tudo que pudemos fazer quando nos preparávamos para deixar Tsarskoe Selo foi tirar as pedras mais valiosas e belas do engaste e disfarçá-las. Algumas foram escondidas nos nossos espartilhos, outras foram embrulhadas em seda e transformadas em botões que foram presos em nossos vestidos. Cada uma de nós carregava milhares de rublos em pedras preciosas sobre o corpo ou nas roupas, e sabíamos que elas poderiam representar a diferença entre a pobreza e a riqueza em nosso futuro incerto.

Antes de sairmos do palácio, fiz uma última viagem para ver o elefante. Ele permanecia lá, no seu cercado quase destruído, tão empoeirado e peludo como sempre. O laguinho estava lamacento e ele revirava as pilhas de terra e folhas enquanto andava lentamente de um lado para o outro do cercado de barras.

— Adeus, querida coisa velha — disse a ele quando passei minha mão pelas barras e ele ergueu a tromba para farejá-la, procurando guloseimas. — Não trouxe nada para você. Sinto muito. Estamos indo embora. Não sei por quanto tempo. Espero que você fique bem. Espero que sua vida tenha sido boa.

Ele ergueu a tromba e, olhando-a subir, vi uma fileira de buracos recentes na parede de tijolos que formava o fundo do cercado. Buracos de bala. Os soldados atiraram nele, ou perto dele, para assustá-lo. Sem dúvida se divertiram atormentando-o tanto quanto nos atormentavam.

Quando partimos, desejei ser capaz de proteger o velho elefante do destino que o esperava. Será que ele passaria fome? (Não vi sinal do seu cornaca.) Seria executado como inimigo da revolução? Ou seria apenas esquecido, mais uma vítima do estado caótico em que a Rússia caía.

Inclinei a cabeça contra as barras de ferro e mais uma vez ele veio até mim e usou a tromba para farejar meu cabelo.

— Você sabe que eu te amo, não sabe? — foi tudo o que consegui dizer antes de ter de ir embora. Esperava que ele tivesse entendido.

Enquanto viajávamos para leste, o ar se tornava mais quente e, sempre que parávamos para recolher carvão ou passávamos por uma aldeia, baixávamos as cortinas para não sermos reconhecidos, e o ar interno ficava ainda mais quente. Tínhamos trazido água limpa para beber e nos servíamos de champanhe do vagão-restaurante, o que nos deixava tontos e ajudava a passar o tempo.

Fizemos o máximo para esquecer as picadas dos piolhos e o balanço do trem que tornava muito difícil dormir nas camas estreitas e brincávamos sobre a nossa situação. Lá estávamos, enfiados num velho trem doente, a caminho do fim da terra (como dizia o papai), nossa viagem disfarçada como uma missão da Cruz Vermelha para o nosso inimigo de antes, os japoneses! Nosso trem hasteava uma bandeira do Japão e dois guardas japoneses tinham sido contratados para patrulhar os trilhos a cada vez que o trem parava para receber carvão ou água.

Quando nossa desconfortável viagem de trem chegou ao fim, embarcamos no vapor *Rússia* em Tiumen para seguir rio acima até nosso destino final, a pequena cidade de Tobolsk. Éramos muitos para a viagem no vapor e tivemos de compartilhar, minhas irmãs e eu, uma sala pequena com camas que pouco passavam de tábuas e pouco mais que suficientes para nossos cachorros. Não direi nada sobre o toalete e o local para nos lavarmos porque simplesmente não havia nenhum. Quem viajara antes naquele vapor não tinha hábitos higiênicos e eu estava ansiosa para chegar à terra firme e ao nosso novo palácio.

Mas não havia palácio em Tobolsk, como logo fomos informados.

Na verdade, havia apenas uma casa grande, conhecida como a Mansão do Governador, e o resto eram casas de madeira, sem espaço para uma família, muito menos para uma família aristocrática com empregados, um preceptor, um médico e, em nosso caso, muitos carcereiros.

As portas e janelas da Mansão do Governador estavam fechadas com tábuas e ela estava abandonada, mas mesmo assim esperavam que nos mudássemos para ela e vivêssemos lá como nos fosse possível. Sedynov e Nikandr afastaram algumas tábuas das janelas e entraram para avaliar a condição geral da casa.

— Vai ser impossível mudar para lá — avisou Sedynov quando voltamos para o vapor. — Não há praticamente nenhuma mobília, as paredes e o chão estão imundos, o gás não foi ligado. Não há água e a tubulação está entupida. O barco é melhor.

— Não vou suportar mais uma noite nesse vapor horrível! — queixou-se mamãe. Mas não tínhamos escolha. Continuamos a bordo do *Rússia*, sem dormir por causa dos apitos dos barcos, pelos insetos e também pelo desconforto das camas de tábua, durante mais uma semana enquanto a casa era preparada.

— Não posso acreditar que um governador tenha vivido nesta casa — observou papai quando fomos para a terra e nos mudamos para a casa, e nossos baús começaram a ser desembalados. — É tudo tão velho e miserável. O cheiro é terrível. E o sótão! Tenho vergonha de mandar os empregados dormirem lá.

Niuta e Nikandr, Daria e Iskra se mudaram para outras casas na cidade e muitos dos nossos empregados viviam na casa do outro lado da rua. Nós nos espalhamos e fizemos o possível para nos acomodarmos. Olga e eu costuramos as cortinas para cobrir as janelas sujas. Vizinhos amáveis nos trouxeram lamparinas e mesas e, em voz baixa, nos apresentaram votos de felicidade quando acharam que os guardas não estavam ouvindo. Todos os cômodos precisavam ser pintados e o velho papel de parede estava se soltando das paredes, mas papai insistiu que isso não era importante, pois aquelas eram apenas acomodações temporárias.

— Qualquer dia desses seremos informados de que um lar no estrangeiro nos foi oferecido. É o desejo de todos. O primeiro-ministro Kerensky me prometeu.

Tentamos manter em mente essas palavras encorajadoras enquanto enfrentávamos a confusão e o mau cheiro dos esgotos entupidos e privadas que não funcionavam.

— Seria melhor se estivéssemos vivendo numa caverna — queixou-se Marie. — Aqui nós vivemos como animais!

Quando um vizinho bondoso entregou um piano na mansão, Olga gritou:

— Para que queremos um piano, quando nem temos uma privada que funcione? Se essa gente quer mesmo ajudar, que limpe nossas fossas sépticas!

Mas, é claro, ninguém ia fazer isso, o doador recebeu os nossos agradecimentos e a tubulação continuou quebrada.

Ainda assim, apesar de todo o seu atraso, a cidade e seu povo nos recebiam sinceramente bem. Aqui não havia zombaria, multidões de boca aberta, nem marchas de operários. Pelo contrário, as pessoas de Tobolsk tiravam o chapéu e se persignavam quando passavam diante da nossa casa. Alguns se ajoelhavam. Outros se curvavam em reverência. Nunca vi ninguém beijar a sombra de papai no chão, mas não ficaria surpresa se alguém o fizesse.

O mais impressionante é que ninguém chamava mamãe de "puta alemã" nem espalhava o feio boato contado e repetido em Petrogrado.

— Aqui em Tobolsk, não se ouve aquela tolice sobre eu ser espiã a favor da Alemanha ou amante do padre Grigori! — disse ela com um sorriso satisfeito. — Eles sabem quem eu sou realmente, eles me fazem reverências. Talvez eles saibam que a abdicação do Babiushka vai ser revertida!

Mamãe tinha momentos diários de satisfação, quando se sentava à janela de seu quarto no andar superior e recebia os respeitos dos passantes. Mas papai estava muito desanimado, pois fora informado de que os exércitos alemães tinham tomado Riga e que seus amados soldados russos estavam no que todos sabiam ser a retirada final.

Já sabíamos do pior; tínhamos permissão para ler os jornais locais e recebíamos telegramas de Petrogrado e de outros lugares, apesar de os nossos guardas lerem e editarem tudo o que não quisessem que soubéssemos ou víssemos. Nenhuma das notícias soava positiva. Apesar de Tobolsk reter seus valores tradicionais e continuar a reverenciar a (agora dissolvida) monarquia, em outras partes da Rússia, especialmente nas cidades industriais, a revolução tendia cada vez mais para o radicalismo. Nos sovietes e comitês de operários e soldados, cada vez mais numerosos, os que se chamavam bolcheviques se fortaleciam progressivamente, e pediam "Paz, terra e pão", enquanto o governo provisório perdia apoio.

Nós líamos essas coisas e as discutíamos baixinho entre nós, enquanto fazíamos o possível para manter uma vida ordeira de calma externa na nossa mansão em ruínas, e esperávamos os primeiros sinais da chegada do terrível inverno siberiano.

Quarenta e nove

As freiras do Convento Ivanovsky, ali perto, iam e vinham pela porta lateral da mansão em todas as horas do dia, passos macios, vozes suaves, trazendo verduras e legumes de sua horta, pães frescos, até peixe, sempre com uma saudação e uma bênção, e fazendo o sinal da cruz com as mãos deformadas.

De início, todas pareciam iguais para mim, mulheres idosas com rostos enrugados sob toucas pretas, mas com o passar dos dias comecei a aprender alguns dos seus nomes e, sempre que me permitiam, aproveitava os dias com elas antes de saírem. Às vezes, chegavam para a missa da noite, que um padre local rezava em nossa sala de estar. Outras vezes, elas vinham quando alguém em casa estava doente, ou quando precisávamos de orações especiais.

Nossos guardas as toleravam, faziam-nas tropeçar vez por outra, esparramando-se com as pernas aparecendo fora das longas saias pretas, mas em geral as freiras e os guardas pareciam se ignorar. Os dois grupos passaram a ser partes familiares de nosso novo ambiente, elas sempre bem-vindas, e eles uma fonte constante de irritação, um tormento aborrecido.

Eram elas que nos traziam os jornais antigos, de uma semana, com descrições bem-escritas da situação que se agravava em Petrogrado. Nós os líamos, ou melhor, papai e eu líamos, os outros preferiam continuar na ignorância. Tentávamos imaginar a verdade por trás dos relatos breves e cautelosos sobre os tumultos e a vigilância constante, as greves e o racionamento de alimentos.

— Quanto mais a cidade poderá suportar? — perguntava papai desesperado ao folhear um dos jornais, depois da nossa magra refeição do meio-dia. Nossa ração diária de comida tinha sido cortada por ordem do governo provisório; recebíamos a porção dos camponeses: sopa de repolho, pão preto e rabanetes, e ninguém podia consumir uma segunda quantidade, nem mesmo Anastasia que, com 16 anos, estava ficando gorda e vivia com fome. — As coisas foram difíceis no inverno passado, mas parece que vão ser ainda mais duras quando chegar o frio este ano.

Uma das freiras chegou com uma cesta de pães frescos, e quando eu os recebi de suas mãos ela sussurrou:

— Há uma pessoa entre nós que deseja falar com seu pai.

— Diga a ele para vir ao pátio — respondi. — Como sempre faz, papai vai cortar lenha à tarde, e geralmente agradece qualquer ajuda. Minha irmã Marie e eu fazemos o possível, mas nossas pilhas de lenha são sempre pequenas. Diga a ele para explicar aos guardas que veio ajudar papai a cortar lenha.

Na verdade, esse era o único prazer de papai: deixar cair o machado e rachar os tocos que eram trazidos pelos guardas em pedaços de lenha para ser queimada em nossos fogões. O tempo estava ficando cada vez mais frio depois da chegada de novembro, e sabíamos que seria preciso muita madeira para aquecer a casa durante o longo inverno.

Pouco depois, um homem baixo e enérgico vestindo um grosso casaco e um chapéu alto de pele foi admitido no pátio, tomou um machado e começou a trabalhar reduzindo os tocos a pedaços de lenha. Ele me pareceu familiar, mas não conseguia me lembrar onde o vira antes. Quando o ouvi falar, porém, soube imediatamente de quem se tratava. Era o primeiro-ministro Kerensky!

Fui até ele, mas, antes de poder falar, ele pôs o dedo sobre os lábios.

— Por favor, Srta. Tatiana, peço-lhe que não fale comigo. Não sou quem a senhorita pensa.
— Então quem é o senhor?
— Um viajante que passa por Tobolsk a caminho de Murmansk.
— Tão longe! — disse papai. — Diga-me, viajante, onde o senhor começou a sua viagem?
— Petrogrado.
— E como está o meu velho retiro?
Kerensky balançou a cabeça.
— Nunca o vi tão mal. Quando parti, saí de lá às pressas. Posso afirmar que tive muita sorte em conseguir sair vivo da cidade. — Parou de falar ao ver que um dos guardas estava passando perto de nós. Quando o homem se afastou, continuou, com ansiedade na voz: — Quando saí, as ruas estavam cheias de saqueadores. Todas as casas eram saqueadas, todas as adegas invadidas. Ninguém trabalhava. Os trens estavam parados. Não havia comida no mercado. Os soldados se negavam a manter a ordem. Imaginem! Os homens do regimento Preobrazhensky recusavam os nossos comandos para sair às ruas e atirar nos saqueadores.

Durante algum tempo, os dois continuaram a trabalhar em silêncio.

— Quem está no comando agora? — perguntou papai depois de algum tempo.

— Ninguém, legalmente. Os bolcheviques governam pelo terror. Chamam-se de Comitê Militar Revolucionário.

— E o governo provisório? — perguntei em voz baixa. — E o meu amigo Constantino?

Kerensky balançou a cabeça

— O governo provisório não existe mais. Os bolcheviques nos expulsaram do palácio onde aconteciam as nossas reuniões. Então fizeram seu grande anúncio: toda propriedade privada foi abolida.

— O quê? — Papai, incrédulo, afundou o machado num toco com uma pancada forte.

— É o sonho do líder bolchevique, o terror a que chamam Lenin. Ele diz que tudo é propriedade de todos. Ninguém pode manter nada para si próprio.

Papai se sentou num toco e olhou a distância.

— Eles não sabem que isso só pode levar à anarquia? A um estado selvagem, onde os poderosos tomam tudo, e os fracos são massacrados? — Ergueu os olhos para Kerensky, mas o homem apenas rolou os olhos e balançou a cabeça.

Dois dos guardas, que brigavam um com o outro e não prestavam atenção em nós, de repente se lembraram de seu dever e se aproximaram. Papai retomou imediatamente o corte da lenha, enquanto mudava de assunto, a voz assumindo um tom neutro.

— Disseram-me que o tempo está ainda pior em Murmansk do que aqui. Diga-me, o que você vai fazer lá?

— Sou cientista. Vou pesquisar bandos de morsas. O senhor sabia que as morsas têm presas de até mais de um metro?

— Minha irmã tem um colar feito de presa de morsa — interrompi. — Mas ela nunca o usa.

Os guardas começaram a se afastar outra vez. Quando estavam bem longe, Kerensky retomou sua mensagem.

— Vim aqui para avisá-lo. O senhor corre ainda mais perigo agora. E agora está sozinho. Nenhum governo estrangeiro se disporá a recebê-lo agora que os bolcheviques assumiram o controle. Calculam que os alemães irão conquistar Petrogrado e restaurá-lo como tsar; que os alemães obrigarão o senhor a ordenar a morte de todos os radicais.

— Não teriam de fazer um grande esforço de persuasão para me obrigar a fazer isso!

— Antes que isso aconteça, os bolcheviques ordenarão a sua morte. O senhor tem de descobrir um meio de fugir.

Os ombros de papai caíram.

— Quanto a isso, tudo depende da vontade de Deus.

— Os bolcheviques decretaram Deus fora da lei.

Durante mais alguns momentos trabalhamos em silêncio. Notei que papai estava ficando cansado. As notícias terríveis trazidas por Kerensky pesavam sobre ele. Ele estava longe de ser um homem velho, tinha só 49 anos quando nos mudamos para Tobolsk, mas começava a mostrar o olhar frágil da idade, e ainda que o apreciasse, o exercício físico o exauria mais do que no passado, e ele tomava cocaína para se recuperar.

— Ei! — gritou um dos guardas. — Você está lento! Veja que miséria de pilha de lenha! Vocês vão congelar durante o inverno! — Os outros riram, e então começaram a cantar. Geralmente cantavam canções revolucionárias com suas vozes ásperas, batendo nas coxas no ritmo da música. As canções sempre falavam de liberdade e do triunfo dos trabalhadores.

— Não há ninguém capaz de enfrentar esses bolcheviques? — perguntou papai finalmente. — Aqui em Tobolsk, Deus ainda está nas igrejas e as pessoas são donas das suas casas e dos seus campos. Nada mudou.

— Por isso nós providenciamos a sua mudança para cá, porque a revolução não chegou a Tobolsk. Mas ela está vindo, rapidamente, e mais violenta do que nunca. Há um banho de sangue em Petrogrado. Os bolcheviques estão assassinando todos que se opõem a eles, até mesmo os membros dos sindicatos e os soldados que recusam suas ordens.

— Estão assassinando soldados?
— Às centenas.

Papai virou a cabeça. Eu tive certeza de que ele estava em lágrimas.

Miguel ainda é um soldado, foi meu único pensamento. Estaria em segurança?

— O senhor sabe alguma coisa sobre o 5º Regimento Circassiano, e de um oficial chamado Miguel Gradov?

— Não. Mas, se ele não for bolchevique, está em perigo. Mais provavelmente, ele já não está em perigo. Já encontrou seu destino.

Meu coração parou.

— Mas você não pode ter certeza. Ele pode ter fugido.

— Sempre se pode ter esperança, mesmo contra todas as probabilidades — admitiu Kerensky com um leve sorriso. — Gradov era um radical?

— Não. Na verdade, ele servia no palácio — disse papai.

— Ah! Então o Comitê certamente não teria a menor piedade.

Ao ouvir as palavras de Kerensky, não consegui conter minhas próprias lágrimas. Meu querido Miguel, morto pelos bolcheviques! Os horrorosos e odiosos bolcheviques. Em minha fúria, cuspi na direção dos guardas, que vieram imediatamente até onde estávamos.

Um deles chutou a pilha de lenha cuidadosamente organizada, espalhando lenha em todas as direções.

— Recolha, Romanov! Você fez uma bagunça. E você — indicou Kerensky —, vá embora.

Depois de uma breve hesitação, Kerensky cumprimentou meu pai e a mim e partiu.

Papai começou a recolher a lenha e a empilhá-la novamente.

— Ajude-me, Tania. Ajude-me e ignore estes homens.

— Mas papai...

— É o que temos de fazer, agora. Não pense em mais nada. Ajude-me.

Fiz o que ele pediu, apesar da raiva, da dor e do medo que se agitavam dentro de mim. Apesar da vontade de lançar a lenha nos guardas, de matá-los todos, de realizar uma vingança tão terrível quanto me fosse possível contra os que, temia eu, tinham matado Miguel e pretendiam destruir tudo e todos que eu amava.

Cinquenta

— O que isto está fazendo aqui?
 Ele apareceu no pátio onde estávamos rachando lenha numa tarde gélida, um homem magro, vestindo roupas sujas, com longos cabelos vermelhos e óculos de armação fina. Correu na direção de Iskra, que brincava com um trenó num pequeno monte de neve perto de nós, e a agarrou violentamente, assustando-a e fazendo-a gritar.

Os guardas distraídos imediatamente adotaram posição de sentido.

— Solte-a! — gritei.

— Livre-se disso imediatamente! — berrou o homem ruivo para o soldado mais próximo, atirando-lhe a menina que se contorcia com tanta violência, que fiquei impressionada por ela não ter caído no chão coberto de neve. — Levem-na para dentro. Encontrem a mãe. Atirem nela.

Então foi minha vez de berrar.

— Vocês não sabem que qualquer pessoa de fora pode ser usada para trazer armas ou mensagens? Ninguém pode entrar neste lugar. Ninguém, ouviram? — O homem arengou para os guardas, os cabelos vermelhos voando em volta do rosto violento enquanto falava, a ameaça na voz clara e aterradora. Os guardas se encolheram.

Papai baixou o machado e se aproximou do homem enlouquecido, pois era assim que eu o via naquele momento. Estendeu a mão.

— Romanov — apresentou-se.

— Você acha que eu não sei quem é você, explorador? Tirano! Monstro!

Deu as costas a papai e andou de um lado para o outro diante dos guardas que se mantiveram rigidamente em posição de sentido, as mãos coladas ao lado do corpo, imóveis.

— Ralé! Precisamos de guardas de verdade aqui. Guardas Vermelhos. Revolucionários dedicados. Não vocês, amadores desmazelados, que permitem a entrada de qualquer um no que deveria ser uma prisão selada!

O chefe dos guardas deu um passo à frente.

— Senhor, eu...

O homem ruivo lhe deu um tapa tão forte que ele cambaleou e recuou para seu lugar na formação.

Fiquei paralisada no local onde estava, enquanto tudo isso se desenrolava, chocada pelo que via. E então minha onda de paralisia passou.

— Você não pode matar a mãe daquela menina. Ela não fez nada de errado.

Ele me olhou de cima a baixo, e voltou para dentro da casa, deixando-nos sós. Quis segui-lo, mas papai me conteve.

— Não, Tania. Enfrentá-los não é a solução.

— Mas papai, ele está louco, não me importa quem seja.

— Lembre-se do que nos disse o nosso visitante, o que está a caminho de Murmansk. Um novo grupo de revolucionários tomou o poder. Ele deve ser um deles.

Logo soubemos pelos guardas quem era. Pareciam ansiosos para dividir o que sabiam.

— Eles o chamam de Baioneta. Ninguém sabe quantos ele matou nos dias sangrentos depois que os bolcheviques tomaram Petrogrado. Dezenas, talvez centenas. Tem sede de sangue.

— Dizem que ele ficou louco quando esteve na prisão. Ficou na solitária durante 15 anos. Sozinho por todo esse tempo, com fome, sonhando com comida, luz e calor. É o suficiente para enlouquecer qualquer um. Agora ele participa da nova Comissão, a que foi chamada de Cheka.

— Nunca ouvi falar dela — observou papai. — O que é a Cheka?

— É a Comissão Extraordinária Russa de Combate à Contrarrevolução e à Sabotagem. A Cheka é mortal. Matam pessoas e depois inventam desculpas para o que fizeram. Foi o que ouvimos.

— Matam qualquer um de quem não gostam. O Baioneta não poupa ninguém.

Mas, afinal, ele poupou Daria e Iskra, só para mantê-las trancadas no porão da casa, uma espécie de prisão dentro da prisão, terrivelmente fria e úmida, com um único fogão pequeno para aquecê-las. Um fogão defeituoso e malventilado.

Pensei nelas lá, uma noite após a outra, abraçadas no frio e no escuro, e o pensamento me oprimia como chumbo, reduzindo ainda mais o meu ânimo, que já estava muito baixo. Depois do que Kerensky nos dissera, eu temia que Miguel tivesse sido morto em Petrogrado. Pensei então que, no momento em que soubesse que ele estava morto, no momento em que ouvisse aquela notícia terrível e final, eu não ia mais querer viver.

Como poderia descrever o frio daquele inverno terrível? Sou russa, conheço o frio. Mas o frio penetrante e entorpecente da Sibéria era novidade para mim. Descia sobre nós numa onda vingativa de gelo, vento e escuridão, e nos prendia em seu punho apertado. Esmagava-nos, enfraquecendo corpo, mente e espírito.

Apesar de estarmos dentro de casa, sentíamos frio como se estivéssemos lá fora numa tempestade sem fim. O frio entrava pelas paredes, cobrindo todas as superfícies com gelo. Tudo o que deixávamos no chão se congelava. Nossos pés ficavam azuis dentro da camada dupla de meias de lã e botas de feltro.

Os canos congelaram e acabou a água, sobrou apenas a água de gelo derretido. Fervíamos o gelo numa panela no único fogão, que mantínhamos carregado de lenha. Ele ficava tépido e derretia, mas nunca fervia, pois o ar era frio demais. Então tínhamos água para beber, mas não para o banho quente; vivíamos sujos e com frio, o que aumentava o nosso sofrimento.

Ainda pior era o vento que gemia e uivava como uma coisa viva, como se todas as fúrias do inferno tivessem se libertado e quisessem nos destruir. Às vezes, à noite, quando nos reuníamos em volta do fogão para conversar, mamãe tentando tricotar com as luvas calçadas, monsieur Gilliard tentando jogar xadrez com Olga ou Anastasia, papai, vestido em seu sobretudo, lendo o grosso volume da *História universal* apesar de as folhas correrem, irritando-o, o vento gemia tão alto que a conversa se tornava impossível e cobríamos as orelhas com as mãos.

A corrente de ar gelado entrava por todas as janelas não herméticas, e através das frestas de todas as portas duplas. Queimava nossos pulmões e nos fazia tossir. Consumia nossos olhos, que lacrimejavam. Tentávamos cantar, cantar sempre nos fazia sentir melhor, mas o vento nos deixava sem ar e logo desistíamos.

O pior momento era tarde da noite, quando se tornava impossível adiar a ida para a cama. Tremíamos nos leitos úmidos e sem conforto, os dedos azuis de frio e doendo pelas frieiras. Xingávamos, rezávamos, xingávamos outra vez, e no fim mergulhávamos num sono frio, sonhando com saunas e chamas de lareiras, praias quentes e ensolaradas. Com qualquer lugar que não fosse assombrado por aquele vento impiedoso.

Tanta neve se acumulou sobre o telhado que papai teve medo de que ele desabasse sobre nós. Envolvido em seu sobretudo, a cabeça coberta por camadas de lã e pele, e com luvas grossas sobre as mãos, que estavam em carne viva pelo trabalho de rachar lenha, ele subiu no telhado e tentou raspar a neve. Mas seus esforços foram em vão. A neve tinha se transformado em gelo. Ouvimos quando ele tentava quebrá-lo com a pá, e soubemos, apesar de nenhuma de nós dizer nada, que à sua maneira ele lutava, e lutava energicamente, não somente contra o gelo, mas também contra tudo o que nos perseguia: o clima cruel, os soldados cruéis, o assassino Baioneta, as durezas desconhecidas que nos esperavam. Naqueles momentos, senti tanta pena dele que mal posso explicar, uma piedade infinita do pai que eu amava tanto.

Foi num daqueles dias sombrios e desesperadores que comecei a cair doente.

Peguei um resfriado, depois comecei a queimar de febre, que aumentava dia após dia, até que o Dr. Botkin ficou muito preocupado e pediu aos guardas para me transferirem para a cidade grande mais próxima, onde houvesse um hospital bem-equipado. Mas, é claro, o seu pedido foi recusado.

Eu encontrava muita dificuldade em respirar e meu coração batia descompassado, apesar de eu estar deitada na cama, em repouso. Mamãe, o médico e algumas das freiras pairavam sobre mim, me observando. Tinha consciência de que também os observava, ou pelo menos tentava, mas minha concentração falhava, e logo não me lembrava se era dia ou noite, e meus pensamentos se tornavam confusos.

Estendia o braço e sentia o gelo em cima dos cobertores. Ainda assim eu queimava. Sentia mãos esfregarem meus braços e pernas, tentando manter-me aquecida, mas mãos de quem? Ouvia vozes, mas não sabia de quem eram.

Lembro-me de ver a imagem de são Simão Verkhoturie e de ouvir mamãe dizer:

— Ele chora por ela.

Eu tossia, meus dentes batiam de frio e meu peito doía quando eu respirava. Estendia a mão, mas Miguel não estava lá para tomá-la. Tentava dizer seu nome. Sabia que meus lábios se moviam, mas não conseguia ouvir nenhum som além do lamento do vento.

Fechava os olhos. Alguém soluçava. Seria mamãe? Distinguia o cheiro do fumo de papai.

Então sentia que deslizava para baixo, como se estivesse num trenó que descia a encosta de uma imensa montanha de neve, cada vez mais depressa, querendo parar, mas sem poder.

Tudo era branco à minha volta, e o único som que eu ouvia era a pancada de torrões de neve caindo dos galhos das árvores sobre a terra gelada. Depois o silêncio.

Cinquenta e um

— Ela está morta?
— Não. Mas não se move há dois dias.
Senti a mão de alguém agarrar a minha. E tentei ao máximo apertar aqueles dedos. Dedos fortes, quentes. Dedos de homem. Continuei a sentir o toque daquela mão quente, e a tirar força do seu calor no frio pavoroso do quarto.
Então senti que alguma coisa era posta na minha mão. Parecia um bastão frio.
— Segure isto — disse uma voz. Uma voz confortadora e amorosa. — Segure isto, vai ajudar a curar você.
— É o bastão do padre Grigori? — consegui sussurrar.
— O que mais seria?
Tentei colocar toda a minha concentração naquele bastão. Meus pensamentos começaram a adquirir coerência. E, gradualmente, hora a hora, comecei a me sentir um pouco melhor.
Agarrei o bastão e me lembrei da época, muito tempo antes, quando eu o coloquei no peito ferido de Miguel, quando era sua enfermeira e ele estava às portas da morte no hospital lotado. Lembrei-me de como o bastão lançou um broto, e depois uma doce flor branca. E Miguel voltou à vida e à saúde.
Algum tempo depois consegui abrir os olhos. A primeira coisa que vi foi... Miguel! Vivo e bem, e sorrindo para mim. Tomou-

me nos seus braços e senti surtos de vida e força se espalharem pelo meu corpo.

Todos se reuniram sorrindo em volta de minha cama: mamãe, papai, minhas irmãs e irmão, as freiras, monsieur Gilliard, além de Daria e Iskra. Apesar de fraca, fiz um esforço para sorrir para eles.

— Daria — sussurrei. — Você e Iskra saíram do porão!

— Só enquanto o Baioneta está viajando. Ele foi à reunião do soviete regional em Ekaterinburg. Vai demorar muitos dias para voltar.

Abracei-me a Miguel, que raras vezes saía de perto de minha cama. Insistia em cuidar sozinho de mim, como antes eu tinha cuidado dele. Ele me alimentava de pão preto e sopa, repolho cru, rabanetes e um chá muito fraco. Cantava para mim e me contava histórias do Daguestão e da Geórgia, e dos seus soldados, os homens do 5º Regimento Circassiano.

— Estão aqui. Em Tobolsk. Esperando o dia em que poderão ser úteis à sua família. Algum dinheiro foi levantado. Armas estão sendo reunidas. Há muitos grupos aqui na Sibéria, ansiosos por assumir a oposição ao novo governo bolchevique. No devido tempo ele será derrubado, eu confio. Petrogrado será retomada. Extremistas como o Baioneta serão executados por seus crimes.

O Dr. Botkin chegou e pôs o estetoscópio em meu peito e ouviu meu coração e pulmões.

— Você está se recuperando, Tania, mas tente não exagerar, especialmente nesta casa gélida. Você teve pneumonia dupla e pode ter uma recaída. — Por ordens dele, minha cama foi levada para perto do fogão, e Miguel construiu alguns biombos para me proteger dos ventos constantes.

Depois de alguns dias, consegui me sentar e meu apetite melhorou, mas infelizmente a comida não.

— Miguel, como você fugiu de Tsarskoe Selo? — perguntei quando estávamos a sós. — E como me encontrou?

— O pior momento foi logo depois que deixei você e sua família na cabana na ilha das Crianças. Corri para o bosque, mas os guardas estavam por toda parte, e eu tinha certeza de que eles me descobririam. Não conseguia encontrar nenhum lugar para me esconder. Mas tive sorte. Eles haviam bebido durante a noite toda. Tropecei em um que tinha apagado. Vesti a farda dele. Ah, se a noite estivesse um pouco mais escura! Mesmo assim, consegui me misturar com os outros até encontrar o caminho para o cercado do elefante. Entrei e subornei o cornaca para deixar que eu me escondesse em sua cabana durante a noite, sob uma pilha de trapos onde ele dormia, até ser seguro sair dos jardins.

"Não me importo de lhe dizer, Tania, eu estava aterrorizado. De manhã, coloquei um monte de excremento de elefante num carrinho de mão e levei até o galpão onde o lixeiro noturno vem com a sua carroça recolher o lixo que vai ser jogado no Stavyanka. Ninguém me questionou, nem quis chegar perto de mim. Ah, como eu fedia! Escondi-me embaixo da carroça até ela sair para o rio pelo portão lateral. De lá, consegui chegar até a guarnição do regimento Semyonovsky, que, eu sabia, tinha muitos oficiais leais ao seu pai e contrários ao poder crescente do soviete.

"Fui recebido como oficial irmão e me deram roupas e um pouco de dinheiro. Disse que estava prestando um serviço pessoal ao tsar (não o chamei de "ex-tsar") e eles me aplaudiram, me desejaram boa sorte, e me informaram sobre um trem militar especial que estava de partida para o leste dentro de um ou dois dias. Antes de partir, procurei Constantino, que estava escondido. Teve sorte de ainda estar vivo. Ele me disse para onde a sua família seria levada. Embarquei no trem e viajei durante quatro dias. Perto de Perm, porém, fomos atacados por uma força da Guarda Vermelha e o trem parou. Fiquei numa aldeia no sopé dos Urais durante algum tempo, mas tive de sair quando alguém informou ao soviete local sobre a minha presença. Quase levei um tiro. Muitos outros não tiveram tanta sorte.

"Disseram-me que havia bandidos monarquistas no sopé da montanha, e eu fui procurar um daqueles bandos na esperança de me juntar a eles. Eles me aceitaram porque eu era soldado, e eles precisavam de treinamento. Posso lhe dizer, Tania, a vida de bandido é como a vida que eu conheci quando era menino nas montanhas do Daguestão. Completamente livre, sem ninguém para dizer como viver ou o que fazer. Minha bisavó Lalako ficaria muito à vontade entre aqueles bandidos dos Urais. Teria acabado como líder do grupo!

"Sabia que tinha de chegar a Tiumen e esperava poder tomar o vapor do rio até Tobolsk. Mas, quando finalmente cheguei lá, o rio estava congelado. Pensei que teria de passar o inverno na região, mas alguns caçadores de lobos estavam partindo da cidade em trenós e eu consegui viajar com eles. Acabei chegando ao Convento Ivanovsky e as freiras me receberam. Contaram-me o que tinha acontecido com a sua família, e que você estava muito doente e ninguém esperava que vivesse.

"Eu sabia que as freiras vinham aqui todos os dias com comida e jornais. Decidi me disfarçar de camponês trazendo manteiga, ovos e café. Fiquei muito popular com os guardas e com sua mãe, que adora café. Até o Baioneta gosta de café, embora ele às vezes o jogue no rosto das pessoas quando está com raiva."

Estendi as mãos e Miguel tomou-as nas suas.

— Por quantas tribulações você teve de passar por minha causa, e de minha família.

— Eu faria tudo de novo, mil vezes.

Nós nos abraçamos, como se nunca mais fôssemos nos separar, e eu agradeci aos céus por ter trazido Miguel de volta para mim.

— Preciso lhe perguntar mais uma coisa — falei depois de um momento. — Por que você guardou o bastão do padre Grigori desde Tsarskoe Selo?

— O quê? — Ele riu.

— O bastão que cura. O que trouxe você de volta à vida quando estava ferido, e me salvou da pneumonia.

— Ah, esse bastão. Foi uma vara que eu achei no pátio. Nada de especial.

— Mas eu pensei...

— Sei o que você pensou. Eu sabia que você ia pensar isso. Você precisava colocar sua fé em alguma coisa, então achei um bastão para você. A verdade é que foi a sua força que curou você.

— Não. Foi a minha fé... e você. Prometa que nunca vai me deixar outra vez, Miguel. Eu não suportaria.

Ele se inclinou e me beijou.

— Eu também não — sussurrou. — Agora tome a sua sopa.

Cinquenta e dois

À medida que me recuperava, notei que as freiras vinham sempre sentar-se ao lado de minha cama e costuravam tão rapidamente que suas mãos pareciam correr sobre o pano, e a agulha brilhava entrando e saindo do tecido quase depressa demais para ser seguida pelos olhos.

Às vezes bordavam, às vezes teciam renda. Mas geralmente costuravam roupas: seus próprios hábitos pretos e toucas brancas, lindos paramentos para padres e, o mais comum, roupas para os pobres.

— As senhoras poderiam, por favor, fazer mais roupas íntimas para nós? — pedi um dia. — Não temos nenhuma há quase um ano já. As que temos foram remendadas tantas vezes que não sobrou quase nada delas.

Disseram-me que não haveria problema em fornecer roupas íntimas para mim e mamãe, além de minhas irmãs. Depois de poucos dias, uma cesta de anáguas e espartilhos e outras peças íntimas nos foi entregue, cada uma delas feita com muita habilidade, ainda que largas e sem ornamentos.

— Essas peças são práticas — disse Olga, mostrando uma anágua. — Não têm o estilo das roupas de Paris. Além disso, quem poderia esperar que freiras costurassem lingeries refinadas para damas distintas?

— O que me impressiona — comentei — é a rapidez com que tudo isso foi costurado. Imagino que essas freiras sejam capazes de fazer um vestido de baile da noite para o dia, se lhes dessem um modelo para copiar e os materiais necessários.

— Nos dias anteriores à guerra, Lamanov levava dois ou três dias para fazer um vestido de baile para mamãe ou para vovó Minnie.

— Sim, é o que estou tentando dizer. Essas freiras são muito rápidas.

O Baioneta voltou do congresso do soviete regional e espalhou medo por toda a casa. Daria e Iskra foram novamente trancadas no porão e Miguel foi forçado a buscar refúgio no Convento Ivanovsky, mas vinha me visitar todos os dias com as freiras, trazendo comida, sem esquecer o café do Baioneta.

Os guardas começaram a construir um monte de neve no pátio, mas o Baioneta ordenou que fosse destruído.

— Vocês não entendem que o explorador e a família poderiam subir no alto do monte e ver por cima do muro? Não percebem que eles estão conspirando com os brancos para destruir a revolução?

"Brancos" era o nome que os bolcheviques usavam para se referir a qualquer um que se opusesse a eles.

— Mas já está chegando o carnaval. — Ouvi um dos guardas protestar. — Nós sempre fazemos um monte de neve na época do carnaval.

— Que carnaval? — ladrou o Baioneta. — Superstição, adoração de Deus! Tudo isso acabou. Não vai haver mais carnaval.

Mas o povo de Tobolsk não concordava, e víamos pelas janelas embaçadas que as preparações para o carnaval anterior à quaresma estavam em andamento, quisessem ou não o Baioneta e seus superiores bolcheviques.

Havia sempre uma semana de festividades anterior ao início da quaresma, que na Rússia durava oito semanas antes do domingo de Páscoa. Era uma tradição de séculos, chamada de Maslenitsa, ou Semana da Manteiga, por causa da manteiga que passávamos sobre as nossas panquecas doces, os blinis, e que escorria deliciosamente pelo queixo, pela barba ou sobre o peito. Manteiga que simbolizava a gordura e a abundância, e anunciava o fim da fome do longo inverno, quando a comida seria novamente abundante.

Durante a Semana da Manteiga havia concursos para ver quem conseguia comer os blinis mais suculentos, recheados de frutas doces, ou geleia, caviar, salmão ou eperlanos do mar Branco. Miguel brincou que naquele ano, 1918, só haveria blinis bolcheviques, sem recheio, mas, ao contrário de Petrogrado onde as massas estavam famintas, Tobolsk tinha carne e peixe fresco no mercado e nas lojas de comida das fazendas e hortas no entorno da cidade, por isso imaginei que os blinis seriam generosamente recheados.

Como eu sonhava acordada com comida gostosa e rica naqueles dias de sopa rala de repolho com pão preto e nabos! À medida que recuperava a saúde, meu apetite voltou, e até o cheiro do café do Baioneta era suficiente para fazer meu estômago se contrair e os pensamentos correrem soltos. Por mais que tentasse, não conseguia deixar de me lembrar dos banquetes no Palácio de Inverno ou em Tsarskoe Selo. As bandejas cheias de marinadas de cogumelos e anchovas, salmão e arenque defumados, ganso recheado, purê de presunto e lebre assada com guarnição de trufas. Os patês e escargots, os molhos delicados, as tortas e os ecleres. Nunca fui gulosa, mas naqueles anos magros os meus pensamentos corriam soltos. Tinha visões de leitões não desmamados, tetrazes assados em creme azedo, bifes de rena e esturjão do Volga, com tenros aspargos brancos, pudins gelados e amoras com açúcar. Minha boca se enchia d'água e meu estômago doía.

Lembrava-me do primo Bertie em Cowes com seus vidros de geleia Bar-le-Duc. Como ele comia! Eu me perguntava o que ele diria se pudesse ver a nossa família naqueles dias, todos mais magros por tanta privação, tremendo em nossa casa-geladeira e submetida a uma humilhação que ele nunca poderia ter imaginado para membros da realeza. Mas o primo Bertie nunca permitiria que tal coisa acontecesse conosco. Não teria sido cauteloso como seu filho, o rei Jorge, temeroso de uma intervenção nos assuntos da Rússia para nos resgatar, mesmo sabendo que nossas vidas estavam em perigo. Não! O primo Bertie nos enviaria seu exército, sua marinha, e todas as forças sob seu comando para nos libertar, e só ficaria satisfeito quando estivéssemos sentados à sua mesa, desfrutando da abundância de suas cozinhas.

Os ingleses não estavam próximos, mas nós aprendíamos que havia outros que se preocupavam com o nosso bem-estar e que se ocupavam fazendo planos para nos ajudar.

Houve um acidente na cozinha e um dos nossos cozinheiros se queimou gravemente. Trouxeram um homem idoso para substituí-lo, pelo menos ele me pareceu velho, pois eu era muito jovem naquela época. Provavelmente, ele não era mais velho que meu pai. Trabalhava na cozinha das freiras, mas ouvi uma delas dizer ao chefe dos guardas que poderiam poupá-lo, pois a nossa cozinha estava sem pessoal.

Notei que o velho, que era careca e ligeiramente curvado, mas ainda esperto, ajudava não somente como cozinheiro mas também fora da cozinha, varrendo os quartos, limpando as janelas (uma tarefa sem fim, pois tão logo o gelo era removido, mais gelo se acumulava), e até ajudava papai a rachar lenha.

Nossa reserva de madeira estava ficando baixa. O fogões da família, da cozinha e do porão, que mantinha Daria e Iskra vivas, consumiam mais lenha do que conseguíamos rachar. O Baioneta tinha mandado trazer troncos grossos de faia e papai trabalhava muitas horas todo dia para reduzi-los a lenha que coubesse nos fogões. Apesar dos avisos do Dr. Botkin sobre o estado dos meus pulmões, saí e fiz o máximo para ajudá-lo, ainda que minha contribuição para a pilha de lenha fosse pequena. Era muito frio para minhas irmãs, e elas ficavam dentro de casa.

Uma tarde, o velho empregado careca saiu, como sempre fazia, para oferecer ajuda. Abaixou-se para pegar o machado, mas em vez de usá-lo para bater no pedaço de madeira à sua frente, eu o vi olhando na direção da casa. Era um dia gelado, os guardas tinham entrado para evitar o vento. Ninguém nos observava. O velho virou-se para papai, com uma expressão no rosto de tamanha reverência que me tocou o coração.

Então se ajoelhou na neve diante dele.

— Babiushka — murmurou. — Babiushka, Paizinho, estamos aqui para ajudar.

Vi lágrimas correndo pelo rosto do meu pai.

— Quem é você?

O velho ficou novamente de pé.

— Sou George Kochetkov — sussurrou—, líder da Fraternidade de São João.

— Uma ordem religiosa?

— Não, mas nos inspiramos no padroeiro de Tobolsk, são João, e nosso quartel-general é a Catedral de São João. — Olhou em volta, e viu que três guardas tinham saído para o pátio, mas estavam reunidos num grupo, todos bem próximos uns dos outros, próximo à porta da casa, como se estivessem ansiosos para entrar novamente e se aquecerem.

— Temos um estoque de armas escondidas no porão — confidenciou George. — A catedral é o nosso ponto de encontro, para quando retomarmos a cidade.

Surpreso, papai ergueu as sobrancelhas.

— Quantos são vocês na fraternidade?

— Mais a cada dia.

— Vocês, aí! — Era a voz áspera do Baioneta. — O que estão conversando? Exijo saber!

Tinha saído da casa e vinha pela neve na nossa direção, sem chapéu, apesar do frio, os longos cabelos ruivos voando, o nariz também ficando vermelho.

George se curvou profundamente.

— Senhor. Eu estava dizendo que nunca vi um inverno tão duro quanto este nos meus 70 anos.

Então eu estava enganada com relação à sua idade. Ele não pertencia à geração de papai, era um velho excepcionalmente forte.

O Baioneta franziu o cenho.

— Setenta anos, na Sibéria! É um milagre você ainda não estar morto! Mas logo vai estar se não parar de conversar com o explorador!

— Sim, senhor.

George se afastou com sua atitude submissa para o canto mais distante do pátio e começou a rachar um tronco. Nós retomamos o trabalho. O Baioneta continuou observando o velho por algum tempo, depois deu de ombros e entrou novamente na casa.

Após mais ou menos 15 minutos, George trouxe uma braçada de lenha. Deixou cair na neve, e começou a empilhá-la cuidadosamente ao lado da nossa pilha. Ao fazê-lo, ele falou outra vez com papai:

— Paizinho, há muitos em Tobolsk que odeiam a revolução. Odiamos esses novos homens, esses homens cruéis e brutais que afirmam falar pelo povo. Quem são eles na verdade? Criminosos! Traidores da verdadeira Rússia! Estamos crescendo em número. Alguns de nós são proprietários de terras, como eu mesmo, que temem que os camponeses tomem o que é nosso e nos assassinem. Alguns são soldados. Há trezentos oficiais da guarnição de Tiumen que juraram nos apoiar quando chegar a hora do nosso levante.

Deu outro olhar rápido pelo pátio, e continuou, mantendo a voz baixa:

— Estamos levantando dinheiro. As contribuições chegam para o nosso banqueiro em Tiumen. Há outro banqueiro em Petrogrado que coleta secretamente recursos de toda a Rússia. Ouvi dizer que ele já levantou 200 mil rublos. Queremos o nosso tsar de volta!

Olhei o rosto de papai quando ele ouviu essas palavras notáveis. Pareceu se iluminar.

— Será possível? — murmurou descrente, balançando a cabeça. — Será realmente possível?

— Nosso objetivo é tomar Tobolsk quando vier o degelo — informou George. — Tobolsk vai se tornar a nova capital da Rússia, com o senhor, Paizinho, restaurado em seu trono e em seus direitos. Enquanto isso, estamos recrutando mais ajuda, e o número dos nossos aumenta. O oculista e o dentista de sua esposa levam mensagens para nós, assim como sua lavadeira.

— E o Baioneta suspeita de sua força?

— Ele suspeita de todos. Sabe que enquanto o senhor estiver vivo, haverá oposição aos bolcheviques e aos seus objetivos. Mas não é capaz de convencer seus superiores em Moscou a ordenar sua execução. Pensam que o senhor será mais útil vivo do que morto.

— Se ao menos pudéssemos ter certeza disso!

— Certeza é a única coisa que não podemos ter — respondeu George com um sorriso estranho.

Tínhamos lido nos jornais que o governo bolchevique declarara que Moscou era a nova capital da Rússia e que todas as ordens agora emanavam de lá. Tinham, ao que parece, abandonado a pobre Petrogrado ao seu próprio destino. A linda e triste Petrogrado! Eu mal suportava pensar!

George voltou ao canto distante do pátio e continuamos a ouvir o som de seu machado cortando a madeira forte, embora a luz do dia já começasse a falhar e o vento se tornasse mais frio.

Finalmente, papai e eu levamos uma braçada de lenha para dentro de casa e o deixamos no pátio. Mas, durante toda aquela noite, o rosto magro de papai brilhou de felicidade, e ele não conseguia deixar de sorrir, para nós, para os guardas, para a imagem lacrimosa pendurada ao lado do fogão.

Era a imagem de são João.

Cinquenta e três

Recolhi toda a nossa roupa suja numa cesta e esperei ao lado da porta a chegada da lavadeira, que vinha todas as quartas-feiras. Tentei não reagir aos escárnios dos guardas que revistavam a cesta, dizendo gracejos impróprios e jogando nossas roupas íntimas de uns para os outros. Era uma rotina antiga, cansativa.

Várias freiras chegaram com a lavadeira, que trouxe consigo uma cesta de roupa limpa e lençóis.

— Não se esqueça de pendurar a anágua azul — recomendou uma das freiras. — Não está bem seca. Pendure-a ao lado do fogão.

Levei a cesta para o quarto que dividia com minhas irmãs e comecei a separar e dobrar, procurando ansiosa a anágua azul. Não tinha dúvida de que a freira a tinha mencionado por alguma razão. Quando a encontrei, pendurei num cabide, levei para a sala e estendi sobre uma cadeira, alisando as rugas. Na verdade, tateava entre as dobras do tecido em busca de alguma irregularidade. No bolso, senti as arestas duras de um papel dobrado. Consegui retirar o pequeno pedaço de papel e escondê-lo na manga da roupa que vestia.

Levei-o para o banheiro e desdobrei-o rapidamente, sabendo que nem mesmo no banheiro eu tinha privacidade, pois os guardas gostavam de nos surpreender até nos momentos mais íntimos.

"Venha ao porão quando todos tiverem ido para cama", dizia a mensagem na letra pequena e angulosa de Miguel.

Rasguei a nota em pedaços pequenos e dei descarga, com medo de que não desaparecessem, mas voltassem trazidos pelo esgoto defeituoso. Depois de dar três descargas senti-me confiante para sair do banheiro e sentar-me com mamãe, que tricotava um suéter. Ela tinha círculos escuros sob os olhos. Cumprimentou-me com um sorriso débil. Notei várias cartas, o frasco de remédio na mesa ao seu lado e um copo de água leitosa pela metade. Ela continuava a aumentar a dose do remédio que tomava todo dia, bebendo um copo com 10 a 12 gotas do sedativo.

— Você sabia, Tania, que hoje é o dia de são Eutimio? Não... espere... acho que é de santo Aleixo, ou quem sabe é a Festa da Mãe Santíssima... — Ela se interrompeu confusa, rugas de preocupação lhe marcavam a testa branca. — Tenho tudo escrito aqui, em algum lugar. — Deixou o tricô e procurou alguma coisa no cobertor que lhe cobria as pernas. — Esqueça, não vou encontrar.

— O seu calendário?

— É. Meu calendário dos santos e das festas.

— Eu pensava que você conhecesse todos de cor.

Ela balançou a cabeça, um meio sorriso nos lábios pálidos.

— Minha memória... anda tão fraca atualmente.

Retomou o tricô e notei que o padrão de listas brancas no tecido cinza estava torto. O tricô de mamãe que sempre fora muito preciso, os pontos uniformes e perfeitos e as cores alinhadas com exatidão, estava se tornando descuidado e malfeito.

— Deve ser difícil tricotar de luvas.

— Já me acostumei. Mas os meus dedos doem. — Bocejou.

— Vamos jogar baralho mais tarde?

— Se você quiser, meu bem. Tenho de escrever algumas cartas. — A frase foi morrendo, pois seus pensamentos se desviavam. — Você sabia, Tania, que há uma senhora nesta cidade que me escreve cartas em eslavo da igreja antiga?

— E a senhora consegue ler?

— Um pouco. Mas me cansa o cérebro.

— Elas podem ser importantes, sabe? Poderiam nos ajudar.

Ela pareceu confusa.

— Não sei como. — Seu rosto se iluminou. — No início, eu pensei que vinham de mamãe. Mas acho que ela nunca aprendeu eslavo da igreja antiga.

Eu sabia que não tinha sentido tentar explicar a ela que as cartas poderiam ser da Fraternidade de São João (da qual ela nada sabia), e que poderiam conter instruções ou informações encorajadoras. Perguntei-me se as freiras sabiam a língua obscura da velha igreja. E George Kochetkov, será que ele sabia ou teria contato com alguém que soubesse?

Durante todo aquele dia, eu fiquei excitada e ansiosa, esperando a hora em que a família fosse para cama, geralmente às dez horas, e a maioria dos guardas também se recolhesse, deixando só três ou quatro homens dormindo ao lado do fogão a noite inteira e sentinelas que vigiavam as portas externas do porão e da casa.

Ninguém considerava necessário postar guardas do lado de fora durante a noite; se alguém fosse suficientemente louco para se aventurar despreparado no frio extremo da meia-noite siberiana, era o que nos diziam, sua pele se congelaria em menos de um minuto e, depois disso, quando o frio penetrasse na testa, já estaria inconsciente.

Desça ao porão, Miguel tinha escrito. Vesti todas as roupas que possuía, minhas meias de lã e botas de feltro, peguei a lanterna e desci silenciosamente pelas escadas até o porão. Pisei na terra congelada e esperei.

Era um porão sujo e úmido que cheirava a mofo, não havia nada no local exceto um baú antigo do tamanho de um caixão, com a tampa arrancada e as dobradiças enferrujadas. Daria e Iskra, eu sabia, estavam trancadas na despensa do outro lado do cômodo. Não ouvi nenhum som e acreditei que elas estivessem dormindo. Iluminei as paredes com a lanterna. Tal como o chão, eram feitas de terra congelada. Nada no ambiente oferecia um mínimo de conforto. Era escuro, desolado e vazio, como o vazio desencorajador do frio extremo.

Depois de pouco tempo, ouvi um som muito fraco.

De início, pensei que viesse da despensa, mas percebi que estava mais próximo. Parecia vir do baú em ruínas.

Fui até ele, iluminei-o com a lanterna, e olhei dentro.

Quase gritei quando ouvi o som novamente e o fundo do baú começou a se mover. Levantou-se lentamente, como se tivesse dobradiças.

— Tania?

— Miguel? Por favor, diga que é você, Miguel.

Com um rangido, a placa de madeira se ergueu um pouco mais, e então vi um braço vestido com pele, logo depois uma cabeça, a cabeça de Miguel, envolvida num chapéu e num cachecol. Finalmente, a placa grossa se abriu e a lanterna iluminou os degraus de uma escada.

— Venha — chamou ele, e estendeu o braço para mim.

Tomei sua mão e o segui pelos degraus, parando quando ele fechou o fundo falso do baú sobre nossas cabeças.

— Você nem faz ideia aonde isso chega — disse, enquanto percorríamos, com minha lanterna mostrando o caminho ao longo de um corredor estreito que levava à escuridão.

Cinquenta e quatro

Parecia realmente, pelo menos por algum tempo, que nossa libertação estava próxima. A passagem pela qual Miguel me conduziu na noite em que o encontrei no porão da Mansão do Governador chegava até o Convento Ivanovsky.

Uma rota de fuga para todos nós!

Ele explicou que as freiras lhe revelaram a existência da passagem, que tinha sido construída pelo governador de Tobolsk para o caso de ele e sua família precisarem sair rapidamente de casa numa emergência. Ninguém, além de Miguel e alguns dos soldados do 5º Regimento Circassiano, que o tinham seguido até Tobolsk, sabiam dela. Nem o Baioneta nem os guardas que nos atormentavam suspeitavam de sua existência.

— Então esta saída estava aqui desde que fomos trazidos para cá, mas nós não sabíamos! — exclamei enquanto caminhávamos por ela, Miguel à minha frente, a passagem tão estreita que meus ombros tocavam as paredes frias a cada passo.

— Só ficamos sabendo há algumas semanas — explicou Miguel. — As freiras não nos contaram imediatamente. Tinham de ter certeza de que podiam confiar suas vidas a nós.

Mas permanecia a pergunta: se toda a família atravessasse a passagem até a segurança temporária entre as freiras, para onde iríamos depois da chegada ao convento?

O rio estava congelado; não podíamos sair da cidade por navio. Tentar viajar por terra de trenó podia ser perigoso, mesmo se houvesse número suficiente de mudas de cavalo. Esconder nossa família no porão do convento seria inútil, pois a cabeça de papai estava a prêmio, um alto prêmio de 5 mil rublos, Miguel tinha ouvido no mercado. Além disso, tínhamos certeza de que se tentássemos nos esconder entre as freiras, de alguma forma a nossa presença seria conhecida e alguém na cidade nos trairia.

A Fraternidade de São João tinha uma resposta pronta para a pergunta sobre o lugar para onde iríamos: não iríamos a lugar algum! George Kochetkov nos aconselhou a ficar onde estávamos, congelando na Mansão do Governador, até a chegada do degelo da primavera. Depois disso, a Fraternidade tomaria a cidade e expulsaria os bolcheviques. E então, agindo em nome do povo russo em geral, coroaria papai como tsar outra vez (tinham um plano elaborado para a coroação) e fariam de Tobolsk o centro do glorioso novo reino Romanov.

Sendo assim, ficamos como estávamos por mais algum tempo.

Enquanto isso, a Semana da Manteiga se aproximava. Os padeiros já começavam a vender os pequenos bolos chamados cotovias, no formato de pássaros com finas pernas de massa e olhos de groselha, que eram os arautos da Maslenitsa. Nos cantos mais quentes das casas das fazendas e cozinhas da cidade, o leite se transformava em manteiga, fazia-se queijo e, na praça da cidade, os carpinteiros construíam as barracas onde nozes, pão de gengibre e bombons seriam colocados à venda. Tobolsk se enchia de pessoas que vinham para a festa; com maior frequência ouvíamos os sinos dos trenós na rua de baixo, e sabíamos que o tráfego aumentava. Escutávamos também, ainda que mais fraca, a música do carrossel que fora retirado do porão da prefeitura e montado, peça a peça, no terreno coberto de neve da praça principal.

O Baioneta surpreendeu dois guardas bêbados de vodca de groselha (uma variedade generosamente oferecida durante a Semana da Manteiga) e, com raiva, ordenou que fossem presos no porão ao lado de Daria e Iskra. Ouvíamos o canto rouco dos dois quando jantávamos no segundo andar.

— Não vamos ouvir mais o canto depois que eles passarem alguns dias em jejum — esbravejou o Baioneta. Mas eles continuaram a cantar, horas sem fim, apesar das ordens do comandante. George nos contou, falando baixinho quando veio recolher os pratos, que os outros guardas desobedeciam às ordens do Baioneta e forneciam em segredo comida e mais vodca aos colegas presos.

Seja pela aproximação do festival, seja pela rusga crescente entre os guardas e o comandante da Cheka, era evidente para nós que eles estavam mais relaxados, e até desobedientes. Não nos vigiavam tão de perto como antes, e pareciam não se preocupar tanto quanto no passado com o que dizíamos ou fazíamos.

— Você acha que isso é um truque? — perguntou Miguel. — Estariam tentando armar uma cilada para ficarmos mais relaxados e, quando fizermos algo errado, nos prenderem e enviarem para Moscou?

— Não sei, mas sei o seguinte: os guardas se queixam de que há três meses não recebem seu pagamento, e o Baioneta está tentando substituí-los pela Guarda Vermelha trazida de Ekaterinburg, e eles sabem.

— Não é certo manter pessoas famintas nas vésperas da Maslenitsa. — Ouvi um dos guardas dizer a outro, referindo-se aos colegas bêbados. — Ninguém merece. Não depois do que tivemos de suportar neste inverno.

— Você quer dizer, quem tivemos de suportar este inverno — murmurou seu companheiro com um sorriso torto.

Os dois soldados presos continuaram a receber refeições clandestinas, e depois de uma semana voltaram para junto de todos, sem parecer nem um pouco mais magros que antes da bebedeira. Eu me perguntei por que o Baioneta não fez nada para punir os que o tinham desobedecido.

— Talvez ele esteja entrando no espírito da época — observou George, enquanto limpava nossos quartos, referindo-se ao Baioneta. — Temos um ótimo carnaval de inverno aqui em Tobolsk. Não apenas comida gostosa, mas também muita diversão. Jogos e espetáculos, malabaristas e palhaços, todo tipo de artista fantasiado. Todo mundo se fantasia, até os vendedores de chá e de doces. Não seria a Semana da Manteiga sem os disfarces e o teatro. Eu mesmo vou me vestir de tsar Pedro, o Grande.

— Se ao menos eles nos deixassem participar e nos divertir — disse Anastasia cheia de desejo. — Eu queria deslizar pela montanha de gelo.

— E eu quero andar de trenó — acrescentou Alexei. — Não ando de trenó há muito tempo. — Ao falar, ele esfregava o joelho, e notei que estava ligeiramente inchado.

— Você bateu o joelho, Alexei?

— Só de leve. Não está doendo muito.

— É melhor você deixar o Dr. Botkin examinar.

Mas apesar da preocupação e dos cuidados limitados do Dr. Botkin — na verdade, não havia nada que qualquer médico pudesse fazer por aquela doença —, o joelho de Alexei continuou a inchar e, em poucas horas, toda a perna estava dura e doendo. No dia seguinte, estava completamente inchada de sangue e ele gemia de dor.

As freiras vieram rezar por ele, e mamãe mandou Sedynov segurar a imagem de são Simão Verkhoturie acima da cama gelada. Miguel contou histórias engraçadas e o fez rir, mesmo tremendo de dor e de frio. Todas nós nos revezávamos ao lado de sua cama. Ele foi corajoso e aguentou firme. Como sempre, quando tinha um ataque grave, perdeu o apetite e ficou alarmantemente pálido.

Embora tentasse afastar pensamentos mórbidos de minha mente, não conseguia deixar de me lembrar como, quando ele era muito mais novo, um ataúde era mantido de prontidão em seu quarto, revestido internamente de veludo púrpura e decorado com folhas de ouro. Naquela época, ele era o herdeiro do trono da Rússia. Agora, era apenas um prisioneiro do Comitê Militar Revolucionário, um menino magro de 13 anos que sofria dores, cuja vida ou morte já não tinha importância fora de nossa família e que, se morresse, iria jazer sem guarda numa cova rasa de indigente.

Cinquenta e cinco

— Acordem! Levantem! Vistam-se!

O Baioneta tinha uma voz que era uma agressão; seu grito estridente nos acordou muito cedo numa manhã escura e gelada, e eu soube imediatamente que alguma coisa importante tinha acontecido.

— O que foi? Por que temos de levantar?

Como sempre, ele ignorou todas as perguntas e concentrou toda a sua energia em gritar para nós e para os guardas, que também tinham sido violentamente despertados e alinhados, prontos a receber ordens.

Olhei o relógio. Ainda não eram seis da manhã.

Depois que nos lavamos rapidamente com a água de gelo derretido no balde em cima do fogão, e vestimos roupas limpas e amarrotadas, ele nos examinou.

— Sobretudos! Chapéus! Botas!

Olga e eu nos olhamos estupefatas. Íamos sair! E não apenas para o pátio, para a cidade. A primeira vez em todos aqueles meses! Mas por quê? Seríamos levados a julgamento público?

Houve discussões, a primeira por causa de Alexei, que estava doente demais para ser movido e, depois, por causa da cadeira de rodas de mamãe, que ela argumentava ser necessária por não conseguir andar com a perna doente. O Baioneta a insultava, e mamãe insistia, embora seu tom fosse muito mais frágil que no passado, e por fim a cadeira, há muito sem uso, foi encontrada e um soldado foi designado para empurrá-la.

Quando saímos, o frio nos assaltou com muito mais crueldade que a voz do Baioneta. Fomos transportados em um trenó fechado com os sinos vibrando, ao longo da rua da Liberdade até um grande edifício de dois andares e levados para dentro. Era a prefeitura.

Tão logo entramos, fomos tomados por uma corrente de ar quente com seu abraço bem-vindo. Estávamos numa sala espaçosa revestida com painéis de madeira e iluminada por velas, não com um, mas com três fogões, e nos sentamos junto do mais próximo, deleitando-nos com o calor insólito. A sala estava cheia de bancos feitos de troncos cortados, evidentemente mais pessoas eram esperadas.

Durante várias horas aguardamos ali, enquanto a sala se enchia lentamente com pessoas da cidade que faziam acenos de cabeça, alguns se curvavam para nós, outros chegavam a se ajoelhar brevemente diante de papai. Havia um palco elevado na frente da plateia com várias mesas compridas e uma dúzia de cadeiras dispostas em volta delas. Homens, que eu imaginei serem funcionários da cidade, sentaram-se à mesa no palco. Nenhum deles, notei, tinha a expressão magra de fome dos revolucionários dedicados, nem a energia brusca e nervosa do ex-primeiro-ministro Kerensky. Pelo contrário, pareciam gente próspera do campo, ainda não afetada pelos eventos turbulentos de Petrogrado e mais recentemente de Moscou, homens e mulheres que ainda não faziam ideia da extensão da revolução que acontecia fora dali.

Notei uma agitação no salão, uma onda de excitação. Dois homens entraram, andando lado a lado amistosamente, acenando para as pessoas na plateia à medida que se aproximavam do palco. Um deles tinha cabelos escuros, era troncudo e barbudo, vestia uma camisa grosseira de operário e calça presa por uma corda. O outro, alto, louro e belo, em sua farda branca de marinheiro e longa espada dourada, era Adalberto!

Pisquei. Olhei com mais atenção. Mas não estava enganada. Era de fato Adalberto, confiante, sorridente e gentil, parecendo dos pés à cabeça o príncipe que realmente era, apesar da farda de marinheiro. Mal tive tempo de absorver a presença improvável de Adalberto quando percebi que ele e seu companheiro vinham na nossa direção.

— Senhor — disse ele, curvando-se diante de papai e de mamãe, que fez questão de evitar seu olhar. — E Tania. — Com um sorriso largo, ele tomou minha mão e levou-a aos lábios, o que provocou um murmúrio audível de surpresa e aprovação da plateia. — Que linda mulher você se tornou!

Oh, não, eu pensava. Sou magra demais, minhas roupas são vergonhosamente simples, meus cabelos precisam ser penteados, e minha pobre mão, a mão que você beijou, está cheia de cicatrizes de frio.

— Esta linda mulher — dizia Adalberto ao companheiro barbudo — uma vez me deu a honra de considerar a possibilidade de se tornar minha esposa. Mas fomos afastados por... circunstâncias políticas.

— Que infelicidade — respondeu o homem barbudo, olhando-me com tanta intensidade que não tive dúvidas de que ele pretendia transmitir alguma coisa de vital importância. Sua mensagem sem palavras só podia significar uma coisa: que a presença de Adalberto em Tobolsk era em atenção à nossa família.

— Estou tão feliz em revê-lo, Adalberto — falei, beijando sua face no que eu esperava que fosse um beijo familiar —, tão feliz!

— Tania, querida, precisamos falar depois do encerramento desta reunião. Prometa-me que o faremos.

— Se os guardas permitirem.

— Acredito que possamos convencê-los — assegurou-me o homem troncudo com um leve sorriso.

Adalberto e seu companheiro subiram os degraus do palco e a plateia se levantou. O homem troncudo começou a cantar a "Internacionale", o hino da revolução, e várias vozes o acompanharam. Minha família continuou em silêncio, embora, lamento ter de confessar, nós já conhecêssemos bem a canção, por já tê-la ouvido cantada, assoviada ou murmurada tantas vezes pelos soldados. Até o Baioneta a berrava estridentemente vez por outra.

Quando terminou a canção, todos se sentaram novamente, mas o homem troncudo continuou de pé.

— Companheiros — começou —, alguns de vocês me conhecem, mas muitos não. Permitam que eu me apresente. Sou o comissário Yuri Pyatakov. Vim até aqui enviado pelo Comitê Militar Revolucionário em Moscou, do qual sou membro. Veio comigo o meu amigo, príncipe Adalberto, não como nosso adversário do império alemão, mas como emissário da futura paz e boa vontade. Vou deixar que ele esclareça. Companheiros, com vocês o príncipe Adalberto. Vou traduzir suas palavras.

Um aplauso brando saudou o anúncio, quando Adalberto se levantou e começou a falar. Num sussurro audível, mamãe falou:

— O que ele está fazendo aqui? O que ele quer? — Como sua audição falhava, ela falava mais alto do que devia, e suas palavras foram ouvidas. Vi alguns dos que estavam sentados perto de nós olharem para ela com expressão perplexa.

— Meus novos amigos russos — começou Adalberto, seu calor e sinceridade aparentes. — Trago boas novas. Um acordo de paz está sendo concluído entre o Comitê Militar Revolucionário e as potências centrais. O seu comissário Pyatakov e eu, além de muitos outros, temos o privilégio de atuar como negociadores dessa paz tão desejada. — Houve uma pausa enquanto o comissário traduzia para o russo os sentimentos de Adalberto.

De início, não houve reação dos ouvintes, só o silêncio, e então, gradualmente, ouviu-se um filete de aplauso que se ampliou numa sonora e depois estrondosa ovação. As pessoas à nossa volta, ao perceberem todas as implicações do que estava sendo dito, choravam abertamente, abraçavam-se e gritavam sua aprovação. Alguns se aproximavam do palco e lançavam gestos de agradecimento e boa vontade a Adalberto e ao comissário.

Mas papai, que não somente tinha vestido sua velha calça cáqui, e camisa de soldado, mas também suas dragonas e botas de oficial, desafiando Baioneta e nossos guardas naquele dia, sentou-se em silêncio, a cabeça afundada entre as mãos.

— Eu também me regozijo — continuou Adalberto ao retomar seu discurso quando a agitação se acalmou. — Mais do que vocês possam supor. Quando era jovem, antes dessa terrível guerra varrer a Europa, eu era um homem da paz. Vim à Rússia com o Jovens da Iniciativa pela Paz, um grupo de indivíduos de muitos países, França, Suécia, Itália, e até mesmo da Inglaterra. Nós nos unimos por uma causa comum: ser um exemplo vivo de cooperação entre países e nacionalidades, para mostrar que somos capazes de nos entender sem nos provocar ao conflito. Acreditei nessa missão. A despeito de tudo que aconteceu a mim e ao meu país, e ao seu, eu ainda acredito.

Mais uma vez, houve uma pausa enquanto o comissário traduzia, e então, outra leva de aplausos.

— E meu amigo Yuri, que também era membro da Iniciativa pela Paz, e a quem eu conheci aqui na Rússia naquela época, também acredita nela.

Yuri traduziu, depois fez uma reverência a Adalberto, e os dois homens se abraçaram. Foi um momento tão emocionante que fiquei abalada. Todos os ideais em que eu acreditava — bondade, esperança, confiança, estreitos laços humanos que se desenvolvem e florescem quando a generosidade prevalece —, mas que tive de tirar do meu coração e da minha mente durante tanto tempo, pareciam vivos naquela sala superaquecida, e eu me permiti acreditar novamente neles.

— Muita coisa mudou nesses anos desde que estive na Rússia — dizia Adalberto. — Servi ao meu país na guerra, fui ferido. Meu navio foi atingido por um canhão britânico e afundou comigo. Perdi muitos amigos além de grandes oficiais e marinheiros naquele dia terrível. Quase morri afogado. Durante a guerra cumpri o meu dever e tive sorte. Sobrevivi. Muitos dos que serviram comigo não tiveram a mesma sorte. E sei muito bem, ao ver esta sala, que muitos aqui perderam filhos, irmãos e pais na guerra. Muito sangue, de bravos russos, se perdeu. Que isso nunca, nunca mais, volte a acontecer!

— Nunca mais! — Veio um grito em voz áspera do fundo da sala.
— Nunca mais! Que tolice! Acordem companheiros! Agora mesmo, exatamente hoje, os russos estão lutando! Não contra os alemães, mas uns contra os outros! Os exércitos brancos estão atacando, bons revolucionários estão morrendo! Esse homem, esse alemão em seu uniforme elegante, quer enfraquecer vocês, transformar vocês em mulheres velhas, em crianças sem moral e sem coragem!

— Quem é ele? — gritou Pyatakov. — Prendam-no imediatamente!

Era o Baioneta, furioso por toda aquela conversa de paz.

— Vocês não podem me prender! Vim para cá enviado pelo soviete de Ekaterinburg a fim de lutar pela revolução!

— E eu — trovejou Pyatakov — estou aqui, enviado de Moscou, para falar de paz, e ordeno sua prisão imediata!

Praguejando e protestando, o Baioneta foi agarrado pelos soldados ao seu lado, que guardavam a entrada, e empurrado para o frio.

— Agora — continuou o comissário — podemos encerrar nossa reunião. — Recompôs-se, olhou Adalberto e tornou a falar num tom de confidência: — Certa vez, quando era menino, estudei para ser padre. Matriculei-me num importante seminário e trabalhei duro por muitos anos em meus estudos, na esperança de ser digno de minha vocação. Não professo mais o cristianismo da minha juventude. Hoje, ponho a minha fé em vocês, o povo russo, e em outros com as mesmas ideias que esperam construir um futuro melhor para todos nós. Mas ainda rezo, não ao Deus cristão, mas à humanidade. Ao melhor que há em todos nós. Nesse espírito, vamos nos juntar em súplica solene.

Os que estavam ao meu lado baixaram a cabeça. A sala se calou, a não ser pelos gritos do Baioneta, que evidentemente continuava seus protestos lá fora, na rua.

— Grande espírito de esperança que nos une — começou o comissário —, dê-nos coragem para ver além do que nos divide. Junte-nos. Dê-nos a paz. Vamos juntar as mãos, amigo com amigo. Que essas mãos atinjam todo o mundo, até que terminem todos os conflitos, inclusive esse que surgiu em nosso meio. Isso nós pedimos em nome da humanidade. Amém.

Enquanto ele falava, ouviu-se o som de mãos estendidas e apertadas. Procurei a mão de Olga de um lado, e de Marie do outro. Foi um momento que eu nunca esquecerei, enquanto viver.

Cinquenta e seis

Deixei-me ficar para trás enquanto o povo de Tobolsk saía em fila da sala de reuniões, os rostos, assim me pareceram, iluminados de esperança e exaltação. Eu esperava para falar com Adalberto, e foi o que disse a papai, cujo estado de espírito me pareceu tão baixo quanto era alto o do povo de Tobolsk.

— Faça o que quiser, Tania. Este foi um dia infeliz para a Rússia. Um dia de desonra e derrota.

— Mas pelo menos haverá paz com honra.

Papai balançou a cabeça, um sorriso triste nos lábios.

— Eu não teria tanta certeza. Venham, meninas — disse às minhas irmãs. Começou a andar na direção da saída, empurrando a cadeira de rodas de mamãe à sua frente.

— É um ultraje. — Eu a ouvi murmurar para ninguém em particular. — Imagine esse menino vir até aqui. Um ultraje.

— Tenho certeza de que Adalberto veio para negociar a nossa libertação — argumentei discretamente com papai. — É certamente uma esperança.

— Um alemão? Você não sabe, Tania, que os alemães roubaram quase um terço de nosso país? Na verdade, o terço mais rico! Você pode ter certeza de que esse roubo estará no precioso tratado de paz! E, quanto ao seu amigo Adalberto, suspeito que ele esteja, no mínimo, mal-orientado. Os bolcheviques o estão usando para assegurar seus próprios fins.

— Verei quando conversar com ele.

Não havia sinal do Baioneta, mas nossos guardas se aproximaram para levar a família de volta à Mansão do Governador.

— A moça fica — gritou Yuri Pyatakov do palco aos guardas. Olhei e vi que Adalberto acenava me chamando para subir e me juntar a ele lá em cima.

— Foi lindo o discurso que você fez — disse a ele quando cheguei ao palco.

— Veio do coração.

— Mas você viu a reação de papai. Ele se tornou completamente cínico. Não confia mais em ninguém, nem em você. E mamãe nem quis olhar para você. Fiquei com vergonha pelos dois.

— Entendo o que ele está sentindo. Seu orgulho foi ferido pela derrota da Rússia. Ele, sem dúvida, se sente responsável.

— Mas ele foi forçado a abdicar — disse. — Não foi ele quem perdeu a guerra.

— Não foi ele? Admita a verdade, Tania. Ele foi um comandante fraco e piorou à medida que a guerra avançava. Foi ele quem deixou a Rússia se arruinar, porque não fez nada para evitar.

Apesar de ser doloroso, tive de admitir que Adalberto estava com razão e anuí com a cabeça. Ele prosseguiu:

— Mas a responsabilidade pela guerra não foi só dele. Meu pai tem muito mais pelo que responder. Ele foi o agressor. Tal como quando nos conhecemos em Cowes, e meu pai estava desafiando os outros iatistas a disputarem contra ele, para que ele vencesse.

— E vencesse roubando.

— É verdade.

Nós nos olhamos, ambos tristes, os dois cheios de arrependimento.

— Parece que foi há tanto tempo!

— Não adianta olhar para trás agora, só para a frente — consolou Pyatakov. — Lançar culpa não vai nos ajudar. Ademais, estamos aqui em Tobolsk para discutir outra coisa, não é mesmo?

Concordei outra vez.

— É o que eu espero.

— Podemos falar francamente aqui. Tomei providências para isso. — Fez uma pausa, e continuou. — Tania, o Comitê em Moscou está dividido com relação ao problema de como tratar a sua família. É uma decisão difícil e tem de ser tomada logo. Adalberto me assegura que posso ser franco com você, que você é corajosa bastante para enfrentar a verdade. Ele está certo?

Aspirei profundamente.

— Está — respondi.

— Bem, eis a situação: há muitos que querem eliminar a sua família. O mais rápido possível. E há outros, como eu, que querem vocês todos removidos da Rússia, com garantias de que não vão cooperar com nenhum indivíduo ou governo que tente restaurar a dinastia Romanov. Mas sempre surge o argumento de que onde quer que vocês estejam vivendo, seja na Sibéria, Londres ou Dinamarca, esses são os locais mais prováveis, vocês vão atrair enorme publicidade e simpatia, e todas as forças que odeiam a revolução vão se reunir em torno de seu pai e do irmão dele, como herdeiro. Mesmo que dê sua palavra de que não vai se reunir com eles, ou incentivá-los, ele inevitavelmente se tornará o líder. Eles vão levantar dinheiro, comprar armas, recrutar ou contratar soldados. O seu pai se tornará uma causa, e nós, o Comitê, seremos apresentados como os demônios.

— É claro que vocês já pensam assim, pois depuseram meu pai e mantêm nossa família num cativeiro tão miserável.

— Na minha opinião, se libertarmos a sua família, vamos parecer clementes. E vamos salvar muitas vidas.

Hesitei por um momento, sem saber se devia confiar ao comissário e a Adalberto a informação sobre a Fraternidade. Decidi que devia.

— Já está acontecendo. Há um grupo...

Pyatakov riu.

— Ah, então você já ouviu falar da Fraternidade. Nós sabemos tudo sobre eles. Você não deve levá-los a sério. São apenas um grupo de velhos, cheios de fantasias de glória militar. Suas armas estão enferrujadas e eles não têm a menor ideia de como lutar contra um exército de verdade, certamente não contra o nosso Exército Vermelho. Já lhe disseram que têm milhares de seguidores?

— Já.

Ele deu uma risadinha.

— Devaneios, devaneios, como seu pai costumava dizer anos atrás sobre o sonho da democracia na Rússia. — E então sua expressão endureceu. — A Fraternidade não é ameaça para nós, e nunca será. Mas existem outros que estão acumulando armas perigosas e recrutando homens jovens, homens que não sabem lutar. Governos estrangeiros os incentivam e os apoiam. Acho que aquele louco que gritou sobre a guerra no fundo do salão estava certo. A Rússia está em guerra contra si mesma, e a guerra vai se espalhar. A revolução já está sob ataque. O dia do acerto de contas está chegando. Mas, antes que isso aconteça, quero que a sua família já esteja bem longe, em segurança.

— É por isso que estou aqui, Tania — interrompeu-o Adalberto. — Estou com uma escolta de soldados. Não são Guardas Vermelhos. Estão esperando em Tiumen. Tenho troicas aqui para levar vocês até lá.

— Quando podemos partir?

— Ah, essa é a dificuldade — disse o comissário. — Tenho de convencer o soviete de Ekaterinburg a deixar vocês partirem. E acabei de mandar prender um dos seus membros mais vociferantes.

— Nós o chamamos de Baioneta. Ele é cruel. Até com seus próprios homens. Sempre ameaça trazer os Guardas Vermelhos para nos vigiar.

— Talvez seja necessário vocês partirem de Tobolsk sem a permissão dele, sem a permissão do soviete de Ekaterinburg. Você conseguiria isso?

— Não sei. Vou tentar.

— Tem de ser rápido, Tania. Não sei quanto tempo ainda posso manter os soldados aqui em segurança.

— Vou fazer o possível. As freiras do Convento Ivanovsky vêm todos os dias à Mansão do Governador. Elas levam mensagens para nós. Onde você pode ser encontrado?

— Estou hospedado com o prefeito. Adalberto também é hóspede lá. Mas ele não pode saber do nosso plano. Quando vocês escaparem, ele vai levar a culpa.

— Entendo. — Olhei o comissário com os olhos em fogo e barba espessa, e me lembrei do que ele tinha dito sobre ter frequentado o seminário quando jovem. — Comissário, o senhor já estudou para o sacerdócio. Diga-me, o senhor sabe ler o eslavo da igreja antiga?

— Já estudei, sim. Mas não sou realmente proficiente. Por que você pergunta?

— Minha mãe vem recebendo cartas anônimas numa língua que ela acredita ser o eslavo da igreja antiga, mas não consegue ler. Esta é uma delas.

Tirei um pedaço de papel do bolso e o passei para Pyatakov.

— Aqui diz: "Uma mensagem espera. MM. Ivanovsky."

— O Convento Ivanovsky. Mas quem ou o que é MM?

Eu não tinha ideia, mas resolvi perguntar para as freiras. Adalberto e o comissário me levaram em seu trenó até o convento e esperaram enquanto eu falava com elas.

— As senhoras têm alguma mensagem de alguém chamado MM, ou algum grupo que possa se chamar MM? — perguntei à freira que veio me receber.

— A *starets*?

— Talvez. Só MM.

— Há uma velha *starets* que vive numa pequena isbá em nosso terreno. Ela tem 110 anos e ainda se lembra de Napoleão. Quase nunca sai de lá. Você gostaria de conhecê-la?

— Por favor.

— Venha hoje à noite, depois das vésperas.

Quando voltei à Mansão do Governador, enviei uma mensagem a Miguel pedindo para ele me encontrar no porão do convento ao pôr do sol. Como já escurecia, desci até o porão da mansão e segui pela passagem fria que ligava a mansão ao convento.

Miguel me esperava e eu lhe disse, empolgada, tudo que tinha acontecido naquele dia.

— Finalmente! — exclamou ele, quase gritando. — Ajuda de verdade, finalmente! E um comissário de bom coração. Seria possível? — Lançou os braços em volta de mim e eu o abracei com força.

— Não acredito que Adalberto tenha colocado toda a sua confiança num traidor.

— Parece bom demais para ser verdade. Precisamos ter certeza.

— Foi esta uma das razões por que quis vir até aqui, conhecer essa mulher que está mandando notas para mamãe.

Fomos conduzidos a uma cabana de troncos onde a *starets*, chamada Maria Miguelovna, passava os seus dias. O terreno do convento era muito grande e a pequena cabana estava oculta num bosque, fora da vista de quem estivesse na igreja ou nos aposentos das freiras. Apesar de termos nos coberto ao máximo contra o frio, tremíamos ao longo do caminho através da neve, nossas lanternas balançando. Finalmente chegamos à porta e batemos.

— Entrem, meus filhos. — A voz que ouvimos era forte e aguda.

Entramos e fechamos rapidamente a porta depois de passarmos. Uma única vela iluminava o quarto humilde, sua luz tão fraca que mal conseguíamos ver o corpo pequeno e frágil da *starets* deitada na cama. Nunca tinha visto uma pessoa tão velha, a face tão enrugada e seca como uma passa, cercada por uma auréola de ralos cabelos brancos. Ainda assim, quando trouxemos nossas lanternas e nos sentamos ao lado da cama, vimos que era um rosto doce, os olhos jovens e brilhantes, o sorriso benigno e confortador.

A *starets* estendeu a mão fina numa bênção.

— Rejubilem-se noiva e noivo sem coroa. A guerra está terminando, eles a estão terminando. Os homens bons. Vocês vão viver, vão se casar e ter muitos filhos. Não vão viver na Rússia.

Ela apontou o medalhão que eu trazia numa corrente presa ao pescoço. Abri-o e me curvei para lhe mostrar as duas fotografias que continha, fotografias de meus pais, tiradas na época do noivado deles, muitos anos antes.

— Uma cruz pesada está sobre eles — disse ela, a voz falhando. — Não precisam temê-la, mas encontrá-la com alegria. É o destino abençoado dos dois.

Ao ouvir as palavras da velha mulher, meu coração se tornou pedra.

— Não. Não, a senhora está enganada. Já não existe a cruz muito pesada, não existe morte. Vamos ser libertados, e muito em breve.

Os olhos da *starets* se entristeceram. Balançou a cabeça pequena.

— Eles são os mártires Nicolau e Alexandra.

Fui tropeçando até a porta da isbá e saí. Miguel me seguiu pouco depois.

— Ela é só uma mulher velha, Tania. Não sabe o que aconteceu hoje. Como poderia saber?

Mas eu só conseguia balançar a cabeça e repetir "não, não, não", inúmeras vezes, num esforço vão de negar e me livrar da força das palavras da *starets*.

— Lembre-se do bastão, Tania. Você pensou que ele era especial, abençoado pelo padre Grigori, e por isso você se curou. Mas era apenas um pedaço de pau. Você curou a si mesma! Não dê poder às visões melancólicas dessa mulher acreditando nelas. Acredite em si mesma e em mim, no seu amigo Adalberto e no comissário. Acredite que você e sua família logo estarão longe de Tobolsk e a caminho da liberdade, e é o que vai acontecer.

Cinquenta e sete

Passei toda aquela noite acordada, no frio, repassando na mente os acontecimentos daquele longo dia. A esperança, a promessa de libertação, e a profecia assustadora da velha *starets*. Tentei me forçar a pensar em termos lógicos e práticos. Como conseguir tirar, em segredo, toda a minha família da Mansão do Governador para algum lugar seguro onde pudéssemos encontrar Adalberto e seus soldados? Como fazer isso sem levantar suspeitas dos guardas ou alertar o prefeito da cidade para nossos planos?

Teríamos de deixar tudo para trás, disso eu tinha certeza. Mas isso não era importante, importante era o fato de nossas vidas serem salvas.

Pensava e pensava, e toda vez que via um plano possível, eu via também as razões pelas quais ele não seria possível. Finalmente, já quase de manhã, caí num sono exausto.

Sonhei com a liberdade de correr pelos bosques, num dia quente de verão, sem ninguém me parar ou restringir. Sonhei com a velha *starets*, deitada na sua cama, enrugada e à morte. E então, sonhei com os foliões que tinha visto quando Adalberto e o comissário me levavam pelas ruas a caminho do convento. Havia tantos, pessoas vestindo incríveis fantasias de carnaval, pássaros, peixes, vacas, monstros míticos, a assustadora bruxa Baba Yaga e outros personagens dos contos de fadas. Usavam máscaras elaboradas, pintadas e decoradas com penas, lantejoulas, bocas sorridentes e longos narizes pontudos.

Na minha imaginação, esses personagens eram criaturas brincalhonas e alegres, porém o sonho se transformou num pesadelo e as figuras fantasiadas se tornaram demônios que me perseguiam pela rua, uivando.

Aterrorizada, acordei sobressaltada.

Sentei na cama tremendo e olhei em volta no quarto que dividia com minhas irmãs, assegurando-me de que tinha sido assustada por nada mais que um sonho, e que tudo continuava normal à minha volta. Uma vela queimava ao lado da cama numa mesinha onde estavam a minha Bíblia e o álbum de fotografias que tinha trazido de Tsarskoe Selo com os retratos favoritos de nossa família.

Peguei o álbum e folheei. Lá estávamos nós, ainda crianças, todas em volta de mamãe, Anastasia no colo, Marie apoiada na cadeira, eu sentada aos seus pés e Olga de pé ao lado dela, todas nós muito solenes. Estavam lá também a vovó Minnie e tia Ella, uma fotografia do *Standart* em Cowes. Um retrato em particular atraiu minha atenção. Era de toda a nossa família com fantasias medievais, prontas para um baile de máscaras.

De repente, descobri um meio de enganar os guardas e encontrarmos nossos libertadores.

Se pudéssemos participar do festival por um dia ou mesmo algumas horas, fantasiados (as freiras poderiam fazer as fantasias?), então poderíamos sair e desaparecer no meio da multidão. Mas, é claro, seríamos vigiados muito de perto; os guardas não nos perderiam de vista nem um segundo.

Ou perderiam? Havia um lugar, pensei, aonde eles hesitariam em nos seguir. Não entrariam na catedral. No início de nosso cativeiro, quando tínhamos permissão para ir à missa, eles nos acompanhavam à igreja, mas nunca entravam. Seria porque todos os revolucionários eram ateus? Assim demonstravam seu desprezo pelas autoridades da igreja? Eu não sabia. Mas me pareceu razoável presumir que, se entrássemos na catedral para a missa, eles não nos seguiriam, mas esperariam à porta ou nos degraus até sairmos novamente.

Haveria um meio de escaparmos quando estivéssemos na catedral? George saberia. Eu teria de lhe perguntar. Enquanto isso, eu pensaria num meio de obtermos autorização para participar da Maslenitsa.

Voltei para a cama e não tive mais pesadelos. Bem cedo na manhã seguinte, aguardei a chegada das freiras que traziam nossas cestas diárias de comida, esperando que Miguel estivesse com elas. Dei a ele uma nota para ser levada ao comissário, na casa do prefeito. Em seguida, procurei George e encontrei um lugar onde poderíamos falar sem sermos observados. Disse a ele que o comissário Yuri Pyatakov e seu amigo, o príncipe Adalberto, ofereciam à nossa família um meio de escapar.

— A Fraternidade é contra, Tania. Tenho certeza de que o seu pai também é. Um esquema imaginado por dois jovens idealistas que pouco sabem do quanto o mundo é cruel e traiçoeiro. Será muito melhor para a sua família esperar o degelo e nossas forças tomarem a cidade, como planejamos desde o início.

— Não há tempo para isso. A maioria do Comitê em Moscou quer a nossa família eliminada. Pyatakov é um dos poucos que querem nos salvar.

— É o que ele diz.

— Vou seguir o conselho dele. E agora eu preciso do seu. Você e a Fraternidade conhecem a catedral como ninguém. Diga-me, há alguma saída oculta? Uma saída que os guardas não pensariam em vigiar?

Ele pensou por um momento.

— Há uma saída da torre do sino para o teto. Só os tocadores de sino a conhecem, porque ela quase não é usada. Há também o depósito de carvão no porão, mas não tem capacidade para mais de uma ou duas pessoas escondidas, e para sair seria necessária ajuda de fora, porque a rampa é íngreme. Por que você pergunta?

Contei a ele o que estava planejando, que se a nossa família tivesse permissão para comparecer fantasiada ao festival, então nós poderíamos ter uma chance de nos esconder na catedral, onde os guardas não iriam nos vigiar, e então esperar uma oportunidade de fugir por uma saída oculta.

Ele ficou pensativo.

— Acho que você não deveria tentar, Tania. Acho que deveríamos manter o plano original. Mas, se estiver decidida, por que não fazer alguém tomar o lugar de vocês? Então seria fácil entrar e sair à vontade da catedral. Os guardas não notariam.

— Como isso funcionaria, exatamente?

— Vocês entrariam, vestindo suas fantasias, e então as passariam para outras pessoas e sairiam. Dessa forma, os guardas seguiriam os fantasiados, sem saber quem estavam seguindo.

— Mas isso é perfeito! — Eu quase beijei George de tão feliz que estava com sua sugestão. Por que eu mesma não pensei nisso?

— Mas, não posso acreditar que eles lhe deem alguma liberdade, então isso não passa de um sonho.

Exatamente, eu quis responder. Isso é exatamente um sonho, o sonho da noite passada. Mas lembrei-me de que o sonho se transformara em pesadelo.

Apesar dos receios e do pessimismo de George, o resultado que eu esperava aconteceu. Na nota que enviei por Miguel a Yuri Pyatakov, pedi ao comissário para ordenar aos guardas que nos autorizassem a comemorar a Maslenitsa com o povo da cidade durante um dia. Ele fez o que eu pedi, e o Baioneta, espumando de raiva e irritado pela prisão temporária no dia da reunião na prefeitura, informou-nos que nossa família, além de Daria e Iskra, poderia sair da Mansão do Governador na manhã do último dia de carnaval, com uma escolta de guardas e com o compromisso de voltar às dez horas da noite.

— E, se não voltarem, vou mandar fuzilar cem pessoas de Tobolsk! Atiro eu mesmo! — Tirou a pistola e brandiu-a no ar. — Está ouvindo? Fuzilados!

Eu tinha cinco dias para minhas preparações. Comecei imediatamente.

Primeiro, havia a questão das fantasias. Sentei-me com uma prancheta e desenhei um arlequim, um pássaro de fogo, uma princesa de gelo, e assim por diante, uma fantasia para cada um de nós. Então conversei com nossas ajudantes infalíveis, as freiras; perguntei se elas poderiam fazer dois conjuntos de fantasias que eu tinha desenhado, uma para nós, outra para quem iria nos substituir, tendo sempre em mente nossas alturas (elas nos conheciam muito bem) e fazê-las bem folgadas para não precisar de provas. Disseram-me que não haveria problemas, e que nossas fantasias estariam prontas para serem usadas no último dia da Maslenitsa. Precisaríamos de máscaras para os trajes e eu sabia que Miguel poderia comprá-las no mercado.

George ficou surpreso e desalentado quando eu lhe disse que tínhamos um dia de liberdade; vi que ele esperava que meu plano fracassasse. Ainda assim, era sincero seu desejo de nos ver livres, e de ser útil. Disse que ele e sua família tomariam os nossos lugares; e tinha dois netos que eram quase do mesmo tamanho de Alexei e da pequena Iskra.

Alexei! Até aquele momento eu não tinha considerado as dificuldades postas pelo último ataque quando chegou a hora de resolver o comparecimento ao festival. Ele tinha começado a se recuperar, já não estava completamente impossibilitado de caminhar. Mas não conseguia andar longas distâncias e teria de ser carregado a maior parte do tempo, no dia do festival.

— O seu neto é capaz de imitar a manqueira do tsarevich? — perguntei a George. — E ele é capaz de se lembrar de mancar?

— Ele é inteligente. E sabe da importância de seu papel.

Tudo parecia se encaixar, ainda assim à medida que os dias passavam senti uma preocupação persistente. A velha *starets* tinha profetizado que meus pais seriam mártires. Não conseguia afastar aquele pensamento doloroso de minha mente, por mais que tentasse. Forcei-me a manter em mente a confiança sólida e reconfortante de Miguel. Ele tivera razão ao dizer que a velha santa não sabia nada sobre Adalberto ou seus soldados, nem do desejo sincero do comissário de nos levar para longe da Rússia, para a segurança. Miguel tinha bom senso, disse a mim mesma. Estava assustada por uma quimera.

Ainda assim, eu era filha de minha mãe, uma mulher supersticiosa e crédula, que sempre confiara em mensagens do além. Desde o meu nascimento eu me acostumara a ter curandeiros ocultos e videntes à minha volta, e a ouvir mamãe falar de imagens que choram e de visões maravilhosas. Algumas eram fraudes, já tinha visto por mim mesma. Mas nem todas. E certamente a idosa Maria Miguelovna, deitada em sua mísera cabana, esperando a morte, não tinha nenhuma razão para mentir sobre o que via no futuro.

Tremi, rezei minhas orações e esperei a chegada do dia de nossa liberdade.

Cinquenta e oito

Era o último dia da Maslenitsa e, em fila, saímos da Mansão do Governador, usando nossas fantasias de carnaval, tremendo no ar frio do início da manhã. Papai, vestido de arlequim, saiu primeiro, seguido por mamãe, toda de vermelho e dourado, um pássaro de fogo extravagante. Eu era uma dama de neve prateada, Olga uma bruxa peluda, Marie um excêntrico cachorro pintado, Anastasia um príncipe-sapo todo verde. A pequena Iskra, fantasiada de gata preta com uma longa cauda e bigodes prateados, corria ansiosa ao lado da mãe, uma princesa de gelo, toda de branco, e eu estava assombrada ao perceber que as semanas que passou confinada no porão não tinham quebrado a alegria infantil da menina. Alexei, em sua fantasia marrom de urso com uma coroa dourada na cabeça, era carregado nos braços fortes de Miguel, mas lutava para descer e andar, enquanto caminhávamos pela rua da Liberdade, cercados por nosso cordão de guardas fardados. De repente, ele se soltou da mão de Miguel e saiu andando da melhor maneira possível, ansioso para ver os malabaristas, e comprar avelãs e pão de gengibre dos vendedores de rua.

Em toda esquina, ventríloquos e comediantes se apresentavam em palcos apressadamente construídos e divertiam a multidão; ironizavam tudo, até a revolução e sua política de dar terras para os camponeses e pão para os famintos. Nossos guardas não gostaram daquelas anedotas irreverentes, mas geralmente riam e comiam os blinis banhados em manteiga, acompanhados de vodca com limão e pimenta, sem desviar os olhos de nós.

Fantasiados, nós nos misturamos à multidão que passeava entre as barracas de comida, palcos, passeios em trenós decorados e as arenas cheias de gente separadas para danças e música. Havia muitos arlequins, pássaros de fogo e princesas de gelo e animais grotescos, muitos scaramouches, como Miguel. Pois, afinal, a fantasia era metade da diversão de um carnaval; oculto por trás de uma máscara, qualquer um podia fazer o que quisesse. As inibições eram esquecidas, o instinto assumia. Exceto pelos guardas onipresentes, estávamos livres para gritar, pular, comer em excesso, e até lutar.

Lutas de boxe em grupos eram um dos pontos altos da Maslenitsa, e paramos para ver rapazes sem fantasias e suando sem camisas, apesar do frio, brigando uns com os outros, esmurrando, chutando e batendo sem a menor preocupação. Quando alguém acertava um golpe bem-desferido ou um lutador tonto caía ou tropeçava sangrando, a multidão gritava. Depois de assistir por dez minutos, dois de nossos guardas arrancaram as fardas e entraram na briga. No vale-tudo que se seguiu, ambos conseguiram ferir alguns dos outros lutadores, mas no final eles caíram e deixaram o combate, voltando para onde estávamos parados, um deles apertando o estômago e o outro com a cabeça sangrando.

Os dois guardas feridos esmurraram e bateram nos outros, querendo saber por que não foram ajudar.

— Não podíamos! Temos de vigiar esses Romanov.
— Eles que vão para o inferno. O Baioneta não está aqui agora.
— E se eles fugirem? A culpa seria nossa. Seríamos fuzilados.
— Quem não nos paga não tem o direito de nos fuzilar.
— E eu digo que vocês foram ótimos — Miguel interrompeu entregando copos altos de vodca para os dois guardas que entraram na luta —, e merecem uma recompensa.

Receberam a vodca ardente e viraram num só gole.

Alexei e Iskra gritaram que queriam brincar no carrossel e nós o procuramos, enquanto nossos guardas feridos vestiam novamente a farda, seguindo atrás de nós. Quando olhávamos as crianças girando rapidamente no carrossel, mamãe se queixou de que sua perna doía.

— Então sente-se, pássaro de fogo! — gritou grosseiro um dos guardas. — Ou saia voando! — Os outros riram com escárnio.

Papai ajudou mamãe a chegar até um banco e ela se sentou, os braços cruzados, franzindo o cenho até a parada do carrossel. Daria foi retirar Iskra do aparelho quase parando, e a menina estava segurando a cabeça.

— Ela está tonta, precisa se deitar. Vou levá-la à casa da tia Niuta. — E sem esperar a permissão dos guardas, ela se foi, levando Iskra pela mão.

— Volte dentro de uma hora — gritou um dos homens para ela, mas o comando sem vigor se perdeu no barulho da música do carrossel.

Paramos para assistir um urso dançante e me lembrei de Lavoritya e da noite em que quase fomos libertados de Tsarskoe Selo. Naquela ocasião, a nossa fuga cuidadosamente planejada fracassou. Teríamos sucesso nessa noite? Seria esse o dia da nossa libertação, há tanto aguardado? Eu tinha esperança que sim.

Logo atrás do carrossel, uma enorme montanha de gelo tinha sido erguida. Marie e Anastasia a escalaram, para depois descerem escorregando. Alexei também queria descer.

Mas papai disse com firmeza:

— Não, você sabe muito bem que pode se ferir gravemente.

— Mas hoje é o último dia do carnaval. Não vou ter outra chance até o ano que vem.

— Então vai ter de ser no ano que vem.

Alexei continuou se queixando e tentando persuadi-lo. Mamãe seguiu resmungando por causa da dor na perna. Olga, que de repente pensou ter visto seu velho flerte, Victor, na multidão, saiu correndo para falar com ele e gritou, quando três guardas correram atrás dela e a trouxeram de volta com violência.

Tudo aquilo era demais para papai, que foi até uma barraca onde vendiam muitos sabores de vodca e pediu groselha preta a metro.

Olhei os copos sendo alinhados no balcão da barraca e o vendedor enchendo todos com o líquido escuro e perfumado. Beber vodca com sabor "a metro" era um costume antigo, pelo qual um homem tenta provar sua resistência ao beber um metro de copos cheios da bebida (nunca havia visto uma mulher arriscar-se a fazê-lo). Exigia um estômago forte e geralmente provocava palmas e cantos dos espectadores.

Olhei para Miguel quando meu pai começou a beber os pequenos copos e as pessoas à nossa volta começaram a aplaudi-lo e animá-lo. Miguel e eu sentimos a aproximação de um problema. Sabíamos muito bem que, quando era assaltado por sentimentos, papai bebia, bebia demais. Ele então se retirava num silêncio sonolento. Precisávamos dele alerta, não tonto, mas não ousávamos contar a ele a verdade sobre o que ia acontecer naquela noite, sabendo que sua reação seria negativa.

Como distração, incentivei Marie e Anastasia a participarem de um concurso para ver quem comia mais blinis. Anastasia, que sempre estava com fome, aceitou imediatamente e logo a parte da frente de sua fantasia verde de príncipe-sapo estava manchada de gotas de manteiga. Marie também começou a comer blinis, mas num ritmo mais moderado, e sujando-se menos. Em pouco tempo, ela se afastou e entrou numa competição de queda de braço. Papai e mamãe sentaram-se lado a lado num banco, e foi quando eu notei que Alexei tinha desaparecido.

Soube imediatamente onde ele deveria estar: deslizando na montanha de gelo, desobedecendo às ordens de papai.

— Miguel! Acho que Alexei voltou para a montanha de gelo. Não podemos deixá-lo subir!

Corremos apressados até a montanha brilhante de cristal que se erguia acima de todas as estruturas da cidade. As crianças subiam na parte de trás do monte íngreme, arrastando trenós, segurando-se a cordas e usando degraus cavados no gelo. Quando chegavam ao alto, eles se deitavam nos trenós e deslizavam para baixo na superfície lisa da montanha, ganhando velocidade e gritando de excitação e medo até pararem na neve.

De início não vimos Alexei, e durante um momento pensei estar errada com relação à desobediência; talvez, eu esperava, ele tivesse ido comprar mais pão de gengibre, ou procurar Olga, que tinha abandonado o resto de nós outra vez para tentar encontrar Victor. Porém, chegando ao lado de trás da montanha, vi o marrom peludo de sua fantasia de urso e o brilho da coroa dourada. Tinha de ser Alexei. Mancava muito, mal conseguia se arrastar até o alto. Evidentemente tinha conseguido um trenó emprestado e fazia o possível para arrastá-lo consigo ao subir.

Com uma agilidade que nunca deixou de me impressionar, Miguel chegou logo à montanha e começou a passar entre a multidão de crianças que subiam, fazendo o possível para chegar ao alto a tempo de parar meu irmão antes que ele montasse no trenó. Quase conseguiu. Mas então, horrorizada, vi Alexei de pé no alto da montanha, deitando no trenó e depois desaparecendo ao começar a descida.

Escorregando sobre a neve congelada sob as minhas botas, corri até a frente da montanha e cheguei a tempo de vê-lo desabar numa pilha marrom na neve, gritando de dor.

Cinquenta e nove

Um pouco antes das seis da tarde, entramos pelas pesadas portas duplas entalhadas da catedral de são João de Tobolsk, desacompanhados de nossos guardas, que ficaram do lado de fora, nos largos degraus de madeira. Estávamos todos cansados e com fome, pois, apesar de o dia ter sido excitante, também fora muito longo e tenso. Nossos guardas ficavam cada vez mais bêbados e agressivos, restringindo os locais para onde podíamos ir, o que podíamos fazer, e tinham até mesmo proibido Miguel de voltar à Mansão do Governador para buscar o Dr. Botkin depois de Alexei ter-se ferido ao deslizar a montanha de gelo abaixo.

Olga estava irritável, Anastasia sentia-se mal por ter comido blinis demais, Alexei sofria dores e mamãe, sinto ter de dizer, sentia falta de suas gotas de calmante (que ela tinha esquecido de trazer) e estava nervosa, irritada e cheia de queixas. Mas o carnaval chegava ao fim, e era véspera da observância da quaresma, e todos os fiéis eram obrigados a comparecer à missa do dia anterior. Não ir à missa era impensável.

Tínhamos acabado de nos sentar, quando um homem fantasiado de arlequim veio até nós.

— George Kochetkov, da Fraternidade de São João, aqui para servi-lo, Paizinho — sussurrou para papai. — Também com a minha família — acrescentou, apontando um grupo de figuras fantasiadas reunidas numa capela lateral próxima.

Papai olhou, desviou o olhar, e olhou de novo. Na capela estavam um pássaro de fogo vermelho e alaranjado, um gato cinzento, uma princesa prateada de gelo, um urso marrom com uma coroa dourada, em suma, uma duplicata de cada um de nós.

— O que é isso? Por que eles...

— Venha comigo, papai, vou explicar — interrompi antes que ele pudesse completar a pergunta.

Levei-o até um arco de onde se via uma escada que subia. Deve ser a escada que leva à torre do sino, pensei. A torre do sino de onde poderíamos sair para o teto.

— Há uma coisa muito importante que preciso dizer ao senhor. Esperei até agora porque queria ter a certeza de que tudo correria de acordo com o plano. Sinto muito ter escondido tudo do senhor, mas senti que era necessário. Por favor, perdoe-me, papai.

Foi difícil entender a sua reação, sua máscara ocultava tudo, menos a expressão dos olhos. Um leve tremor na voz traía o cansaço e os efeitos do metro de vodca que ele tinha bebido antes.

— Continue, Tania.

— George e a família dele estão aqui para tomar nossos lugares, para que, em vez de voltarmos para a Mansão do Governador às dez horas, possamos continuar aqui na igreja até que Adalberto e seus homens venham nos libertar. Já foi tudo combinado.

— E o plano da Fraternidade de atacar Tobolsk?

— Nunca passou de um sonho. Ademais, o comissário diz que estamos todos correndo um perigo muito maior do que pensávamos. Temos de fugir agora, se quisermos nos salvar.

Ele pareceu balançar sobre os pés, e eu estendi o braço para lhe dar firmeza.

— Preciso pensar, preciso pensar — murmurou.

— Papai, temos de agir. Podemos continuar esta conversa mais tarde. Por agora, temos de voltar até os outros e lhes dizer energicamente para virem até a escada, em silêncio e sem chamar atenção. Imediatamente. Miguel vai ajudar o senhor.

Ele hesitou.

— Eu não confio neles, Tania. Nem no seu Adalberto nem naquele comissário.

— Pelo que sei, eles são os únicos em quem podemos confiar agora.

— Não gosto disso — disse ele, mas voltou para onde os outros esperavam. Fiquei no local onde estávamos, observando. A catedral se enchia, os membros do coro tomavam seus lugares. Alguns dos fiéis vestiam roupas quentes que usariam para ir a qualquer missa importante, mas a maioria ainda vestia a fantasia de carnaval, o que tornava o evento surreal, até grotesco. Éramos pessoas reais presas em circunstâncias reais e muito perigosas. Ainda assim, ao mesmo tempo, éramos seres fantásticos, criaturas de contos de fadas que ocupavam um reino de mito e imaginação. Corpos duplos, personalidades duplas.

Da minha posição, percebi que papai tinha dificuldade em convencer os outros a sair do santuário e vir até onde eu esperava. Finalmente Miguel se separou dos outros carregando Alexei e pouco depois veio papai apoiando mamãe, que parecia mal-humorada e resistente, como uma criança birrenta. Marie, Anastasia, Olga e Daria seguiam atrás, a última olhava o vasto salão. Não vi nem sinal de Iskra e calculei que ela ainda estivesse com Niuta e Nikandr.

Enfim estávamos todos juntos no pé da escada, e vi que George e sua família tinham se juntado à congregação onde a minha família estivera.

— Tania, o que está acontecendo? — quis saber Olga.

— Vamos subir à torre do sino, onde estaremos em segurança.

— O quê? Por quê?

— Você quer dizer, subir esses degraus? — disse mamãe com a voz queixosa. — Você sabe que eu não posso subir esses degraus!

— Nós lhe ajudaremos, mamãe.

— O que está acontecendo? — perguntou Marie. — Não estou entendendo.

— Quando chegarmos aonde temos de ir, eu explico.

Alexei, que até então estivera calado, começou a gemer.

— Vou levá-lo primeiro — disse Miguel, começando a subir com Alexei nos braços.

— Sigam Miguel — falei aos outros. — Vou subir por último. Vou ajudar mamãe. — Mas, quando papai e eu tentamos começar a subida com mamãe entre nós, cada um segurando um braço, ela se soltou com raiva e tive medo que ela começasse a gritar, como fazia quando estava nervosa e indisposta.

— Não! Vou ficar aqui mesmo! — E sentou-se nos degraus se recusando a se mexer.

A missa tinha começado e as vozes do coro, misturando-se nas harmonias tradicionais da cerimônia cantada, encheram a catedral. A música etérea pareceu acalmar um pouco mamãe. Ela ouvia, mas continuou imóvel.

Quando tentamos, porém, logo depois, convencê-la a retomar a subida, ela continuou sentada onde estava, um pássaro de fogo desgrenhado, abatido, sem as asas (a fantasia tinha sido danificada durante as atividades do dia), a cabeça baixa, indiferente. Logo Miguel desceu e, vendo-a sem energia e hesitante, falou calmamente para ela:

— Deixe-me ajudá-la a subir a escada, madame — começou, mas ela se soltou de sua mão. — A escada é o caminho para a salvação, para a liberdade — sussurrou.

Ao ouvi-lo, ela ficou alerta e sentou-se com as costas retas.

— Você quer dizer que vamos ser tirados deste lugar horrível?

— Sim. Hoje à noite.

— Mas eu não trouxe nenhuma das minhas coisas.

— Tudo vai ser fornecido.

— Não! Minhas imagens. Meu remédio! Não posso ir sem eles!

Mas, antes que ela pudesse protestar, Miguel tomou-a nos braços e subiu a escada a toda pressa, papai e eu o seguimos.

No alto da torre do sino havia um pequena sala redonda, fria e vazia, não fosse pelos sete sinos, desde o grande até o gigante, pendurados em um apetrecho metálico. Nossas vozes ecoavam de forma lúgubre, pois lá embaixo pairava o som do coro.

Não havia onde se sentar, além do chão de pedra empoeirado.

— Agora, Tania, diga-nos o que está acontecendo — pediu Olga depois de desabar no chão.

— Isso mesmo. Diga-nos — suplicaram Marie e Anastasia quase em uníssono.

— Na verdade, é tudo muito simples. Tudo que temos de fazer é ficar aqui, exatamente aqui, até a meia-noite, quando Adalberto vai chegar com uma escolta de soldados e três troicas. Os guardas da cidade vão para casa à meia-noite. Haverá poucos homens de sentinela, mas serão simpáticos a nós. Vão nos deixar ir aonde quisermos.

— O Baioneta não virá atrás de nós? — perguntou Alexei.

— Ele não vai saber onde nos procurar.

— Quando a missa terminar — acrescentou Miguel —, os guardas vão pensar que estamos saindo da igreja. Só que vão ser outras pessoas vestidas como nós que vão sair. Vão pensar que estão nos seguindo.

— Quando souberem que erraram, já estaremos longe — terminei, sorrindo com a ideia.

Anastasia apertou o estômago.

— Vou passar mal.

— Não vá vomitar em cima de mim! — Olga se afastou, puxando a fantasia peluda. — Você é nojenta! A sua fantasia já está toda suja de manteiga. Agora você também vai vomitar em cima dela.

Marie estava cochilando.

— Como Niuta vai saber agora para onde trazer Iskra? Eu disse a ela que estaria na igreja, não na torre do sino. — Daria estava aflita.

— Você pode vigiar do alto do telhado. — Olhei em volta, procurando a porta que George tinha mencionado, a que levava ao telhado, segundo ele. Não foi fácil achá-la. Não chegava a ser uma porta, era mais uma espécie de alçapão, pintada na mesma cor verde das paredes, abrindo de cima e sem trinco. Parecia larga o bastante para apenas uma pessoa se espremer por ela. Quando tentei, não consegui abri-la.

— Deve ter-se congelado fechada — disse Miguel, vindo em meu auxílio. Tirou seu kinjal, que ele trazia à cintura, sob a fantasia de scaramouche, e usou a lâmina para arrancar o gelo nas arestas da porta.

— Quanto vamos ter de esperar? — perguntou Marie.

— Não vai demorar. Só até a meia-noite.

— Temos comida?

Daria ofereceu um pão de gengibre embrulhado num saco.

— Comprei isto para Iskra. Pode comer. — Entregou o pão de gengibre para Marie, que o desembrulhou e comeu.

— Tenho certeza de que Niuta e Iskra logo chegarão — consolei Daria. — Não perca a esperança. Talvez Niuta tenha decidido esperar a missa terminar antes de vir encontrar você.

— Por que ela faria uma coisa dessas?

Eu não tinha resposta para aquela pergunta e, na verdade, eu também estava preocupada, apesar de tentar não demonstrar.

Ainda assim, até aquele ponto nosso plano estava funcionando bem. Papai estava desconfiado, mas não resistia. Imaginei que estivesse dizendo a si mesmo, como sempre fazia, que tudo estava nas mãos de Deus. Mamãe dormia com a cabeça apoiada no ombro de Olga. A pobre Anastasia estava deitada, apoiada com as costas na parede de pedra. Marie se divertia brincando sob os grandes sinos de ferro, evitando as cordas que desciam deles e passavam por buracos no chão, murmurando baixinho com o coro.

Houve um estalo quando Miguel arrancou o último pedaço de gelo do alçapão e o puxou para dentro da sala. Imediatamente, Daria se espremeu por ele e saiu para procurar a filha.

Poucas horas de espera, disse com meus botões. Poucas horas, durante as quais os guardas seguiriam George e sua família, acreditando que eles eram nós. Tínhamos apenas de esperar em segurança a chegada de nossos salvadores.

Sessenta

Estávamos todos cochilando quando ouvimos tiros e gritos furiosos de muitos homens e um estrondo ensurdecedor na igreja abaixo.

— Derrubaram as portas! — disse Miguel, olhando o relógio. — São dez e meia. Vieram nos procurar. Depressa! Para o teto! Lá eles não vão nos encontrar!

Sem aviso, os sinos começaram a tocar, o som era tão ensurdecedor que os ouvidos doíam, e instintivamente começamos a correr para a escada para fugir dele.

Miguel agarrou o meu braço.

— Não! Não, Tania! Para lá não! Para o teto! É a nossa única chance! — Mas a sua voz se perdeu no barulho, e mamãe gritava alto, continuamente. Mais estrondos vinham de baixo, mas os tiros diminuíram.

— Romanov! Romanov! Nós sabemos que você está aí em cima! Desça imediatamente! — Era uma voz áspera. Não era a do Baioneta.

Papai sacudia a cabeça, como se quisesse afastar de seus ouvidos feridos as vibrações dolorosas dos sinos. Os gritos de mamãe pareciam ficar ainda mais altos.

— Romanov! Desça ou vamos subir aí e atirar em você! Sabemos que a sua família está aí com você!

— Renda-se! — Veio outra voz áspera — Ou vamos incendiar Tobolsk e matar todas as almas que estão nela!

— Ah, não! Ah, não! — Gritava mamãe cada vez mais.

Miguel puxava o meu braço, Alexei lutava para se levantar do chão e minhas irmãs pareciam congeladas de medo, olhando para papai, sem dúvida esperando que ele dissesse o que deviam fazer.

— Parem os sinos! — gritou papai. — Parem imediatamente!

Surpreendentemente, as cordas ficaram frouxas. Os sinos interromperam seu repique urgente.

Lentamente, papai começou a descer a escada.

— Tire a máscara, Romanov. — Novamente a voz áspera.

— Mas vocês não são os nossos guardas! — Ouvi papai responder. — Quem são vocês? — Era mais uma acusação que uma pergunta.

— Quem nós somos não interessa a você, explorador!

— Vocês são os chamados Guardas Vermelhos?

— Fomos enviados pelo soviete de Ekaterinburg para prender todos vocês!

— Vocês foram enviados pelo comissário Yuri Pyatakov? — perguntou papai.

— O traidor Pyatakov foi fuzilado. Fomos enviados pelo novo soviete. Onde estão os outros de sua família?

— Eles não têm importância para vocês. Levem-me. Deixem os outros livres.

— Minhas ordens são para prender todos vocês. Marido, mulher, um filho e quatro filhas.

Então eles não sabem que Miguel, Daria e Iskra estão conosco, pensei. O que aconteceu a George e sua família? Onde estão os guardas da Mansão do Governador?

— A menos que todos vocês venham, vamos incendiar a cidade. A começar por este lugar de superstição. Tochas!

Ouvi um leve som de passos. Tive a impressão de sentir o cheiro de fumaça, mas pode ter sido minha imaginação, nascida do medo.

— Selvagens! — gritou papai.

— O selvagem é você, explorador! Estou dizendo pela última vez, todos vocês, desçam imediatamente ou Tobolsk será destruída.

— Tania — sussurrou Miguel, insistente. — Você tem de vir agora!

Daria entrou pelo alçapão, tremendo.

— Tanta gente lá na rua — disse ela. — Eles chegaram quando os sinos começaram a repicar. Não consigo ver Niuta. O que vai ser da minha Iskra? — Começou a chorar.

— Silêncio! — falei. — Papai está se entregando. Eles não sabem que você está aqui nem Miguel. Volte lá para fora!

— Mas o que está acontecendo? Onde estão os outros? — Mamãe, Alexei e minhas irmãs tinham começado a descer a escada seguindo papai. Senti uma necessidade forte de ir com eles, mas Miguel me segurou com força.

— Silêncio! — Sussurrou ele para Daria e para mim. — Não falem! Não se mexam!

— Todos vocês — começou a voz áspera —, tirem as máscaras imediatamente! — Fez uma pausa, então disse: — Onde está a quarta filha?

Engasguei.

— Ela está doente. — Escutei papai dizer. — Não está aqui.

— Mentiroso! Apresente-a, ou você vai ser fuzilado!

Soltei o meu braço, mas Miguel tornou a me agarrar rapidamente.

— Não! Você não pode! Tem de esperar Adalberto no telhado comigo e Daria!

No longo momento cheio de suspense que se seguiu, pode ter sido o mais longo da minha vida, vi Daria tirar a máscara. Seu rosto estava surpreendentemente composto. Começou a descer a escada.

— Estou aqui. Estou descendo.

— Daria! — disse baixinho, mas Miguel pôs a mão sobre a minha boca.

— Não! Deixe-a ir. Deixe-a ir.

Daria se voltou para mim.

— Sei que Iskra não vem agora — respondeu, em voz baixa. — Mas não posso ir sem ela. Vou no seu lugar. Deus te acompanhe, Tania. Obrigada.

Não posso descrever a angústia que sentia, ouvindo seus passos ao descer a escada. Muita coisa tinha acontecido, muito depressa. Deixei Miguel me levar em silêncio ao alçapão e até o telhado. A corrente de ar fria feriu meu rosto, e eu escondi a cabeça no peito de Miguel enquanto ele me guiava para o lado protegido da torre e ali nos refugiamos do vento e do horror que se desenrolava dentro da igreja. Fui ficando entorpecida até não sentir mais nada. Não conseguia reagir aos acontecimentos. Não conseguia nem mesmo chorar ao ver, do telhado, os Guardas Vermelhos amarrarem as mãos dos novos prisioneiros, minha família amada, e levá-los embora na noite.

Sessenta e um

Nunca mais vi minha família.
 Miguel e eu nos abrigamos com as freiras, na pequena isbá onde a *starets* Maria Miguelovna vivia sua vida extraordinariamente longa. Mas não tivemos coragem de permanecer lá por muito tempo. Depois de poucos dias, fomos levados por George Kochetkov para um celeiro numa pequena aldeia ao lado de Irtysh, onde ficamos, escondidos no feno durante a quaresma.

Foi naquela aldeia, num dia de sol no início da primavera, que nos casamos.

Não tínhamos alianças, eu não tinha vestido de noiva, mas Miguel fez uma grinalda de feno da manjedoura para mim e nela eu entreteci flores, as primeiras flores daquela primavera fatídica. Ajoelhamos diante do padre da aldeia, que não fazia ideia de que estava unindo em casamento Miguel Gamkrelidze, do Daguestão, cujo ancestral distante havia sido rei da Imeretia, e Tatiana Romanov, filha do antigo tsar Nicolau II.

Na nossa noite de núpcias, passada entre mugidos de vacas e bufos de cavalos, Miguel e eu nos abraçamos com uma paixão que eu não sabia ter. Já tinha desfrutado noites de felicidade entre os seus braços, mas havia alguma coisa nova no fogo que surgiu entre nós após nos tornarmos marido e mulher.

Depois de ter sido prisioneira durante tanto tempo, de repente eu estava livre; tendo sido forçada a ocultar e suprimir minhas emoções enquanto vivia entre guardas e soldados, eu agora as liberava, cedendo ao meu desejo por Miguel, minha alegria em nosso ato de amor, como nunca antes. Ele sentia o mesmo abandono e, quando depois de muitas horas prazerosas deitamo-nos lado a lado, observando as primeiras cores pálidas da aurora iluminarem o céu, nós nos voltamos um para o outro, corados e exultantes, rindo e nos abraçando por puro deleite.

Como eu podia sentir aquele prazer sabendo que minha família estava nas mãos brutais dos Guardas Vermelhos, seu futuro incerto, mas seu perigo presente muito real? Para isso eu não tenho resposta, embora tenha procurado em meu coração inúmeras vezes. Tudo que posso dizer é que eu era uma mulher jovem, bem-casada e apaixonada, e que, quando me deixava abraçar pelo meu marido — lábios fervendes, corações acelerados, membro procurando membro —, eu encontrava o bálsamo para o meu interior ferido, e nós dois encontrávamos esperança. A esperança de que íamos precisar nos dias que se seguiam.

No fim da quaresma, ficamos sabendo que meu pai, mãe, irmãs e irmão tinham sido levados para Ekaterinburg e deixados sob a custódia do soviete regional dos Urais.

A história abria caminho pela Rússia Oriental, pois era um fato sensacional: a fuga do antigo tsar e sua família e a dramática recaptura desses chamados traidores pelos heroicos Guardas Vermelhos.

Mas era uma história incompleta. Eu sabia que ela era. Pois nada fora dito sobre a minha fuga e eu não fui recapturada. Pois Daria tinha tomado o meu lugar, assim como eu naquela época tomei o seu nome, Daria, e o juntei ao sobrenome adotado por meu marido, Gradov.

Eu repetia o meu novo nome, minha nova identidade, cem vezes por dia. Não sou mais Tatiana Romanov. Sou Daria Gradov. Enquanto estivesse ligada a essa nova identidade, eu dizia para mim mesma, a verdadeira Daria continuaria a desempenhar o papel de Tatiana, a segunda filha do antigo tsar, e eu estaria em segurança.

Ninguém viria me procurar. Ninguém me encontraria.

Mas o hediondo soviete regional dos Urais era implacável em seus julgamentos, como continuamos a descobrir através dos raros relatos noticiosos que chegavam até nós. Os bolcheviques de Ekaterinburg foram impiedosos com todos que viam como traidores. Em minhas piores horas, eu temia que no devido tempo os Guardas Vermelhos viriam me procurar, me encontrariam e me matariam. E também a Miguel. Suponho que tenha sido esse medo, em parte, o que tornou nosso tempo juntos tão prazeroso e valioso.

Ouvíamos que Ekaterinburg estava em desordem. A Rússia estava realmente em estado de guerra civil, como o Baioneta afirmara quando gritava a plenos pulmões na prefeitura de Tobolsk. Os revolucionários bolcheviques tentavam se agarrar ao seu poder recém-adquirido, e os monarquistas, os brancos, tentavam retomar o que tinham perdido desde o início da revolução. Naquele verão, em 1918, um exército branco se aproximava de Ekaterinburg.

Uma tempestade terrível estava em formação.

Quando os soldados, companheiros de Miguel no recentemente reconstituído 5º Regimento Circassiano, varreram Tobolsk na direção leste, decidimos deixar a segurança de nossa remota aldeia e nos juntarmos a eles, apesar do risco que sabíamos estar assumindo, esperando que as forças dos brancos recapturassem a cidade e minha família pudesse ser libertada.

Estávamos atrasados. Antes que conseguíssemos chegar a Ekaterinburg, os bolcheviques, entre eles o aterrorizador Baioneta, decidiram agir.

É quase insuportável de escrever o que aconteceu. Mas o mundo sabe. O mundo já sabe há muitas décadas. Meu pai, minha mãe, minhas irmãs, Olga, Marie e Anastasia, meu irmão Alexei e mais alguns empregados foram todos fuzilados no porão da casa onde eram prisioneiros.

Foi um massacre impiedoso de pessoas inocentes e sei que os que o executaram estão queimando no inferno, até o último deles.

O que o mundo nunca soube até hoje é que Daria, a irmã de Niuta e minha amiga, também foi massacrada, porque os Guardas Vermelhos acreditavam que ela era Tatiana.

Só posso esperar que, até morrer, minha família tenha acalentado no coração o fato de eu não estar com eles e a confiança de que eu estava livre e viva.

Miguel repetiu muitas vezes que eu não devia me sentir culpada por ter sobrevivido, enquanto os que me eram mais próximos, não. "Se o seu pai estivesse aqui", Miguel afirmava, "ele diria 'Tania, minha querida Tania, você estava certa ao seguir em frente, em se salvar. Eu queria seguir. Você não deve chorar por mim.'"

Papai seria feliz por cada dia que eu vivi. Ele diria:

— Tania querida, tudo é vontade de Deus.

Tento me lembrar disso quando olho para a imagem de são Simão Verkhoturie que está presa em minha parede, e imagino que ele chora por tudo o que aconteceu, e quando olho o bracelete de ouro que uso em meu pulso, do qual nunca me separei desde o dia em que mamãe me deu, aos 19 anos. Usei-o e sempre vou usá-lo em memória de minha amada mãe, apesar de meu pulso ter aumentado e se transformado no pulso gordo de uma mulher gorda e velha.

Desde aquele dia de julho de 1918, quando minha família morreu, carreguei seu sangue e suas esperanças. Todos os males desencadeados na Rússia quando eu era criança já se esgotaram, e o povo russo, ainda o meu povo apesar de todos os anos vividos no Canadá, pode respirar livre. Eu me regozijo pela sua liberdade, como me regozijei todos esses anos pela minha. Minha esperança é que meus filhos, netos e bisnetos se orgulhem em serem quem são, os descendentes de imperadores, e se lembrem com amor da família que nunca conheceram. Minha família. A família de

Tatiana Romanov, também conhecida como Daria Gradov, filha do tsar Nicolau II e da tsarina Alexandra.

E agora, escrevo para quem desejar ler, este relato da minha vida, sempre relembrando a minha família querida, em agradecimento por ter sido poupada.

Tudo é vontade de Deus.

EPÍLOGO

Quando minha tia Niuta morreu, encontrei entre seus papéis a história da família de Tatiana Romanov e de sua própria fuga. Depois de muito pensar decidi que ela devia ser dada ao mundo. Não sei exatamente quando nem como a grã-duquesa enviou sua história para minha tia, ou como ela sabia que minha tia havia sobrevivido. Talvez as duas tenham se correspondido. Ou talvez outras pessoas de Petrovsky, que fugiram da revolução e das suas consequências, tenham chegado ao Canadá e feito contato com a mulher que se chamava Daria Gradov.

Se Tatiana queria ter sua história amplamente distribuída, eu não sei. A época que ela descreve parece muito distante, e não é fácil acreditar na história, mas eu acredito, em todas as palavras. Minha tia sempre falava da família a qual serviu, tinha orgulho de ter sido membro da casa do tsar, apesar de não ousar contar isso a ninguém além do meu tio Nikandr e a mim. Muitos dos pequenos detalhes da história eram coisas que tia Niuta me contou. E a imagem, o bracelete e o pequeno porta-joias de veludo que estavam embrulhados com o manuscrito eram todos do tempo anterior à revolução. Eu sei. Eu os fiz autenticar antes de devolvê-los aos parentes de Tatiana, ou melhor, de Daria na cidade de Yellow Rain.

Não sei se o mundo vai dar importância ao fato de uma das filhas do último tsar ter sobrevivido, mas eu dou. Pois, afinal, como diz no manuscrito, ela ajudou a me trazer ao mundo, naquela época distante antes da revolução, na Clínica Operária da Cidade das Chaminés, e por isso sou grata.

Iskra Melnikov

NOTA AO LEITOR

Embora nesta ficção histórica a heroína Tatiana sobreviva até uma idade avançada e conte sua notável história, a Tatiana Romanov real, infelizmente, não. Ela foi executada com sua família em Ekaterinburg, em 1918. E todas as suas esperanças, planos e amores morreram com ela.

A filha da Tsarina é uma nova narrativa da história de Tatiana, com muitos personagens e eventos fictícios acrescentados ao painel histórico. Ficção e realidade se entrelaçam nesta narrativa; Miguel Gradov é um personagem imaginário, assim como Daria, Constantino e outros. Mas o que eu espero que surja desse agregado de invenções é uma imagem do mundo de Tatiana Romanov, e da escuridão que se fechou sobre ele no final de sua breve vida. A verdadeira Tatiana não conseguiu fugir daquela escuridão, mas o personagem ficcional a superou, e vive nestas páginas e em nossos corações.

Este livro foi composto na tipologia Minion Pro,
em corpo 11/14.4, e impresso em papel off-white no
Sistema Cameron da Divisão Gráfica da Distribuidora Record.